Cosmofobia

DU MÊME AUTEUR

AUX ÉDITIONS DENOËL

Amour, Prozac et autres curiosités, 1999. 10/18, 2000.
Beatriz et les corps célestes, 2001. 10/18, 2002.
De l'amour et autres mensonges, 2003. 10/18, 2004.

AUX ÉDITIONS HÉLOÏSE D'ORMESSON

Aime-moi, por favor!, 2005. 10/18, 2006.
Un miracle en équilibre, 2006. 10/18, 2007.

Lucía Etxebarria

Cosmofobia

Roman *traduit de l'espagnol
par Maïder Lafourcade et Nicolas Véron*

Éditions Héloïse d'Ormesson

Titre original :
Cosmofobia

Éditeur original :
Ediciones Destino, 2007

© Lucía Etxebarria, 2007

Pour la traduction française :
© 2007, Éditions Héloïse d'Ormesson

www.editions-heloisedormesson.com

ISBN 978-2-35087-052-6

Pour Curro Cañete, qui a été, au cours de l'année écoulée,
mon bras droit ainsi qu'une partie de ma tête,
avec toute ma gratitude.

Pour Allegra, avec l'espoir qu'elle lira et aimera ce livre
quand elle sera grande.

Et pour Jeff, afin que ce roman sur Madrid
lui fasse apprécier ce qui le rattache ici.

Cosmophobia. *Noun (Psych.).* Morbid dread of the cosmos and realising one's true place in it. Hence, cosmophobic, adjective. *She was a happy and outgoing person until she developed cosmophobia. Then, knowing her true place in the universe, insanity was inevitable.*

Urban Dictionary

Mon œuvre est façonnée par le hasard à un degré très élevé; elle ignore la direction qu'elle va emprunter et j'en désapprouve presque toujours le cheminement. Ce qui m'intéresse, c'est ce qui m'a mené là où j'en suis et ce qui fera que je m'en détacherai. Chaque tableau est une trace de ce voyage.

Extrait d'un entretien avec Alfredo Álvarez Plágaro

SOMMAIRE

MON AMIE MÓNICA M'A SOUVENT RACONTÉ cette anecdote, par laquelle j'ouvre ce livre d'histoires entrecroisées.

Au début des années quatre-vingt, alors qu'elle était encore au lycée, elle avait pour ami et camarade de classe un homosexuel qui n'était pas sorti du placard ni même encore passé à l'acte. Sa famille comme ses amis ignoraient tout de ses penchants, et il n'avait révélé son secret à Mónica qu'au terme de semaines entières de malentendus, après avoir ingurgité des litres d'alcool. Un soir, Aritz supplia son amie de l'accompagner dans les bars de Chueca, ces antres qu'il ne connaissait pas mais dont il se faisait une petite idée pour avoir lu dans une revue des allusions à la clientèle (il faut se rappeler qu'il n'y avait alors ni Internet, ni répondeurs, ni téléphones portables, et que le mot gay n'existait pas, encore moins le concept de gay pride), de sorte qu'ils échouèrent dans un bar branché où Mónica était la seule fille. Elle n'avait même pas dix-sept ans, et donc pas le droit de boire de l'alcool. Aritz engagea la conversation avec un très beau mec, et Mónica, livrée à elle-même et mal à l'aise, se cramponna au comptoir lorsqu'un jeune homme rondouillard, au nez en patate et aux cheveux frisés, l'aborda. Elle se dit qu'il devait être tout aussi seul qu'elle, car étant donné son physique ingrat, personne ne faisait attention à lui. Ils se mirent à parler ciné et musique, et le jeune homme finit par lui proposer de la raccompagner chez elle. Si elle n'avait pas l'âge de boire, elle avait assez d'expérience pour comprendre que la proposition ne dissimulait aucune arrière-pensée. Devant son immeuble, il lui dit qu'il avait écrit le scénario d'un long métrage et qu'il cherchait une jeune fille pour tenir le rôle d'une certaine Bom, avant de lui donner son numéro de téléphone, griffonné sur un bout de papier qu'elle jeta une fois rentrée chez elle. Le rôle de Bom fut finalement interprété par Alaska, alias Olvido ; le garçon était Pedro Almodóvar.

L'histoire est-elle véridique ou non ? Peut-être Pedro Almodóvar, s'il lit un jour ces lignes, soutiendra-t-il mordicus qu'il a écrit le rôle de Bom en pensant à Olvido et uniquement à Olvido, et qu'il ne lui serait jamais venu à l'idée de l'offrir à une autre femme. Mais ce qui est certain, c'est que la mémoire est capricieuse : n'ai-je pas nié avec une conviction aussi ferme qu'absolue avoir commis certains actes – un strip-tease sur un comptoir de bar, par exemple – dont je n'avais aucun souvenir, alors que d'innombrables témoignages assuraient que j'avais été là où je croyais n'avoir jamais été et avais fait ce que je ne me rappelais pas avoir fait ? Il semble que nous ne nous souvenions que de lieux où nous n'avons jamais mis les pieds, d'actes que nous n'avons pas commis et d'histoires d'amour que nous n'avons pas vécues, car notre interprétation *a posteriori* altère toujours le fait original : la mémoire n'est qu'une façon de gérer l'oubli. Les chausse-trapes de la mémoire sont les ingrédients de tout récit, qui se nourrit davantage de ce que nous croyons nous rappeler que des faits eux-mêmes.

Si Mónica n'avait pas jeté le bout de papier avec le numéro de Pedro, serait-elle devenue une actrice célèbre ? Car sont finalement restées dans la mémoire collective Marisa Paredes, Victoria Abril, Carmen Maura ou Bibi Andersen, mais qui se souvient de Cristina

Sánchez Pascual (actrice principale de *Dans les ténèbres*), de Concha Grégori (qui jouait dans *Pepi, Luci, Bom* et dans *Labyrinthe des passions*) ou d'Eva Siva (interprète de la Luci qui donnait son titre au film)? Nous pourrions écrire une histoire alternative, dans laquelle Mónica dirait oui et aurait le rôle-titre. Et cette histoire pourrait bifurquer sur deux dénouements : une fin heureuse, où Mónica accède au rang de star internationale, et une autre, moins heureuse, où Mónica accepte le rôle mais, prisonnière des oripeaux et du vernis trompeur de la modernité, et dépourvue de la maturité suffisante pour affronter les aléas de la notoriété, finit héroïnomane, comme tant de jeunes des années quatre-vingt pour qui trop ne fut jamais assez.

Quoi qu'il en soit, Mónica a aujourd'hui un travail relativement bien payé, une relation sentimentale stable, aucun problème d'addiction, et la certitude de vivre la vie qu'elle a choisie. Ainsi, la vie dépendant toujours du prisme à travers lequel nous la regardons, nous ne saurons jamais si une occasion perdue n'a pas été au fond une occasion saisie. D'où l'inutilité de nous lamenter sur ce qui aurait pu être et n'a pas été.

Ceci est un livre sur les occasions perdues ou saisies. Le succès dépendant de la conjonction de la chance, du talent et de l'audace, j'espère que vous donnerez sa chance à ce livre, et que vous ne serez pas rebutés par l'audace avec laquelle je m'efforce d'échapper aux genres prédéfinis. Le talent est censé être le mien, mais vous en êtes seuls juges.

À présent, permettez-moi de vous parler de mon quartier. Il abrite un grand bâtiment qui fut en son temps une école. Le parc où jouaient les élèves à la récréation est devenu un jardin public. Dans le grand bâtiment sont proposées toutes sortes d'activités : groupes de parole pour les femmes, aide aux personnes âgées, club d'échecs, cours d'espagnol pour immigrés, théâtre pour les enfants, cours du soir, séminaires de développement des compétences relationnelles, ateliers culturels, de loisirs créatifs, de santé mentale transculturelle, d'orientation professionnelle, de législation des étrangers, de radio… Dans la petite maison qui jouxte le grand bâtiment, sont organisées des activités pour les enfants. Il y a une salle réservée aux trois à six ans, tandis que la ludothèque du Centre est destinée en principe aux enfants envoyés par les services sociaux : dès lors qu'une assistante sociale a constaté que leurs parents ne pouvaient s'occuper d'eux après la classe et n'avaient pas les moyens de s'offrir une nounou, la Communauté de Madrid les prend en charge jusqu'à vingt-deux heures.

À l'emplacement de l'ancienne cour de l'école se trouve une aire de jeux avec deux toboggans et une balançoire. J'emmène ma fille et mon chien y jouer l'après-midi. Ma fille est souvent la seule blonde au milieu d'enfants majoritairement bruns. Il y a là des Chinois, des Pakistanais, des Marocains, des Bangladais, des Équatoriens, des Colombiens, des Sénégalais, des Nigérians… Des mères marocaines, aussi, et égyptiennes, portant voile et djellaba, des Équatoriennes aux jeans très moulants, des Sénégalaises vêtues de boubous imprimés, et des Espagnoles – les moins nombreuses – portant des jeans à leur taille. Cette coutume de choisir des pantalons deux tailles au-dessous est typique des Sud-Américaines, car jamais une Espagnole n'oserait exhiber aussi fièrement ses bourrelets et ses larges hanches, sexy pour les unes et honteuses pour les autres.

Mon chien adore jouer au foot, et dès qu'il aperçoit des enfants avec un ballon, il se mêle à eux et se met à donner des coups de tête dedans. Ses aptitudes en ont fait un animal archi-populaire auprès des gamins du square. L'ennui, c'est que le brave toutou n'a aucune idée de ce qu'est une équipe et n'appartient à aucune d'elles, et qu'il est à mille lieues d'imaginer que l'objectif du jeu est de marquer des buts dans la cage adverse, ce qui n'est pas sans dénaturer les matchs auxquels il prend part. Il n'empêche, à peine ai-je pénétré dans l'aire de jeux qu'une quinzaine de gosses me tournent autour en répétant à l'unisson, comme un mantra : «On peut jouer avec le chien?», «On peut jouer avec le chien?», «On peut jouer avec le chien?» Je donne toujours mon assentiment, et c'est la raison pour laquelle je suis devenue presque aussi populaire (j'insiste sur le presque) que Tizón, popularité qui s'est encore accrue lorsque j'ai commencé à apporter des friandises aux joueurs. J'achète au supermarché Dia un paquet de bonbons à deux euros, suffisamment rempli d'oursons et de fraises Tagada pour qu'aucun garçon ni aucune petite fille n'en soit privé. Ce sont normalement les garçons qui jouent, encouragés par les filles, qui comptent pourtant deux ou trois joueuses parmi elles, dont une particulièrement douée. Avec le temps, j'ai lié amitié avec le groupe et j'ai appris les noms de tous les joueurs en herbe.

Un après-midi, j'étais au terrain de jeux avec deux amis, et nous avons assisté à un match, avec, en prime, le numéro vedette du chien.

– Putain! Ces gosses sont infernaux, dit Enrique. Quand j'étais arbitre, jamais je n'ai vu de joueurs agressifs comme ça.

– C'est vrai qu'ils n'ont pas l'air commode, dit Naguib. Je n'aurais jamais cru qu'un enfant aussi jeune pouvait avoir un aussi sale caractère. Tu as vu le coup de tête que le frisé a filé au Noir? Pire que celui de Zidane.

Et j'ai soudain compris : les enfants qui jouaient tous les après-midi au foot dans le square étaient les enfants de la ludothèque, ceux envoyés par les services sociaux.

Ce sont bien souvent des enfants de mères célibataires qui travaillent. Le père les a abandonnés et ne verse pas un sou, et la famille maternelle est restée au pays, d'où l'impossibilité pour la mère de s'occuper d'eux après l'école. La plupart souffrent d'hyperactivité, d'agressivité, de déséquilibres nutritionnels, de problèmes de coordination motrice ou d'adaptation scolaire, tous conséquences de carences affectives.

C'est pourquoi il est rare que des familles aisées inscrivent leurs enfants à la ludothèque, même si cela peut arriver. Ma fille n'y est admise qu'épisodiquement, car elle aime dessiner (ou du moins tenter de dessiner) d'héroïques gribouillages abstraits censés représenter des chiens, des chats ou des maisons, si bien que le premier jour où elle avait vu des enfants peindre autour de la table, elle s'était spontanément jointe à eux. Mais elle ne fait pas officiellement partie du groupe.

Et maintenant que vous avez fait connaissance avec le terrain de jeux et la petite maison, permettez-moi de vous y conduire.

Les femmes
et les enfants d'abord

« Mieux vaut avoir cambriolé une banque que l'avoir fondée. » C'est le graffiti qu'on peut lire sur le mur du parc du Casino. La phrase est de Brecht, mais Antón ne le sait pas.

Une bande de jeunes Marocains mange des sandwichs sur les marches devant le Centre. Antón les connaît. Ce sont les dealers de haschisch de la place. Ils passent de temps en temps devant les terrasses des restaurants tenus par les Bangladais et invectivent les clients. Il y a quelques jours, Aziz, le patron marocain du salon de thé situé en bas de chez lui, lui a affirmé : « Ceux qui font du raffut, ce sont ceux de Tanger, car les Marocains du Nord sont très mal élevés. C'est parce que c'est vous, les Espagnols, qui les avez colonisés. Nous autres qui sommes du Sud, ce sont les Français qui nous ont colonisés et nous sommes beaucoup plus aimables. »
Au-delà, sous un arbre, un couple de poivrots cuvent leur vin. On les trouve allongés tous les après-midi au même endroit. De temps à autre, les enfants vont les toucher pour tenter de les réveiller. Ils y parviennent parfois. À l'instant même, un des gosses, Akram – Antón connaît son nom pour l'avoir entendu crier aux autres –, s'approche de la poivrote et lui tire les cheveux. Elle fait un bond, comme propulsée par un ressort.

— Putain de ta race, sale môme!

L'autre se lève à sa suite, mais Akram s'est déjà échappé en courant. Une petite métisse, les cheveux tressés et tirés en arrière, n'a pu se sortir de là. C'est précisément par une de ses tresses que l'ivrogne la saisit. Antón s'énerve.

— Lâche immédiatement cette petite! lui crie-t-il.

L'ivrogne, traînant la fillette derrière lui, plante un regard incendiaire sur Antón, et le bras resté libre fait le geste de braquer un pistolet sur lui.

— Hé toi, de quoi je me mêle?

— Je te dis de la lâcher, elle t'a rien fait, la petite.

— Putain de mômes! On peut plus dormir peinard.

— C'est un lit qu'il vous faut si vous voulez dormir, dit Antón. Le square, c'est fait pour jouer, et c'est ce qu'ils font, justement.

— Mais pour qui tu te prends, espèce d'enfoiré?

— Akram, Mohammed… Je vous ai déjà dit de ne pas jouer par ici.

Celle qui vient de parler est une blonde svelte, d'un âge indéfinissable. Cela fait un mois, depuis qu'Irene est partie, qu'il vient tous les après-midi s'allonger au soleil, et qu'il l'a remarquée. Pour tout dire, elle lui plaît, et s'il vient tous les après-midi, c'est pour elle, non qu'il ait envie de la draguer, il a déjà fort à faire avec la Teigneuse et la Maman, mais parce qu'il veut la voir, tout simplement. Il a surnommé cette fille, à la silhouette si frêle, la Fée. Il en profite pour l'aborder, pour la toute première fois.

— Les enfants jouent et ça dérange monsieur! Une aire de jeux, c'est pourtant fait pour jouer, non?

— Oui, ça devrait… répond la Fée en regardant l'ivrogne de travers.

La fillette aux tresses se dirige vers elle. Antón se dit qu'il lui faut tenter sa chance et s'approche. Il se penche vers la petite.

– Le monsieur t'a fait peur?

La fillette acquiesce d'un signe de tête puis baisse aussitôt les yeux, sans doute effrayée ou honteuse d'avoir suivi les autres jusqu'à ce recoin où ils ne sont pas censés jouer.

– Que s'est-il passé? demande la Fée.

Antón remarque les rides qu'elle a sous les yeux et songe qu'elle n'est peut-être pas aussi jeune qu'elle le paraît. Elle a un corps d'adolescente, très svelte, mais avec une belle poitrine, de femme. Le visage est toutefois celui de quelqu'un qui a beaucoup vécu. Antón se dit que la Fée pourrait tout aussi bien avoir vingt-cinq ans que quarante. Peut-être cet aspect intemporel participe-t-il de sa condition de fée.

– Il l'a attrapée par les tresses, cet enfoiré, répond Antón, bien que ce soit à la petite que la question s'adresse. Je me demande si nous ne devrions pas appeler la police; ces deux-là sont ivres morts, ce n'est pas un bon exemple pour les enfants.

– La police ne fera rien du tout. Surtout ici, dans ce parc... Enfin, que veux-tu...

– Comment tu t'appelles? demande Antón.

– Selene, répond la fillette, bien que la question s'adresse à la Fée et non à elle.

– Oh, quel joli prénom!

Antón est conscient de la ringardise affligeante de sa réaction, d'autant qu'il ne trouve pas ce prénom beau.

– Akram, Mohammed, Nicky, Fátima, je vous ai déjà dit de ne pas jouer ici! Et toi, Akram, ne grimpe plus aux arbres, tu tombes à chaque fois. Allez, venez tous avec moi, on rentre à la petite maison.

La marmaille virevolte autour de la jolie fille puis se dirige vers l'esplanade située devant le Centre. Antón voudrait les suivre et organiser une partie de ballon, mais il n'ose pas, et se recouche dans l'herbe pour compter les nuages. Et penser à ses femmes.

Irene, sa Fiancée, était partie en disant qu'elle allait acheter des cigarettes, une histoire somme toute banale. Dès le lever, elle avait été bizarre, elle tirait une tête de six pieds de long, elle avait dit : «Je crois que je ferais mieux d'aller faire un tour, j'en profiterai pour acheter des clopes.» Il s'était dit dans un premier temps qu'il devrait peut-être descendre avec elle, ils prendraient une bière à une des terrasses, mais il s'était ravisé, estimant que si c'était pour se retrouver chacun devant son verre sans presque se parler, autant rester à la maison, profiter du lit pour lui tout seul et dormir plus longtemps. Quelques instants plus tard, le portable avait sonné. C'était elle qui appelait de la rue, en pleurs.

– Je crois que je vais aller déjeuner chez ma mère.

Elle n'était pas rentrée dormir et l'avait rappelé le lendemain pour lui dire qu'elle était au bout du rouleau. Une semaine après, en revenant du travail, il avait constaté qu'elle avait emporté toutes ses affaires.

Il avait surtout vu la marque laissée par les tableaux sur le mur.

«Me voilà bien dans la merde!» s'était-il dit. Ils avaient en effet convenu qu'à partir du mois suivant elle paierait la moitié du loyer. Elle avait été au chômage huit mois, pendant lesquels il avait payé la totalité. Et maintenant, il était à sec.

Ils étaient restés près de quatre ans ensemble.

Quatre années scandées par la même ritournelle d'Irene : «Je ne pourrais pas te pardonner si tu me trompais. Je tiens absolument à la fidélité. Je sais qu'il y en a pour qui, du moment que ça reste discret… Mais moi, je ne suis pas comme ça.»

La mère d'Irene avait largué son père pour un autre homme et était partie vivre à Ibiza en les laissant, sa sœur et elle, paralysées par la peur et la honte, car toutes les filles de leur classe vivaient avec leurs deux parents. Irene ne lui avait jamais pardonné cette désertion, pas même lorsque, des années plus tard, elle avait tenté de lui expliquer les raisons de sa fuite. Ce n'était pas seulement par amour qu'elle était partie, même si cela avait compté. Elle s'était mariée très jeune, n'avait pas vraiment vécu, n'avait pas connu toutes ces choses qu'Irene avait connues, elle – sortir boire une bière avec des copains, aller à des concerts, passer la matinée à bronzer à la piscine municipale, embrasser en bas de chez elle un garçon avec lequel elle ne vivrait jamais –, non, ces choses-là, elle ne les avait jamais connues, parce qu'elle s'était mariée trop tôt et parce qu'elle était passée directement d'un père tyrannique à un mari tyrannique. Irene prétendait qu'elle comprenait sa mère, mais elle ne l'avait jamais comprise. Son père n'était nullement quelqu'un de tyrannique à ses yeux, elle avait en revanche le sentiment, remisé dans l'ultime tiroir secret de ses pensées, que sa mère était une traînée.

Au début, cette exigence de fidélité sans faille n'avait pas gêné Antón. À vrai dire, après sa rencontre avec Irene, il ne lui aurait pas traversé l'esprit d'aller voir ailleurs. Au contraire, il n'en revenait toujours pas d'avoir pu séduire une femme. Car Antón était alors plutôt enrobé, d'une timidité infinie, et encore puceau.

Mais il avait perdu quinze kilos en deux ans, depuis qu'il s'était installé avec sa compagne. Qu'elle soit végétarienne pure et dure et ne tolère à la maison aucune pâtisserie industrielle ne devait pas y être étranger. Qu'ils aient passé les premiers temps à baiser toute la journée avait dû y être également pour beaucoup car, comme chacun sait, le sexe est une façon comme une autre de faire de l'exercice, et l'exercice fait maigrir.

Or, avec les kilos s'était envolée la timidité d'Antón. Et avec elle, ses problèmes avec les filles. Tout d'un coup, elles s'étaient mises à le draguer dans les bars, et il ne demandait pas mieux que de se laisser désirer. Mais il n'avait jamais sauté le pas, car il se remémorait les paroles d'Irene, son éternelle rengaine en forme d'admonestation : « Je ne pourrais pas te pardonner… »

Poum! Un tir de ballon sort Antón de ses rêveries. Il se réveille en sursaut et regarde en direction des enfants, qui le regardent à leur tour, l'air terrorisé. Le ballon dévale la pente vers les ivrognes. Antón fait bonne figure, avant tout parce qu'il sait que les enfants sont avec la jolie fille, et il réfrène son envie première de leur crier tout son répertoire d'injures.

– Attention, si l'ivrogne l'attrape, adieu le ballon !... les prévient-il.

Akram se met à courir après la balle parce qu'il a vu que l'ivrogne l'a vue aussi. Il court très vite, mais il n'arrivera pas avant lui, c'est pourquoi Antón se lève d'un bond, et parvient à l'attraper le premier. Puis, d'un coup de pied, il la passe à Akram, qui exécute un arrêt impeccable, à deux mains. Il ferait un bon gardien, se dit Antón. Et il se demande si la jolie fille a vu ou non sa bonne action.

Deux mois avant qu'Irene fasse ses valises, Antón était allé passer un week-end à Majorque avec sa bande de copains de toujours, pour enterrer la vie de garçon de l'un d'entre eux. Le forfait vol plus hôtel était si bon marché qu'il serait plus avantageux, avait-il calculé, de vivre là-bas à l'hôtel, en pension complète, qu'à Madrid. La carte mensuelle de métro et de bus coûtait, à elle seule, quasiment aussi cher que le voyage. Beaucoup d'Allemands avaient dû penser la même chose, car l'hôtel en était envahi, et surtout d'Allemandes. D'Allemandes rubicondes et tocardes, perchées sur des sandales à hauts talons, et dont les minijupes, aussi étroites que des ceintures, montraient tout et même davantage.

C'était arrivé le premier soir. Ils étaient allés danser en boîte et étaient tombés sur le groupe des Allemandes de l'hôtel, jusque-là rien d'étonnant. Ils les avaient abordées et Antón avait fini par baragouiner en anglais avec deux d'entre elles, qui étaient carrément bourrées. L'une menue, au petit air de lutin, et l'autre, aux cheveux si courts et à la si forte carrure que, vue de dos, elle aurait pu passer pour un homme. À la fermeture, ils étaient tous rentrés à l'hôtel et les deux filles avaient invité Antón à venir prendre un dernier verre dans leur chambre. Si la fille aux cheveux courts devait être là aussi, avait-il pensé, il lui serait difficile de se taper le petit lutin, d'où le sentiment que l'invitation était des plus innocentes, qu'elle ne recelait aucune tentation, et qu'il pouvait donc accepter sans risque. Car Antón était si naïf – en vingt-deux ans d'existence, il n'avait finalement couché qu'avec une seule femme – qu'il n'avait pas saisi que les deux filles formaient un couple et que ce qu'elles lui proposaient était une partie à trois. C'est alors qu'unissant leurs forces, toutes deux l'avaient jeté sur le lit en riant et s'étaient mises à le couvrir de baisers.

Le lendemain, entre gueule de bois, effarement et sentiment de culpabilité, Antón s'était trouvé dans une confusion dantesque. Il se savait, ou se croyait, un homme fidèle, et si on lui avait demandé, une semaine à peine auparavant, s'il laisserait passer une occasion pareille, il aurait répondu par l'affirmative. Dans l'hypothèse où on lui aurait posé la question, il aurait hypothétiquement répondu que, si deux filles lui avaient tendu un hypothétique guet-apens dans une hypothétique chambre d'un hypothétique hôtel, il se serait hypothétiquement levé et serait allé prendre une hypothétique douche froide. Ou plutôt c'est ce qu'il aurait répondu en présence d'Irene. Car dans la vie réelle, non hypothétique, il était bel et bien tombé dans le panneau et ne s'était pas gêné pour passer la nuit à fricoter avec le petit lutin, et uniquement avec lui, d'ailleurs, car la fille aux cheveux ras ne s'était guère laissé peloter.

Il avait raconté son aventure à ses amis, moins pour frimer (même s'il y avait un peu de cela) que par besoin de vider son sac, tant il se sentait coupable. Un sentiment qui avait cependant cessé lorsque les autres l'avaient félicité pour son exploit, avant de lui narrer de but en blanc leurs adultères respectifs, et c'est ainsi qu'il avait découvert qu'aucun d'eux ne respectait son serment de fidélité. Tous avaient plus ou moins eu leur aventure d'une nuit, certains entretenaient même, parallèlement à leur vie conjugale ou maritale, une liaison régulière avec des copines de fac, ou avec des collègues pour ceux qui travaillaient. Il va sans dire que tous mentaient à leur compagne, mais que tous étaient persuadés que celle-ci ne leur mentait pas. «Si Susana l'apprend, elle me tue, c'est sûr, mais comme elle ne le saura jamais… Elle tient absolument à la fidélité, jamais elle ne me ferait cocu», ou bien : «Jennifer n'y pense même pas, vu que je la satisfais au lit, elle n'imagine pas qu'il puisse y en avoir une autre et elle n'a pas l'idée non plus d'aller voir ailleurs.» Il s'était tu, préférant ne pas raconter ce réveillon de Nouvel An où Susana lui avait roulé une pelle pendant qu'ils étaient en train de préparer des mojitos (il avait eu un moment d'hésitation, avant de s'interrompre et de retourner danser au salon), ni ce fameux après-midi où il avait rencontré Jennifer dans le quartier et où ils étaient allés prendre un café, puis les aveux qu'elle lui avait faits, l'air de rien, en lui tenant la main, sur ses orgasmes simulés, tout en le regardant avec des yeux de merlan frit.

De retour chez lui, il avait été incapable de coucher avec sa compagne. Il avait mis cela, dans un premier temps, sur le compte de la fatigue, car il n'avait pour ainsi dire pas dormi durant ces trois jours à Majorque. Mais, à mesure que passaient les semaines et qu'il n'avait toujours pas envie, il avait commencé à s'inquiéter. Son sentiment de culpabilité devait y être pour beaucoup, mais il n'était pas à même de pousser plus loin l'analyse. Ou plutôt si. Peut-être l'idée de cette fidélité sans faille avait-elle cessé de le séduire; en même temps, la perspective de devoir vivre dans le mensonge comme le faisaient ses amis l'enthousiasmait encore moins. Il n'empêche, nul doute qu'il l'aimait encore, qu'il l'aimait infiniment, ils avaient vécu ensemble des moments merveilleux, il l'admirait, la comprenait, il aimait se blottir contre elle les nuits d'hiver et regarder la télé avec elle pelotonnée à ses côtés dans le canapé, il aimait ses yeux clairs et ses cheveux bruns, sa voix grave aussi, il allait jusqu'à aimer vivre avec elle sans faire l'amour. Mais tout cela ne suffisait pas à lui garantir qu'il ne désirerait pas d'autres femmes ni qu'il arrêterait de se branler en pensant au trio avec la garçonne et le lutin.

Le soleil a cessé tout à coup de lui taper sur le visage. Il ouvre les yeux et aperçoit Akram et Mohammed, postés devant lui.
— On a encore fait tomber le ballon…
— Et alors… ?
Les deux gosses se tiennent cois un instant. Puis Akram finit par montrer le recoin d'un signe de tête. Antón regarde dans cette direction et voit que l'ivrogne serre le ballon dans ses bras et s'est endormi dessus comme sur un oreiller.
Il se lève.
— Allons-y, lance-t-il aux enfants — et il s'avance vers l'ivrogne, comme investi d'une mission de défenseur de la veuve et de l'orphelin. — Ce ballon appartient aux enfants, proclame-t-il haut et fort.
— Eh bien, qu'ils m'emmerdent pas avec, répond le poivrot sans ouvrir les yeux.
Antón s'approche et donne un coup de pied dans le ballon, qui file à toute vitesse. L'ivrogne se cogne la tête sur l'herbe. Akram et Mohammed courent après le ballon comme s'ils avaient des ailes aux pieds et pour échapper à l'homme qui se relève et se plante devant Antón, le poing dressé.
— C'est toi, mauviette, qui vas me frapper? fait Antón, non sans forfanterie car il est en vérité mort de trouille devant l'éventualité que l'autre dégaine un couteau à cran d'arrêt.
— Jetemmerdespècedeconnard, grommelle l'ivrogne, rouge de colère.

Sur ce, arrive la jolie fille, flanquée de l'agent de sécurité du Centre, à l'instant même où l'ivrogne menaçait de se ruer sur Antón.

— Eh bien, qu'est-ce qui se passe ici? demande l'agent.

— C'est les gosses, ils arrêtent pas de faire chier avec leur ballon… tente d'expliquer l'ivrogne.

— Parce que ce sont des enfants, et qu'ici c'est une aire de jeux, et qu'une aire de jeux, c'est pour jouer au ballon, pas pour cuver, donc si ça vous plaît pas, allez dormir ailleurs, l'interrompt sèchement le gardien.

Le couple de poivrots se lève, et tous les autres — les enfants, la Fée et Antón — mettent le cap sur le Centre.

— Vous voulez jouer au foot avec moi? demande Antón.

— Oh ouiiiiiiiiiiii!!! crient en chœur tous les enfants.

Quinze jours ont passé. Antón aide Mohammed à dessiner. Mohammed a un problème de coordination qui le handicape pour manier les petits objets. D'où sa difficulté à écrire et à dessiner, malgré ses cinq ans révolus. Pour lui, tenir un crayon n'est pas une mince affaire, car le crayon lui glisse continuellement des mains. Il ne parvient pas non plus à se concentrer très longtemps sur une seule activité. Il se lève constamment du pupitre et se met à sauter et à danser. La Fée, qui est son éducatrice, en est consciente et a renoncé à ce que l'enfant regagne sa place. L'essentiel est que les autres ne le suivent pas, surtout Nicky, car Nicky est très agressif et cherche tout de suite la bagarre, et sa bête noire est Mohammed, pour la simple raison qu'il est noir, justement (pardon pour ce jeu de mots stupide), et que quelqu'un, sans doute son père, lui a mis dans la tête que les Noirs étaient des êtres inférieurs. Nicky a pourtant lui-même du sang noir, mais chez les métis, il est d'usage de mépriser les Noirs et de tenir des propos du genre : « Dis donc, comme cette fillette est jolie, comme elle est claire », de ceux que tient d'ailleurs couramment la mère de Selene à sa fille. Le père de Nicky le bat, c'est Nicky en personne qui l'a un jour avoué, même s'il n'avait nul besoin de le préciser tant son agressivité est grande : quand un enfant se met à taper sur tout le monde sans raison apparente, c'est qu'il est lui-même battu, telle est du moins l'explication que lui avait donnée un jour la Fée. La Fée s'appelle Claudia, mais Antón, dans sa tête, l'a rebaptisée autrement. Claudia, pour lui, est et sera à jamais la Fée, sa Fée. La Fée lui a aussi raconté que le psychologue du Centre a un jour suggéré, en guise de thérapie, de confier les plus petits à Nicky, affirmant du haut de toute sa science que le fait de lui donner des responsabilités, de lui montrer qu'on lui faisait confiance, calmerait son agressivité. L'équipe a essayé mais cela n'a rien donné. Nicky a frappé tous les enfants et a même ouvert le front de Selene avec un bâton. Au Centre, on n'a jamais vu le père de Nicky. C'est sa tante qui vient le chercher, une femme très en chair qui, lorsqu'elle arrive, flanquée de deux autres fillettes, l'une qu'elle tient par la main et l'autre assise dans sa poussette, est toujours de mauvais poil et lance à Nicky, sans même un bisou ni rien du tout, un «On y va» plein d'amertume. Lorsque Nicky se chamaille avec Mohammed (autrement dit presque tous les jours), il peut lui arriver de lâcher une phrase du style : «La police va venir et va renvoyer ton père au Sénégal parce qu'il est noir.» Un jour, Antón, apercevant Mohammed en larmes, n'avait pu se retenir : «Ne t'en fais pas, il est jaloux de toi parce que son père ne vient jamais le chercher.» C'est d'ailleurs là une raison supplémentaire pour Nicky d'exécrer Mohammed, car le père de Mohammed, lui, vient chercher son fils, lui fait un gros bisou et le hisse en l'air avant de le ramener chez lui. Antón savait qu'il n'aurait pas dû dire cela ; la Fée l'avait averti de ne jamais souligner les différences entre les enfants. Il faut dire qu'il ne peut s'empêcher d'éprouver de la tendresse pour Mohammed et une profonde aversion pour Nicky. Quoi qu'il en soit, la Fée a assuré à Mohammed que son père, ayant des papiers, ne pouvait être reconduit au Sénégal. On n'a jamais vu non plus au Centre le père d'Akram. C'est sa sœur qui vient le chercher. Elle s'appelle Amina, ou un prénom dans ce style. C'est une fille très douce, au regard toujours baissé, avec un air dont on ne sait s'il est soumis ou renfrogné, et il est bien dommage qu'elle ne lève pas les yeux pour les montrer avec fierté, car Antón a remarqué qu'ils sont beaux, superbes même, brillants et rehaussés d'un éventail de cils. Ces mêmes yeux noirs, sombres et brillants, qu'il voit reproduits sur la frimousse de tant et tant de petites filles et de petits garçons marocains. Il sait pourtant que les Marocaines ne sont pas des proies faciles, qu'elles veulent, pour la plupart, arriver vierges au mariage, et qu'il est en outre difficile, voire impossible qu'elles épousent un Espagnol. Elles ne peuvent se marier avec un chrétien, à moins que celui-ci n'embrasse l'islam, en tout cas pour ce qui est des Marocaines du quartier, toutes issues de familles laborieuses et croyantes, car celles des revues people que lisait Irene étaient d'un tout autre style, très occidentalisé. Antón admire ainsi de loin chez Amina les mêmes traits que chez Akram, mais transposés sur un visage féminin, et c'est ainsi qu'il finit par s'apercevoir qu'Akram est un bel enfant et qu'il y a fort à parier qu'il sera plus tard un bourreau des cœurs. Akram a dit un jour à Antón que son papa était au Maroc et qu'il possédait là-bas une très grande maison avec beaucoup de pièces. Quand Antón lui a demandé depuis combien de temps il n'avait pas vu son papa, il lui a répondu qu'il ne s'en souvenait pas, et plus tard il lui a avoué qu'il ne se souvenait pas très bien non plus de son papa, mais qu'il lui semblait qu'il était grand. Antón pense que le père doit être en prison, car il est rare que les Marocaines soient séparées ou divorcées, et encore plus rare qu'elles viennent seules en Espagne. C'est même presque impossible. À sa connaissance, aucune Marocaine ne vit seule dans le quartier. Mais au fond qu'en sait-il, puisque, comme Claudia le répète si souvent, le quartier est multiculturel, mais non interculturel ? Les communautés se tolèrent mais ne se mélangent pas, chacun chez soi et tout ira pour le mieux. Il ne pose d'ailleurs pas d'autres questions, car il sait qu'il ne doit pas chercher à se renseigner sur l'histoire de ces enfants. Ils sont envoyés par les services sociaux et passent leurs après-midi au Centre, car une assistante sociale a décidé que leurs parents ne pouvaient s'occuper d'eux. Très souvent, la mère travaille comme femme de ménage et ne finit pas avant neuf ou dix heures du soir, et le père est absent. Selene, par exemple, a été envoyée par une assistante sociale lorsque celle-ci a découvert qu'à cinq ans, la gamine errait tout l'après-midi dehors, la clé de la maison autour du cou, en pendentif. La cousine de Selene, elle, a été placée en famille d'accueil parce que le boulanger avait prévenu les services sociaux. Elle passait ses matinées dans la rue et allait de temps en temps acheter des bonbons à la boulangerie. Les services sociaux avaient alors appelé l'école et appris que la fillette n'y allait plus depuis des mois et que la mère, qui avait été plus qu'avertie de ses absences, n'affichait, lorsqu'on lui téléphonait, aucune volonté de coopérer. La cousine de Selene vit désormais dans une nouvelle famille et ne voit sa mère que tous les quinze jours, en présence d'une assistante sociale. Selene en est très affectée car, jusqu'à ce qu'on emmène sa cousine, les deux petites dormaient ensemble, étant donné que la tante de Selene travaille la nuit. «Avec des hommes», a précisé Selene à Antón. Et sans sa cousine dans le lit, Selene se sent maintenant très seule.

Les enfants rendent leur dessin à la Fée, qui leur dit à chacun combien il est joli, même si, aux yeux d'Antón, aucun d'eux n'est vraiment doué pour le dessin. La plupart ne savent pas lire non plus et ont accumulé du retard dans leur scolarité. Il commence d'ailleurs à comprendre pourquoi, comme le lui avait dit Irene, certaines mères du quartier refusent de mettre leurs rejetons à l'école publique, au motif qu'elle est remplie d'immigrés et que c'est ce qui explique que l'enseignement y soit de moins bonne qualité. Les gamins comme Nicky retardent indéniablement les classes, mais si les mères préfèrent mettre leurs enfants chez les bonnes sœurs, les classes ne seront plus remplies que d'enfants comme Nicky, et la situation ne fera qu'empirer, c'est en tout cas ce que dit la Fée.

Antón trouve que la Fée et la Maman ont des traits en commun. La façon dont la Fée s'adresse aux enfants, par exemple. Jamais elle ne leur crie dessus, difficile pourtant de ne pas crier sur Nicky. Un jour, Nicky avait simulé une crise de nerfs et s'était roulé par terre en hurlant. Lorsque la Fée s'était approchée pour l'aider à se relever, il l'avait mordue jusqu'au sang. Antón avait été à deux doigts de hurler à son tour, mais il s'était contenu parce que la Fée le lui avait signifié clairement : s'il voulait donner un coup de main de temps en temps comme bénévole à la ludothèque, il ne devait jamais, en aucun cas, quoi qu'il arrive, intervenir. En s'y mettant à deux, et avec l'aide d'une autre éducatrice, une femme assez corpulente qui distribue le lait et les biscuits, ils étaient finalement parvenus à maîtriser Nicky et à le mettre à l'écart. La Fée avait parlé longuement avec l'enfant pour tenter de lui faire comprendre qu'il ne pouvait continuer à se comporter ainsi. Antón, préposé à la garde des autres petits, trouvait absurde qu'elle se donne tout ce mal pour un gamin comme Nicky, qui d'ici cinq ans aurait mal tourné, qu'on verrait se castagner avec les Marocains, une cannette de bière à la main, et qui aurait complètement oublié la Fée, sauf peut-être pour se rappeler cette belle paire de nichons qu'elle avait.

Antón avait rencontré la Maman un vendredi soir, à deux heures du matin, dans un bar du quartier, une ancienne taverne que son nouveau propriétaire, Jamal Benani, un peintre marocain relativement connu, avait parsemée de fauteuils et de petites tables de récupération. La touche personnelle du mobilier, alliée à la présence sur chaque table, comme dans un restaurant, d'une petite bougie étincelante, avait fait de ce bar un lieu invitant à la méditation plutôt qu'à la danse, et le rendez-vous des fumeurs de joints. Antón était justement vautré dans un des fauteuils, attendant son ami Silvio qui était allé aux toilettes pisser toutes les bières qu'il avait descendues, lorsque deux filles s'étaient approchées pour s'enquérir des fauteuils libres qui se trouvaient de l'autre côté de leur table.

– On peut s'asseoir là? avait demandé l'une des deux. Il n'y a pas d'autre place.

– Oui, bien sûr. Mais à condition de nous raconter quelque chose.

La fille s'était esclaffée de bon cœur, lui semblait-il, et pourtant il estimait n'avoir rien dit de particulièrement drôle.

– Bon, alors qu'est-ce que tu veux que je raconte? avait-elle demandé. Je peux vous raconter par exemple que ça ne serait pas de refus si vous nous payiez une bière.

Il l'avait examinée de la tête aux pieds. C'était une grande blonde souriante, avec un joli visage, mais un peu rondelette. Sa copine, au contraire, était très mince mais n'était pas aussi mignonne, même si force était de reconnaître qu'elle avait des cheveux noirs magnifiques, très longs, dignes d'une pub pour shampooing. Il s'était dit que ça pouvait valoir le coup de les inviter. Au bout d'une heure et de trois bières, Antón et la dodue dansaient sur la piste. Et au bout de deux heures et de six bières, c'était la fermeture, et la dodue tenait une cuite monumentale, c'est du moins ce qu'il avait déduit à en juger par sa voix pâteuse et ses rires incessants. Elle lui avait dit qu'elle s'appelait Miriam et qu'elle habitait le quartier, mais la partie bourge, près de la gare d'Atocha, et où il n'y a pas un Noir ni un Arabe. Il lui avait proposé de la raccompagner car le quartier était dangereux. Ce n'était pas un prétexte, le quartier était bel et bien dangereux, surtout à cette heure-ci et pour une belle fille comme elle. Ils avaient donc raccompagné d'abord la mince, qui s'appelait Diana, jusqu'à un taxi. La chose avait bien pris quarante-cinq minutes car les taxis ne s'aventurent guère dans le quartier, encore moins un vendredi soir. Puis Antón avait remonté la rue Salitre enlacé à Miriam et, une fois devant chez elle, il n'avait même pas eu à lui demander de le laisser entrer, ils étaient montés ensemble le plus naturellement du monde, comme s'ils le faisaient tous les jours. Ce n'est que le lendemain qu'elle lui avait avoué qu'elle avait quarante ans.

Elle s'appelle Miriam, mais c'est ce qu'elle est, et non son prénom, qui intéresse Antón. Elle s'est séparée il y a quelques mois. Elle a un fils de quatre ans et s'est mise d'accord avec son mari. Au lieu de la garde alternée un week-end sur deux, elle laisse son fils à son ex un jour et demi chaque week-end, ce qui lui permet de sortir tous les vendredis soir. Le samedi, normalement, elle est tellement épuisée qu'elle n'a aucune envie de sortir et passe tout l'après-midi chez elle avec son fils qui s'amuse à dessiner des animaux. Le soir, elle reste sur son canapé, à regarder une émission people. Antón a pris l'habitude de la retrouver certains jours de la semaine, en sortant du Centre. Il arrive vers neuf heures chez elle, une fois qu'elle a fini de faire dîner son fils et de le mettre au lit. Puis ils couchent ensemble. C'est ensemble également qu'ils se lèvent le lendemain à sept heures et demie, car Antón doit aller travailler et la Maman doit conduire son fils à l'école, mais il faut toujours qu'il parte comme un voleur, parce qu'elle ne veut pas que l'enfant le voie. Elle attend que son jeune amant ait fichu le camp pour réveiller le gamin, elle préfère qu'il ne sache pas qu'un homme, qui n'est pas son père, dort à la maison. Antón trouve un peu ridicule une telle prudence : qu'est-ce qu'un enfant aussi jeune peut donc savoir sur le sexe ? Mais la Maman ne lui laisse pas le choix, et comme il aime dormir avec elle, il obtempère. Ils ne sortent pas ensemble le week-end ; elle sort avec ses amies et lui ne pose pas de questions, il sort avec la Teigneuse, que faire d'autre ? Il comprend bien qu'il joue les utilités, que pour la Maman il n'est qu'un pis-aller, car ce qu'elle recherche, c'est un homme de son âge avec un avenir, un boulot et tout ce qui va avec, et il est trop jeune pour elle. Mais recherche-t-elle vraiment quelque chose ? Ce qui est sûr, c'est qu'elle ne lui a pas réservé de place dans sa vie et qu'elle n'a pas l'intention de lui en réserver une. Lorsqu'il lui envoie un SMS sur son portable, elle met bien un ou deux jours à répondre, ce qui le conforte dans l'idée qu'elle ne le tient pas pour une des priorités de son existence. Mais d'un autre côté, il n'aimerait pas non plus s'embarquer dans une relation sérieuse avec une femme qui pourrait être sa mère et qui aura près de soixante ans quand il en aura quarante, et il en conçoit parfois de la tristesse car elle lui plaît énormément. Il aime sa douceur, son humeur égale, son sourire qui ne la quitte jamais, toutes qualités qui lui plaisent aussi chez la Fée, dont la patience envers les enfants du Centre est égale à celle de la Maman pour son fils, et c'est pour cela, sans doute, qu'il est en train de tomber amoureux d'elle.

Maintenant que tous les enfants, à l'exception de Nicky, ont rendu leurs dessins, la Fée annonce qu'il est l'heure du goûter et tous, y compris Nicky, s'assoient à leur place, dociles et silencieux, conscients que s'ils ne sont pas sagement assis, ils seront privés de lait et de biscuits. À les voir se ruer sur les biscuits et en réclamer encore et encore, Antón comprend que ces gosses meurent de faim, que leurs parents ne leur donnent pas à manger à midi et comptent sur le goûter qu'on leur sert au Centre. Le fils de la Maman, lui, rechigne à manger au dîner et ne finit jamais ce qu'il a dans son assiette, sa mère a beau supplier, ordonner, ou même essayer la ruse en mimant l'avion qui transporte la nourriture jusque dans la gueule du monstre. Il peut rester une demi-heure sur sa chaise haute à jouer avec les morceaux de poisson, jusqu'à ce que la Maman, s'avouant vaincue, mange elle-même ce qui reste. La psychologue de l'école a déclaré à la Maman que si l'enfant manque d'appétit, c'est qu'il souffre beaucoup de la séparation. Elle en ressent une certaine culpabilité et se demande parfois si elle n'a pas commis une erreur en chassant son ex de chez elle, mais elle essaie de ne pas trop y penser, d'autant qu'il ne reviendra jamais ; sans doute est-il plus heureux à coucher à droite et à gauche.

La Maman et son ex-mari avaient cessé de faire l'amour lorsqu'elle s'était retrouvée enceinte. Il disait ne pas vouloir faire de mal à l'enfant et elle approuvait, même si elle avait lu dans *Être parents* que les relations sexuelles n'abîmaient pas le fœtus. Ensuite, après la naissance, non seulement elle avait toujours des contractions, mais le bébé tétait toutes les trois heures et ne la laissait dormir que par intermittence. Et lorsqu'il s'était enfin mis à faire ses nuits et que les contractions n'étaient plus qu'un vieux souvenir, c'est son mari qui avait commencé à se dire fatigué, à prétendre qu'il n'avait pas envie. Elle avait beaucoup grossi, sa poitrine s'était affaissée, et elle se disait que c'était pour ça qu'il ne la désirait plus, ce qui la déprimait beaucoup et lui faisait perdre de l'assurance. Quand elle avait raconté tout ça à Antón, celui-ci lui avait répondu qu'il adorait ses seins, ses seins si gros, et elle lui avait répondu : «Quel obsédé!», mais elle avait souri, visiblement flattée.

Cela fait un mois qu'Antón travaille comme bénévole. Il ose désormais prendre des initiatives. Aujourd'hui, par exemple, il a apporté des sucettes. La Fée lui a dit qu'il pouvait offrir des friandises aux enfants, à condition qu'il y en ait pour tous et qu'il ne les distribue qu'après le goûter. Lorsque Yeni aperçoit le paquet de sucettes, c'est tout juste si elle ne se jette pas dessus. Yeni ne se fait pas beaucoup remarquer, car elle ne dit jamais rien et ne fait pas grand-chose. Elle est très grosse, mais de cette grosseur laide et mollassonne, de celle qui touche seulement les pauvres, car les autres, les enfants comme le fils de la Maman, dès qu'ils ont affaire au psychologue à l'école, sont envoyés par leurs parents chez un endocrinologue qui leur recommande de manger beaucoup de fruits et de consommer peu d'hydrates de carbone. Mais la maman de Yeni est femme de ménage et a tout juste de quoi faire vivre ses trois enfants, c'est pourquoi ils mangent du riz et des pâtes tous les jours, et ne voient presque jamais la couleur d'un fruit. Yeni ne joue pas au ballon parce qu'elle se fatigue aussitôt, mais aussi parce que Nicky se moque d'elle et la traite de grosse. Antón devine que Yeni finira comme la tante de Nicky, qui fait très dame déjà, malgré sa jeunesse : deux enfants à vingt ans et un poids frôlant les cent kilos. De surcroît, Yeni n'est manifestement pas attirée par les études et personne dans sa famille ne l'y pousse d'ailleurs. Une romancière est venue un après-midi donner une conférence aux femmes qui fréquentent le Centre. Elle habite le quartier, et la Fée a raconté à Antón qu'il lui arrivait d'amener sa fille, toute petite, à la ludothèque. Antón a dit aux enfants : « Vous voyez cette dame ? Eh bien elle écrit des livres, et si vous travaillez bien à l'école, vous aussi, quand vous serez grands, vous pourrez écrire des livres. » Et Yeni lui a rétorqué : « Les femmes n'écrivent pas de livres. » Et Akram a surenchéri : « Moi, je n'ai pas besoin d'étudier, parce que plus tard je veux être footballeur, comme Zidane. » Antón connaît la passion d'Akram pour Zidane, et d'ailleurs il s'est juré – quand il aura un peu plus d'argent car il est fauché en ce moment – d'offrir à Akram le maillot de Zidane. Le problème, c'est que s'il s'exécute, il devra aussi offrir quelque chose aux autres mômes, et avec le salaire de merde qu'il a, il n'a même pas de quoi payer le loyer de son studio. En attendant, il lui faut se contenter d'apporter des paquets de sucettes.

Antón ne sait pas comment s'y prendre avec la Fée, s'il doit ou non lui faire du gringue. Elle ne lui a jamais témoigné le moindre semblant d'intérêt, et il craint de surcroît, au cas où cela donnerait quelque chose, de s'emballer, d'être incapable de s'engager avec sérénité dans une relation où l'on ne se voit que de temps en temps, comme celles qu'il entretient avec la Teigneuse et la Maman. Il a l'impression que s'il sortait avec la Fée, il s'embarquerait dans une histoire comparable à celle qu'il a eue avec Irene, car elle semble être de ces femmes qui se ne contentent pas de partager les parcelles de temps libre de leur compagnon, et lui, de son côté, est de ceux qui finissent par tout accepter d'une femme qui leur plaît vraiment.

La Teigneuse était la meilleure amie de la compagne du meilleur ami d'Antón. Dit de cette façon, cela paraît très compliqué, mais c'est en réalité très simple. Après le départ d'Irene, Silvio avait dit à Antón : « Susana a une amie, Sonia, qui est bien roulée, mais un peu teigneuse, à mon avis. Mais pour être bien roulée, elle est bien roulée. On pourrait sortir un soir tous les quatre et... sait-on jamais ? » Ils étaient allés au cinéma voir un film américain, le genre de film qui ne laisse pas de souvenir impérissable, puis ils étaient allés boire un coup dans la même taverne où Antón avait connu la Maman, et au bout de deux heures, il avait compris pourquoi la Teigneuse était si teigneuse. Elle se plaignait de tout : de son père qui était un con ; de son chef qui était un vieux dégoûtant ; de son boulot qui était un enfer ; du quartier qui était merdique. N'empêche qu'elle était effectivement bien roulée et que la minijupe laissait apparaître des jambes superbes. Antón se disait qu'avec les jambes de la Teigneuse, les seins de la Maman et les yeux de la Fiancée, on obtiendrait la femme parfaite, et il continuait à baratiner la fille, d'abord parce qu'il s'ennuyait, ensuite parce que ses jambes l'excitaient. Et puis aussi parce que ce foutu caractère, si infantile, qu'elle affichait lui donnait à penser qu'elle devait être un bon coup, même si, à bien y réfléchir, il ne voyait pas trop le lien entre les deux, mis à part, peut-être, le fait qu'Irene, la Fiancée, qui était le calme et la douceur mêmes, était, au lit, un brin fadasse. Quant à la Maman, c'était autre chose. Mais, finalement, la théorie ne s'était pas vérifiée, car la Teigneuse n'était pas non plus si exceptionnelle au lit. Elle donnait libre cours à ses humeurs : jamais un baiser ni une marque de tendresse, et des reproches dès le réveil sur la laideur de son studio étriqué, qui avait perdu beaucoup d'agrément, il est vrai, depuis que la Fiancée en avait emporté toutes ses affaires. Mais la Teigneuse avait beau être désagréable, elle n'avait de cesse ensuite de lui envoyer des SMS affichant «Onsvoi?», ce qui commençait à l'agacer quelque peu.

Du peu qu'il sait de la Teigneuse, Antón croit déduire qu'elle a besoin d'une relation stable, car le moins qu'on puisse dire est que sa vie n'a pas été des plus paisibles. Le père battait régulièrement la mère, et ce jusqu'au jour où celle-ci a fini par porter plainte, et comme maintenant il ne peut plus lever la main sur elle car il sait qu'il irait tout droit en prison, il passe son temps à hurler son incompréhension, à répéter à sa femme et à sa fille : «Espèces de traînées, sales traînées, voilà tout ce que vous êtes!» Sonia, c'est le nom de la Teigneuse, veut partir de chez elle, mais avec ce qu'elle gagne comme téléopératrice, elle ne peut même pas y songer, et Antón craint que, s'il continue à sortir avec elle, elle ne finisse par s'installer chez lui et qu'il ne se voie contraint de l'entretenir, c'est quelque chose qui lui pend au nez, car c'est comme ça que ça s'était passé avec la Fiancée : «Je ne peux plus supporter mon père» et autres jérémiades de ce style. Mais il y a deux ans, lorsqu'il s'était mis avec Irene, il était naïf; aujourd'hui, il l'est moins. En outre, il ne s'imagine pas en couple avec la Teigneuse. Il commence à se dire qu'il faudra qu'il cesse de la voir s'il ne veut pas s'attirer d'ennuis.

Selene a de la fièvre et mal à la tête. On lui a donné un paracétamol, mais on ne peut pas la renvoyer chez elle car il n'y a personne à la maison. Sa mère est femme de ménage et elle est payée à la journée ; si elle ne se rend pas à son travail, elle n'est pas payée, et donc, si la petite tombe malade, elle l'envoie quand même à l'école. Ce que craint l'équipe du Centre, c'est qu'elle soit contagieuse pour les autres enfants. Elle fait de la peine à Antón et il a envie de la prendre dans ses bras, mais la Fée lui a dit et redit qu'il n'était pas question d'étreindre ou d'embrasser trop souvent les gosses, car de nos jours on est accusé d'abus sur mineurs pour un oui pour un non, et nombreux sont ceux, notamment parmi les Sud-Américains, qui trouvent louche qu'un homme veuille s'occuper d'enfants et qui affichent une méfiance ostensible. Ils ont d'ailleurs eu un jour un gros problème avec un des éducateurs, un homosexuel passablement efféminé ; un des parents s'était acharné à prétendre qu'il voulait pervertir son fils. La Fée est toujours aussi furieuse lorsqu'elle évoque cette histoire, ce qui est surprenant de sa part car elle ne s'emporte que rarement : « Elle est bonne, celle-là, à les entendre ça serait normal de frapper un enfant, mais l'embrasser, ça, c'est louche ! » Le résultat, c'est que l'éducateur a quand même été écarté du Centre ; il travaille aujourd'hui auprès de personnes âgées.

L'éducatrice boulotte entre en portant deux sacs, qui contiennent le lait et les biscuits. Elle les pose sur la table et s'approche du placard pour en sortir les verres ébréchés des enfants, c'est alors qu'elle aperçoit Selene, qui s'est endormie sur deux chaises. Antón l'a couverte avec son propre pull.

— Qu'est-ce qu'elle fait là, cette petite ?

— Elle est souffrante, elle a de la fièvre.

— Quelqu'un devrait l'amener chez le médecin, parce que ce n'est pas sur sa mère qu'il faut compter… Est-ce que Claudia s'est approchée d'elle ?

— Évidemment.

— Je veux dire, elle l'a embrassée, serrée dans ses bras ?

– Je ne sais pas… Il me semble que oui.

– Elle est dingue ou quoi, cette fille ? Cette petite a peut-être la rougeole, ou la rubéole, ou la varicelle… C'est fréquent à leur âge. Va chercher un thermomètre au secrétariat et préviens-moi si la petite a plus de trente-huit. Où est Claudia ?

– Dehors, elle joue au ballon avec les autres enfants. Je suis juste passé voir comment allait Selene.

Elle sort, Antón lui emboîte le pas ; la première en quête de la Fée, le second du thermomètre. Antón se dirige vers le secrétariat, situé dans le bâtiment voisin de la ludothèque. En chemin, il se retourne et aperçoit l'éducatrice boulotte et la Fée, plongées dans une vive discussion.

Lorsqu'il revient muni du thermomètre, il tombe sur la Fée, qui est appuyée contre la porte de la petite maison, l'air songeur.

– Qu'est-ce qui s'est passé ? Pourquoi Keti était si remontée ?

– Pour rien, c'est des histoires entre nous. Tu as apporté le thermomètre ?

– Oui, tiens.

– Dis, je ne peux pas amener Selene chez le médecin, mais le dispensaire est juste à côté, tu sais où il est ?

– Oui, oui, bien sûr.

– Bon, alors prends-lui la température, et si tu vois qu'elle a beaucoup de fièvre, amène-la. Demande à voir le pédiatre et dis-lui que tu viens de ma part.

– Pour moi, pas de problème, mais tu ne préfères pas que ce soit moi qui reste pour garder les enfants ? Personne ne me connaît au dispensaire.

– Non, vas-y toi, je t'ai déjà dit que je ne pouvais pas.

C'est alors qu'Antón revoit l'air épouvanté de l'éducatrice quand elle lui avait demandé : « Elle l'a embrassée ? », et il lui vient l'idée que la maladie de Selene est peut-être plus grave qu'il n'y paraît.

Il entre dans la petite maison et trouve Selene endormie, une de ses petites mains agrippée à la manche de son pull. Il la prend dans ses bras et s'étonne du peu qu'elle pèse. Sur le chemin du dispensaire, il se demande si Selene n'est pas en train de lui refiler la tuberculose ou une maladie de ce genre.

Un après-midi de plus, semblable à tous les après-midi qu'Antón a passés à la petite maison. Semblable et différent à la fois, toujours la même routine, interrompue par diverses disputes. Les gosses s'amusent à faire une fresque et, pour cela, il leur faut découper des fleurs bariolées et les coller sur un bristol grand format. Ils adorent ça, mais ils n'en ont pas souvent l'occasion, car il faut des ciseaux et de la colle. Or les ciseaux, malgré leur pointe arrondie, ne sont pas sans danger, notamment entre les mains d'un enfant comme Nicky, qui peut avoir l'idée de frapper Mohammed avec, Mohammed à qui il est d'ailleurs déconseillé aussi d'utiliser les ciseaux, inapte qu'il est à manipuler de petits objets. Quant à la colle, Rachid, qui n'a pas encore sept ans, a été surpris un jour en train d'en sniffer. Il a expliqué que c'était son frère qui lui avait appris à le faire, et que ça pouvait aussi se faire avec du vernis à ongles. Le frère de Rachid doit avoir une quinzaine d'années, et Antón l'a aperçu avec cette bande de Marocains peu sympathiques. Antón découpe des fleurs et met un peu de colle, puis donne les fleurs aux enfants pour qu'ils les plaquent sur le carton, mais aucun n'a accès aux ciseaux ni au tube. Lorsqu'il tend une fleur à Selene, celle-ci la colle à une de ses tresses et il se dit qu'elle cherche à attirer son attention. Depuis qu'il a emmené l'enfant chez le médecin, elle s'assoit en effet toujours à côté de lui et le regarde subjuguée. En fin de compte, elle n'avait ni la varicelle, ni la rougeole ni la rubéole ni la tuberculose, seulement un virus, mais pour la mère c'était un vrai problème, car le médecin avait recommandé qu'elle reste à la maison, ce qui n'était pas possible. C'est finalement une des cousines de Selene, Carla, âgée d'environ treize ans, qui avait dû manquer deux jours de classe pour garder la petite. Mais les parents de Carla, tout comme ceux de Yeni, n'accordent guère d'importance au fait que les filles étudient.

La Fée s'approche d'Antón.

– Dis, tu peux rester avec eux le reste de l'après-midi ? Je crois que je vais rentrer chez moi, je ne me sens pas très bien.

Ce qu'il vient d'entendre ne l'étonne guère, car elle a vraiment très mauvaise mine et il y a un instant, lorsqu'il est allé aux toilettes, il a cru l'entendre vomir. Elle a les yeux très brillants, comme si elle avait de la fièvre. Ou comme si elle avait pleuré.

– Oui, bien sûr, je m'en occupe.

– Tu ne resteras pas seul avec eux longtemps, Keti ne devrait pas tarder.

– Pas de problème, ne t'inquiète pas.

La Fée prend son sac et, avant de s'en aller, s'approche d'Antón et lui dépose un baiser sur la joue.

– Je te remercie, tu me sauves la vie.

Le tout premier baiser en près de deux mois, et si inattendu qu'Antón en pique un fard. Les lèvres de la Fée sont humides et délicates. Il ressent le besoin impérieux de rapprocher la main du menton pour s'assurer que le baiser est toujours là, mais il se retient à temps. Ce baiser lui a laissé une étrange sensation de joie triste, comme dérisoire. La Fée sentait un curieux mélange d'eau de Cologne pour enfant et de renfermé. Un autre baiser vient se superposer au premier. C'est Selene qui, jalouse de la Fée, a voulu elle aussi embrasser Antón. La fleur en papier se décolle de la tresse.

Tandis qu'il continue à découper des fleurs, il ne peut chasser de son esprit le baiser de la Fée et il se demande s'il n'est pas temps de lui parler. Cela ne devrait pas présenter de difficulté : attendre que tous les enfants soient partis et, au lieu de prendre congé avec l'habituel «À demain», oser un : «Et maintenant, tu fais quoi? Ça te dirait d'aller prendre un verre?» Mais Antón est de ceux qui ne demandent pas mieux que de se laisser aimer par l'autre; ce n'est jamais lui qui a pris l'initiative, et la peur de l'échec le paralyse. De plus, une autre peur l'assaille. La peur de tomber amoureux d'elle, de reproduire avec elle ce qui s'est passé avec Irene, de se retrouver soudain prisonnier d'une situation un peu trop facile et agréable. La fresque est achevée à présent, une multitude de fleurs sur fond jaune, chacune d'elles portant, peint en son milieu, le nom d'un des enfants. C'est plutôt laid, comme, il faut bien le dire, presque toutes les œuvres réalisées à la ludothèque. De très bonnes intentions pour de piètres résultats. Antón l'accroche au mur avec quatre punaises.

— Vous avez vu comme c'est beau? Allez, sortez maintenant jouer un peu au ballon en attendant que Keti arrive avec le goûter.

Les garçons sortent en trombe, Akram en tête, suivi de près par Rachid, Nicky affairé à donner des coups de pied à Mohammed, les filles très en arrière comme toujours, et Selene agrippée à la main d'Antón tel un naufragé à sa planche.

Akram tire le premier et Mohammed attrape le ballon des deux mains.

— Hé, vous, pourquoi vous jouez pas au foot?

— Parce que le foot, c'est un jeu de garçons.

— Qui est-ce qui dit ça?

— Tout le monde. À la télé, dans les matchs, il y a que des hommes qui jouent.

— Il y a des femmes aussi qui jouent, Fátima, mais c'est vrai que les matchs de filles ne passent pas à la télé.

— S'ils passent pas à la télé, c'est qu'ils sont pas importants.

Antón ne poursuit pas la conversation. Il est là pour garder les mômes, pas pour leur tenir des discours sur la manipulation des médias ou ce genre de choses. Il sait de surcroît que Fátima est butée, un peu comme Akram mais en fille, et qu'elle adore contredire les gens.

Fátima parle beaucoup de son papa. Un jour il est pilote, le lendemain footballeur, le suivant garde du roi, selon son humeur à elle. Antón subodore que Fátima n'a jamais connu son père.

Ils voient arriver au loin l'opulente Keti qui porte les paquets du goûter. Elle avance sur le gravier du chemin, la mine épuisée, puis vient à leur hauteur.

– Bonjour, les enfants. Salut, Antón. Elle est où, Claudia ?

– Elle est rentrée chez elle. Elle se sentait mal, elle n'avait pas bonne mine…

– Ah, je comprends. La pauvre… Se démener avec toute cette marmaille, ça doit l'épuiser.

– Ça nous épuise tous.

– Oui. Mais Claudia, encore plus.

Antón commence à s'inquiéter sérieusement.

– Qu'est-ce qui lui arrive ? Elle est malade ?

– Malade, pas précisément. Elle attend un heureux événement.

La nouvelle prend Antón par surprise. Il devient blême, comme s'il venait de recevoir une gifle.

– Personne ne m'avait rien dit…

– Évidemment, tant qu'on n'a pas passé le cap des trois premiers mois, c'est plus prudent de ne rien dire…

– Mais… – Antón a tellement honte qu'il ose à peine formuler la question qui lui brûle les lèvres. – Elle est mariée ?

– Mariée, non, mais tout comme. Elle a un copain depuis toujours qui travaille aussi au Centre, avec les «Positives», tu sais, le groupe de parole pour les femmes. Isaac, un petit avec des lunettes. Tu as dû le voir, je pense, ce n'est pas un très bel homme, mais il a un cœur gros comme ça… Ils forment un si beau couple, tous les deux. Bon, allez, je vais à l'intérieur, sinon ces gosses ne vont jamais goûter. Fais-les rentrer d'ici dix minutes.

Cela fait des années qu'Antón n'a pas pleuré, et s'il n'était pas devant les enfants, il se serait sans aucun doute abandonné au désespoir. Dans sa tête se mêlent tristesse, déception, colère et jalousie. Comment a-t-il pu être aussi stupide ? Deux mois à venir la voir tous les jours, soixante jours à supporter les cris et les bagarres des gosses, et tout ça pour rien. Car si le problème se résumait au fait que la fille avait un copain, passe encore, mais qu'elle soit enceinte... C'est foutu. C'est parce qu'il est idiot, parce qu'il n'a jamais posé aucune question, que ça lui tombe dessus comme ça. Il aurait dû lui demander dès les premiers jours : «Dis-moi, Claudia, ma belle, tu sors avec quelqu'un ?» Rien de plus simple, au lieu de rester là comme une cloche à attendre qu'elle prenne les devants. Voilà pourquoi elle a de si gros seins, songe-t-il, la Maman le lui avait dit, ils deviennent énormes pendant la grossesse. Dans sa tête, il ressasse cette idée fixe : «Maisquelconmaisquelconmaisquelcon!», il la répète et la martèle de sorte qu'elle lui fasse encore plus mal. Et, juste au moment où il avait résolu de ne pas revenir le lendemain, il sent que quelqu'un le tire par la chemise :

— Msieuuuu !

C'est Mohammed qui le regarde avec d'énormes yeux noirs effarés. L'enfant doit trouver curieux que le monsieur (entre eux, les enfants appellent ainsi tous les adultes) reste aussi longtemps comme ça, le regard perdu.

— Qu'est-ce que tu veux encore ?

— Le ballon...

Mohammed désigne le couple de poivrots, qui s'est à nouveau emparé du ballon.

— Merde alors, ça finira jamais ! — peste Antón.

Et, prenant par la main Mohammed et Selene, il se dirige vers l'esplanade, persuadé qu'Akram lance le ballon vers les ivrognes par pure taquinerie, pour les réveiller, et que la journée est bien partie pour être agitée! Et aussi celle de demain. Et celle d'après-demain. Et toutes les autres.

LA TEIGNEUSE

ON PÈRE DIT QUE JE NE MESURE PAS la chance que j'ai, que lui, à mon âge, ne pouvait pas acheter de capotes ni ma mère de pilules, car c'était interdit... Et moi je lui dis que j'aurais préféré mille fois passer ma vie à me faire courser par les flics de Franco qu'à bosser comme téléopératrice. D'ailleurs, comment faire pour baiser, vu qu'au train où je vais, jamais je n'aurai de maison à moi, et comme lui ne me laisse pas amener de petit ami et que baiser dans les squares me fait peur depuis la fois où j'ai failli être violée par des Latin Kings ? Et dans une bagnole, c'est pas très confortable... C'est vrai, Antón a son appartement à lui, mais quelque chose me dit qu'avec Antón ça ne va pas durer longtemps, pas parce que je ne veux pas, non, c'est que j'ai l'œil pour ces choses-là, j'ai quand même déjà un peu vécu.

Donc non, vraiment, je ne vois pas quelle chance j'ai.

« Allô, Sonia López à votre service, c'est à quel sujet ? », « Voilà, c'est l'ADSL qui m'a lâché », « Si vous voulez bien m'indiquer vos coordonnées, la couleur de vos yeux et votre pointure, je pourrai vous passer quelqu'un et, qui sait, peut-être votre ligne sera-t-elle rétablie sous peu », « Mais j'ai besoin de l'ADSL pour travailler... » Et quand tu ouvres le dossier de réclamations du client, tu constates que c'est la énième fois qu'il appelle pour le même problème et tu te dis que si un autre n'a pas su le régler, ça n'est pas toi, qui n'as pas la moindre idée de comment ça marche, qui vas le régler. Mais tu sais qu'il y a une responsable qui surveille la conversation avec des écouteurs et tu te débarrasses du problème comme tu peux – «Un instant s'il vous plaît, je vous passe un technicien ou un commercial» – et tu envoies l'appel à quelqu'un qui ne veut pas répondre parce que lui aussi a le dossier sous les yeux et qu'il sait qu'il n'y a pas de solution… Ce qui compte, en revanche, c'est de dévier l'appel le plus vite possible vers un numéro surtaxé pour pouvoir facturer au client 50 centimes la minute. Je dois bien me faire insulter cinq cents fois par jour : parce qu'une collègue qui n'avait aucune idée de ce qu'elle devait faire a appuyé sur une mauvaise touche et a laissé un client en rade et sans connexion, parce que certains techniciens de la société ne réparent plus de lignes depuis des semaines, ou encore parce qu'une débutante a établi de travers un constat de panne et a annulé une ligne d'un simple clic, ou bien parce qu'un mauvais diagnostic a été effectué sur tel ou tel problème… Un mauvais diagnostic, forcément, qu'est-ce qu'ils pouvaient espérer si aucune de nous n'a étudié l'informatique? Et il faut nous voir, toutes comme des poulets sans tête chaque fois qu'on prend un appel, courant après le coordinateur qui ne peut pas s'occuper de nous parce que lui-même est affairé à calmer dix autres pauvres filles qui ne savent pas non plus utiliser le logiciel et qui n'ont aucune idée de ce que leur raconte le client. On nous a installées dans un bureau crasseux, avec lumière artificielle, entassées sept heures durant, sans pouvoir à aucun moment lever les yeux de l'écran. On nous accorde cinq minutes de pause par heure de travail, mais comment faire pour pisser en cinq minutes quand il n'y a qu'un WC pour tout un bataillon? Le moins qu'on puisse dire, c'est qu'on a un salaire de merde, six cents euros par mois, même pas de quoi se payer une piaule. Et, en plus, pas besoin de t'inquiéter si tu n'as rien prévu pour ton week-end, car tu as un jour de libre par semaine et qui n'est jamais un samedi ou un dimanche. Génial…

Jusqu'au jour où une de nous craque et sort à un client qui appelle : « Portez plainte auprès de votre association de consommateurs, on se fout de vous », et la chef, évidemment, l'entend, et la pauvre se retrouve à la porte. Virée pour avoir dit la vérité… D'après un des tracts laissés par les syndicats dans la salle de repos, si nous travaillions directement pour la compagnie de téléphone en fournissant exactement le même service, nous toucherions le triple. Mais nous travaillons en sous-traitance. Et sous la menace permanente de cette dé… délocalisation suspendue sur nos têtes comme… Comment ça s'appelait, déjà, ce truc dont on nous parlait au lycée ? L'épée de Périclès, c'est ça ? Il paraît que nous, les salariés, on coûte trop cher, que d'ailleurs les autres entreprises le font déjà, que ce serait la tendance du marché… C'est pour ça que les centres d'appel se trouvent au Maroc ou à Tanger ou en Argentine, où on doit encore moins que nous avoir une idée de comment on répare une panne. On m'a dit qu'au Maroc on leur interdisait de dire : « Hassan à votre service », et qu'ils devaient dire quelque chose du style : « José à votre service. » Et si c'est une fille avec un prénom très arabe, du genre Souad, par exemple, c'est Susana qu'elle doit s'appeler, pour que ceux qui appellent ne devinent pas la supercherie. Donc, non seulement ils sont nuls, mais en plus, ils se foutent du monde.

Et c'est pour ça que je le dis et que je le redis à mon père.

Franchement, papa, j'aurais préféré me faire courser par les flics et vivre à une époque où il n'y avait pas d'ADSL.

Mais lorsque je réponds à mon père, il se met hors de lui, il hurle, fou de rage, rouge comme une tomate, les yeux exorbités… Un cinéma pas possible. Il ne nous tabasse plus, il n'y pense même pas, car il sait que s'il touche ma mère et lui laisse la moindre marque, on ira au commissariat comme la dernière fois, d'où on nous avait envoyées à l'hosto pour qu'un médecin certifie que oui, ma mère était contusionnée. Comment aurait-elle pu ne pas être contusionnée avec un œil au beurre noir ? Les policiers l'avaient vue, pas besoin d'un médecin pour confirmer l'évidence, il me semble, et peu après deux policiers s'étaient présentés au domicile et avaient emmené mon père avec les menottes. Il fallait voir les voisines, la matière à ragots qu'on leur a fournie, parce que les voisines, ça adore déballer, et bien entendu, dès le lendemain, Amina me questionnait dans l'ascenseur : «Dis donc, on m'a dit que ton père avait été emmené par la police. Rien de grave au moins ?» Et moi je réponds : «Si, c'est grave mais je te raconterai rien», et j'ai tourné les talons. Amina n'a pas de père ; je crois qu'il est en taule, son père. Amina vit avec sa mère et son petit frère, Akram, je crois qu'il s'appelle, un sale gosse, très mignon mais très mal élevé, il me tire tout le temps la langue. C'est curieux de voir des Marocaines vivre sans un homme au foyer. Moi, je ne demande pas à Amina où est passé son père, alors je ne veux pas qu'elle me pose de questions au sujet du mien. Alba aussi m'a interrogée dans l'escalier, mais d'une autre façon, nettement plus subtile : «Sonia, tout va bien chez vous ? Vous n'avez besoin de rien ?» Alba est plus discrète, mais il faut dire qu'elle a intérêt à l'être, vu toutes les choses qu'on raconte sur elle dans le quartier, elle se fait traiter de tous les noms depuis qu'elle a une liaison avec cet Arabe. Donc elle ne se mêle jamais de ce qui ne la regarde pas et elle ne pose pas de questions ; elle vit avec un Marocain, évidemment c'est le scandale assuré ; il faut dire que dans ce quartier, les choses ont vite fait de tourner au scandale. Avant, elle avait un petit ami infernal qui passait sa journée à lui crier dessus. On l'entendait jusque chez nous ; un Équatorien, à tous les coups. Les Équatoriens ont cette manie de crier pour un rien et de mettre la musique à fond en permanence. Il n'y a qu'à voir ceux du troisième. On n'entend que des vociférations, des hurlements qui résonnent dans toute la cage d'escalier. Antón dit qu'il connaît de la ludothèque Nicky, leur fils, et il dit que c'est un garçon très méchant. Je n'en suis pas étonnée, comment un enfant qui entend crier à longueur de journée pourrait-il être autrement que méchant ? Le copain d'Alba criait lui aussi. Je me demande comment cet immeuble ne s'écroule pas sous tous ces cris, ceux de mon père et ceux des autres. Mais maintenant, Alba vit avec son nouveau compagnon, Aziz, qui a un salon de thé deux rues plus bas, et j'ai l'impression qu'elle s'entend bien avec lui, ils ne se disputent pas, on dit pourtant que les Arabes sont difficiles à vivre, mais celui-ci est un type bien, à mon avis. Eh bien, figurez-vous qu'Amina m'a raconté que des amis communs qui les avaient vus ensemble racontent partout que cet Arabe est une femmelette et que c'est pour ça que ça marche. Les gens sont d'une méchanceté incroyable. Et quant à la famille d'Alba, des cathos charismatiques, ce serait comme une espèce de secte, j'ai un peu de mal à comprendre exactement, elle dit : « Mais pourquoi cette petite Alba qui est si gentille est-elle allée se fourrer avec un Arabe ? » Comme si c'était Alba qui faisait une faveur à Aziz et pas l'inverse.

Voilà, donc je vous disais que mon père tabassait ma mère, que ma mère a appelé la police et qu'on l'a emmené avec les menottes… Ensuite on a eu droit à un procès éclair, pas plus de deux jours, avant il fallait attendre des mois pour un procès, mais maintenant, pour ces affaires-là, je veux dire quand un mari bat sa femme, ça n'est plus comme ça, mais ça n'a pas empêché ma mère de pleurer et d'affirmer qu'elle aussi l'avait frappé, que ce n'était qu'une dispute. Elle mentait, cette idiote, il faut vraiment être tarée pour défendre le mec qui te bat, il faut vraiment être bête à bouffer du foin… Mon père a quand même été déclaré coupable et on lui a délivré un ordre d'éloignement, ce qui veut dire qu'il ne pouvait pas retourner chez nous, mais il est revenu quand même et ma mère lui a ouvert la porte et il est toujours là. Maintenant il gueule mais il ne nous touche pas, car il sait que s'il récidive, il est assuré de filer tout droit en prison. Et ce que je veux, moi, c'est trouver le moyen de m'en aller de chez moi pour partir dès que possible, mais avec ce que je gagne, ça n'est même pas envisageable. Et puis j'ai peur de laisser ma mère toute seule, ça me fait de la peine, encore que je me dis qu'après tout elle l'a bien cherché, à elle d'assumer de l'avoir épousé, personne, il me semble, ne lui a mis le pistolet sur la tempe, même si elle affirme qu'il était difficile de résister à sa beauté, qu'il avait la carrure d'un homme, comme elle dit, la carrure effectivement, mais elle oublie qu'elle m'a dit aussi que quand il était jeune, mon père était déjà comme il était avec nous, qu'il lui faisait des scènes dès qu'elle mettait une jupe un peu courte, c'est des choses qu'on voyait quand même venir. Moi, je vous garantis que si un mec me crie dessus parce que je porte une minijupe, il n'est pas près de me revoir de sitôt. C'est d'ailleurs pour ça que je fais exprès de porter toujours des jupes très très courtes, surtout pour faire chier mon père, je sais que ça le met dans une colère noire. Qu'il aille se faire foutre. Une putain, il me disait, on dirait une putain. Et moi, je lui réponds : « Tu dois bien aimer ça, pourtant, parce que toi, les putes, ça te plaît, hein ? Ça te connaît, les putes, toi. » Et lui, il a vu rouge, il m'a flanqué une rouste qui m'a fait voir trente-six chandelles, je suis partie en claquant la porte et je ne suis revenue que le lendemain matin.

Le soir où j'ai fait la connaissance d'Antón, justement, je portais une jupe courte. Et lui m'a dit que j'avais de jolies jambes, et on a fini ensemble, le soir même, chez lui. Susana m'a dit qu'Antón m'appelait la Teigneuse, c'est son copain, Silvio, je veux dire celui de Susana, qui a commencé à m'appeler comme ça, et qui a donné l'idée à Antón. Eh bien moi, je préfère avoir un sale caractère plutôt que d'être comme ma mère, qui ouvre grands les bras à mon père après que ce salaud lui ait collé une beigne. Moi, c'est quelque chose que j'ai du mal à comprendre. J'aurais plutôt cru que les teigneuses n'étaient pas du goût d'Antón, parce que Susana m'a dit qu'il s'était plus ou moins entiché d'une autre et que cette autre lui plaît justement parce qu'elle est très douce, du moins à ce qu'il dit. Au fond, ils sont tous pareils, les mecs; ce qu'ils veulent, ce sont des saintes nitouches comme ma mère, pour pouvoir leur filer une raclée et qu'ensuite elles leur ouvrent grands les bras, c'est quelque chose que j'ai du mal à comprendre.

Susana me dit qu'elle ne comprend pas pourquoi je continue à coucher avec Antón alors que ce type, ça crève les yeux, n'en a rien à foutre de moi, et que je vais m'attacher à lui alors qu'il va sûrement me larguer un de ces jours. J'ai comme l'impression que Susana veut m'envoyer dans les gencives qu'elle, au moins, elle a un copain officiel avec qui ça dure et tout, mais moi, ce que je sens, c'est qu'elle finira comme ma mère, avec son Silvio qui rentre bourré tous les soirs et qui va voir les putes chaque semaine. Parce que Silvio picole, vous savez, et puis il se drogue aussi, il faut voir comment il se défonce, le mec, et quand je mets ma minijupe, par-derrière il a les yeux exorbités comme un gosse devant son cornet de glace, je m'en suis bien rendu compte, vous savez. Mais j'aime mieux ne rien dire à Susana, de la même façon que je n'ai pas expliqué à Amina pourquoi on avait emmené mon père. Je vois bien la façon dont Susana regarde Antón, j'ai quand même des yeux pour voir. Et je sais qu'elle est jalouse, il faut dire qu'Antón est plutôt beau gosse... Vous voyez ce que je veux dire. Et je ne lui explique pas non plus qu'en dormant chez Antón, ça m'évite au moins de dormir chez mon père et d'entendre ses ronflements de gros porc, et aussi de voir la tache d'humidité sur le plafond de ma chambre, je l'ai assez vue, merci, et je sais parfaitement que ma relation avec Antón ne va me mener nulle part, mais en attendant c'est toujours ça de pris.

Quelquefois, la nuit, quand je ne dors pas avec Antón, il m'arrive de faire des rêves éveillés, car on ne peut pas dire que je dorme, entre les ronflements du vieux et la peur... Pourquoi j'ai peur? À vrai dire, je ne sais pas trop... Ça m'a pris toute petite, j'avais toujours peur de me réveiller au milieu de la nuit, car ça voulait dire qu'il était encore rentré bourré et qu'il s'en prenait à ma mère, et je crois que ça m'est resté depuis, de ne pas pouvoir dormir à poings fermés ; je ne dors jamais d'une seule traite, et puis j'ai du mal à trouver le sommeil, alors je reste des heures à observer la tache d'humidité sur le plafond qui a tantôt la forme d'un dragon, tantôt d'un cheval, ou d'une fleur exotique, au gré de mes humeurs, j'imagine, et il m'arrive de penser, il faut vraiment que je sois folle, que ma vie changerait si mon père mourait. Mais je m'en veux aussitôt d'avoir des pensées comme ça, je m'empresse de les chasser de mon esprit, non, je ne veux pas qu'il meure, ça me suffirait qu'il quitte la maison pour toujours. S'il pouvait rencontrer une autre femme et s'en aller loin ! Mais qui pourrait supporter un abruti pareil, à part une autre idiote comme ma mère, mais elle, quand elle l'a connu, elle était jeune, ça fait tout de même un bail. Aujourd'hui, il ne serait plus capable d'embobiner personne. L'idée me traverse parfois la tête de faire la pute, mais une pute de luxe… de celles qui mettent des annonces dans les journaux, qui gagnent de la thune pour de vrai, pas celles qui font le trottoir, parce que je suis jeune et que j'ai de belles jambes, et au bout d'un an, j'aurais de quoi me payer des cours, de décoration par exemple. Je suis d'accord, c'est dégoûtant de baiser avec des types qu'on ne connaît pas, mais s'ils sont pleins aux as, on peut au moins espérer qu'ils sont propres et qu'ils sentent l'eau de Cologne chère. Quelquefois j'ai l'idée de foutre le camp n'importe où, à Ibiza, et de travailler comme serveuse. Mais une serveuse, c'est payé comme une téléopératrice, moins même. En plus, à Ibiza, tout le monde veut être serveur, alors je finirais sûrement pute aussi. Et d'autres fois, j'imagine que je me trouverai un autre boulot mieux payé ou que je rencontrerai un homme qui m'aime, ou même les deux à la fois, et c'est à ce moment-là, à ce moment-là seulement, que je m'endors.

LA NOIRE

COMME VOUS VOYEZ, chez nous ce n'est pas très grand, maintenant que j'y pense je n'aurais jamais dû vous laisser monter, nous aurions été bien mieux ailleurs. En plus, ça ne pouvait pas tomber un plus mauvais jour, je me suis levée du pied gauche, j'ai encore eu une engueulade avec Silvio, je vous ai déjà raconté que ça ne va pas très fort avec Silvio en ce moment. Oui, au moins la maison est bien tenue, je me donne beaucoup de mal pour ça, pour que tout soit nickel, parce que, voyez-vous, il se peut que ça ne soit pas très grand, ni très beau, mais au moins, c'est propre. Après votre coup de téléphone, j'ai astiqué de fond en comble, car vous ne pouvez vous imaginer dans quel état c'était, après la dispute d'hier. Vous voulez juste que je vous parle, n'est-ce pas? C'est tout? Rien de plus facile, j'adore parler, et surtout aujourd'hui, où je me sens un peu paumée, donc si vous voulez que je cause, je cause, oui, vous pouvez enregistrer, ça m'est égal.

Ma mère me racontait, quand elle avait encore toute sa tête, avant qu'elle soit hospitalisée, que, petite, je me réveillais et je la questionnais : «Est-ce qu'aujourd'hui c'est déjà demain?» Ce matin, il m'a semblé que cette question que je posais quand j'étais enfant n'avait rien de saugrenu, au contraire, que c'était une question des plus sensées, car ce matin j'ignorais si aujourd'hui était aujourd'hui ou encore hier, il faut dire que j'ai passé une drôle de nuit, j'avais le sommeil agité, à me retourner sans cesse dans le lit, à me réveiller à tout bout de champ, et impossible de savoir si ce que j'avais en tête était un rêve ou bien la réalité. Dans mes cauchemars, je revivais le cauchemar de la vie réelle, c'est-à-dire la dispute d'hier. Je ne savais plus où j'étais. Je me suis alors souvenue de ce que disait Antón : «Aujourd'hui est toujours encore», Antón m'a affirmé que c'est de Machado, il faut dire qu'Antón lit de la poésie. S'il lisait des livres sur les Templiers ou ce genre de choses, ça m'impressionnerait sûrement aussi, mais moins que la poésie, parce que la poésie, ça m'a toujours attirée, même si je n'en lis pas beaucoup, je le reconnais. Silvio, lui, il ne lit pas du tout, même pas les journaux de sport, c'est tout juste s'il feuillette les pages et parcourt les grands titres, pourtant dans *Marca* il n'y a pas grand-chose à lire. Quand Irene m'a raconté qu'Antón lui avait écrit des poèmes, des poèmes pour elle, je veux dire, ce qui doit remonter à un an à peu près, quand ils étaient encore ensemble, j'ai été prise d'une jalousie terrible. Car évidemment Silvio ne m'a jamais écrit une seule ligne. Et puis c'est vrai, j'ai toujours eu un faible pour Antón, et donc, quand il s'est mis à sortir avec Sonia, je l'ai eu en travers de la gorge, mais je reconnais que Sonia est très bien foutue, contrairement à moi. Un soir, à une fête chez Jennifer, je me suis pris une cuite, mais une cuite monumentale, et j'ai dit à Antón que j'allais lui apprendre à préparer des mojitos à la guinéenne. Inutile de vous dire qu'on ne fait pas de mojitos en Guinée, je venais de l'inventer. Mais évoquer la Guinée, pour moi, c'est évoquer ma terre, même si je ne vis plus là-bas. Mes parents sont tous deux guinéens, et moi je m'évertue à dire que je suis espagnole parce que je le suis, bordel, mais je suis également guinéennc, et fière de l'être. Voilà, donc, à la fête, j'étais tellement soûle qu'en essayant de presser un citron, je m'y suis prise comme un manche et tout ce à quoi j'arrivais, c'était que le jus me dégouline sur les mains. Antón s'est jeté sur mes doigts pour les lécher et ça m'a excitée, oui, excitée au plus haut point. Et puis on s'est s'embrassés. Mais il s'est soudainement arrêté et il a tourné les talons. Et moi, je suis restée pétrifiée dans la cuisine, avec mes citrons. Depuis, j'ai honte de l'avouer, mais je repense souvent à cette scène où Antón me léchait les doigts... Je l'ai ressassée dans ma tête jusqu'à l'obsession. Et c'est pour ça que je ne peux pas supporter l'idée qu'il ait une aventure avec Sonia, parce qu'elle, elle est vraiment canon, et moi non. Songez un peu, une seule de mes jambes ne rentrerait même pas dans ses minijupes ; et de toute façon, comment oserais-je me mettre en minijupe avec les hanches que j'ai ? Alors que Sonia, la salope, elle est squelettique, mais avec ses minijupes elle a l'air d'une pute, c'est d'un vulgaire ! Cela dit, elle est peut-être maigre, mais c'est tout du muscle, elle est cent fois plus costaude que moi et elle a la carapace plus épaisse qu'une tortue, cette fille.

Juste avant votre arrivée, alors que je sortais une veste de la penderie pour m'habiller, un pantalon noir dans lequel je ne rentre plus est tombé par terre. C'était comme si tout un pan de ma vie était suspendu dans ce placard. Car avant j'étais mince. Bon, évidemment je n'ai jamais été maigre comme Sonia, mais je faisais tout de même du 40. Figurez-vous qu'à l'inverse de bien des gens qui perdent l'appétit quand ils dépriment, moi, à la moindre déprime, je me jette sur le frigo. Du coup, j'ose à peine faire les courses, pour éloigner toute tentation. Mais à quoi bon si une fois dans la rue je m'arrête dans le premier supermarché ou magasin chinois venu pour m'acheter du chocolat. C'est comme une drogue. Une partie de moi me dit : «Ne mange pas de chocolat, Susana, ça fait grossir, achète-toi plutôt une pomme.» Mais une autre partie de moi a besoin de chocolat, me réclame du chocolat, c'est comme si j'avais un monstre qui rugit dans mes entrailles. Et quand j'ai commencé à m'engueuler avec Silvio, le monstre s'est mis à réclamer encore et encore plus. Je ne m'étais jamais disputée avec Silvio jusqu'à ce qu'on vive en couple. Jusque-là, un ange. Le type le plus adorable qui soit. Mais dès qu'on a commencé à vivre ensemble, il a disjoncté. Car bien sûr, avant, il habitait chez sa mère, et sa mère, voyez-vous, elle fait tout dans la maison, la couture, le ménage, la vaisselle. Et Silvio, évidemment, au début, il ne savait même pas faire une omelette, je vous jure, il ne savait pas qu'il fallait mettre l'huile dans la poêle et la laisser chauffer et battre les œufs pendant ce temps-là puis verser le mélange ; non, lui versait l'huile et les œufs dans la poêle tels quels, sans les battre, et ce n'est qu'après qu'il battait le tout. Il ne savait pas non plus faire la vaisselle, parce qu'il ne la rinçait pas et qu'elle était plus sale qu'avant de la laver. Il portait son linge à sa mère pour qu'elle le lave et qu'elle le repasse. Il passait de temps en temps l'aspirateur, mais vraiment de mauvaise grâce. Et bien sûr, moi, je bossais et je rentrais crevée après huit heures passées debout, et j'en avais plein le cul d'avoir à me taper tout toute seule. C'est là qu'on a commencé à se disputer.

Je travaillais alors comme vendeuse chez Mango. J'avais un salaire de merde et je restais tout le temps debout. La seule chose de bien dans ce boulot, c'était qu'on travaillait par roulement, on bossait soit le matin, soit l'après-midi, ce qui laissait beaucoup de temps libre. Mais pour ce qui est de payer, ce qu'on appelle payer, on ne peut pas dire qu'ils payaient beaucoup, c'est pour ça que Silvio prenait en charge une plus grande partie du loyer que moi, chose qu'il ne manquait pas de me lancer à la figure à longueur de journée. C'est comme si, du fait qu'il ramenait plus d'argent au foyer, je devais en retour faire plus le ménage, mais voyez-vous, lui travaille assis et moi debout, ce qui n'est pas tout à fait pareil. Résultat, j'ai commencé à broyer du noir et le monstre s'est alors réveillé, et sur le chemin du travail je me suis mise à acheter du chocolat. Au tout début, une simple barre de Toblerone, mais ensuite, j'ai commencé à me rendre à pied au boulot, parce que soi-disant j'avais grossi. Mais dans le bus, il ne vient l'idée à personne, en voyant une pâtisserie, de descendre exprès pour acheter une brioche, alors qu'à pied, la tentation est là, dans la vitrine, et le monstre se met à rugir. Au bout d'un mois, je faisais halte deux, trois fois sur le trajet de chez moi au magasin. Là, j'achète le Toblerone, un peu plus loin le palmier au chocolat et, au kiosque en face de Mango, les Smarties. Je m'en voulais terriblement de faire ça, mais le monstre rugissait toujours. Jusqu'au jour où je n'ai plus pu rentrer dans mes pantalons. Il faut dire que les Noirs sont obsédés par la nourriture ; dès qu'on pénètre dans une maison africaine, c'est toujours la même chanson : « Tu as mangé ? Tu veux manger quelque chose ? » Les femmes sont toujours dans la cuisine, à papoter, à cancaner, à cuisiner. Et moi qui suis noire, dès que j'ai le cafard, je me réfugie dans la cuisine, qui est pour moi le lieu de loin le plus chaleureux et le plus accueillant de la maison. C'est comme ça que j'ai grossi, adieu la taille 40. Alors j'ai pris une résolution : à partir de demain, salades. Et donc, le lendemain, je mangeais une salade et je prenais le bus, fini le chocolat. Mais à la sortie du boulot, le monstre se mettait à rugir de plus belle, comme s'il allait me déchirer les entrailles de ses griffes, et donc j'abdiquais et je le rassasiais aussitôt. Au fil des mois, Silvio et moi n'arrêtions pas de parler d'argent et du prix des choses, à longueur de journée, et donc mon aigreur, pendant ce temps, s'amplifie, et le monstre me sollicite de plus en plus fort. Je me dis qu'il faut que je quitte Silvio, mais il suffit que je me regarde dans la glace et que je me voie grosse pour me dire que personne ne voudra plus de moi, surtout si en plus je suis une hystérique et une perfectionniste et une castratrice, et que j'ai un caractère de chien que personne ne peut supporter. En fait je ne sais pas si je suis vraiment une hystérique et une perfectionniste et une castratrice ou si j'ai fini par le croire à force d'entendre Silvio me le seriner à longueur de journée. La vérité, c'est que je n'ai pas très envie de quitter Silvio, parce que je ne veux plus retourner vivre chez mon père et parce que, comme je l'ai déjà dit, j'ai le sentiment que je ne vais plus rencontrer personne. Et pendant ce temps, j'ai continué à grossir. Et le problème, c'est que, chez Mango, on n'embauche que des vendeuses minces. Elles sont toutes filiformes ; elles passent leur journée avec une petite bouteille d'eau minérale à portée de main et n'avalent quasiment rien. Il n'y a pas plus ridicule que cette histoire de bouteille d'eau minérale. Il paraît que pour maigrir, il fallait boire deux litres d'eau par jour et que c'est pour cela que les mannequins ont toujours de l'eau minérale dans leur sac. Toutes les vendeuses ont donc toujours leur bouteille dissimulée sous le comptoir. Et bien entendu, quand on boit autant, il faut aller au petit coin toutes les heures, mais quand on travaille au contact de la clientèle dans un magasin qui ne possède qu'un seul WC, ça devient compliqué. Mais ensuite, j'ai lu un article qui disait qu'il était mauvais de boire tant d'eau, car ça fait perdre les sels minéraux et je ne sais plus quoi d'autre, mais elles s'en fichaient, elles continuaient à ne rien avaler et à boire des litres d'eau. Quand on m'a embauchée, j'étais mince, je vous ai dit que je faisais du 40, mais j'ai cessé d'être mince et un jour, j'ai su qu'ils étaient à deux doigts de me mettre à la porte une fois les six mois de contrat passés, comme je les ai déjà vus faire à d'autres… L'angoisse me gagne et je me mets à faire n'importe quoi. Je me tape trois jours sans manger, à ne boire que du thé rouge, il paraît que ça brûle les graisses. Mais le quatrième jour, je me remets à me goinfrer, je m'achète un kilo de biscuits dans une boulangerie, que je finis par vomir dans les toilettes. Je ne rentre plus dans la tenue du magasin. Silvio me lance des petites piques cruelles : «Alors, chérie… On dirait qu'on engraisse, non ?» Et moi je me sens de plus en plus déprimée et je ne sais plus quoi faire. Parce que si je l'écoute trop, je cours à ma perte. C'est alors que je passe devant la boutique de Superwoman et que je vois l'écriteau : «Cherche vendeuse.» Je me dis que j'ai toutes mes chances dans un magasin spécialisé dans les grandes tailles, on ne va pas me virer, mais la responsable me dit : «Écoutez, le problème, c'est que vous êtes trop foncée et que vous risquez d'effrayer la clientèle»; pour être direct, c'était direct. Mais je lui suis reconnaissante de sa franchise. Parce qu'avant, quand j'allais chercher du travail, avant de trouver le job chez Mango, comment dire, on n'osait jamais me dire les choses aussi clairement. J'envoyais mon curriculum, ils me téléphonaient, ils avaient l'air ravis, mais dès que je me pointais à l'entretien, ils me regardaient de haut en bas et me disaient : «Le poste est déjà pourvu», parce qu'ils n'osaient pas, ils n'avaient pas la franchise de cette dame. «Vous allez effrayer la clientèle.» Ensuite, elle m'a demandé : «Mais dites-moi, vous êtes d'où?» «D'Alcalá de Henares, madame.» «D'accord, mais ce que je voudrais savoir, c'est où vous êtes née.» «Mais à Alcalá de Henares, madame.» «D'accord, mais d'où sont vos parents?» «Ils ont vécu toute leur vie à Alcalá de Henares, madame.» La dame commençait à trépigner. «Mais s'ils sont noirs, ils n'ont pas pu naître à Alcalá de Henares!» «Non, madame, mon père est né en Guinée.» La dame semblait soulagée, maintenant qu'elle savait, enfin, d'où me venait cette couleur de peau. «Mais là-bas, qu'est-ce qu'on parle, le français, ou l'indigène?» «L'espagnol, madame, on parle l'espagnol.» Je me demande encore comment j'ai pu supporter toutes ces conneries et comment je ne l'ai pas directement envoyée chier, mais j'ai dû lui paraître sympathique, à la bonne femme, parce qu'elle m'a dit au bout d'un moment : «Bon, écoutez, venez demain, on va essayer deux jours et on verra bien comment ça se passe.» Et ça dure encore aujourd'hui.

Excusez-moi si je tourne autour du pot et si ce que je vous dis est aussi décousu. C'est que j'ai mal à la tête, vous ne pouvez pas savoir à quel point; d'abord parce qu'en ce moment je ne ferme pas l'œil de la nuit, mais surtout parce que Silvio m'a envoyé un cendrier à la tête. Oui oui, vous avez bien entendu, un cendrier. Mais non, pas question de déposer plainte contre lui, vous n'y pensez pas, je ne veux pas avoir d'ennuis. Mais je me demande ce que ça va donner au boulot, dans l'état où je suis en plus, d'habitude, le lundi. Heureusement que je travaille l'après-midi ; si j'avais été du matin, je n'aurais pas pu venir, c'est sûr. Par-dessus le marché, ce putain de cendrier était rempli de mégots, j'ai les cheveux maintenant qui empestent le tabac, et moi, j'ai horreur de l'odeur du tabac. Je n'arrêtais pas de lui seriner : «Chéri, je t'en prie, ne fume pas ici. En plus, l'odeur imprègne aussi les rideaux. Et ça me fait tousser.» Et lui de me répondre : «Tu exagères toujours. Comme si c'était ça qui… Parti comme c'est, bientôt on va nous interdire de baiser! Il faut bien mourir de quelque chose.» Il disait tout ça sur un ton très déplaisant, très macho, très roquet. Alors moi je ne bronchais pas et j'ouvrais les fenêtres, j'allumais des bougies antitabac et je vidais les cendriers. Il faut dire que le tabac me répugne vraiment. Nous les Noires, on ne fume pas, c'est très mal vu ; c'est réservé aux hommes, ou aux Blancs ; en fait, c'est très rare de voir un Noir qui fume. Moi, je ne fume pas, comme toutes les Noires, et comme toutes les Noires, j'ai un très bon odorat. L'odeur du tabac sur les vêtements me dégoûtait vraiment. J'essayais de la dissimuler avec un parfum à base de fleurs, mais rien à faire. Les deux odeurs se mélangeaient et la puanteur qui s'en dégageait était écœurante. Je sentais la pute de bas étage. On dit que les Noires ont une odeur différente, que les parfums, sur notre peau, prennent une nuance plus intense. Je ne sais pas si c'est vrai ; j'ai plutôt l'impression que ce sont encore de vieux préjugés racistes, mais il fallait bien reconnaître que la puanteur tournait la tête, ça me donnait même le tournis à moi. Et le jour où on a interdit à Silvio de fumer au bureau, il s'est mis à fumer de plus belle chez nous. Le foyer d'un homme, c'est son royaume, disait-il, c'est le seul endroit où je peux être libre. Parce que dans ce bar branché, celui qui est en bas de chez nous, le patron, ce peintre qui est si bel homme, cet Arabe qui s'appelle Jamal, avait lui aussi interdit de fumer, mais il a dû très vite ranger son écriteau parce que les clients avaient déserté le local. Et quand par malheur tu contredisais Silvio, il te traitait aussitôt de castratrice et d'intolérante. Alors, j'ai parsemé la maison de petits bols de vinaigre, car il paraît que ça enlève les mauvaises odeurs, mais tu parles, rien à faire ; il faut dire qu'il fume comme un pompier, Silvio. En désespoir de cause, j'ai essayé de remplir les bols avec de l'eau et des graines de café ; peine perdue. J'ai ensuite mis un bol avec de l'eau et de l'essence de thym sur le radiateur, car l'eau avec l'essence de thym est censée s'évaporer en emportant avec elle toutes les odeurs de tabac, mais mon neveu l'a bue, les enfants ont tout de même de ces idées, et il a fallu l'emmener aux urgences, car il avait des douleurs à l'estomac, le pauvre bambin. Sans oublier que je l'ai surpris en train de fumer une cigarette du paquet qu'avait laissé Silvio sur la table de l'entrée… Et Silvio, en plus, ça le faisait rire, il disait : «Quel enfoiré, ce gosse!» C'était vraiment trop pour moi, j'avais une de ces envies de pleurer, à six ans, vous vous rendez compte? Et en plus dans ce quartier, où Antón m'a raconté que les gamins de la ludothèque sniffent de la colle, il ne manquerait plus que le gamin attrape des vices pareils à son âge. Et moi, je continuais à asperger toute la maison d'eau de Cologne, comme le fait ma mère, pour faire fuir les mauvais esprits et, au passage, l'odeur de tabac ; j'aspergeais le coin de la porte donnant sur la rue, comme le faisait ma mère, et je répandais une vapeur d'encens dans toutes les chambres, comme le faisait ma mère, mais elle, elle le faisait pour faire fuir les esprits (du moins quand elle avait encore toute sa tête), tandis que moi je le faisais pour chasser cette odeur une bonne fois pour toutes.

La nuit, Silvio toussait d'une petite toux sèche et irritante qui m'empêchait de dormir, et donc je passais mes nuits d'insomnie à contempler l'éponge imbibée d'eau froide que j'avais posée sur une petite assiette sur la table de chevet, car on dit dans les magazines que c'est comme ça qu'on chasse les relents de tabac. Mais l'odeur de cigarette persistait. Au magasin, il est formellement interdit de fumer ; la chef ne supporte pas. Personne au magasin ne doit sentir la cigarette ; elle a le nez d'une œnologue, cette Dora, la responsable. Elle a été mannequin, ou actrice, ou quelque chose dans ce genre, quand elle marche on dirait une reine, il ne lui manque que le sceptre. Une très belle femme, donc, tout le monde en convient, mais elle se donne de ces airs... Elle a de très beaux yeux, d'un bleu étrange, un peu sombre, bleu océan, jamais de ma vie je n'ai vu des yeux pareils, mais elle fronce le nez à longueur de journée, et avec son nez froncé elle me demande : « Mais dites-moi, Susana, vous fumez ? » Et moi : « Non, pourquoi ? » Et elle, la mine dégoûtée : « Pour rien, pour rien... » J'angoisse, car je sais que Silvio n'acceptera jamais d'arrêter de fumer à la maison et que je devrai toujours empester ce maudit tabac. Alors je me mets à déprimer de plus belle, et le monstre se réveille et me réclame de la nourriture, qu'évidemment je lui donne, et voilà que je me retrouve à m'habiller dans le nouveau magasin où je travaille. Car finalement ils m'ont gardée à la boutique. Cette bonne femme, cette Dora est une raciste de première, mais j'ai vite compris les ressorts de sa personnalité, il suffisait que je me tienne au courant de tous les potins de la presse du cœur. Car les Africaines, voyez-vous, raffolent des *telenovelas*, mais les femmes espagnoles aiment surtout les potins. Je savais que si je connaissais quelques ragots sur les vedettes de la télé, je serais aussitôt acceptée. Donc, chez moi, je tâchais toujours de regarder les émissions people, mais là encore, j'avais droit à des engueulades avec Silvio, car lui, tout ce qu'il voulait voir, c'était le foot. Les clientes du magasin n'avaient vu de Noires qu'à la télé, dans les documentaires, celles qui sautent avec les seins à l'air pour faire venir la pluie, et donc, bien sûr, elles m'imaginaient un peu masaï. Le premier jour, la bonne femme ne me lâchait pas d'une semelle et avait l'œil sur moi en permanence; où que j'aille, elle me suivait. Je me souviens d'une dame qui regardait des vêtements, et donc je m'approche très aimablement et très poliment et je lui demande : «Excusez-moi, puis-je vous aider?» La dame se retourne, elle me voit, et elle pousse un cri comme si elle venait d'apercevoir le diable en personne : «Aaaaaaaaaaaah!», mais aussitôt, lorsqu'elle prend conscience de son impair, elle essaie de se rattraper, et elle me lance : «Excusez-moi, vous m'avez fait peur; vous parlez si bien.» C'est ce que je vous disais, pour elle j'étais une Masaï, et les Masaï ne parlent pas l'espagnol. C'est alors que Dora intervient et qu'elle me dit : «Ça va, Susana, je m'en occupe.» Et, une fois l'autre partie : «Vous vous habituerez, elles ont toutes un peu peur au début.» Moi, je commençais à en avoir ma claque de tout ça, mais voyez-vous, il faut bien ravaler son orgueil pour manger. Et c'était comme ça tous les jours. Une autre fois, c'est une dame avec sa fille en bas âge qui entre et moi, pendant ce temps, je me tenais derrière le comptoir bien sagement, car il ne faut pas importuner les clientes avant qu'elles aient eu le temps de fouiner partout dans le magasin. Puis la petite lui lâche la main et, tandis que sa mère regarde les pulls, elle s'approche du comptoir et elle se met à me fixer avec des grands yeux ronds, insistants. Alors moi, très comme il faut et toute aimable et souriante, je lui dis : «Bonjour, ma jolie», et la fillette : «Aaaaaaaaaaaaaah!», et elle détale à toute allure vers sa mère en braillant : «Maman! Maman! LA POUPÉE PARLE! LA POUPÉE PARLE!» Pour le coup, j'ai failli devenir blanche, blanche de peur. La mère vient alors me voir, toute confuse, elle tente de m'expliquer : «Écoutez, comment vous dire… Voilà, ma fille, vous comprenez, a une petite poupée qui vous ressemble… Et… enfin, comme elle a les mêmes petites tresses…» Ce qu'elle essayait de me dire, c'était que la gamine n'avait jamais vu de

Noire de sa vie, parce qu'elle habite dans un quartier où il n'y a pas de Noirs.

Mais là où je voulais en venir, c'est qu'ils m'ont gardée, au magasin. Mais que la bonne femme, la responsable, Dora, déteste le tabac. Même les meilleures clientes, elle ne les laisse pas fumer dans le magasin. Il y en a une, par exemple, qui claque un pognon fou, c'est compulsif chez elle ; elle vient au magasin en moyenne une fois par semaine et elle ne repart jamais les mains vides. Et ce n'est pas une fille grosse ni rien, elle est normale, un peu ronde, mais jolie, très jolie, une blonde avec un visage enfantin. « Je trouve absurde qu'aujourd'hui les femmes de quarante ans doivent s'habiller dans les boutiques de vêtements de grande taille, comme si on était des baleines. » Elle disait ça dans la cabine d'essayage. « Je ne suis pas si grosse que ça, n'est-ce pas ? » « Non, bien sûr que non », je lui répondais, mais il se trouve que cette dame était aussi corpulente que moi, et moi, je me trouve énorme, mais je reconnais aussi que si on me voit dans la rue, on n'ira pas dire : « Regarde la grosse. » Mais pas non plus : « Regarde comme elle est canon ! » Avant, on me le disait, et pas qu'un peu ! Je marchais dans la rue et les types se retournaient sur mon passage, c'est Silvio qui, à chaque fois, me faisait la remarque : « Qu'est-ce qu'ils ont à te regarder comme ça ? Il veulent que je leur casse la gueule, ou quoi ? » Et quand il y en avait un qui se mettait à me regarder avec trop d'insistance, il se foutait en rogne : « Dis donc, toi, qui est-ce que tu mates comme ça ? Fais gaffe, parce que je vais te foutre une paire de baffes et je te promets que tu vas la voir des deux côtés. » C'est un vrai voyou, Silvio ; il l'a toujours été, mais avant, ça me plaisait ; il faut dire que j'étais un peu gourde, avant. Je n'en croyais pas mes oreilles lorsque cette femme m'a dit qu'elle avait quarante ans, je pensais, moi, qu'elle avait la trentaine, à cause de son visage de petite fille. On dit qu'il faut choisir entre un beau visage et de belles fesses, que plus on est charnue et moins on a de rides; je ne sais pas si c'est vrai. En plus, même si sa carte de crédit indiquait qu'elle s'appelait Elena, elle se faisait appeler Poppy, quel drôle de nom pour une femme de quarante ans! Je lui ai demandé un jour pourquoi on l'appelait ainsi, et elle m'a expliqué que quand elle était petite, il y avait une émission pour enfants qui s'intitulait *La Maison à l'horloge* où il y avait trois marionnettes : Poppy, Marta et Manzanita, et que comme elle ressemblait à Poppy, son père s'était mis à l'appeler comme ça. C'est vrai qu'elle avait conservé un visage de poupée, c'est ce que la responsable du magasin appellerait «une fille ravissante», car lorsqu'elle dit le mot fille, c'est le plus souvent pour désigner non pas des filles, mais des femmes, et je crois savoir ce qu'elle veut dire, qu'il leur manque une certaine stature, comme si elles n'avaient pas fini de grandir. Et c'est elle, justement, qui insistait le plus pour que je quitte Silvio. Parce que sans cette fille, ou cette femme, je ne sais pas quel est le mot qui lui convient le mieux, je ne me serais jamais posé de question; j'aurais continué à penser que j'avais de la chance d'être avec Silvio. Donc, un après-midi, Dora était venue me demander pour la énième fois si j'avais fumé, et moi, excédée, je me suis laissée aller à la confidence avec la cliente, cette fameuse Poppy, mais encore une fois, pourquoi toutes ces bourges ont-elles la manie de continuer à se faire appeler Flippy ou Poppy à quarante ans passés? Enfin, bref, je lui ai donc parlé de Silvio et de sa manie de fumer. Et de fil en aiguille, chaque fois qu'elle venait, je lui en racontais encore davantage sur Silvio, jusqu'au jour où elle m'a dit : « Tu ne vois donc pas que ce type te manipule? Qu'il te cherche, qu'il te cherche pour que tu sortes de tes gonds et que, quand tu sors comme ça de tes gonds, il en profite pour te traiter de cinglée?» Elle a pris le temps de me parler et elle a réussi à me convaincre. On voyait bien que cette femme n'était pas comme les autres clientes de la boutique, qu'elle possédait plus de discernement, qu'elle avait plus vécu, qu'elle était beaucoup plus intelligente, même si elle ne donnait pas tout de suite cette impression, car voyez-vous, nos clientes, c'est tout juste si elles savent écrire, elles ne travaillent pas et ne font strictement rien chez elles, parce qu'elles sont de celles qui ont une femme de ménage ou une nounou. Poppy, elle, était d'une autre trempe. Elle travaillait dans la gestion, ou dans la finance, je ne sais plus, un poste important, en tout cas. Elle m'a fait forte impression, et puis elle m'a ouvert les yeux. Il connaît ton point faible, me disait-elle, il sait que si on te cherche, tu exploses, et il sait que tu as peur de devenir folle comme ta mère. Mais, a-t-elle ajouté, le moins qu'on puisse dire, c'est que tu le lui sers sur un plateau. Il connaît ton talon d'Achille.

Et ce matin, ces deux phrases de Poppy me travaillent et se mêlent à la douleur du coup de cendrier.

«Tu le lui sers sur un plateau.»

«Il connaît ton talon d'Achille.»

Je me rappelle qu'au début de notre relation, on allait jouer, Silvio et moi, dans les salles de jeux vidéo du centre-ville à un jeu qui s'appelait, et qui s'appelle toujours, *The House of the Dead*. On actionne des pistolets en plastique reliés à un écran immense par des sortes de tuyaux en caoutchouc. Je crois que maintenant il existe en version Playstation, mais je ne suis pas sûre, mes neveux n'ont pas de consoles ni de conneries de ce genre, parce que je préfère les éduquer au pacifisme. Je leur explique que dans le pays de leurs grands-parents, il y a une guerre entre les Bubi et les Fang et qu'il y a trop de sang versé pour de vrai pour qu'on s'amuse avec du faux. Remarquez, je dis ça, mais pendant ce temps je tuais des zombies, et je me demande si je faisais ça pour épater Silvio ou si c'était pour cultiver mon agressivité, car je savais qu'il me fallait une bonne dose d'agressivité si je voulais rester avec lui. Donc, le jeu consistait à entrer dans une grande baraque envahie de zombies et à traverser des couloirs et des pièces et à dézinguer les zombies l'un après l'autre, mais quand les munitions étaient épuisées, il fallait recharger ses pistolets en prenant bien garde que les zombies ne profitent pas de ce moment de distraction pour t'éliminer. Si on joue bien, et moi je jouais bien, plutôt mieux que Silvio même si ça le faisait chier, on passe au niveau deux, c'est alors qu'apparaît le Supermonstre avec un message en surimpression pour dire de quel type il s'agit, type 0053 ou type 4567, et qui indique aussi le *weak point*, c'est-à-dire le point où on doit tirer si on veut atteindre la cible. Il fallait tantôt viser le cœur, tantôt l'estomac, ou encore la tête, qui est évidemment le point où le monstre se protège le plus. Eh bien, il me semble de plus en plus que Silvio et moi nous jouons à une guerre où c'est lui qui a pris de l'ascendant sur moi, parce qu'il a décelé mon point faible, contrairement à moi.

Vous voulez que je vous raconte notre dispute? Ce n'est pas si simple, parce que les images me viennent seulement par bribes. Je ne peux les rassembler que si je me sens capable de me remémorer distinctement ce qui s'est passé. Je ne peux pas revivre l'angoisse, ni la peur, ce sont des choses qui n'ont de réalité, de prise sur vous, qu'au moment où on les éprouve et non pas quand on s'en souvient. De même qu'on ne peut pas se souvenir des odeurs. J'entends les pas des voisins au-dessus de ma tête, les sanglots d'un enfant, le claquement d'une porte, et je sais qu'aujourd'hui est déjà demain et que la vie suit son cours.

J'étais donc partie pour le long week-end chez ma sœur, celle qui s'est séparée, à Saragosse. J'aime bien aller là-bas parce que vous savez, là-bas, on se sent autrement, ça fait plus village, je suis moins stressée, mais Silvio n'a pas voulu venir car il dit qu'il s'y ennuie. Mais aussi parce qu'il sait que ma sœur ne peut pas le blairer. D'ailleurs, quand je lui raconte un peu nos engueulades, elle me dit : « Tu vois ? Voilà ce qui arrive quand on sort avec des Blancs. » Mais n'allez pas croire qu'elle est mieux lotie que moi, parce que son mari, pendant qu'il sait qu'elle est à la maison avec les enfants, par-derrière il la fait cocue avec la première venue. Les Noires n'ont pas le droit de sortir avec des Blancs, mais les hommes, eux, peuvent aller avec des Blanches. C'est aberrant, évidemment, mais c'est pareil avec les Gitans : si un Gitan sort avec une *paya*, c'est-à-dire une non-Gitane, pas de problèmes ; mais qu'une Gitane sorte avec un *payo*, et c'est le scandale garanti. Chez les Maghrébins, même chose. On voit à longueur de journée des Marocains sortir avec des Blanches, mais jamais vous ne verrez dans le quartier de Marocaine avec un Espagnol. C'est un fait, les Noirs aiment les Blanches, et plus elles sont blanches, mieux c'est, et si possible blondes. Ils sortent soit avec des blondes, soit avec des Noires bien noires, mais pas avec des métisses. C'est aux Blancs qu'elles plaisent, les métisses. C'est pour ça que je me suis fait moi-même des extensions blondes. Mais nous les Noires, je le répète, nous n'avons pas le droit d'aimer les Blancs. Mon père, chaque fois qu'il me voit, ne manque pas de me dire : « Et si tu as un enfant métis, hein ? Je t'avertis, si tu me ramènes un petit métis, ne me le présente pas, parce que je ne veux pas avoir honte dans le village. » Alors qu'il n'est pas retourné au village depuis des années, ils ne doivent même plus se souvenir de lui. Et il fallait voir quand Silvio allait chez ma sœur, toutes mes tantes qui le questionnaient à tour de rôle : « Et tes parents, ils l'aiment, au moins, ma nièce ? Ils l'acceptent ? » Et lui : « Je n'ai pas de père, madame, et ma mère, elle aime beaucoup Susana. » Ce qui est faux et archifaux. Alors mes tantes de poursuivre leur interrogatoire : « Et tu as des frères et sœurs ? » Et lui : « Oui, cinq. » « Et ils la traitent bien, ma nièce ? » « Oui, oui, très bien. » Faux et archifaux encore une fois, car il n'a pas de frère, mais seulement trois sœurs qui changent de trottoir quand elles me croisent dans la rue, sauf la plus jeune, Esther, qui est la seule sympa, mais le problème, c'est qu'Esther et Silvio ne se parlent plus. Et si mes tantes l'interrogeaient sur ses frères et sœurs, c'est que les Noirs en ont

71

tellement, de frères et sœurs, qu'elles se demandaient si les miens n'allaient pas se disputer avec les siens.

Vous n'allez pas me croire, mais moi aussi, parfois, je me dis que je ferais mieux de sortir avec un Noir, comme mes sœurs. En bas de chez moi, par exemple, juste au coin, il y a un magasin minuscule, de ceux qui sont ouverts vingt-quatre heures sur vingt-quatre ; on peut à n'importe quelle heure, en sortant de *La Taverne illuminée* qui est à côté ou d'un autre bar du quartier, s'acheter une tablette de chocolat si on en a envie, le magasin est ouvert. J'achète du chocolat dans ce magasin presque tous les jours. Le vendeur est un Noir réellement impressionnant, beau à tomber par terre... Et si vous voyiez son corps... Un corps incroyable ! Un beau jour, il me demande d'où je suis. Et tout ce qui va avec. Je lui dis alors que je suis espagnole, ce qu'il a du mal à croire. Je lui dis que mes parents sont guinéens tous les deux, qu'ils sont bubi, et lui me dit qu'il est ivoirien, et ni une ni deux, il se met à me draguer ouvertement, parce que les Noirs, c'est comme ça, ils n'y vont pas par quatre chemins, pas comme les Espagnols qui tournent toujours autour du pot et perdent du temps à demander si on va prendre un café ou si on va au cinéma, alors qu'on sait parfaitement ce qu'ils veulent. Cet Ismael, c'est son nom, lui, il est très direct, il te dit que tu es très belle, que tes yeux sont comme ceci, et ton corps comme cela, surtout ton corps, d'ailleurs, et moi, ça me donnait la sensation d'être une reine. Je sais que les Africains n'aiment pas les femmes minces, et je pouvais voir à la façon dont il me regardait que je lui plaisais réellement, je me disais alors : « Mais pourquoi donc est-ce que je ne vais pas avec ce garçon qui ne va pas me prendre la tête avec mes kilos en trop comme le fait Silvio ? » Mais je songeais ensuite : « Bon, réfléchis un peu, ça te mènerait où d'aller avec un mec qui n'a sûrement pas de papiers, qui doit gagner une misère à bosser douze heures par jour, et qui doit, comme tous les Noirs, avoir une femme en Afrique ? Ou même deux. » Je lui ai donc avoué que j'avais un copain, et il a stoppé net la drague. Car les Africains sont peut-être directs, mais ils sont respectueux aussi. Mais je me retrouve bien souvent à m'imaginer que je descends au magasin et que je me le tape dans l'arrière-boutique, au milieu des boîtes de conserve. Je reconnais que c'est un peu osé de vous raconter ça, après tout je ne vous connais pas bien, mais si vous voyiez ce corps qu'il a… Il m'a dit qu'il avait vécu au Sénégal et qu'il avait été lutteur professionnel, et moi je voyais ses bras et je pensais : « Celui-là, c'est sûr qu'il m'aurait mené la vie dure, comme Silvio, mais au moins il doit mieux baiser. » Il m'arrive de penser encore à lui, beaucoup plus que de raison, je l'admets. J'évite donc la boutique, et je vais m'acheter mon chocolat ailleurs, mais parfois c'est plus fort que moi, je passe uniquement pour le voir. Car il est tellement beau que même le survêtement bon marché qu'il porte lui va comme du Armani, si bien que je ne peux plus m'empêcher, lorsque je couche avec Silvio – ce que nous faisons de moins en moins –, de m'imaginer dans les bras d'Ismael.

Ah oui, c'est vrai, je voulais vous raconter la dispute d'hier, vous avez raison, je m'égare… Je suis donc partie toute seule à Saragosse, parce que je voulais voir mes neveux. Et là, Silvio me dit qu'il allait profiter de mon absence pour repeindre la chambre, je n'en croyais pas mes oreilles, évidemment, car ça faisait un an que je lui disais de repeindre la chambre, les murs étaient gris de crasse, et lui, il repoussait toujours à plus tard, non, pas ce week-end, le prochain, et une fois arrivé le week-end en question, c'était encore le suivant. Et donc il me demande l'autre jour : « Tu veux que je la peigne de quelle couleur ? » Et je lui réponds : « En jaune, mais un jaune très clair, le plus clair possible. » Je ne voulais pas que tout soit blanc dans l'appartement, car la chambre ne donne pas sur l'extérieur et n'a qu'une petite lucarne qui donne sur le salon, qui n'éclaire pas beaucoup la pièce, et je pensais que le jaune donnerait un peu plus de luminosité. Mais à mon retour, lorsque j'ai découvert la chambre, j'ai cru que je faisais une syncope. Elle était jaune canari, dans le genre criard on ne fait pas mieux. Évidemment, j'ai tiré une tronche comme ça et je lui ai bien signifié qu'il était hors de question que je dorme dans une chambre de cette couleur, trop vive, qui allait me porter sur les nerfs et m'empêcher de fermer l'œil de la nuit. J'essayais de le ménager en parlant doucement, posément, juste un filet de voix, car je sais qu'il n'apprécie pas tellement la critique. Quand j'y repense maintenant, je me dis que je n'ai peut-être pas choisi le bon moment, mais vous savez, moi, je n'ai jamais essayé de l'amadouer. Il m'a alors rétorqué qu'il s'était tapé tout le week-end à peindre et que j'étais une ingrate, et sur ce, il a claqué la porte et il est parti. Je l'ai appelé sur son portable au bout d'un moment. « Silvio, je voulais te demander, tu as l'intention de changer la couleur des murs, ou c'est moi qui vais devoir tout repeindre ? » Et il se met alors à vociférer : « SI TU VEUX CHANGER LA PUTAIN DE COULEUR DE CE PUTAIN DE MUR, TU N'AS QU'À DESCENDRE TOI-MÊME ACHETER UN PUTAIN DE POT DE PEINTURE ET UN PUTAIN DE PINCEAU DANS CETTE PUTAIN DE DROGUERIE ET REPEINDRE TOI-MÊME CETTE PUTAIN DE CHAMBRE À TON PUTAIN DE GOÛT. » Et il raccroche. Je rappelle. C'est le répondeur. Il a débranché. J'attends chez moi. Je défais ma valise. J'ouvre le frigo. Il est vide, ce qui s'appelle vide. Je descends dans la rue. J'achète du lait, des œufs, du pain. Je remonte. Sept heures sonnent, puis huit heures, neuf heures. Je mets la télé. À dix heures, arrive Silvio. « Silvio », je lui dis, « il faut qu'on parle. On ne va pas se disputer pour une chose aussi ridicule. » Il me dit : « Je n'ai pas envie de parler avec toi. » Et il va à la cuisine. Il ouvre le frigo, déchire le carton du lait avec les mains et se met à boire au goulot. « Silvio, MON CHÉRI », je lui dis, « ce n'est pas la peine de te mettre dans cet état-là. » « Je m'en vais », il me répond, « j'en ai assez de toi. Tu es complètement givrée. Je te quitte, je vais vivre chez ma mère. PARCE QUE J'EN AI MARRE DE TOI. TU PIGES ? MARRE ! » Il hurle. La bouche grande ouverte, béante. Il me revient alors l'image de mon père quand il me criait dessus. Et je sens que le danger couve, qu'il peut ressurgir à tout moment. C'est du passé, pourtant, mais j'ai la sensation de revivre l'histoire au présent, comme si j'avais de nouveau six ans, quand mon père ne nous avait pas encore quittés. Cette situation de terreur, voyez-vous, interfère dans la scène présente comme une obsession chargée d'échos, qui me fait voir tout rétrospectivement. Mais maintenant je n'ai plus six ans et je sais me défendre. Je crois revoir mon père sous les traits de Silvio et je lui flanque une gifle, car brusquement je me mets à le haïr. Il attrape alors le premier objet venu, un cendrier, et il me l'envoie à la tête. Je m'écroule. Il va au salon et arrache une photo de moi qui était encadrée et la balance par terre. On entend un fracas de verre brisé et il se remet à hurler : « TU ES FOLLE, TU ES COMPLÈTEMENT FOLLE, ESPÈCE DE NÉGRESSE DE MERDE ! » Il s'approche de moi en criant, et moi, ivre de rage, je serre les poings et je recommence à lui donner des coups. Il me jette par terre. Je vais dans ma chambre en larmes, il me suit. « FOLLE, TU ES FOLLE, FOLLE, FOLLE ! » Et il commence à faire sa valise sans s'arrêter de parler : il dit tour à tour que je suis folle, que je l'ai frappé, que je suis une salope, qu'il retourne chez sa mère, qu'il ne veut plus jamais me revoir. Tout ça en boucle. Et moi, tout ce que je souhaite, c'est qu'il se casse une bonne fois pour toutes, mais il met une éternité à faire sa putain de valise. Et il finit par s'en aller, mais en laissant la valise derrière lui.

Le pire, c'est que je sais qu'il reviendra. Je sais qu'il reviendra et que c'est pour ça qu'il a laissé sa valise, qu'il reviendra supertard, superbourré, et que je lui ouvrirai la porte, exactement comme la mère de Sonia, et que tout reprendra comme avant, mais j'ai honte de l'admettre, parce que Sonia répète toujours qu'elle ne comprend pas comment sa mère peut continuer à vivre avec son connard de père. C'est pour ça que je ne lui parle jamais de nos disputes, j'aime mieux qu'elle ne soit pas au courant, on ne sait jamais. Mais je sais que Silvio reviendra. Et que je lui ouvrirai la porte, parce que je ne peux pas payer le loyer toute seule. Et parce que j'ai la frousse. La frousse de me retrouver seule. Je me regarde dans la glace et je me trouve tellement grosse que je me dis qu'il me sera très difficile, même impossible de rencontrer un autre mec. Et aussi que je suis tellement garce que je ne mérite pas Silvio. C'est vrai, pourquoi est-ce que je suis allée me plaindre de la couleur du mur ? C'était de la provocation, il faut que je sois plus compréhensive, plus souple, après tout je suis peut-être vraiment folle, oui, folle à lier, comme ma mère. Mais ensuite, je me dis que Silvio me traite de folle parce qu'il sait que rien ne peut me faire plus de mal, que c'est ce que je redoute le plus au monde. Oui, finir comme ma mère, dans une clinique, bourrée de tranquillisants. C'est pour ça qu'il me traite de folle. Si j'avais été comme Irene, l'ex d'Antón, qui craignait par-dessus tout d'être cocue, il m'aurait dit qu'il couchait avec d'autres filles. Mais il sait que ça, je m'en fiche, il peut s'en taper cinquante, ce que d'ailleurs il doit faire, je m'en contrefiche. Mais qu'il me traite de folle, ça oui, ça me fait peur, ça me fait vraiment peur.

Et puis quelle autre fille voudrait coucher avec lui, gros comme il est devenu ? Il faut dire qu'il passe ses journées chez sa mère et que sa mère lui prépare toujours ses petits plats préférés… Ceux justement que lui interdit le médecin. *Fabada* au chorizo, *cocido*, soupe de fèves, gâteaux, flans, *foie gras*. Quand j'allais chez sa mère, je n'avalais quasiment rien. Je mangeais du bout des lèvres ma salade tout en le regardant dévorer tous ces plats avec sa bouche énooooorme, démesurée, et ses dents jaunies. J'ai cessé d'aller là-bas quand j'ai su que sa mère disait que je n'étais pas assez bien pour lui. La Noire, comme elle m'appelait, au début. Elle disait à ses voisines : «Vous savez que mon fils sort avec une Noire, et je ne suis pas raciste, ni rien de tout ça, mais quand même, forcément, je me dis que si demain ils ont un enfant, le gamin, à l'école, il va se faire traiter de tous les noms, on sait comment sont les gosses…» C'est Sonia qui me l'a raconté, qui le tenait elle-même d'Alba, la copine d'Aziz, celui du salon de thé. Alba avait entendu la mère de Silvio le dire dans la queue de Carrefour. C'est vrai, les enfants peuvent être cruels, mais jamais aussi salauds que certains adultes. J'ai donc cessé d'aller manger chez elle. Mais aussi parce qu'elle cuisinait toujours à l'ail, elle savait pourtant bien que je ne supporte pas l'ail, je ne peux même pas le toucher, car nous autres Noirs, nous n'aimons pas l'ail en règle générale. En Guinée, seuls les Masa cuisinent à l'ail. Ma grand-mère était cuisinière et servait chez des Espagnols riches, on peut aussi dire voleurs, étant donné qu'ils avaient dû débarquer là et faire main basse sur les terres. Ma grand-mère s'appelait Susana, comme moi, et la pauvre, elle sentait l'ail toute la journée, et on lui disait dans le village : «Tu sens le Masa.» Et comme nous, les Noirs, avons un odorat particulièrement développé, je repère tout de suite la présence d'ail dans un plat, et c'est pour ça que la mère de Silvio, cette garce, mettait de l'ail partout. J'ai donc cessé d'aller manger chez elle, comme je viens de le dire. Parce que c'est une garce. Je ne veux plus jamais avoir affaire à elle, quoi qu'il lui arrive. Je sais parfaitement ce qu'elle dit à Silvio, c'est lui-même qui me l'a raconté un jour qu'il était bourré : «Il n'y a donc pas assez d'Espagnoles de ton âge pour que tu ailles te fourrer avec une Noire?» Et il lui répondait : «Mais, maman, elle est espagnole.» Et elle : «Oui, mais elle est noire.» Et pendant ce temps-là, elle gavait son Silvio chéri et l'engraissait comme un cochon. Et malgré ça, il trouve quand même le moyen de m'appeler «ma grosse». Quel salaud, quand même, d'oser m'appeler comme ça! Ce n'est pas méchant dans sa bouche, bien sûr, n'empêche qu'il le dit. «Susana, on dirait que tu as grossi, non?» Il me disait ça en riant, l'air de rien. Mais parfois il pouvait aussi être très vache. Un jour où nous étions dans un restaurant, il me sort tout à coup : «C'est ça, c'est ça, goinfre-toi, après on aura droit aux pleur-nicheries et aux jérémiades», et moi, bien entendu, je me suis arrêtée net, et c'est alors que je me suis rendu compte qu'il avait beau jeu de me critiquer mais que lui, pendant ce temps, continuait à s'em-piffrer de couscous. Après, bien sûr, pas étonnant qu'il reluque comme un imbécile les jambes de Sonia, qui est si maigrichonne. Il a beau l'appeler la Teigneuse derrière son dos, il ne peut pas nier qu'il bave devant elle, ce connard, depuis le jour où il l'a vue.

Un jour, il la reluquait tellement que, je l'avoue, j'ai eu un accès de jalousie. Dès le lendemain, je me suis acheté une nuisette en dentelle noire très transparente. Il ne m'avait jamais vue dans une telle tenue, jamais; je ne porte que des pyjamas en coton que j'achète six euros à Carrefour. Merde alors, avec le froid qu'il fait chez nous, et pas de chauffage central, vous croyez que je vais aller dormir avec ces fanfreluches? Mais n'allez pas croire que je trouve mal qu'il y en ait qui aiment ces trucs-là; je sais que Sonia porte ce genre de dessous, un peu affriolants, mais personnellement ça ne m'a jamais attirée. En plus, les soutiens-gorge en dentelle, on n'en trouve pas dans ma taille. Je me suis donc mise sur lui, ce que je faisais rarement, non sans avoir d'abord écarté sa bedaine, en la repoussant en avant, car il avait tellement grossi que son ventre s'étalait sur quasiment tout son corps… Et j'ai tout fait pour le satisfaire, oui, tout. Mais en même temps que je m'activais sur lui, je pensais aux bougies anti-tabac, à l'éponge d'eau froide, à ses dents jaunies, à son haleine rance, à sa toux qui m'empêchait de dormir, au gosse en train de fumer, à l'odeur qui imprégnait mes vêtements et qu'il n'y avait pas moyen de dissimuler… Et lui me disait : «Encore, chérie, encore», de cette voix rauque que lui donnait le tabac. Et à la fin, il a beaucoup crié, c'est vrai, il criait toujours, mais cette fois-là, plus encore. Et les voisins qui ont dû tout entendre, quelle honte ! Ensuite, je lui ai donné sa cigarette habituelle. C'est même moi qui la lui ai allumée, et Dieu sait si ça me répugne et si je déteste qu'il fume au lit, parce qu'il brûle les draps.

Je tourne et je retourne toute cette histoire dans ma tête et je me répète que s'il était aussi hystérique hier, c'est sans doute qu'il avait pris de la coke pendant le week-end. Comment expliquer sinon qu'il ait peint les murs de cette couleur ? Il devait être tellement défoncé que ça lui a semblé une idée géniale. Il devait avoir bu aussi, sniffé et bu. Au début, il ne se droguait pas, c'était plutôt la boisson, il a toujours eu tendance à picoler. Mais ensuite il a fait la connaissance de cet acteur, Álex. Il faut dire que Silvio a toujours été très attiré par les célébrités. Et comme le peintre arabe d'en bas a une certaine renommée, beaucoup d'artistes en tous genres fréquentent son bar, des acteurs, des écrivains, des musiciens… Mais rien que des artistes de second plan. David Martín, par exemple, vient assez souvent ; je n'en croyais d'ailleurs pas mes yeux la première fois que je l'ai vu, parce que, quand j'étais très jeune, Sonia était très amoureuse de lui, c'était son idole. Il est toujours beau, mais pas autant qu'avant, maintenant il fait son âge et il a pris du bide, même si, grosse comme je suis, je n'ai vraiment rien à dire de ce côté-là. Il paraît que notre quartier est très pauvre, et pourtant il est devenu à la mode pour les gens branchés, à cause du métissage et de tout ce côté multiculturel, et les appartements sont de plus en plus chers, surtout dans la zone vers la gare, à côté du Musée, qui se remplit de gens friqués. Mais comme le dit si bien Antón, c'est un quartier multiculturel, mais absolument pas interculturel ; ici, personne ne se mélange. J'en sais quelque chose. Comment pourrait-on d'ailleurs se mélanger, si c'est plein de bonnes femmes comme la mère de Silvio ? Mais pour en revenir à la taverne de l'Arabe, on y croise, donc, beaucoup de gens branchés et d'artistes en tout genre. Et Álex Vega fréquente beaucoup cet endroit, c'est là que Silvio a fait sa connaissance. Álex avait surnommé Silvio «le nounours», et Sonia m'avait prévenue : «Fais gaffe, Jamal, le patron du bar, m'a dit qu'Álex est homo et que partout où il va, il se vante d'avoir le chic pour convertir les hétéros.» Jamal parle beaucoup avec Sonia; j'ai comme l'impression que Sonia lui plaît. Il lui a offert de travailler au bar le week-end, car ils ont besoin de personnel; mais il y a quelque chose chez ce Jamal qui me fait froid dans le dos. Ce type a dans le sourire quelque chose de cruel, je ne sais pas comment m'expliquer, mais je me comprends. Je ne crois pas que Silvio et Álex aient fait quoi que ce soit ensemble, je suis même pratiquement sûre que non, même si parfois j'ai des doutes, mais ce qu'il y a, c'est qu'Álex prend de la coke et qu'il en offre à Silvio, et que quand Silvio en prend, il devient impossible, surtout une fois que l'effet est retombé. Mais tout de même, il y a eu des choses qui m'ont donné à penser que samedi soir, quand il est sorti, il devait être avec Antón et qu'ils ont rencontré Álex; nous les Noires, nous avons l'odorat très fin, et j'ai trouvé au milieu du linge sale une chemise que Silvio n'avait pas eu le temps d'amener à sa mère, et il se trouve que c'est sa belle chemise, la plus chère, celle qu'il met pour sortir, et qu'elle empestait le parfum d'Álex, ce parfum hors de prix qu'il met, de chez Dior ou je ne sais plus qui. Et dans mon for intérieur je me dis : «Alors là c'est trop fort, comment ce mec peut-il me faire une chose pareille?», car pour le coup, c'était vraiment trop. Je suis quelqu'un d'ouvert et de compréhensif, et même plus que cela, mais que Silvio aille avec un mec, là... ça a du mal à passer. Depuis qu'il connaît Álex, c'est toujours le même manège : son portable se met à sonner, ensuite je le vois qui se change et puis qui me dit : «Bon, je vais faire un tour, je reviens dans pas longtemps.» Et au bout d'un moment, je reçois un message : «Excuse-moi, je me suis laissé entraîner, je serai rentré à minuit.»

Minuit, une heure, deux heures, trois heures, quatre heures, cinq heures, sept heures. Et puis il arrive et ça me réveille. Il faut dire que je mets toujours les jouets de mon neveu près de la porte pour que ça fasse du bruit quand il rentre. Et une fois que je suis réveillée, je reste aux aguets. Et je vois qu'au lieu de venir dans la chambre, il va d'abord prendre une douche, et je me dis : « Il me cache quelque chose », parce que c'est quelqu'un de très propre, qui prend soin de lui, qui se lave tous les jours, mais de là à se doucher la nuit en rentrant... C'est parce qu'il sait que j'ai le nez fin et que je suis loin d'être idiote. Et, le lendemain, alors que j'étais au travail, j'ai droit au fameux message : « Chérie je suis désolé, chérie pardonne-moi, je suis un imbécile, je te promets d'être plus gentil et de ne sortir qu'avec toi. » J'ai conservé tous ses messages. Et tous commençaient par : « Je suis désolé. » Je suis désolé, je suis un vrai gosse. Je suis désolé, je t'aime. Je suis désolé, mon amour... Un le cinq, un autre le douze, un autre le dix-neuf, un autre encore le vingt-trois... Ce qui faisait à la fin du mois dix messages, sans compter un nombre équivalent de mots qu'il me laissait dans la salle de bains, sur le lit, sur la table. « Chérie pardonne-moi, je suis un vrai gosse, je ne me rendais pas compte de la chance que j'ai de t'avoir. » Et quand je rentrais du boulot : « Tu as lu mon mot ? Tu as lu mes messages ? » Je répondais : « Oui. » Et lui : « Et qu'est-ce que tu en penses ? » Un cinéma pas possible. Et quand la bringue a duré vraiment longtemps et que la chemise sent le parfum Dior à outrance, ce jour-là j'ai droit au petit déjeuner au lit et même à ce qu'il étende le linge. Et il recommence son refrain habituel : « Je suis un vrai gosse, pardonne-moi... Tu veux que je vienne te chercher demain au travail ? » Et moi : « Non, j'y vais toute seule, je rentre toute seule. » Et lui : « Avec tout ce que je t'ai écrit, voilà comment tu es avec moi. » Et je ne répondais rien, car s'il y a une chose qui caractérise la femme africaine, c'est bien son infinie patience, oui, on peut le dire, la femme africaine a une patience d'ange.

Ce que je ne comprends pas, c'est ce que je fous avec lui. C'est vrai que je suis très attachée à lui. Je me souviens des bons moments passés ensemble, et il y en a eu tellement durant toutes ces années! Quand il est dans de bonnes dispositions, il n'y a pas plus adorable que lui. La tendresse m'envahit, et aussitôt je m'en veux de ce que je ressens; cette nostalgie, c'est comme un insecte qui me suce le sang. Est-ce que je l'aime? Oui, sans doute. Enfin, je ne sais pas. Je crois que j'évite d'expliciter ce que je ressens pour ne pas avoir à le regretter. Je crois que si je ne l'ai pas encore quitté, c'est par peur d'avoir à dire à ma grand-mère que c'est fini, fini le conte de fées avec l'homme dont je partage la vie depuis cinq ans, fini la femme responsable, qu'en réalité je suis violente comme mon père, ou folle comme ma mère, ou comme mes frères et sœurs dont deux sont déjà séparés. Mon frère, lui, a quitté sa fiancée alors que son fils n'avait pas encore un mois, et il avait le culot de raconter dans le quartier que l'enfant n'était pas de lui, le salaud! Alors que c'était lui tout craché, café au lait, la même tête de Noir. J'adorais passer pour celle qui était la seule à avoir échappé à la malédiction familiale, voilà pourquoi je ne supporte pas que Silvio me traite de folle, je voudrais tellement être différente.

Je suppose que Silvio reviendra dans dix jours, comme d'habitude, et qu'il me rendra responsable de tout. Je ne sais pas pourquoi, je ne sais pas comment, mais je suis sûre et certaine qu'il reviendra et que nous retomberons dans les bras l'un de l'autre. Il m'appellera, me dira qu'il veut revenir, qu'il a besoin de revenir, qu'il veut me parler, que si je refuse il va me haïr, et que justement il n'a pas envie de me haïr. Avant, je gobais n'importe quoi et je m'estimais chanceuse d'être avec un type qui revenait toujours malgré les baffes que je lui donnais, mais maintenant je ne suis plus dupe. Ce que je n'arrive pas à supporter, c'est qu'il me lance toujours à la figure que je suis abominable de l'avoir giflé, mais qu'il ne comprenne pas qu'il n'est pas normal de m'ignorer comme il le fait, de partir en me laissant en plan ou de me crier dessus. Et ce qui me reste vraiment en travers, c'est que ce soit moi, dans l'affaire, qui passe pour une garce. Quelquefois je me dis que je dois être folle, comme ma mère, mais d'autres fois je me dis que c'est lui qui est comme mon père, qu'il me provoque pour que j'explose. Une partie de moi lutte contre mon autre moitié, comme si j'étais devenue ma propre ennemie.

Si je pouvais, je grimperais par la cour, je me faufilerais par une fenêtre et je m'introduirais dans le foyer d'une de ces familles heureuses. La famille de Poppy, par exemple. Elle m'a parlé de ses enfants, elle en a deux, ils habitent une banlieue chic, une maison que j'imagine très bien décorée, avec des rideaux assortis à la housse du canapé et tous ces trucs qu'on voit dans les magazines, avec beaucoup de goût mais en même temps une grande sobriété, sans extravagance. Et dans cet immeuble il doit y avoir d'autres familles heureuses, avec le couvert mis, la télévision allumée, la mère qui demande à sa fille depuis la cuisine si le pain est sur la table, la grande sœur qui rêve dès le matin à son petit ami, le père et le petit frère qui hurlent en même temps que le présentateur la composition de leur équipe, le bébé qui agite son hochet depuis sa chaise haute. L'enfant du dessus a cessé de pleurer. Sa mère lui fredonne une berceuse. Elle chante faux. De la cour me parvient une odeur de friture, les voisines font la cuisine. On entend aussi le ronron d'une émission people. Et tous ces bruits si familiers, mélangés comme dans un *cocido*, me rappellent qu'aujourd'hui est déjà demain et que la vie suit son cours.

LA MAMAN

LORSQUE MIRIAM COUCHE TEO, le bambin s'agrippe au nou-nours rouge que lui a offert sa grand-mère pour les Rois. Puis il se retourne et ferme aussitôt les yeux. Miriam s'étonne toujours de la rapidité avec laquelle il s'endort, sans doute est-ce dû au fait que ses journées sont épuisantes. Elle va le chercher à l'école puis l'emmène au square, où il peut dévaler le toboggan cinquante fois de suite. Elle ne se résout à rentrer chez elle que lorsque tous les enfants ou presque sont partis, pour être sûre que le sien sera tellement fatigué qu'il tombera de sommeil aussitôt après le bain.

Miriam a choisi un square situé à l'extrême limite du quartier de Lavapiés, à Huertas, la zone la plus touristique, la plus chère. Là, tous les enfants sont blancs, hormis quelques petites Chinoises adoptées. La plupart ont leur nounou attitrée, équatorienne ou colombienne. Antón insiste pour qu'elle amène son fils au terrain de jeux à côté de la ludothèque, mais elle voit d'un mauvais œil la présence des poivrots et celle des Marocains qui sniffent de la colle, et il n'est pas parvenu à la convaincre. Ce qu'elle ne lui dit pas, c'est qu'en fait elle refuse de descendre jusqu'à cette partie du quartier, parce que c'est là qu'elle vivait avec Jamal, et qu'elle préfère rester dans la partie bourgeoise, là où elle a vécu avec Daniel. Il est étrange que deux mondes aussi différents ne soient séparés que par une rue. D'un côté, le Quartier des Lettres, les lofts design, les bars pour touristes, les théâtres, les hôtels, les salons de thé ; de l'autre, les immigrés, les enfants suivis par les services sociaux, les alcoolos avec leur litre de bière, les Latin Kings, les gangs sud-américains, les couteaux, les trafiquants de haschisch. Le même café coûte trois euros d'un côté et un euro de l'autre.

Antón arrivera d'ici un moment, quand le gamin sera endormi, car Miriam ne veut pas que Teo s'habitue à le voir chez eux, l'enfant parlant déjà beaucoup pour son âge et ayant sorti un jour à son père qu'un jeune homme rendait visite à maman. Quand Daniel a interrogé Miriam, elle lui a dit que Teo devait certainement parler du plombier, qui était venu plusieurs après-midi, envoyé par la copropriété, pour vérifier s'il y avait des fuites d'eau, les canalisations sont vieilles de plus de trente ans et il va falloir les changer. Daniel a fait semblant de la croire et n'a plus posé de questions. De toute façon, que Miriam voie quelqu'un ou non, ça ne le regarde plus. Miriam le sait bien, mais elle préfère malgré tout que Daniel ne sache rien.

Lorsqu'elle contemple son fils endormi, enlacé à son nounours avec un air d'indicible félicité, Miriam se rappelle cette question que lui avait posée l'avocate : « Vous ne préférez pas lui céder la garde ? Comme vous vous êtes mariés sous le régime de la communauté de biens, la moitié de l'appartement vous revient, ce qui fait tout de même beaucoup d'argent, vous pourriez vous remettre à travailler et recommencer une nouvelle vie, tout en continuant à voir votre fils, bien sûr. Songez que si vous avez la garde de l'enfant, il vous sera beaucoup plus difficile de rencontrer quelqu'un. »

Elle n'aurait jamais pensé que Daniel réclamerait la garde de leur fils, et aujourd'hui encore, elle a la conviction qu'il l'a fait pour l'argent, pour ne pas avoir à lui laisser l'appartement et à lui verser de pension alimentaire. Et sûrement aussi poussé par sa mère, la belle-mère de Miriam, une femme qui n'a jamais vraiment porté sa bru dans son cœur et qui aurait préféré mille fois une fille sans passé, une fille qui n'ait jamais vécu auparavant avec un homme, encore moins avec un Arabe. Car l'ennui, c'est que les choses finissent toujours par se savoir, et la belle-mère en savait beaucoup, oui, beaucoup sur le passé de Miriam ; elle disposait même d'informations sur ses séjours à l'hôpital Ramón y Cajal, sur toutes ces fois où on l'y avait soignée pour des crises d'anxiété, et à l'occasion desquelles elle avait elle-même avoué au médecin avoir fumé du shit. Elle était aussi au courant de cette fameuse « tentative d'autolyse », qui n'est autre que l'euphémisme technique utilisé par les médecins pour désigner une tentative de suicide. Comme une idiote, Miriam avait rangé tous les documents dans un dossier, et Daniel avait dû tomber dessus un jour.

– Mais n'est-ce pas illégal ? avait-elle demandé à l'avocate. Ce sont des documents confidentiels ; ils ne sont pas censés les avoir.

– Eh bien, disons que… – L'avocate avait pris une expression exagérément sérieuse, qui se voulait appropriée à l'inquiétude que ses paroles allaient susciter. – S'il s'agit de renseignements qui concernent l'enfant, le juge peut exiger de l'hôpital qu'il les lui envoie. Comment vous dire… Tout cela est arrivé avant que vous n'ayez votre enfant, et donc, en principe, ils ne peuvent pas remettre en question votre capacité à vous en occuper. Mais votre mari a engagé un très bon avocat et sa famille a le bras long, et puis, dans ce pays, les juges prennent parfois des décisions aberrantes.

Diana lui avait suggéré un peu plus tard que l'avocate l'avait peut-être simplement sondée, pour voir jusqu'où elle était prête à aller. Mais, à cet instant précis, elle l'avait détestée de tout son cœur. « Il n'est pas question que je renonce à mon fils, jamais, en aucun cas », avait-elle dit d'un ton sans réplique, tandis qu'elle sentait les larmes lui couler le long des joues sans qu'elle puisse les arrêter. La simple idée de vivre sans Teo la faisait suffoquer. Elle était plus éprise de son fils qu'elle ne l'avait jamais été de son père ou même de Jamal.

Il avait toutes les qualités; il était beau, gentil, doux, affectueux, drôle, tendre. Elle ignorait si toutes les mères ressentaient la même chose pour leurs enfants. Non, pas toutes, sûrement pas. Beaucoup les frappaient, dans son quartier notamment. Un après-midi, alors qu'elle poussait son caddie, elle avait vu une mère flanquer une gifle à sa fille parce qu'elle n'arrivait pas à marcher au rythme effréné qu'elle lui imposait. Miriam avait foncé sur elle et lui avait lancé : « Mais vous êtes folle, ou quoi ? » Et la mère de répondre : « C'est vous qui êtes folle, c'est ma fille et je fais ce que je veux avec elle. » Miriam, hors d'elle, lui avait crié : « CETTE PETITE NE VOUS APPARTIENT PAS, CE N'EST PAS VOTRE PROPRIÉTÉ, CE N'EST PAS UN TAPIS NI UNE VOITURE, C'EST UN ÊTRE HUMAIN. » Elle s'était alors adressée à la fillette et lui avait dit : « Écoute, ma petite, quoi que dise ta mère, elle n'a pas le droit de te frapper, tu entends ? C'est elle qui a tort, pas toi. » Puis elle avait tourné les talons, les larmes aux yeux. Qui sait, cette mère-là aurait été sans doute ravie de céder la garde de sa fille, de ne plus avoir à se soucier d'elle ni à se demander si elle pouvait suivre ou non.

Elle avait revu Daniel à une fête où l'avait amenée Diana. Ils se connaissaient depuis l'enfance, avaient grandi dans le même quartier, mais avaient cessé de se voir quand elle était partie de chez elle. Elle avait treize ans et Daniel seize lorsqu'elle était tombée amoureuse de lui, ou avait cru tomber amoureuse, car peut-on vraiment tomber amoureux de quelqu'un avec qui l'on a à peine échangé trois mots ? Elle avait écrit sur le mur du hall de son immeuble, au crayon à paupières : « Miriam et Daniel », et chaque fois qu'elle rendait visite à ses parents, elle était étonnée que demeure le souvenir de ce fantasme adolescent. Plus tard, elle interpréterait la persistance de ces deux mots comme un signe, comme le présage que le destin allait les unir. Mais Daniel assurait que le crayon devait contenir beaucoup d'huile et que c'est ce qui expliquait, la surface étant calcaire, que le message ne s'efface pas. Inutile de préciser lequel des deux était le plus prosaïque et laquelle la plus romantique.

Oui, avec Daniel, elle avait eu droit aux fiançailles, à la robe blanche et au voile, au mariage à l'église et aux demoiselles d'honneur. Et aussi à l'appartement dans le centre. Quant à elle, elle était devenue la gentille petite femme d'intérieur qui arrête de travailler pour s'occuper du premier rejeton et de tous ceux à venir, et qui œuvre à faire de sa vie une accumulation de jours identiques, à l'uniformité prévisible, tendre et plaisante pour ce qui est de s'occuper de l'enfant, ennuyeuse pour tout le reste. Miriam avait acquis la maîtrise de cette vie domestique à un degré qui l'étonnait elle-même. Mais l'ennui et la solitude la rongeaient de l'intérieur, tel un ver dévorant une rose à l'apparence saine et radieuse. Quand Daniel n'était encore que son petit ami, il était paré à ses yeux d'une aura romantique qui était davantage le fruit de son imagination à elle que de ses véritables qualités à lui. Lorsque la période d'idéalisation avait touché à sa fin, et que la routine présidait désormais à leur relation, son mari avait commencé à lui sembler insipide, inculte, apathique. Fini les dîners romantiques, les cadeaux et les bouquets de fleurs. Daniel voyageait beaucoup, trop même, et quand il était à Madrid, il rentrait toujours tard et fatigué du travail. Il dormait avec elle, dans le même lit, mais il semblait être, mentalement, à des années-lumière. Et le sexe, bien entendu, était devenu une formalité qu'ils pratiquaient de loin en loin. Tout avait changé depuis la grossesse : et le corps de Miriam, et l'affection de Daniel. Il ne l'avait pratiquement plus touchée. Et il semblait s'intéresser à son fils autant qu'à un ours en peluche. Il lui avait certes toujours dit qu'il n'aimait pas les enfants, mais jamais elle n'aurait pensé qu'il ferait si peu de cas de son propre fils, et elle se demandait donc pourquoi il lui avait fait un enfant, sinon pour contenter sa mère, cette femme qui avait proclamé, dès le jour des fiançailles ou presque, son aspiration à devenir grand-mère. L'ennui et la frustration entraînaient la psyché de Miriam sur des chemins périlleux ; elle se découvrait pensant à Jamal plus que de raison et, pis encore, fantasmant sur lui. Car Jamal avait été un piètre compagnon, mais un excellent amant.

Un après-midi, alors qu'elle promenait son fils dans sa poussette sur le chemin du square, elle s'était trouvée nez à nez avec Jamal, qui tenait par la main un enfant de cinq ou six ans et qui, en l'apercevant, avait porté sa main à sa bouche, dans un geste si mélodramatique qu'il ne pouvait être que spontané. Elle était restée figée sur le trottoir, comme clouée sur place, cramponnée avec une telle force à la barre de la poussette de Teo que les articulations de ses doigts étaient devenues blanches. Elle avait fermé les yeux et les avait rouverts un instant après pour s'assurer qu'elle n'avait pas rêvé. Elle avait senti que sa gorge était soudain devenue sèche, et avait tenté d'avaler sa salive, à la saveur étrangement acide, pour retrouver la parole et articuler un « bonjour » un tant soit peu audible. Puis il y avait eu un long et profond silence, chargé de souvenirs aigres-doux et de peurs ressuscitées, mais qu'avait rompu la voix charmeuse et enjouée de Jamal. « Miriam, tu es tellement superbe que je ne t'avais pas reconnue. » Lui, en revanche, n'avait nullement changé. Elle se disait que ce petit avorton devait être le fils de Jamal, et en ressentait comme un nœud en haut de l'estomac, dont elle ne savait s'il était dû à la surprise ou à la jalousie, mais au bout d'un instant Jamal avait présenté l'enfant comme étant Akram, le frère d'Amina, « la fille qui faisait le ménage chez nous, tu te souviens ? » Il lui avait ensuite expliqué en français – car l'enfant, disait-il, ne comprenait que l'arabe et l'espagnol – que son père était en prison, qu'il donnait un peu d'argent à la mère et que, de temps en temps, il emmenait le gamin faire une promenade. Il avait racheté un bar dans le quartier, *La Taverne illuminée*, dont il était le patron, mais il avait aussi un gérant. Non, il ne travaillait pas dans la restauration, le bar était juste un

89

placement, ou plutôt un hobby car il ne lui rapportait guère ; il continuait à peindre, et ça marchait d'ailleurs très fort pour lui à présent,
il était sous contrat avec Yvonne Lambert et il était prévu qu'il expose
cette année à l'Arco.

Elle avait rencontré Jamal à Paris, à vingt-quatre ans, c'est-à-dire
il y a longtemps, lors d'un voyage de fin d'études, et avait eu le coup
de foudre. À peine avait-il franchi la porte de la boîte de nuit où ils
devaient faire connaissance, qu'elle en avait été éprise. C'était de loin
le plus beau garçon qu'elle ait jamais vu. Elle avait délaissé son groupe
les six jours suivants pour les passer avec lui, à qui la vie d'étudiant
laissait tout loisir de se consacrer à elle. Elle avait vécu avec lui des
heures enchanteresses, une parenthèse magique, comme hors du
temps, des heures à flâner dans les jardins du Luxembourg, quand
la ville étincelait sous le soleil tiède du printemps et qu'elle avait le
sentiment que son amour obéissait à des lois naturelles, immuables,
qu'elle n'avait qu'à se laisser porter, qu'à s'abandonner au bonheur.
Marchant à ses côtés, majestueux tel un dieu qui serait descendu
incognito rendre visite aux mortels, Jamal semblait partie prenante
d'une existence inconnue, pleine de privilèges et de surprises, à
laquelle, à travers ses baisers, gages de son amour, il la ferait accéder
comme par un corridor.

Une semaine après le retour de Miriam en Espagne, Jamal avait
pris le train pour Madrid. Il était descendu dans un petit hôtel de la
plaza del Carmen, où ils avaient passé une nouvelle semaine
ensemble sans quasiment sortir de la chambre. Elle ne reparaissait
plus chez ses parents que pour se doucher et prendre le petit déjeuner,
et surtout pour faire acte de présence. Une semaine prodigieuse, à
l'issue de laquelle elle était absolument convaincue d'avoir rencontré
l'Homme de Sa Vie.

Jamal avait de l'argent, elle s'en était rendu compte dès le début,
sans qu'il ait à le lui dire ; cela se voyait à la prodigalité avec laquelle

il dépensait des sommes qu'il est rare de voir manier par un garçon de vingt-six ans. Plus tard, il lui avait expliqué qu'il avait hérité de son grand-père et bénéficiait d'un fidéicommis, une somme fixe qui lui était versée chaque mois. Il lui avait aussi confié qu'il avait rompu toute relation avec son père depuis que celui-ci avait répudié sa mère, et qu'il était sans nouvelles de lui. Peut-être était-ce sa mère qui lui donnait de l'argent, toujours est-il qu'il en avait beaucoup et pouvait se permettre d'aller s'installer où bon lui semblait. Quitter Paris ne lui posait pas problème, ses racines étant trop diffuses pour s'attacher à un paysage unique. Il pouvait donc entretenir Miriam, et pouvait vivre avec elle. Mais jamais il ne parlait mariage, et elle n'y songeait pas non plus. «J'adore ta ville, ça me plairait bien d'y vivre», lui avait-il dit. Ces mots avaient été pour elle comme l'annonce que le rêve auquel elle aspirait depuis si longtemps allait être enfin exaucé. Sitôt son diplôme des Beaux-Arts en poche, il était revenu à Madrid et y avait loué un studio, et c'est ainsi que la jeune fille de bonne famille qu'elle était avait emménagé dans un quartier d'immigrés où sa mère refusait de mettre les pieds.

La famille de Miriam voyait d'un mauvais œil qu'elle aille vivre avec un homme, à plus forte raison avec un Arabe. «Un Arabe?», s'était écriée la mère, engoncée dans sa mentalité étriquée. «Quelle honte, tu es folle, ou quoi? Ces gens-là battent leur femme et les obligent à porter le voile. Tu vas voir comment ça va finir. Il voudra que vous alliez dans son pays et on ne te reverra plus. Réfléchis un peu, ma fille.» «Son pays c'est la France, maman, ne dis pas n'importe quoi», avait répliqué Miriam, «tu ne sais pas de quoi tu parles.» Miriam savait que ses parents auraient souhaité un tout autre gendre. Un ingénieur, un avocat, ou un banquier. Des fiançailles, un mariage à l'église, une robe blanche avec un voile et des demoiselles d'honneur. Des beaux-parents qui parlent la même langue, avec qui on puisse s'accorder sur le fait que de leur temps les choses étaient

différentes, que c'était bien mieux avant. Et peut-être était-ce justement la certitude que Jamal déplaisait fortement à ses parents qui la
confortait dans son désir de rester avec lui. Mais le beau rêve s'était
étiolé peu à peu. Au mot amour, elle s'étranglait désormais comme
avec ce morceau de viande que, petite, elle n'arrivait pas à avaler,
malgré tous ses efforts. Jamal sortait tous les soirs, le plus souvent sans
elle. Il rentrait à l'aube, et ne disait jamais où il était allé. Il dormait
quatre ou cinq heures, puis s'enfermait pour travailler. Pendant ce
temps, elle faisait la poussière, la lessive, le repassage ; elle était devenue
sa boniche. Et les paroles de sa mère résonnaient dans sa tête : « Ils ne
sont pas comme nous, ils ne respectent pas les femmes. » Quand son
amie Diana appelait pour prendre de ses nouvelles, il lui arrivait de
glisser dans la conversation : « Cette nuit, il n'est pas rentré dormir »,
avec l'enthousiasme de celle qui, devant l'impossibilité de dissimuler
une situation qui lui est pénible, cherche à donner l'impression qu'elle
la vit avec suffisamment de décontraction pour en parler spontanément. Mais chaque fois qu'elle voulait le quitter, qu'elle était à deux
doigts de faire ses valises, il lui apportait un bouquet de fleurs et l'emmenait dîner dans un restaurant à la mode, ou passer deux jours à la
plage, et elle se raccrochait aux fleurs, au dîner, au petit hôtel de
charme, pour oublier ses sorties nocturnes, sa désinvolture à son
égard, son absence de participation aux tâches ménagères.

Puis il y avait eu la première exposition, dans une petite galerie.
Jamal peignait des *Tableaux jumeaux*, des tableaux identiques sans
l'être, semblables tout en étant différents, que l'on pouvait acheter
ensemble ou séparément, par deux, par quatre, par six ou par huit.
Tous s'étaient vendus, du moins la galeriste le croyait-elle. Car c'était
en fait Jamal qui, pour la plupart, se les était rachetés à lui-même.
Miriam se souvient encore d'avoir dû persuader son amie Diana d'en
réserver un à son nom, que Jamal avait finalement payé sur ses
deniers. Les autres avaient été « achetés » par les nouveaux amis de

Jamal, qui étaient légion, car il avait beau n'être que depuis peu à Madrid, il s'y était fait plus de relations que Miriam en vingt-cinq ans d'existence. Il avait une habileté toute particulière pour séduire les gens. Il avait l'affabilité, l'aisance naturelle de ces privilégiés que leur position sociale a accoutumés depuis l'enfance à fréquenter des gens de toute sorte. Il y avait parmi ces nouveaux amis, bien entendu, beaucoup d'artistes, des gens qu'il rencontrait dans les expos, car jamais il ne manquait un vernissage. Des galeristes et des critiques. Des journalistes et des écrivains. Et beaucoup de Marocains, énormément de Marocains, la plupart sans emploi ni ressources, qui vivaient d'expédients. Il parlait d'eux en disant « mon cousin ». Mon cousin Ahmed, mon cousin Tarik, mon cousin Aziz, mon cousin Naguib, mon cousin Abdul. Il est possible que certains d'entre eux aient été effectivement des cousins éloignés, mais Miriam soupçonnait que le haschisch avait quelque chose à voir dans ces amitiés, car Jamal fumait du shit du matin au soir. Il disait que cela l'aidait à peindre.

Elle se sentait de plus en plus seule, de plus en plus à la dérive. Elle se disait qu'il fallait qu'elle trouve du travail et s'était mise à lire les petites annonces des journaux, mais Jamal n'avait de cesse de l'en dissuader. « Avec ce que tu seras payée comme vendeuse ou comme serveuse, tu n'auras même pas de quoi t'offrir une femme de ménage, c'est absurde. » Le manque de considération que cela dénotait de la part de Jamal ne lui échappait pas : il ne lui venait même pas à l'esprit qu'elle soit capable de trouver mieux. Elle avait pourtant sa maîtrise presque complète, il ne lui manquait que deux UV. Il aurait suffi qu'elle se présente à la session de septembre pour les avoir, mais au retour de ce fameux voyage de fin d'études, Jamal occupait toutes ses pensées, il n'y avait plus de place pour les livres. Elle avait fini par trouver un boulot dans une agence de voyages, et cela n'avait fait qu'aggraver les choses. Jamal se plaignait que la maison était toujours sale, mais, bien entendu, il ne levait pas le petit doigt pour nettoyer.

Elle avait donc cherché une femme de ménage et s'était finalement décidée pour une Marocaine, afin de complaire à son compagnon.

Amina était un joli brin de fille, très jeune, à la chevelure noire impressionnante qui lui arrivait jusqu'à la taille. Elle lui avait été recommandée par un des nombreux «cousins» de Jamal, mais elle n'avait pas tenu plus d'un mois. Le jour où elle avait annoncé qu'elle ne reviendrait pas, Miriam avait deviné ce qui avait pu se passer avec Jamal, mais elle avait préféré ne pas y penser. Elle avait donc engagé Kerli, une Colombienne d'un certain âge, tout sauf séduisante, dont il ne faisait que se plaindre. «Elle me change mes affaires de place, je ne retrouve plus mon portefeuille, je n'aime pas la façon dont elle repasse.» Miriam, qui rentrait épuisée du travail, n'était pas en mesure de supporter ces caprices d'enfant gâté. «Eh bien, si tu ne veux pas qu'on touche à tes affaires», lui avait-elle dit un jour, «apprends à les ranger toi-même et à ne pas dépendre de quelqu'un qui doit toujours passer derrière toi.» Sa réaction avait été complètement disproportionnée, il l'avait traitée de castratrice, de maniaque, d'ingrate, et d'autres choses encore dont elle aime mieux ne pas se souvenir. Puis il était sorti et n'était pas rentré de la nuit, une nuit que Miriam avait passée sans dormir, à guetter le moment où la porte s'ouvrirait. Kerli avait fini par les quitter à son tour ; elle travaille à présent chez Diana, la meilleure amie de Miriam, qui de temps en temps emmène au square sa fille Selene, une petite métisse avec de jolies tresses.

La dispute au sujet de Kerli avait été la première d'une longue série de disputes qui pouvaient surgir à l'improviste, sans raison apparente, comme si leur relation avait pour théâtre un champ de mines. Quand Miriam avait quelque chose à demander à Jamal, elle hésitait beaucoup quant à la façon de s'y prendre, et lorsqu'elle se décidait enfin, elle l'observait à la dérobée pour tenter de déceler les changements les plus imperceptibles dans sa physionomie, les moindres contradictions dans sa réponse. Désormais consciente qu'elle ne pourrait pas exaucer ses désirs, devenir la femme idéale qu'il attendait qu'elle soit et qu'elle avait espéré pouvoir être un jour, elle s'efforçait au moins de ne pas le contrarier, de ne pas aller contre ses caprices, ses amis, ses fumettes ou ses sorties, voire de trouver du charme à ces traits consubstantiels de sa personnalité, comme elle aurait toléré le mauvais caractère d'un enfant ou la laideur d'un tableau expressionniste. Elle essayait, pour se rapprocher de lui, de comprendre ses goûts et d'adopter ses habitudes, et c'est ainsi qu'elle s'était mise à son tour à fumer du haschisch, en une vaine tentative pour se voiler la réalité. Car le haschisch lui faisait du mal, aggravait ses angoisses, ses crises de paranoïa. Et, pour couronner le tout, Jamal s'était lié d'amitié avec un personnage en vue des milieux artistiques, qui semblait sortir à ce point de l'ordinaire qu'il ne pouvait mentionner son nom qu'en détachant bien les syllabes, avec une lueur étincelante dans le regard : «Je suis allé dîner chez Trentino.»

Fulvio Trentino était connu comme concepteur et directeur de projets dans le domaine de l'art contemporain en Espagne, mais également pour sa réputation de dépravé. On prétendait que tout jeune artiste espérant exposer un jour au Reina Sofía devait d'abord coucher avec lui. C'est du moins ce qu'avait raconté à Diana son amie Miriam, plus au fait qu'elle des ragots concernant le petit monde de la culture espagnole. Jamal était enthousiasmé par son nouvel ami, il disait que Fulvio avait été nommé commissaire d'une importante exposition de nouveaux talents au MUSAC et avait dit à Jamal qu'il ferait partie des artistes représentés. Et, du jour au lendemain, Jamal n'avait plus eu que son nom à la bouche. Un soir, Miriam l'avait accompagné à un vernissage à la galerie Espacio Mínimo, où elle avait fait la connaissance du fameux Trentino. À la façon dont les yeux de ce dernier s'étaient illuminés à la vue de Jamal, en un extraordinaire mélange d'excitation et d'enthousiasme, mais surtout à la façon bien moins aimable dont il l'avait regardée avant de la gratifier d'un simple « enchanté » – le seul mot qu'il devait lui adresser de toute la soirée –, elle avait été prise des mêmes doutes que lors du départ de la jeune femme de ménage marocaine. Mais, comme cette fois-là, elle n'avait finalement rien dit, car ses soupçons n'étaient qu'un feu de paille qui s'essoufflait aussitôt faute d'oxygène.

Depuis qu'il connaissait Trentino, Jamal sortait tous les soirs, sans Miriam, et ne rentrait qu'au petit matin, voire pas du tout. Elle se réveillait à sept heures pour partir de chez elle à huit heures, et il était fréquent qu'il ne soit toujours pas là. Et lorsqu'il rentrait soûl et lui faisait l'amour, c'étaient autant de poignards qu'il lui enfonçait dans la chair. Des mois s'écoulèrent ainsi, marqués par le désarroi et la souffrance, telle l'angoisse sourde de l'enfant qui s'est perdu dans un grand magasin, et la première image qu'elle avait eue de lui, celle de ce garçon si charmant et si gentil, avait fait place à celle d'un homme cruel et distant, qu'elle aimait pourtant aussi, davantage même, comme si la tristesse qu'elle éprouvait rendait plus douce son infortune. Jusqu'au jour où elle avait avalé une boîte entière des anxiolytiques que lui avait prescrits son médecin quand elle s'était présentée en larmes au cabinet en expliquant qu'elle n'arrivait pas à dormir.

Mais elle ne lui en voulait pas. Car elle l'avait aimé, aimé infiniment.

Peut-être est-ce pour cela qu'elle avait accepté de le revoir, même si, à la vue de cet enfant agrippé à sa main, elle pressentait déjà l'ultime déroute.

Jamal n'était pas un homme à horaires fixes, ainsi Miriam pouvait-elle le voir quand elle sortait promener son fils dans le square et que son mari travaillait. Daniel voyageant beaucoup, il lui arrivait de s'absenter plusieurs jours, et Miriam, un soir où il n'était pas là, avait laissé son fils chez sa mère et donné rendez-vous au peintre dans un café pour prendre un pot. Ils avaient passé une soirée agréable, puis elle l'avait invité à prendre un dernier verre chez elle, et ils avaient fini par s'embrasser passionnément sur le canapé. Mais, n'escomptant ni l'un ni l'autre une issue si plaisante, ils avaient oublié qu'ils n'avaient pas de préservatifs. C'est alors qu'une idée traversa l'esprit de Miriam, une idée qui cheminait depuis longtemps dans quelque recoin obscur de son cerveau et qui, soudain arrivée à terme, était d'elle-même sortie au grand jour. Elle se dirigea vers le secrétaire de son mari, un meuble qu'elle avait hérité de son père. Le secrétaire possédait un tiroir qui fermait à clé et que, petite, elle avait ouvert d'innombrables fois avec une épingle, mais elle s'était toujours refusée à user de ce stratagème avec Daniel, au nom du respect et de la confiance qu'ils se devaient mutuellement. Jusqu'à ce fameux soir. Elle trouva dans le tiroir une vieille paire de lunettes, une montre, de vieux cahiers, une quantité de crayons et de stylos, une série de relevés bancaires attachés par un trombone, un mince dossier contenant les papiers de l'assurance de l'appartement, un tube d'aspirines, des piles usagées, un rouleau de Scotch... et une boîte de préservatifs. Elle l'ouvrit pour en prendre deux, qu'elle utilisa cette nuit-là.

Si Daniel s'est rendu compte qu'il manquait deux préscrvatifs, il n'en a en tout cas jamais fait état, sans doute parce qu'il lui aurait fallu expliquer pourquoi il en avait dans le tiroir de son secrétaire. Ils se séparèrent peu après. Miriam passa la semaine seule, Daniel étant en voyage d'affaires, c'est du moins ce qu'il avait prétendu, et le bambin attrapa une bronchite, mais pas moyen de joindre son père, elle tombait à chaque fois sur le répondeur. Toute la semaine durant, la rancœur s'accumula en elle comme une boule de neige dévalant le flanc d'une montagne. C'est pour cette raison, et non parce qu'elle songeait le moins du monde à renouer avec Jamal, qu'elle raconta à son mari qu'elle avait couché avec un autre homme.

Il entassa quelques affaires dans une valise et partit. Miriam se dit qu'il devait avoir en fait une folle envie de la quitter, et n'attendre pour cela que le prétexte qu'elle lui fournissait si gracieusement.

Elle ne revit plus Jamal après cette fameuse nuit. Il ne la rappela pas, et elle s'était juré de ne pas essayer de le contacter non plus s'il ne le faisait pas; c'était pour elle une question d'honneur. Elle se rendit cependant à plusieurs reprises à *La Taverne illuminée* pour tenter de le voir, mais en vain. Et c'est lors d'une de ces sorties, en compagnie de Diana, qu'elle a rencontré Antón. Elle ne tient pas à lui, pas plus qu'à Jamal ou à Daniel. C'est à son petit garçon qu'elle tient avant tout, un petit garçon qui, ces derniers temps, ne veut plus rien manger. Elle avait pris Jamal pour l'Homme de Sa Vie, puis avait pensé la même chose de Daniel. Elle se garde bien de commettre la même erreur avec Antón, car elle a grandi, elle n'est plus l'écervelée qu'elle a été, elle sait maintenant que le seul Homme de Sa Vie est cet enfant qui dort agrippé à son nounours rouge, ignorant du monde qui, au-dehors, attend avec gourmandise qu'il grandisse.

LA RÉALITÉ ET LE DÉSIR

ACCOUDÉ AU BAR devant son quatrième gin-tonic de la soirée, David regarde bouche bée les jambes de la serveuse. La serveuse porte une minijupe à vous couper le souffle, si courte qu'on dirait une ceinture, et a de longues jambes, musclées, bien galbées. Ses jambes constituent son capital le plus précieux, car ses traits ne sont pas beaux à proprement parler. Elle a un visage très particulier, presque drôle quand on le voit de profil. Elle a une bouche saillante, de celles qu'on remarque, aux lèvres charnues et bien dessinées, mais qu'elle garde le plus souvent serrées, comme si elle allait avaler sa salive, ce qui lui donne, en dépit de la finesse de sa silhouette, un air de dureté excessive. Elle est séduisante, comme presque toutes les filles de son âge, mais le moins qu'on puisse dire est que ce rictus amer ne joue pas en sa faveur.

Pour arrondir son salaire de téléopératrice, elle a accepté de travailler les jeudis et les samedis, et c'est son premier soir au bar. Elle arrive à gagner, comme serveuse, exactement la même chose que ce qu'elle gagne au téléphone, en moitié moins de temps. Ce n'est pas si mal ; c'est plus que dans n'importe quel autre bar du quartier, où les serveurs sont payés au lance-pierres, car ce sont tous des immigrés qui, très souvent, comprennent à peine les commandes. Mais dans un bar de nuit, il ne faut pas mettre une Équatorienne boulotte, il

99

faut une fille désirable et bien roulée, c'est pour ça qu'on la paie cinquante euros la soirée. Oui, c'est un bon salaire pour le quartier.
Pour le moment, cependant, elle ne veut pas laisser tomber son autre
travail, car elle veut épargner, son ambition est de se tirer dès que
possible de chez ses parents. Maintenant que Susana, sa meilleure
amie, semble débarrassée, enfin! de son insupportable fiancé, un
crétin qui la draguait dès qu'elle avait le dos tourné, elles ont le projet
de louer un appartement ensemble.

Une fille aux yeux hagards s'approche de la serveuse pour demander un verre d'eau du robinet. C'est son troisième de la soirée. De
toute évidence, elle a pris trop d'ecstasy, c'est pour ça qu'elle a soif.
La serveuse, horripilée, lui envoie :

— Écoute, ma belle, je ne suis pas ton esclave. Si tu veux de l'eau,
tu vas aux toilettes et tu te remplis toi-même ton verre.

— Oh là là, ce que tu peux être chiante.

— Oui, superchiante. Et j'en suis fière. Ce n'est pas pour rien
qu'on m'appelle la Teigneuse.

Jamal, le patron, arrive du fond, se plante devant la droguée et
lui dit carrément :

— Tu as un problème?

— Non non, pas de problème… bredouille la fille d'un filet de
voix, visiblement intimidée par ce grand type à l'assurance à ce point
écrasante qu'il semble capable de broyer des pierres avec les mains,
et qui se tourne maintenant vers la serveuse.

— Si quelqu'un t'embête, tu m'appelles, hein?

Pour la première fois, la serveuse sourit. David remarque que
cette fille est vraiment jolie quand elle ne fronce pas les sourcils, et
croit voir dans son sourire presque enfantin une ouverture, mais qui
est évidemment destinée au bel Arabe, et non à lui.

Jamal retourne au fond de la salle, dans son recoin d'où il peut
tout voir sans être vu. À la table l'attendent ses quatre amis, deux

Marocains et deux Noirs. Tous parlent français, mais avec des accents très différents, c'est pourquoi ils s'efforcent de parler lentement, correctement, sans quoi ils ne pourraient pas se comprendre. Ce genre de mélange est rare dans le quartier. Arabes et Noirs ne se fréquentent guère, voire pas du tout, mais Jamal est connu pour ce don qu'il a de réunir des gens de milieux très divers.

Aziz est le patron du salon de thé qui se trouve deux rues plus haut. Il vit avec une Espagnole qui, à ce qu'on dit dans le quartier, a laissé tomber pour lui son fiancé équatorien, à deux mois seulement du mariage, alors que la robe était achetée et les invitations envoyées. Salon de thé est un bien grand mot. On y boit du thé, certes, mais en vérité il ne diffère en rien de n'importe quel bar où on servirait de la bière, du Coca-Cola et des vins au verre. Aziz, en bon musulman, ne boit pas, mais le commerce avant tout, n'est-ce pas. En ce moment même, comme tous les soirs, sa compagne doit être en train d'y faire le service. Aziz n'est pas franchement ravi que les clients soient si nombreux à la regarder, à lui sourire, à lui demander à quelle heure elle finit, mais elle lui avait bien dit, avant même de le connaître, avant même qu'il soit question de quelque chose entre eux, qu'elle n'entendait pas renoncer à travailler. Dans une heure, quand le salon de thé va fermer, il ira retrouver Albita pour l'aider à faire sa caisse et s'assurer qu'elle n'a pas de problèmes avec les derniers clients. Le quartier est trop dangereux pour qu'une femme s'aventure à rentrer chez elle toute seule, sans protection.

Hicham travaille dans le bâtiment, tout comme Youssou. Douze heures par jour, de sept heures du matin à sept heures du soir, en s'arrêtant juste pour avaler un sandwich sur le pouce. En ce moment, il est sur le chantier de rénovation d'une station de métro du centre. La mairie a décidé qu'il fallait, d'ici au 20 septembre, avoir ajouté quatre sorties de secours et quatre ascenseurs. Le budget des travaux est de treize millions d'euros. Hicham se doute bien que le coût ne devrait pas être aussi élevé, qu'il y a sans doute quelques millions qui partent en commissions diverses et atterrissent dans certaines poches, mais il s'estime bien payé, trois mille euros par mois. Il sait bien qu'il gagne moins que ce que gagnerait n'importe quel Espagnol pour un travail où les risques sont si élevés et les horaires aussi durs, douze heures par jour, de sept heures du matin à sept heures du soir, mais ça lui convient, car il veut épargner pour s'acheter une camionette. Pas n'importe quelle camionnette, non, une qui soit solide, une Mercedes ; et une Mercedes coûte (et vaut) quinze mille euros. Il faut absolument une Mercedes, car c'est pour faire des allers-retours entre Madrid et Tanger. Hicham était mécanicien à Tanger, et à Tanger on répare les voitures avec des pièces d'occasion. Or, à Madrid, les pièces d'occasion ne valent presque rien, on les achète au poids, quand les voitures vont à la casse. L'idée de Hicham est d'acheter les pièces au poids à Madrid pour les revendre à l'unité à Tanger. Et, quand il aura de l'argent et une situation, de proposer le mariage à Amina. Pour l'instant, c'est en cachette qu'ils se voient. Ils se donnent toujours rendez-vous loin du quartier, pour que l'histoire ne revienne pas aux oreilles de la mère d'Amina, et surtout à celles de son père, qui est en prison. Quand il leur arrive de se croiser dans le quartier, ils n'échangent même pas un regard. Ce soir, par exemple, Amina rentrait du parc du Casino ; elle était allée chercher Akram, son frère, à la ludothèque, elle le tenait par la main, et elle s'est presque cognée dans Hicham à la sortie du parc. Ils se sont regardés un bref instant, qui lui a paru une éternité, puis elle a baissé les yeux et a emmené son frère. Elle fait des ménages, mais ce qu'elle gagne lui suffit à peine pour payer le loyer. Elle a avoué à Hicham que c'est Jamal qui fait vivre la famille, sans qu'elle sache au juste pourquoi. Il semble qu'il y ait un lien de parenté entre le père d'Amina et Jamal, mais elle soupçonne que ce dernier est redevable de quelque chose à son père, qu'il y a des choses que son père, au fond de sa prison, sait et qu'il ne dit pas, et que Jamal achète son silence. Hicham ne peut donc accepter de cadeaux de sa fiancée, car le Coran dit qu'on ne doit pas accepter de présents provenant de l'argent du péché. En vérité, presque personne ne respecte plus ce précepte, c'est un péché que chacun semble considérer comme véniel. Hicham a même entendu dire qu'un caïd de Tanger a payé son pèlerinage à La Mecque avec l'argent que lui rapporte le trafic de haschisch. Si Hicham se cramponne à un principe aussi désuet, c'est sans doute pour signifier qu'il n'est pas question pour lui de s'incliner devant le père d'Amina qui ne le respecte pas. Il s'efforce toutefois d'être ami avec Jamal, qui représente sa seule chance d'épouser un jour la fille qu'il aime. Car les haines entre familles sont inexpiables, et là-bas, justement, à Tanger, sa famille et celle d'Amina étaient ennemies. Il en ignore le motif exact, il croit savoir que c'est à cause d'une maison que quelqu'un aurait vendue à quelqu'un d'autre il y a des années de cela. Le père d'Amina ne veut même pas entendre parler d'une éventuelle union ; or, sans la signature des deux pères à côté de celles des deux *adul*, il ne peut y avoir mariage, du moins selon la loi islamique. Hicham et Amina pourraient certes se marier selon la loi espagnole, et même selon la loi marocaine, mais alors Amina serait reniée par les siens, ils ne la salueraient même plus s'ils la croisaient dans la rue. Amina suggère parfois qu'ils pourraient avoir recours aux grands moyens : si elle disait à sa mère qu'elle a perdu sa virginité avec Hicham, la famille n'aurait d'autre remède, pour éviter le déshonneur, que d'autoriser l'union. Mais Hicham ne veut pas agir ainsi, il ne veut mentir à personne, il veut un mariage à Tanger, un mariage qui dure trois jours, il veut qu'Amina aille au hammam avec les autres femmes, que celles-ci lui teignent les pieds et les mains au henné, qu'elle arbore les trois ou les quatre caftans que les femmes de sa famille à lui auront confectionnés pour elle ; il veut un mariage comme le veut Allah, avec une *aammaria*, ce trône de bois orné de broderies aux couleurs vives, dans laquelle on amène la mariée à la maison de son époux. Hicham compte sur Jamal pour intercéder auprès du père d'Amina, afin qu'une fois sorti de prison, il signe pour de bon cette fichue autorisation.

Ferba a une petite boutique, qui ouvre de neuf heures du matin à minuit, où on vend un peu de tout, depuis la semoule jusqu'aux crèmes glacées, et c'est aussi lui qui fournit les glaçons au bar de Jamal. Jamal lui permet de boire tout ce qu'il veut sans le faire payer, ce qui ne lui coûte guère, étant donné que Ferba aussi est bon musulman et ne boit que des jus de fruits, jamais d'alcool, pas même de Coca-Cola, car il tient la caféine pour une drogue. Ferba est un homme heureux. Il est l'un des rares Sénégalais à avoir obtenu des papiers et, surtout, à avoir pu faire venir sa femme et son fils.

Ismael travaille à la boutique de Ferba. C'est un beau Noir, grand et baraqué, avec le regard trouble de l'homme qui a connu d'autres paysages et des temps meilleurs, un regard las et vieux, dont on ne sait s'il lui donne du charme ou s'il lui en retire, et qui tranche sur son visage par ailleurs juvénile.

Aziz raconte à Jamal que, la veille, un groupe de jeunes Marocains, ceux qui sniffent de la colle, ont fait peur à tous les consommateurs assis à sa terrasse, en sortant les couteaux juste devant l'établissement. L'un d'entre eux a bu le Coca d'un client ; il est passé devant la table et subitement, sans prévenir, il a attrapé le verre et en a sifflé le contenu. Quand le client s'est levé, furieux, le poing dressé, toute la bande s'est jetée sur lui, et en un clin d'œil c'était une véritable bataille rangée, jusqu'à ce qu'arrive la police et que les gamins disparaissent dans les ruelles. Quelques jours plus tard, il y a eu une bagarre entre deux revendeurs de haschisch qui ont joué du canif pour une question de territoire. On voit encore les taches de sang sur les pavés. Mais personne n'intervient, la police laisse agir ces dealers de peu d'envergure, qui en échange leur donnent des informations sur tout ce qui peut survenir de bizarre dans ce quartier où, croit-on savoir, se dissimulent des membres de divers commandos fondamentalistes islamistes.

– Ça ne peut pas continuer comme ça, dit Aziz. À ce rythme, personne ne va plus vouloir s'asseoir à ma terrasse. Ça devient de plus en plus dangereux. Ce sont ceux du Nord, ils sont tous de Tanger. On les reconnaît à l'accent. Et aux manières. Nous, à Marrakech, nous avons beaucoup plus d'éducation. Eux, ils ont été gouvernés par les Espagnols, il suffit de vivre ici pour comprendre d'où vient la différence. Les Espagnols règlent tous les problèmes avec des cris et des disputes. Les Français crient beaucoup moins. Ce n'est pas que je les aime particulièrement, ils nous ont durement exploités, mais la différence est nette.

Hicham est sur le point d'intervenir, car il est précisément de Tanger, mais c'est Jamal qui prend la parole.

– Tu te trompes, mon frère. C'est un argument fallacieux. Nous sommes tous semblables, il n'y a pas eux d'un côté et nous de l'autre. Tu parles comme les Américains. Ils disent que nous sommes différents, que nous ne sommes pas comme eux, que nous ne sentons pas les choses comme eux, que nous n'aimons pas nos enfants comme eux, et ils considèrent que ça leur donne le droit d'envahir nos pays et d'attaquer nos enfants. Le Marocain du Nord n'est pas différent de celui du Sud ; nous sommes tous frères. Il n'y a pas ma vérité contre celle de l'autre, il y a ma vérité et celle de l'autre. La violence de ces garçons n'a rien à voir avec le fait qu'ils parlent espagnol ou français, mais avec la pauvreté, avec la perte des repères, avec le fait d'être loin de sa famille.

Jamal parle en français pour se faire comprendre de Ferba et d'Ismael. Les deux Africains le regardent admiratifs, hochant la tête en signe d'approbation, comme pour saluer le profond bon sens d'une argumentation irréfutable. C'est par des discours comme celui-là que Jamal s'est fait une réputation d'homme intègre.

Les deux Africains sont d'une grande beauté l'un et l'autre, mais celle d'Ismael est plus éclatante. Il est grand, fort, élégant, altier comme une idole. Il est né à Korhogo, en Côte-d'Ivoire. Il y était commerçant : il achetait toutes sortes de marchandises, des aspirines, des crèmes, des vêtements, qu'il mettait dans un baluchon et qu'il allait vendre dans les villages de la montagne. Un travail épuisant et monotone ; des plaies aux pieds, le dos abîmé. Puis il y a eu la guerre civile. Les rebelles ont tué son père et incendié sa maison. Sa famille – sa mère, ses sœurs, ses cousins, ses cousines, ses oncles, ses tantes – s'est réfugiée dans une mission salésienne, lui a fui au Burkina puis a poussé jusqu'au Mali dans l'espoir de gagner de l'argent et de pouvoir en envoyer aux siens. Il avait une fiancée, avec qui il devait justement se marier cette année-là, à vingt ans, mais la guerre a tout détruit. Ils étaient cousins, ils se connaissaient depuis qu'ils étaient enfants ; les deux familles étaient contentes. Le mariage a dû être repoussé faute d'argent. Je t'attendrai le temps qu'il faudra, lui a-t-elle dit.

Au Mali, il n'y avait pas la guerre, mais dans le nord du pays l'eau était chère, et Ismael était étranger, ce qui compliquait les choses. Il est donc passé en Mauritanie, où il a subsisté quelque temps en travaillant comme pêcheur. Puis il a décidé de descendre vers le Sénégal. Il évitait de se lier avec les gens, pour ne pas se faire voler le peu d'argent qu'il avait. Le désert était parsemé de plantes aux longues épines qui ressemblaient à des squelettes d'animaux morts, tandis que le soleil cruel consumait de l'intérieur, tout en laissant leur enveloppe intacte, les arbres et les petits lézards, et allongeait l'ombre désespérée d'Ismael. Parfois, il se faisait arrêter par un policier qui lui réclamait mille francs, deux mille francs, puis le laissait tranquille. Il fallait donc qu'il ait toujours au moins mille francs sur lui ; mieux valait rester sans manger que sans argent. Il dormait où il pouvait : dans la rue, à même le sol, ou bien dans l'autocar.

À force d'aller de village en village, tantôt à pied, tantôt en taxi brousse, tantôt en camion, il avait fini par arriver à Dakar, une ville bigarrée, grouillante comme une fourmilière, où étaient représentées toutes les ethnies et toutes les professions possibles, où des essaims d'enfants nu-pieds jouaient avec les chèvres dans un labyrinthe de ruelles de sable qui se transformait en boue lorsque venait la saison des pluies. Il se mit à vivre dans la rue. Il tenta sa chance comme lutteur amateur, car il avait été le champion de son village. Il gagna un peu d'argent. Son corps élancé, tout en muscles, se mouvait avec grâce, tel un danseur qui graverait dans les airs une sorte d'arabesque, mais en recherchant toujours le point faible de l'adversaire, et en reproduisant dans sa chair les mouvements d'animaux sauvages, la chorégraphie du lion, de l'aigle, du serpent. Mais au Sénégal, la lutte est une institution, et nombreux étaient donc les professionnels bien meilleurs que lui : il comprit qu'il n'irait jamais très loin. Parfois, il allait dans les villages acheter des objets artisanaux qu'il revendait dans la rue aux *toubabs*. Il volait aussi des portefeuilles, mais seulement aux Blancs, jamais aux gens du pays. Il rencontra beaucoup de gens, se fit des amis, couchant parfois avec une touriste française qui se trouvait sûrement ouverte et sans préjugés parce qu'elle lui offrait ce dont, en vérité, elle avait bien plus envie que lui. Ces amis qu'il se faisait donnaient volontiers leur adresse, mais oubliaient bien vite son existence. Il leur écrivait de longues lettres, qui ne recevaient jamais de réponse. Il eut tôt fait de comprendre que les Européens n'étaient pas des gens de parole, et d'en être déçu.

La vie n'était pas dure à proprement parler, mais il se trouvait dans l'impasse. Il songeait, comme beaucoup d'autres, à gagner l'Europe, mais c'était impossible sans visa. Sa mère ne l'ayant pas déclaré à sa naissance, il aurait du mal à obtenir des papiers. Pour un passeport, il suffisait de payer et de faire attester sa naissance par quatre témoins, mais un visa, c'était autre chose, c'était trop cher.

On lui parlait aussi de faire la traversée en barque. En payant quatre cents euros ou un million de francs CFA, on avait sa place réservée. Il était au Sénégal depuis dix mois quand il finit par se décider.

Ils étaient vingt-trois dans la barque, presque tous des pêcheurs, aucune femme. Le patron était un Marocain, qui affichait tout son mépris envers le «chargement». Ils partirent d'une plage jonchée de déchets, et mirent sept jours à parcourir deux mille kilomètres. Ils couraient un grand péril, car plutôt que de suivre la côte du Sahara occidental ils avaient choisi de s'aventurer dans les eaux internationales, en haute mer, la plus dangereuse. Lorsqu'ils eurent perdu de vue la terre ferme, Ismael se leva pour essayer de voir autre chose que l'eau, prenant appui sur une jambe puis sur l'autre pour compenser le tangage de la barque, pour rester les yeux fixés sur la ligne d'horizon, et il fut terrifié de se sentir cerné, sans défense. Il essayait de ne pas vomir, de garder la conscience de son passé qu'il laissait derrière lui, pour mieux se convaincre qu'ils avançaient, tant l'embarcation, entourée d'eau de tous côtés, donnait l'impression de n'aller nulle part. Le soleil, la lune et les étoiles furent ses seuls guides pendant la traversée. Comme ils avaient mis le cap plein nord, le soleil devait être à droite le matin et à gauche l'après-midi. La nuit, la lune restait à gauche, et sept étoiles servaient de points de repère : les trois à gauche indiquaient la direction de l'Amérique, les deux de derrière le sud, les deux de devant le cap de Ténériffe. Vers le milieu de la journée, ils se partageaient des galettes et se passaient de main en main un gobelet de plastique contenant de l'eau douce. Le cinquième jour, il n'y eut plus d'eau. Certains se mirent à pleurer, à pleurer sans pouvoir s'arrêter. Nous allons mourir, répétaient-ils, nous allons mourir. Nulle part on n'apercevait la terre. Il se dit qu'il avait été stupide, qu'il aurait dû acheter un passeport et un billet d'avion, comme tant d'autres. Et puis il pensa : c'est fini, je vais mourir. On ne retrouvera jamais mon corps, il sera mangé par les poissons, ma mère ne saura jamais ce qu'est devenu son fils, mon ombre rendra heureuse une autre mère, dans le bébé de qui elle se sera réincarnée. Sa mère pleurerait à chaudes larmes, en continuant à se bercer d'illusions, et lui l'attendrait au village des morts, dressant la table pour l'arrivée des autres. Il s'endormit, aveuglé par la fatigue, la soif, la peur, la chaleur, le soleil qui dardait les flèches empoisonnées de ses rayons. C'est alors qu'il entendit la voix de son père, venue tout droit du village des morts : «Ne pleure pas, tu ne vas pas mourir.» Et le sixième jour, la mer, verte jusque-là, devint bleu foncé : ils approchaient de la terre. Cette nuit-là, l'éclat des villes se fit visible dans le ciel et, comme un phare, les guida vers le rivage.

Au port les attendaient la police et la Croix-Rouge. Quand les sauveteurs cessèrent de le soutenir pour aider le clandestin suivant, il parcourut, titubant comme un ivrogne, les cinq mètres qui le séparaient de l'hôpital de campagne. Ils passèrent la nuit au commissariat, entassés dans une pièce, à même le sol. Une avocate arriva, qui leur expliqua à chacun, en français, qu'on allait les emmener dans un centre de rétention, et que, d'ici quarante jours, on déciderait s'ils seraient rapatriés ou laissés en liberté en Espagne. Il dit qu'il venait de Guinée-Conakry, car les deux pays n'avaient pas signé d'accord de reconduite. On l'avait prévenu au Sénégal qu'il ne fallait surtout pas qu'il dise où il était né.

Ils arrivèrent au centre de rétention. Un matelas, une couverture, un savon, une serviette. Un patio. Trois toilettes et trois douches pour deux cents personnes. Deux heures de promenade dans le patio après le petit déjeuner. Puis, au coup de sifflet, retour aux matelas. Quand venait l'heure du déjeuner, tout le monde au réfectoire. Puis encore deux heures de patio de quatre à six, et retour aux matelas. La même routine pendant quarante jours. Il se fit un ami au centre, Youssou, un Sénégalais aux yeux brillants qui avait travaillé en mer.

Youssou était petit et trapu comme une souche, avec un cou, des bras et des épaules de lutteur, et un visage de pierre. Pour la grande traversée, il s'était associé à plusieurs pêcheurs qui travaillaient en Mauritanie. Comme la pêche était de moins en moins bonne et qu'il fallait s'éloigner de plus en plus des côtes pour remplir les filets, le gain était de plus en plus maigre. Tout dépendait de la quantité et de la qualité des prises, mais il fallait diviser le produit de la vente en trois parts égales : un tiers pour le capitaine, un autre tiers pour payer l'essence et l'entretien du bateau, et le tiers restant pour les pêcheurs. Pas de quoi gagner sa vie ; mieux valait partir. Ils économisèrent de quoi acheter une petite barque, un moteur, le carburant, et décidèrent de tenter leur chance. Ils n'eurent à attendre que trois jours. Youssou disait qu'il avait des projets, des contacts en Espagne, et toutes ces perspectives d'avenir illuminaient son sourire d'une blancheur éclatante.

Au centre de rétention, les jours passaient, monotones et identiques, jusqu'à ce qu'un beau jour on leur dise : dehors.

Sans plus d'explications.

On les mit dans un avion, qui les emmena jusqu'à Madrid. Il sut plus tard que c'était le procédé classique. Plutôt que de laisser les immigrants africains s'entasser aux Canaries, le gouvernement les répartissait dans des vols directs pour Madrid, Barcelone et Valence, les trois métropoles dont la capacité à absorber les nouveaux venus était la plus grande.

Ismael ne connaissait personne à Madrid, ne savait pas où aller, et n'avait pas un sou en poche. Il accompagna Youssou à une paroisse où on leur donna une couverture chacun, et ils passèrent la nuit dehors, à dormir et à mendier. Son ami avait l'adresse d'un cousin du Sénégal, ils se mirent donc à sa recherche. Le cousin, qui partageait un appartement avec dix autres personnes, les fit dormir par terre, avec leurs couvertures, leur donna de l'argent et une liste d'adresses. Ils mangeaient dans les cantines d'œuvres caritatives, l'Ave Maria, Guzmán el Bueno, Puente de Arena, Mamá África, dormaient à l'abri sous des cages d'escalier. Mais Youssou avait un autre cousin qui habitait Lavapiés, un homme riche, avec une bonne situation. Youssou avait beaucoup de « cousins ». Le fils d'une amie de sa mère pouvait être son cousin. Il n'avait pas tout de suite fait appel au deuxième cousin – son cousin « riche » – parce qu'il n'avait pas son adresse, mais à force de demander à tous les Sénégalais qu'ils croisaient dans le quartier, ils finirent par le trouver.

En effet, Ferba Tall était riche ou, du moins, riche pour un cousin. Il avait une boutique, une femme et un fils ; il leur donnerait du travail. Ferba n'était pas n'importe qui, tant s'en faut. Il descendait, ou disait descendre, d'El Hadj Oumar Tall, le fondateur de l'Empire Toucouleur, et lorsqu'il faisait allusion à ses ascendants – c'est-à-dire quotidiennement –, il se gonflait d'orgueil comme une plante aux racines superficielles se gorge d'eau. Il était arrivé du Sénégal quelques années plus tôt, par avion, avec billet et visa, avait pris contact avec un compatriote qui importait des objets artisanaux, des bijoux, des colifichets, des bracelets en faux or, s'était procuré de la marchandise et était descendu vers le Sud, sur les plages. Il proposait les bracelets en or à cent euros, le touriste marchandait et croyait avoir fait une bonne affaire en payant soixante un bracelet qui en réalité ne valait que dix. En un été, il s'était fait assez d'argent pour déposer à la banque la somme exigée par le gouvernement pour la prolongation du visa. Puis tout s'était enchaîné parfaitement : il avait loué cette boutique et fait venir du Sénégal sa femme et son fils, tandis que le reste de la famille l'attendait au village, surveillant les travaux de la maison qu'il faisait construire avec ce qu'il gagnait en Europe. Il avait embauché Youssou, mais avait dit ne rien pouvoir faire pour Ismael.

Ismael vendait *La Farola*, continuait de manger dans les cantines des œuvres caritatives, dormait dans des foyers quand il y avait de la place, dans la rue quand il n'y en avait pas, en gardant toujours présent à l'esprit le fait que, parmi toutes ces ombres qu'il voyait absorbées par leurs problèmes et leurs calculs, qui gravitaient autour de lui et contre lesquelles il trébuchait parfois, aucune ne le recueillerait s'il tombait d'épuisement. Il devinait, dans ces yeux qui ne le regardaient pas, du dédain, de la méfiance envers l'exception noire arrêtée au milieu de tous ces gens qui marchaient ; une conjuration d'ombres silencieuses, de fantômes ennemis que son imagination identifiait dans des personnes réelles, la jeune femme qui promenait son chien, la dame qui tirait son chariot à provisions, l'homme en complet veston qui parlait à son portable. Il contemplait avec envie les immeubles, hautes tours de mépris qui jamais ne l'accueilleraient, et à l'intérieur desquels il imaginait des repas chauds, des draps propres, le chauffage central. Il allait de l'avant, silencieux, car les peuples condamnés engendrent des individus faits d'une grande part de silence. Il avait rêvé de l'Europe comme d'un paradis, mais c'était comme en Afrique, si ce n'est pire, car là-bas il était un frère, et ici à peine plus qu'un animal, un individu de seconde zone. Il restait en contact avec Youssou, passait le voir tous les après-midi à la boutique. Celle-ci ouvrait à dix heures du matin et fermait à minuit, parfois plus tard, et c'est là que son ami passait ses journées, du mardi au dimanche. Il n'avait que le lundi de libre.

Un jour enfin, Youssou annonça à Ismael qu'il avait trouvé du travail dans le bâtiment, de sorte que sa place à la boutique de Ferba était libre, s'il voulait la prendre. Il serait payé cinq cents euros, sans contrat. Si on l'interrogeait, il devait dire qu'il ne travaillait pas là, qu'il était un cousin du patron et qu'il gardait la boutique pendant que son cousin était sorti emmener son fils chez le médecin, ou faire une course. Ismael s'accoutuma à la longue et laborieuse inutilité des journées identiques, à la répétition persistante des mêmes objets sur les rayonnages.

Il a souvent droit à la compagnie de Mohammed, le fils de Ferba, qui s'assied à côté de lui et contemple, les yeux grands ouverts, les paquets de semoule, les boîtes de thon, les cannettes de bière sur les rayons; ce petit royaume de vingt mètres carrés qui appartient à son père. Ferba est très pris par ses autres affaires – un taxiphone et une société d'importation d'artisanat africain. C'est Fagueye, sa femme, la mère de Mohammed, qui tient le taxiphone. Le garçon passe donc beaucoup de temps tout seul, mais Ferba est persuadé d'offrir à son fils de bonnes conditions de vie. Dans quelques années, Mohammed héritera de tous ses commerces et d'une grande maison au Sénégal.

En ce moment, Ismael partage une chambre à Lavapiés avec Youssou. L'appartement compte quatre pièces, où vivent huit personnes. Ismael paie cent cinquante euros. Chaque mois, il envoie à sa mère cinquante ou cent euros. Et il faut que ce qui lui reste lui suffise pour manger, mais il s'en tire. Il considère qu'il a de la chance, parce qu'il a réussi à venir et parce qu'il a un travail et un endroit où dormir. Il faudrait qu'il se fasse enregistrer, mais ce n'est pas possible tant qu'il n'a pas de passeport. Youssou lui a dit qu'on pouvait faire un duplicata des papiers de son autre frère, qui travaille dans une autre région. Il lui en coûterait six cents euros, mais cela vaudrait la peine, car en se faisant enregistrer, il pourrait obtenir, qui sait, un permis de séjour. Cela lui permettrait de travailler dans le bâtiment, comme Youssou, de gagner plus d'argent, d'en envoyer plus à sa mère et peut-être, un jour, de retourner en Afrique. Il ressent parfois comme un élancement au creux de l'estomac : la solitude inexorable de l'absence, l'oubli qui estompe chaque jour, chaque heure davantage, le visage de sa mère et de ses sœurs, tandis qu'il s'efforce de survivre dans cette ville dense comme un nid d'insectes vénéneux. Il sait que les sentiments les plus douloureux sont les plus absurdes : l'angoisse des choses impossibles, la nostalgie de ce qu'on n'a pas vécu, le désir de ce qui pourrait avoir été, l'envie de ce qu'ont les autres, l'insatisfaction devant l'existence ici-bas, c'est pourquoi il essaie de se dire qu'il est heureux, qu'il a un travail, un ami, un endroit pour dormir, et qu'il est arrivé sain et sauf, sans se noyer dans les profondeurs de la mer. Pendant ce temps, d'autres personnes, toutes blanches, qui ne l'ont jamais vu et ignorent jusqu'à son existence, élaborent des programmes, écrivent des articles, signent des manifestes et rédigent des lois pour décider de son avenir.

Accoudé au bar, David pense à Diana, tout en sachant qu'il ne devrait pas ; Diana est sortie de sa vie, elle ne mérite même pas qu'il pense à elle. Une armée de bouteilles alignée face à lui, son visage se reflète dans le miroir avec l'élégante irréalité d'une photo floue. Il se reconnaît avec son sourire lointain et sceptique, et avale une gorgée. Les glaçons du verre font kaléidoscope. Il n'aurait pas dû commander ce rhum Havana 5, encore moins avec angustura, car cette saveur lui rappelle l'époque où il vivait avec Diana. Le souvenir parcourt des corridors pleins de toiles d'araignée où il n'a pas pénétré depuis longtemps, il se rappelle des séquences, des moments, des images. Surtout, il a fini par reconnaître la chanson. *Car c'est la peur qui nous rapproche, je fais tout pour lui résister, mais vers toi elle me ramène, partout avec moi je te traîne, dans mes pensées, dans mon haleine qui se confond avec mon sang.* Et la voix d'Emma faisant le chœur féminin : *Partout avec moi je te traîne, dans mes pensées, dans mon haleine qui se confond avec mon sang.* Ils l'ont sûrement reconnu, et ils la passent en son honneur. Une de ses plus vieilles chansons, adaptée d'un poème, dédiée en principe à Diana, mais écrite en fait, secrètement et orgueilleusement, pour Emma, à cette époque lointaine où il était encore assez ridicule et pédant pour oser chanter de telles niaiseries, où chaque heure était pleine de promesses, où il avait toute la vie devant lui, cette vie inépuisable au cours de laquelle il n'avait peut-être pas été tout à fait heureux, mais avait toujours senti palpiter en lui la possibilité de l'être. Qu'y a-t-il de plus vain et de plus risible que de s'enivrer en écoutant une musique blessée par le souvenir? Ils avaient habité ensemble un amour, deux maisons, un tas de chansons toutes plus mauvaises les unes que les autres. Lorsque, l'autre jour, après le concert, il l'avait vue apparaître dans la loge, avec sa chevelure noire impeccablement lissée, il avait su qu'elle n'était venue que pour l'emmerder, pour lui montrer comme elle était bien sans lui. Regarde, regarde comme je suis belle, comme je suis magnifique avec ce nouvel amant et cet enfant dans le ventre. Cela faisait presque trois ans, trois ans qu'ils ne s'étaient pas vus, et comme ça, sans prévenir, cette salope se pointait à son concert. Pour l'emmerder. Car Diana ne se lissait les cheveux que dans les grandes occasions, et donc, si elle s'était faite belle pour le concert, il y avait une raison. C'était pour l'impressionner. Qu'elle aille se faire foutre, qu'elle se lisse les cheveux tant qu'elle voudra, qu'elle se ruine chez son coiffeur de merde! Qu'elle ait quatre enfants avec le nouveau mec qu'elle se tape si ça lui fait plaisir, mais qu'elle lui foute la paix! Il la hait. Il hait l'idée qu'elle soit enceinte, et d'un autre, en plus. Il hait ce paradoxe qui veut que son enfant à lui ait pour mère Emma, que ce soit à Emma qu'échoie le rôle qu'il avait écrit pour Diana. Il hait Diana. Ou plutôt il ne la hait plus, mais il l'a tellement haïe que, parfois, la blessure se rouvre et suppure.

Ils s'étaient séparés de la façon la plus inattendue qui soit. Le lundi, elle lui avait envoyé un message on ne peut plus tendre : «Tu me manques, je t'aime», et le vendredi elle avait changé la serrure.

Cet après-midi-là, elle était rentrée de mauvaise humeur du travail. À peine avait-elle posé le pied dans la salle de bains, qu'elle en était ressortie en hurlant. «COMBIEN DE FOIS FAUT-IL QUE JE TE DISE DE RAMASSER TES PUTAIN DE VÊTEMENTS ET DE NE PAS LES LAISSER PAR TERRE, MERDE?» Il ne lui avait pas fait la réponse habituelle : «Pourquoi, s'il te plaît, payons-nous une femme de ménage?», car il connaissait d'avance la réponse, la femme de ménage n'est pas une esclave, ce n'est pas à elle de ramasser tes vêtements par terre, il y a un minimum de respect à avoir, si ta mère a été assez bête pour le faire, libre à elle, mais n'en conclus pas que toutes les femmes sont pareilles, même si en fin de compte c'est toujours moi qui ramasse, tellement ça me fait honte que Kerli ramasse tes vieux caleçons qui traînent par terre. Il avait toujours considéré qu'elle était trop accommodante avec Kerli. Kerli parlait à Diana de son mari qui la battait et qui buvait tout son mois, c'était le mot qu'elle utilisait pour dire salaire, et elle lui avait présenté sa fille Selene, une fillette avec des tresses, dont Diana s'était entichée et qu'elle emmenait parfois au parc le samedi, parce que le week-end Kerli travaillait chez d'autres gens, mais aussi parce que la petite fille adorait le setter de Diana et pouvait passer des heures à jouer à la balle avec lui, ce qui contrariait David pour deux raisons : la première, c'est qu'il aurait aimé passer ses samedis matin au lit avec Diana, à regarder la télé, à relire de vieux magazines ou à faire l'amour, même si, en vérité, ils le faisaient de moins en moins souvent et de moins en moins ardemment; et la seconde, terriblement puérile et presque inavouable y compris à ses propres yeux, c'est qu'il était jaloux de la petite fille aux tresses, que Diana gratifiait de sourires tendres, de diminutifs affectueux qui lui étaient autrefois réservés, et peut-être même, qui sait, ne continuait-il à laisser traîner ses caleçons par terre que pour attirer l'attention de Diana, qu'il craignait d'être en train de perdre. Cet après-midi-là, il s'était levé à quatre heures, avait mis le premier jeans et le premier tee-shirt qu'il avait trouvés dans la penderie, était descendu manger un sandwich au bar du coin, puis était remonté se doucher, avant d'enfiler un peignoir pour regarder la télé. Bien entendu, il avait omis de ramasser le jeans et le tee-shirt, qui gisaient sur le sol de la salle de bains. Bien entendu aussi, cela faisait trois ans que Diana lui disait de ne pas laisser ses vêtements par terre car elle en avait assez de devoir les ranger elle-même dans la penderie, mais il continuait à s'en moquer complètement. Si bien qu'il s'était levé de son fauteuil, était allé à la salle de bains, avait enlevé son peignoir, remis son jeans et son tee-shirt, était sorti en sandales dans la rue en claquant bien fort la porte, et était allé prendre ses quartiers dans un bar où il avait commandé deux cafés-cognacs. Puis, de meilleure humeur et revigoré par la boisson, il avait reçu un appel de son ami Víctor Coyote, qui lui proposait d'aller à un concert à neuf heures au *Siroco*. Riche idée, s'était-il dit. La serveuse du *Siroco* le laissait toujours boire sans payer parce qu'il avait — ou avait eu — une petite notoriété. Si bien qu'à l'heure de la fermeture, c'est-à-dire à quatre heures du matin, il ne savait plus combien il en avait descendu. Dès qu'il s'était trouvé dehors, son téléphone portable s'était mis à grésiller ; à l'intérieur, les appels ne passaient pas, et les messages s'étaient donc accumulés. Tous étaient de Diana, qui voulait savoir où il était et à quelle heure il allait rentrer. « Qu'elle aille se faire foutre », avait-il pesté, « laissons-la mariner un peu ; comme ça, la prochaine fois, elle y réfléchira à deux fois avant de se remettre à me crier dessus. »

Víctor, qui avait fait connaissance, sur place, avec deux filles plutôt jeunes, proposa d'aller boire un dernier verre chez lui, et l'idée parut excellente à David. Chez Víctor, David et les filles se firent quelques joints et plusieurs lignes, tandis que leur hôte restait fidèle à la bière, les drogues n'ayant jamais tellement été son fort. David se réveilla sur le canapé-lit de Víctor, enlacé à une des filles, qui, à la lumière du jour, avec les cheveux défaits et le rimmel coulé sur les joues — on aurait dit un panda —, faisait nettement moins jeune et moins jolie que la veille au soir. En regardant sa montre, il vit qu'il était quatre heures de l'après-midi. On était vendredi, et le vendredi Diana finissait plus tôt, elle quittait son travail à trois heures ; elle était sûrement déjà rentrée. Il se doucha rapidement et partit sans même dire au revoir à la fille. Il arriva chez lui à cinq heures et, lorsqu'il voulut introduire la clé dans la serrure, découvrit à sa grande surprise qu'il n'arrivait pas à ouvrir la porte de son propre appartement. Il brûla quasiment le fil de la sonnette à force d'appuyer, mais personne ne répondait. Il appela Diana sur son portable, mais n'eut que le message d'accueil du répondeur. Puis il reçut un SMS : « G chanG la Crur di moi ou Dposé T afèr ». Il était tellement furibard qu'il se mit à donner des coups de pied dans la porte pour tenter de l'ouvrir. Mais il n'y avait pas moyen, car c'était une porte blindée avec serrure à plusieurs points. La police arriva au bout d'un moment, alertée par des voisins qui avaient entendu le raffut. Quand il leur expliqua l'histoire, ils lui demandèrent si l'appartement était en location ou à lui. « En location », répondit-il. « Au nom de qui est le bail ? » « À son nom à elle, c'est elle qui a signé. » « Alors, si elle ne veut pas que tu entres, mon gars, tu ne peux pas entrer, et arrête de donner des coups de pied dans la porte, sinon il va falloir qu'on t'emmène au commissariat. »

Il retourna chez Víctor, et refit la bringue le soir suivant jusqu'à sept heures du matin. Il reçut plusieurs messages de Diana : « di moi ou Dposé T afèr ». Il lui répondit : « pour l'1stan G pa dendroi il me fo 1 pe 2 tps ». Il se disait que mieux valait laisser passer l'orage, elle finirait bien par se remettre avec lui, comme elle l'avait fait tant de fois déjà, après tant d'autres disputes. Il lui envoya un bouquet de fleurs à son bureau et un tas de messages tendres sur son répondeur. Il n'eut aucune réponse, aucun appel. Il finit cependant par recevoir un nouveau message : « tu a 15j aprè je mè tou a la rue et tu te Dmerde ». Elle bluffe, se dit-il, et il continua à sortir tous les soirs et à dormir sur le canapé de Víctor, parfois seul, parfois accompagné. Les quinze jours passèrent. Diana finit par lui parler au téléphone. Non pas avec la voix douce et apaisée qu'il espérait, mais avec une voix ferme et claire, insistant pour qu'il vienne enlever ses affaires de SON appartement, en soulignant le possessif. MON appartement, disait-elle, pas NOTRE appartement. La discussion dégénéra. Elle lui raccrocha au nez.

Dix jours passèrent encore. Víctor lui dit qu'il pouvait rester chez lui le temps qu'il faudrait, sinon à quoi bon avoir des amis. Au bout de près d'un mois, David jugea le moment venu de passer chez Diana récupérer ses fichues affaires, de les entreposer quelque temps chez Coyote, et de se mettre à chercher un appartement. Il appela Diana. «Quand est-ce que je peux passer prendre mon barda?» «Il n'y a plus de barda.» «Comment ça, plus de barda?» «Je t'ai dit quinze jours et ça fait un mois, alors j'ai fait cadeau de tes habits à l'église San Lorenzo.» Il se dit encore une fois qu'elle bluffait. «Et ma Fender? Et mes disques?» «J'en ai fait cadeau à mon neveu; appelle-le si tu veux lui demander s'il peut te les rendre. Je te donne son numéro, mais moi, ne m'appelle plus.» «Tu ne parles pas sérieusement.» «Et comment, que je parle sérieusement, connard. Je ne sais pas jouer de la guitare et je n'ai jamais aimé ta musique, alors je ne vois vraiment pas pourquoi je devrais continuer à entasser tout ton bazar chez MOI.» «SALOPE, CONNASSE TOI-MÊME!» «NE ME CRIE PAS DESSUS, SALE CON!» Et elle coupa la communication. L'instant d'après, arriva un SMS avec le numéro du neveu. David l'appela. Le neveu lui confirma la chose : sa tante lui avait fait cadeau de la guitare et des disques, mais il les avait vendus aux Puces et avait claqué le fric. «JE VOUS EMMERDE TOUS, TOI, TA SALOPE DE TANTE ET VOUS TOUS AUTANT QUE VOUS ÊTES!» Le neveu lui raccrocha à son tour au nez; ça devait être de famille.

Cette nuit-là, il appela Diana un nombre incalculable de fois. Il tombait toujours sur le répondeur. Il laissa dessus toutes les insultes de son répertoire, plus quelques-unes improvisées pour la circonstance. Le lendemain, il reçut la réponse suivante : «J'ai gardé l'enregistrement de toutes tes menaces. Si tu m'appelles encore une seule fois, je porte plainte.» Il savait que Diana en était tout à fait capable, et cessa de l'appeler.

Il se chercha un grand appartement à Malasaña, s'acheta une nouvelle guitare et téléchargea sur Internet ses enregistrements perdus. Plus tard, il apprit – car Diana l'avait raconté à quelqu'un qui l'avait raconté à quelqu'un d'autre qui l'avait raconté à Dieu sait qui, jusqu'à ce que l'histoire finisse par revenir aux oreilles de Coyote – que si Diana, ce maudit jeudi, était tellement en rogne, ce n'était pas tant à cause des vêtements par terre dans la salle de bains que parce que, la veille au soir, elle avait fureté dans son ordinateur et y avait trouvé des mails de groupies et ceux d'Emma. Les disputes se déroulent toujours dans un *no man's land*, entre ce qu'on dit et ce qu'on ne dit pas, entre ce qu'on sait de l'autre et ce qu'on ignore, et il comprit que Diana, en plus de toutes les choses qu'elle lui avait dites à voix haute, avait dû, dans son for intérieur, en penser bien d'autres, qui seules étaient sincères. À voix haute, elle avait hurlé à cause des vêtements par terre, mais dans son for intérieur, c'était son histoire avec Emma qu'elle avait le plus mal ressentie. Quant aux groupies, elle était plus ou moins au courant, ou s'en doutait. David était précédé en tous lieux de sa réputation comme d'un porte-étendard, et c'est pourquoi tant de femmes étaient prêtes à coucher avec lui sans même le connaître. Un musicien a des maîtresses dans toutes les villes où il va en tournée, et c'est une chose sur laquelle sa compagne passe relativement facilement. Il n'en va pas de même, en revanche, d'une liaison régulière.

Mais Emma Ponte était son point faible, la seule femme à laquelle il était incapable de résister, peut-être parce qu'elle était au fond la seule qui lui ait toujours résisté. Il pouvait coucher avec elle, mais jamais elle ne serait vraiment à lui. «Moi, tu sais, je préfère les femmes», lui avait-elle confié un jour, au lit, tandis qu'il fumait un joint, dans cette intimité post-coïtale qu'acquièrent les amants de longue date. «Vous, les hommes, je vous aime bien pour baiser, mais pas pour vivre avec. Mes vrais béguins, c'est toujours pour des filles, je ne sais pas si tu peux comprendre.» Mais non, bien sûr que non, il ne pouvait pas comprendre. C'était un choix qu'il était bien obligé de respecter, mais le comprendre, non, il ne le comprenait pas. Et c'est peut-être pour cette raison que, tout occupé à déchiffrer l'insondable mystère d'Emma, il était resté à sa disposition pendant vingt ans. Dès qu'elle l'appelait, il accourait. Et lorsque, plus tard, elle lui dit qu'elle voulait un enfant, il lui fit l'amour sans préservatif, en dépit du fait qu'il risquait de se mettre dans un vrai sac de nœuds, Emma lui ayant clairement fait comprendre qu'elle entendait bien élever l'enfant toute seule, et que s'il voulait le voir, ce n'était pas un problème, mais pas question de se mettre en couple ni rien de ce genre. «Tu n'es pas fou, mon vieux?» lui avait dit Coyote quand il le lui avait raconté. «Un enfant, c'est pour la vie, la nana va te coller une requête en reconnaissance de paternité et tu seras obligé de lui allonger du pognon jusqu'à ce qu'il ait dix-huit ans.» «Mais non, Emma ne me demandera pas un sou, elle est pleine aux as. Et puis je la connais depuis toujours, elle n'est pas comme ça.» Et le hasard avait voulu que Diana se trouve enceinte en même temps qu'Emma; une conjonction des planètes, sans doute. Mais, presque autant que Diana elle-même, il hait l'idée que Diana ait un enfant de quelqu'un d'autre. En vérité, s'il avait dit oui à Emma, c'est par peur de la solitude. Il n'avait même pas quarante ans, Diana l'avait quitté, Livia venait à son tour de le quitter. Il s'était dit qu'en ayant un enfant, il aurait au moins quelqu'un à aimer de façon inconditionnelle.

Il avait rencontré Livia l'une des rares fois de l'année où il avait mis un costume : à la soirée des prix Ondas. Lui-même n'avait reçu aucun prix, cela faisait d'ailleurs des années qu'il n'en avait plus reçu, et il n'était d'ailleurs même pas invité. Il était venu avec Víctor

Coyote, qui faisait partie, contrairement à lui et Dieu sait pourquoi, de la liste des heureux élus, peut-être pour avoir réalisé la couverture du premier album d'un groupe d'adolescents boutonneux censés être le meilleur espoir de la pop espagnole. David aussi, en son temps, avait été le meilleur espoir de la pop espagnole, il avait reçu des prix, sa photo avait fait la Une des magazines, son groupe avait fait des tournées monstres, et une chanson qu'il avait composée avait même été reprise comme jingle par une marque de sodas. Mais toute cette gloire s'était évanouie. Si le groupe existait toujours, les concerts étaient de moins en moins nombreux et rapportaient de moins en moins, bien que les critiques soient de plus en plus élogieuses. Le batteur les avait quittés parce qu'il avait une femme et des enfants à nourrir, et était allé travailler dans l'entreprise de son beau-frère. Les autres n'avaient pas de beau-frère pour les pistonner, si bien que le bassiste vivait aux crochets de sa mère coiffeuse, et que le second guitariste survivait tant bien que mal : il n'avait ni femme ni enfants, mais il habitait un appartement de merde et portait le même blouson de cuir depuis quinze ans, qu'il pleuve ou qu'il vente. David, lui, n'avait pas de soucis d'argent. Dans les années quatre-vingt, en plein essor du groupe, son père lui avait conseillé de placer l'argent qu'il gagnait ainsi que l'héritage de sa mère, et il s'était donc acheté deux appartements dont les loyers lui permettaient de vivre plus que décemment. Il se disait parfois que ses fans seraient profondément déçus d'apprendre que l'auteur de la fameuse chanson *Somos chusma*, à la gloire de la « racaille » et du « lumpenprolétariat », et qui avait été l'hymne de toute une génération, n'était en réalité qu'un petit-bourgeois, un vulgaire rentier. C'est ce que, sans nul doute, il était, mais il entendait bien continuer à jouer jusqu'à ce que son âge ne le lui permette plus ; il n'avait nulle intention de s'arrêter, du moins pas tant que lui resteraient les trois ou quatre inconditionnels qui, pendant les concerts, reprenaient en chœur les refrains. Il continuerait, quitte à se faire traiter de dinosaure ou de *has-been*. Il n'avait pas d'autre choix, il avait tout misé sur une seule carte, n'avait pas fait d'études, ne savait rien faire d'autre... Peut-être ce temps perdu à faire de la musique ne lui avait-il apporté que l'illusion, qui aujourd'hui se dissipait peu à peu, que tout avait finalement valu la peine.

Si David, ce soir-là, à la remise des prix Ondas, était si élégant c'était uniquement l'effet du hasard. La veille au soir, Víctor l'avait trouvé devant un café-cognac au bar *El Palentino*. Il était accompagné de sa dernière conquête, qui tenait un salon de coiffure, et qui sut non seulement convaincre David qu'il ne pouvait pas décemment se rendre à un gala avec sa tignasse et sa barbe de plusieurs jours, mais encore lui fixer un rendez-vous à son salon pour le lendemain, rendez-vous dont il sortit impeccablement coiffé. Il arborait un costume qu'il s'était acheté à huit heures du soir, lorsqu'il s'était rendu compte qu'il n'avait, dans toute sa garde-robe, aucune tenue avec laquelle il y ait une chance, même minime, qu'on le laisse passer. Comme il ne savait pas se servir du lave-linge, il s'était trompé dans les programmes de lavage. Comme, en plus, il avait mis un tee-shirt rouge dans le lot, le peu de vêtements qu'il avait – pour les avoir rachetés après que Diana avait fait cadeau de ses affaires à son neveu – étaient sortis du tambour teints en rose. Et comme, naturellement, il ne savait pas non plus repasser, il n'y avait, dans tout l'appartement, pas une chemise ni un tee-shirt un tant soit peu présentables. Si bien qu'il explosa sa carte Visa pour s'offrir un costume en alpaga noir et deux chemises en soie, une blanche et une noire. Il choisit de mettre la noire, car le noir le mincissait et il avait pas mal grossi depuis ses quarante ans. Bref, ce soir-là, il se sentait beau, et il s'enhardit donc à aborder une fille brune qui déambulait seule au milieu des invités, une coupe de champagne à la main. Elle lui fit du charme de façon éhontée, lissant et relissant de la main sa coiffure *à la française,* inclinant la tête selon un angle aberrant pour mieux le regarder du coin de l'œil, faisant des minauderies d'une voix de petit chat, et ponctuant chaque phrase d'un sourire bêtasse et aguicheur. Elle lui expliqua qu'elle avait réussi à entrer parce qu'elle avait un ami qui travaillait à *Rolling Stone.* Ils repartirent ensemble à deux heures du matin, main dans la main, comme s'ils étaient venus ensemble, et sans même que David prenne congé de son ami. Et c'est ensemble encore qu'ils passèrent les quatre nuits et quatre jours qui suivirent, à s'embrasser avec une voracité de fugitifs. Et lorsque, au bout d'une semaine, elle lui raconta une histoire passablement embrouillée au sujet d'un bail qui venait à expiration et que l'on ne pouvait pas renouveler, il lui dit qu'il pouvait l'héberger aussi longtemps qu'elle en aurait besoin, si bien qu'elle débarqua avec tout un tas de cartons et se rendit maîtresse des placards et des étagères, ainsi que de la maison.

« Mais tu es dingue, ou quoi ? Tu laisses cette nana s'incruster comme ça chez toi ? » lui avait dit Coyote. Mais pour David, Livia était comme un don du Ciel. Elle savait repasser, se servir du lave-linge et faire la cuisine. Il lui disait qu'il l'aimait, et tout ce qu'on peut dire quand on est excité. Il la serrait la nuit dans ses bras comme si elle n'était pas simplement un corps, mais une ancre. Il sentait la tiédeur frémissante de sa peau sous ses doigts, la chaude circulation de son sang dans ses veines, la promesse de refuge qu'elle tentait de lui arracher. Elle faisait l'amour avec un mélange étudié de passion et de méthode, d'intuition et d'expérience. Peut-être simulait-elle, c'était même probable. Elle lui offrait des fleuves de tendresse, s'achetait des vêtements qu'elle suspendait dans ses placards, lui expliquait comment s'habiller, comment assortir ses tenues. On voyait qu'elle avait du goût, qu'elle était d'une bonne famille, même si elle avait coupé les ponts avec elle. Elle devait se sentir très seule, et cette compassion qu'elle lui inspirait était une des choses qui l'attiraient en elle.

La compassion… Il rit en y repensant. C'est pour lui-même qu'il ressent désormais de la compassion, car il avait fini par s'attacher à elle, jusqu'à en être dépendant. Elle était comme une drogue, il avait besoin d'elle, un besoin impérieux, sans elle l'appartement serait tombé en ruine. Et ce n'était pas là une métaphore, mais la réalité la plus crue. Sans Livia, les assiettes se couvraient de moisissure dans le frigidaire, les chemises froissées s'entassaient en boule au fond du placard. Elle lui avait offert six mois de stabilité, de sexe, de compagnie, d'affection mûrie à l'ombre tendre du farniente. Elle lui avait aussi causé force angoisses avec ses goûts de luxe. Je voudrais aller déjeuner dans ce restaurant, je voudrais que tu m'achètes cette robe. Víctor l'avait prévenu : «Elle te suce le sang, mon vieux, elle va te laisser à sec.» Mais David se disait qu'on ne rencontrait pas tous les jours une fille aussi canon au lit, et puis le fait de devoir lui payer des choses le faisait se sentir plus sûr de son amour, et accroissait d'autant la valeur de sa conquête, de la même façon qu'avec Diana, lorsqu'ils étaient allés ensemble dans cet hôtel de rêve au milieu d'une île perdue : peu enthousiasmée au début par cette côte rocheuse et dépourvue de plages, elle avait fini par savoir que la chambre depuis laquelle ils jouissaient de ce paysage aride coûtait deux cent cinquante euros la nuit, et s'était aussitôt persuadée elle-même du bienfondé du choix de son amant, du goût très sûr dont ce dernier avait fait preuve. C'est de la même façon, donc, qu'il se répétait que Livia valait bien toutes ces dépenses, et qu'il tirait sur sa carte de crédit. Jusqu'au jour où les paiements furent refusés.

Livia n'en parut pas spécialement affectée. «Ne t'inquiète donc pas», disait-elle, «on se nourrira de pâtes au thon, on restera quelques mois sans sortir jusqu'à ce que tu ne sois plus dans le rouge, on n'ira plus au restaurant.» Et la vie continua, dans une ambiance domestique d'apparence paisible. Livia faisait beaucoup d'allées et venues; il s'étonnait de la voir si affairée. «Je vais à un casting», disait-elle, «il faut que je me remette à travailler, puisque nous n'avons plus d'argent.» Si c'était le soir, elle disait qu'elle avait rendez-vous avec le directeur artistique d'une agence, qui pourrait lui obtenir un contrat, et le baiser qu'elle lui donnait en sortant était nimbé d'une allégresse factice. Elle sortait donc beaucoup, mais il n'osait pas poser de questions, encore moins émettre d'objections ; il ne sentait pas de droits sur elle, maintenant qu'il ne pouvait plus lui payer ses caprices. Quand il allait jouer dans une autre ville, il ne l'appelait jamais, car il préférait ne pas penser à ce qu'elle pouvait être en train de faire sans lui. Livia ne s'en plaignait pas, comme si c'était pour elle, contrairement à Diana – qui pourtant avait été longtemps accommodante –, un détail sans importance. Jusqu'au jour où, au retour d'un concert, il avait retrouvé l'appartement vide, sans Livia, sans ses vêtements dans le placard, sans ses produits de beauté sur les étagères de la salle de bains. Manquaient également son ordinateur à lui, et sa montre en or. Et son imagination, qu'il avait jusqu'alors réprimée, lui revint au triple galop.

Il lui semble parfois que cette histoire si absurde et si prévisible est arrivée à quelqu'un d'autre, que c'est un chapitre d'un roman dont il n'aurait lu que la moitié tant la fin lui importait peu, tant il était évident depuis le début que l'intrigue ne menait et ne mènerait jamais nulle part. Chose étrange, il n'éprouve pas de haine pour Livia, alors qu'il devrait en éprouver, bien plus que pour Diana. Mais non, c'est à peine s'il se souvient d'elle, car il ne cherche pas à se souvenir. Elle était si multiple qu'il ne peut l'imaginer avec un visage unique. Elle changeait de coiffure, de maquillage, de sourire, de masque avec une rapidité excessive, comme si elle était sans cesse en train de se camoufler, sans que jamais on puisse savoir vraiment quel animal se cachait derrière ses yeux. À vrai dire, s'il n'a jamais eu de haine pour elle, c'est parce qu'au fond elle s'était comportée comme il l'avait attendu, même s'il n'irait pas jusqu'à prétendre avoir su dès le début qu'elle ne s'intéressait qu'à son argent. Il avait tenté, bien sûr, de se mentir à lui-même, mais ça tombait sous le sens, pas besoin que Coyote le prévienne; c'était écrit. Une passion ne se construit pas en quatre jours, et n'importe qui aurait pu deviner que Livia fuyait quelque chose. Mais il n'avait pas voulu le voir, il n'avait pas reconnu l'évidence, pourtant criante. Il avait trop besoin d'elle pour se laisser aller à la méfiance. Il était incapable de vivre seul, et c'est cette incapacité qui le rendait vulnérable. Livia l'avait emporté comme un courant, comme un tourbillon, sans même qu'il s'en rende compte. Mais il avait toujours ressenti au fond de lui-même un vide, un désespoir fondé sur la certitude inconsciente, souterraine, qu'il ne pouvait attendre de ces moments plus qu'ils ne pouvaient offrir. Désormais l'appartement, où ne résonnaient plus les talons de Livia, était plus silencieux, mais au moins son crédit à la banque s'était-il reconstitué.

C'est curieux, pense-t-il, comme nous nous trompons au sujet des femmes. Víctor disait que Diana était une personnalité dure, et même, avait-il ajouté un jour, autoritaire. Et c'est vrai qu'elle donnait cette impression. Elle parlait sans détour, n'hésitait pas à crier s'il le fallait, ne cherchait pas à vous circonvenir par des paroles lénifiantes, ne baissait jamais les yeux, ne mettait jamais de maquillage, et presque jamais de jupe. Livia était tout à l'opposé : tout sucre, tout miel, délicate comme une porcelaine, cajoleuse comme un animal domestique, toujours impeccablement maquillée et habillée. Elle portait en permanence des talons hauts, même à la maison; rien à voir avec Diana, dont l'idéal de bonheur se résumait à une paire de chaussures confortables. Et pourtant, Livia avait mis fin à leur liaison d'un seul coup, sec et tranchant comme un couperet, sans pitié ni remords, alors que Diana, il le comprend maintenant, lui avait donné sa chance à de nombreuses reprises. Et il repense à toutes ces femmes de musiciens qui avaient l'air de douces brebis mais s'étaient révélées d'authentiques prédatrices. Confiants dans le dévouement absolu de leurs compagnes, les musiciens profitaient des tournées jusqu'à la dernière goutte, baisant toute groupie disponible et buvant jusqu'à l'eau des cendriers, car chez eux les attendait, fidèle et fascinée, leur gentille petite épouse qui s'occupait des enfants, qui se tenait prête pour le repos du guerrier, et qui les accueillerait avec des draps propres et le dîner préparé. Les années passaient ainsi, jusqu'au jour où la gentille petite épouse présentait une demande de divorce et se retrouvait avec l'appartement, la garde des enfants et la moitié des droits des chansons que le mari avait enregistrées durant les années de vie commune. Et on avait parfois l'impression que la gentille petite épouse, dans l'ombre, avait creusé son sillon comme une fourmi, de façon à ce qu'une fois venu le jour où elle en aurait assez de faire la cuisine, de repasser les draps, de ranger les armoires, de faire les lits et de torcher les enfants, une fois venu le jour où elle en aurait assez que tout le monde autour d'elle ressente de la compassion pour la pauvre fourmi qui ne sait pas que sa cigale de mari la trompe – ou qui le sait mais ne dit mot –, une fois venu, surtout, le jour où elle se désespérerait d'attendre la cigale dont elle connaît les chansons plus que par cœur, elle puisse compter sur une pension suffisante pour le restant de ses jours, tandis que la cigale, après avoir chanté tout l'été, se trouverait frigorifiée quand viendrait l'hiver de la disgrâce, que c'en serait fini des succès publics, des fan-clubs, des couvertures de magazines et des concerts dans les stades, et que, sans le savoir, elle serait devenue un trophée remisé, couvert de poussière, au magasin des accessoires.

Tout se mélange soudain comme dans un shaker, les jambes de la serveuse, les accords de la chanson, l'image de Livia qui se dérobe, la chevelure lisse de Diana, l'échographie de l'embryon d'Emma – flottant en apesanteur dans un ciel rougeoyant, les éclairs et les étincelles des bougies disséminées sur les tables hérissées de verres et de bouteilles, et toujours les somptueuses jambes de la serveuse, hiératiques comme des colonnes doriques. Le disque reste coincé dans les sillons du souvenir. David sent qu'il a les paupières lourdes, les yeux nébuleux, un goût amer dans la bouche, que son cerveau tourne au ralenti, que toutes ses obsessions virent au noir.

– Qu'est-ce qui t'arrive, mon vieux? Réveille-toi, mon vieux, on va fermer… Écoute… – la serveuse pousse légèrement le client, avec une douceur prudente, on ne sait jamais ce que peut donner un mauvais réveil, elle a déjà eu affaire à des ivrognes agressifs. – Ah, Jamal… Ça tombe bien que tu sois là. Qu'est-ce qu'on en fait?

Jamal, plus confiant dans sa propre force, bouscule sans ménagements le soûlographe.

– David… David! DAVID! Réveille-toi, mon frère, c'est l'heure de rentrer.

David tombe par terre comme un sac, complètement inconscient.

– Vous pouvez m'aider à le faire sortir? demande Jamal à ses quatre amis. – Il faut qu'il prenne l'air.

– Mais enfin, Jamal, tu ne peux pas le laisser dans la rue dans cet état. Il faut d'abord le faire revenir à lui… objecte la serveuse.

Jamal s'étonne de cet intérêt soudain, presque maternel, de la part d'une fille qui lui a toujours paru si désinvolte, si distante.

– Alors jette-lui un verre d'eau au visage.

Aussitôt dit, aussitôt fait, Sonia la Teigneuse va chercher de l'eau au frigidaire et jette le contenu d'un verre au visage de David. Surpris, celui-ci réagit, secoue la tête, ses yeux cillent, s'entrouvrent, cherchent à percer la transparence des choses, puis son regard se fige comme s'il essayait de se souvenir, qui suis-je, où suis-je.

– On ferme, mon frère, c'est l'heure de rentrer chez toi.

David reprend lentement ses esprits.

– Tu habites le quartier? Tu veux qu'on te raccompagne chez toi? Tu veux qu'on te mette dans un taxi? demande Jamal.

David remue lentement la tête, comme s'il avait entendu parler des taxis mais ne se rappelait plus à quoi ils servent.

– Tu as raison, Jamal, le mieux serait de le mettre dans un taxi.

Sonia s'efforce d'attirer l'attention de son patron. Elle a observé que Jamal, comme tous les autres, regardait ses jambes, et bien qu'elle sache – ou peut-être parce qu'elle sait – que le Marocain est l'objet de bien des convoitises dans le quartier, que nombreuses sont celles qui tombent sous son charme comme les épis sous la faux, et que des femmes bien plus belles qu'elle n'ont pas réussi à le retenir, elle nourrit le secret espoir de devenir un peu plus que son employée. Jamal est une arme de séduction massive.

– Oui… – Jamal a vu le sourire de la serveuse, aussi prometteur que décidé, et lui répond par un autre sourire. – Mais je ne sais pas si nous en trouverons un à cette heure-ci… Depuis quelque temps, les taxis ne veulent plus venir jusqu'ici.

– C'est vrai, l'autre jour j'étais allée boire un verre avec des amis, et quand j'ai demandé au chauffeur de me conduire rue Olivar, il m'a répondu que non, qu'il n'allait pas à Lavapiés, et encore moins à cette heure-là, et il m'a laissée à Embajadores.

– À quelle heure?

– Je ne sais plus… Deux heures du matin ou quelque chose comme ça.

– Et tu as traversé la place toute seule?

– Et pourquoi pas? Qu'est-ce qui pouvait m'arriver?

– La prochaine fois, tu m'appelles et je te raccompagne.

– Comment je peux t'appeler, si je n'ai pas ton téléphone?

– Mais je vais te le donner.

– Et je peux vraiment t'appeler à deux heures du matin?

– Tu peux m'appeler à n'importe quelle heure, ma belle…

Émergeant des brumes éthyliques de la taverne, David voit le visage de la serveuse s'illuminer, en une radieuse effusion de plaisir qui révèle de petites fossettes aux joues et des dents d'une blancheur éclatante, et il s'opère cette transformation par laquelle une séductrice de quartier, mignonne mais sans plus, se métamorphose en une beauté authentique.

— Mais je te connais, dit Ismael à Sonia… – Encore un qui essaie de me faire draguer, se dit la Teigneuse, mon Dieu quelle soirée… – Tu es une amie de Susana, tu sais, Susana, une Noire très très jolie. Tu es venue à la boutique avec elle.

— Ah oui, c'est vrai… J'y suis, maintenant ; ça faisait un moment que ta tête me disait quelque chose. C'est toi qui tiens la boutique au-dessous de chez Susana, je me rappelle, maintenant.

— Comment elle va, Susana ?

— Pas trop bien ces derniers temps, je crois. Elle est un peu triste…

— Triste ? Quel dommage. Parce que c'est une femme qui a du cœur, Susana, une femme très très gentille.

— Je lui dirai, je lui dirai de ta part.

— C'est ridicule, dit Ferba une fois dans la rue, après qu'ils ont, tous ensemble, mis David, semi-conscient, dans un taxi. Je ne comprendrai jamais ces gens. J'en vois tellement dans le quartier. Ils ont tout, et il faut qu'ils le détruisent. Je n'arrive pas à comprendre les gens qui boivent.

Ismael acquiesce de la tête. Il pense s'arrêter un moment au salon de thé d'Abir, où il trouvera presque certainement Youssou en train de boire son habituel Coca-Cola, étant donné qu'en bon musulman il ne boit pas d'alcool. Le salon de thé d'Abir est tenu par deux Sénégalais, Hamid et Abir lui-même, et il est presque toujours plein d'hommes noirs, même si les femmes qui le fréquentent sont généralement blanches. Elles savent ce qu'elles viennent y chercher, et les hommes comprennent ce qu'elles sont venues y chercher. Les rencontres se font au rythme du reggae que diffuse la sono de l'établissement. Les hommes noirs aiment beaucoup les femmes blanches. Mais les femmes blanches échouent à éveiller l'attention d'Ismael. Il est vrai que, dans le quartier, il y a cinq hommes noirs pour une femme noire, car les Africaines savent attendre, comme sait attendre la fiancée d'Ismael ; elles restent là-bas, elles ne viennent pas en Europe. Et celles qui viennent sont généralement mariées, ou vivent avec leur homme. C'est pour ça que c'est plus facile avec les femmes blanches. Les femmes blanches sont différentes, elles ne croient pas à la virginité, ni au fait de rester toute leur vie avec le même mari. Fierté et pudeur ne sont pas des mots de Blanches. Ismael pense connaître les femmes blanches. Il en a eu beaucoup au Sénégal, et il en a eu quelques-unes ici. Mais il ne les aime pas, il n'arrive pas à les comprendre. Il se dit, par exemple, qu'il aimerait faire plus ample connaissance avec Susana, mais en ce moment il préfère ne penser ni à Susana ni à sa fiancée, car il sait que les sentiments les plus douloureux sont les plus absurdes. L'angoisse des choses impossibles, la nostalgie de ce qui n'a jamais été, le désir de ce qui aurait pu être, l'envie de ce qu'ont les autres, l'abîme qui s'ouvre entre la réalité et le désir, entre la volonté et l'évidence.

LES MOULINS À VENT

VOUS SAVEZ, JE CROIS QUE je ne vous serai d'aucune utilité pour votre livre. Vous êtes bien en train d'écrire un livre sur le quartier, c'est ça? Donc, je vais vous raconter ce que vous voulez que je vous raconte, je leur ai dit, au Centre, que je voulais bien coopérer... C'est avec Isaac que vous avez parlé, je crois? Le petit, avec les lunettes, mais je ne crois pas que ça vous servira à grand-chose, vous savez, parce que oui, je fais partie des «Positives», du groupe de thérapie, mais je ne suis pas un cas très intéressant. Ma vie est très normale, je veux dire que je ne suis pas une femme battue, ni une anorexique, donc je ne vois pas très bien pourquoi Isaac vous a donné mon numéro...

Vous avez interviewé Cristina, n'est-ce pas? Je le sais parce que c'est elle qui me l'a dit, elle m'a appelée. Elle est jolie, hein, Cristina? À la voir, on ne se rend pas du tout compte. Il faut dire que les gens s'attendent à ce que les anorexiques soient comme ces enfants du Soudan qu'on voit au journal télévisé, et ce n'est pas du tout ça. Moi, Cristina ne m'a jamais paru souffrir de dénutrition. Pour moi, on dirait un mannequin. Ou du moins elle a un corps de mannequin. Le visage, non, à cause de la cicatrice. Elle s'est fait mordre par un chien, je crois qu'elle avait cinq ans. Dans le groupe, un jour, elle a raconté son obsession d'avoir un corps parfait pour compenser l'imperfection de son visage. Ou peut-être que c'était la façon la plus facile et la plus superficielle d'envisager le problème, et que les racines sont beaucoup plus profondes, vous comprenez ? Mais jamais personne dans le groupe n'aurait pensé que Cristina était anorexique, parce qu'en plus elle portait toujours des vêtements très amples, des pantalons très larges, jamais moulants. Jusqu'à ce qu'elle le dise, personne ne s'en était aperçu. C'est elle-même, Cristina, qui nous a raconté que, plus ou moins tous les six mois, elle s'évanouissait en pleine rue, à l'arrêt de l'autobus ou bien au travail, qu'elle restait inconsciente devant la photocopieuse, par exemple, ou bien, si c'était à la maison, devant la planche à repasser... N'importe où. Et alors, bien sûr, il y avait une foule de passants ou de collègues ou de proches qui s'empressaient de s'occuper d'elle et de l'amener en vitesse jusqu'au lit ou au banc le plus proche, ou jusqu'au canapé du hall d'entrée de sa boîte, de lui tapoter le visage et de lui tamponner le front avec des lingettes. Quelqu'un téléphonait au Samu, une ambulance arrivait, on l'emmenait aux urgences de l'hôpital, un docteur diagnostiquait qu'elle souffrait de dénutrition, on l'internait, elle restait quelques jours en observation, et puis on la renvoyait chez elle. Et comme ça un nombre incalculable de fois. Jusqu'à ce qu'à vingt-cinq ans, d'elle-même, elle décide de commencer une thérapie. Pas la thérapie de groupe du Centre. Non, une autre.

La première chose que lui a dite la psychiatre, c'est Cristina qui me l'a raconté, c'est qu'elle devait commencer par vivre toute seule, par être indépendante. La deuxième chose qu'elle lui ait dite, c'est de faire une thérapie de groupe au Centre. Vivre toute seule, je trouve ça absolument normal. Surtout à l'âge qu'elle avait à ce moment-là, presque vingt-cinq ans. Mais sa mère, quand elle a su ce que lui avait dit cette femme, a poussé des hauts cris. Elle disait que, si elle ne surveillait pas son enfant pour qu'elle mange – je dis son enfant parce que c'est sa mère qui l'appelait comme ça, et qui l'appelle toujours comme ça, vous comprenez, pas parce que je crois que Cristina soit une enfant, je sais bien que c'est une femme –, donc, la mère disait que si elle n'était pas là pour surveiller, alors la pauvre enfant mourrait de dénutrition, car Cristina était très malade et ne pouvait pas vivre toute seule, c'est ce que disait sa mère. Il faut dire aussi que Cristina était majeure, elle pouvait quitter la maison si elle en avait envie, à moins que sa mère la fasse mettre sous tutelle, bien sûr, et elle a essayé, figurez-vous, mais elle n'a pas réussi : le premier avocat à qui elle en a parlé lui a dit que ce qu'elle proposait était impossible. Normal. Donc, au bout d'un moment, Cristina a écouté cette femme, je veux dire la psychiatre, et elle est venue habiter chez moi, avec mon mari et moi. À l'époque, nous n'avions pas notre fils. Nous avions fait connaissance au Centre et nous étions devenues très amies. Et chez moi, elle n'est pas morte de faim. Elle mangeait ; pas beaucoup, mais elle mangeait. Sa mère appelait chez moi cinquante fois par jour, mais Cristina ne voulait pas lui parler. À la fin, j'ai décidé de ne plus décrocher, et je laissais le téléphone sur répondeur. Et alors la mère s'est présentée un jour chez moi en pleurant, mais Cristina n'a même pas voulu la voir. Et ensuite elle est partie vivre avec sa petite amie, et la mère ne les appelait jamais, parce qu'elle ne supportait pas la petite amie de sa fille. Moi, elle m'a appelée je ne sais pas combien de fois, et je dois dire que moi, cette femme me faisait beaucoup de peine, et d'une certaine façon je la comprenais. Mais il faut dire aussi qu'après être partie de chez moi, Cristina n'a plus jamais été hospitalisée. Plus jamais. Je ne dis pas qu'elle ait grossi depuis, ni qu'aujourd'hui elle mange beaucoup, mais au moins ça n'a pas empiré, vous comprenez ? La mère, par contre, je sais qu'elle a été très déprimée. Bien sûr, elle aimait sa fille et elle l'aime toujours, ou en tout cas elle en a l'air, mais aujourd'hui je crois que la psychiatre avait raison, au moins en partie, quand elle disait à Cristina que sa mère avait besoin qu'elle ne mange pas pour avoir une raison de vivre, un moteur qui la fasse avancer; que sans Cristina, elle n'aurait rien eu à faire de sa vie, car elle ne travaillait pas, et avec son mari elle ne parlait pas, et bien sûr ça lui faisait du bien d'avoir à s'occuper de quelqu'un. Même si elle ne s'en rendait pas compte. C'est-à-dire que c'était quelque chose d'inconscient, la mère elle-même ne savait pas ce qu'elle voulait, vous comprenez? Et le fait est que Cristina lui a fait beaucoup de mal en quittant la maison; la pauvre femme, elle est restée si triste, si seule depuis que Cristina est partie… Et maintenant Cristina vit avec sa petite amie et ne voit presque plus sa famille. Son père et son frère n'arrêtent pas de dire que Cristina est une ingrate et une égoïste; sans oublier que par-dessus le marché Cristina est lesbienne, et ça, que voulez-vous, son père et son frère, ça ne leur plaît pas tellement.

La mère de Cristina est toujours très déprimée.

Un deux trois, un deux trois, est-ce que c'est bon comme ça? Je m'appelle Cristina. Vous n'avez pas besoin que je donne mon nom de famille, n'est-ce pas? Parfait. Donc, je m'appelle Cristina et j'ai vingt-huit ans. Je suis en thérapie depuis que j'ai vingt-cinq ans, et en thérapie de groupe depuis que j'en ai vingt-six. Je suis anorexique depuis l'âge de quatorze ans, et aussi boulimique, par périodes. Si je commence par ça, c'est parce que c'est ça qui me définit plus que n'importe quoi d'autre. Pour vous donner un exemple, je connais par cœur le nombre de calories de tous les aliments que je suis susceptible d'ingurgiter, y compris le sperme, et je peux calculer en un coup d'œil l'IMC d'une femme, avec une marge d'erreur de zéro virgule deux pour cent. Vous savez ce que c'est que l'IMC? C'est l'Indice de masse corporelle. C'est une façon de mesurer la graisse accumulée. J'ai un frère, et il s'en est fallu de peu que j'aie aussi une sœur. Ma mère a perdu une fille il y a douze ans, après une dispute avec mon père. C'est moi qui l'ai accompagnée à l'hôpital.

Vous êtes au courant qu'ils ont fermé les sites web *Pro ana*, n'est-ce pas ? Ce sont ces pages qu'écrivent des filles anorexiques, pour donner des conseils à d'autres filles sur la façon de maigrir, de dissimuler à la famille qu'on est anorexique ou boulimique, des choses comme ça... Oui, c'est ça, c'est ce dont la presse a parlé dernièrement. Et beaucoup de gens m'ont appelée, ou bien m'ont écrit – surtout les amis et la famille – pour savoir ce que j'en pensais, et donc ce qu'il fallait qu'ils disent quand ils en discutaient avec leurs filles, leurs amis, tout ça ; pour se rassurer en entendant que oui, c'est vrai, j'ai été anorexique, mais que maintenant je vais bien, c'étaient seulement des bêtises d'adolescente, le blabla habituel... Mais oui, bien sûr, maintenant je vais parfaitement bien : mensonge. C'étaient juste des bêtises d'adolescentes : mensonge. Maintenant je m'alimente avec beaucoup de bon sens : encore un mensonge. Tout ce que je leur dis : toujours des mensonges. Mes mensonges les rassurent, même si les mères de mes amies me disent que je suis trop maigre, que je devrais manger plus. Et ma grand-mère, la pauvre, chaque fois qu'elle me voit manger de la salade elle me dit : « Tu ne vas pas recommencer à faire des bêtises, hein ? » Je sais que tout ça part d'une bonne intention, mais elles sont si maladroites... Elles ne me demandent pas comment je vais, ce qui m'inquiète, si je pleure, ou si j'ai quelqu'un à qui parler. Pour elles, j'ai beau le leur expliquer je ne sais pas combien de fois, tout se limite au problème de savoir si je me vois grosse ou pas, si je me vois belle ou pas. J'ai renoncé à leur faire comprendre. Elles me disent que je devrais prendre quelques kilos sans même avoir vu mon corps ; je crois qu'elles disent ça purement par habitude, comme à une femme enceinte, vous savez, on lui dit qu'elle est superbe même si elle ressemble à un porte-avions, mais je ne suis pas idiote, je sais que ça ne leur ferait pas plaisir que je grossisse. À une amie qui n'en est pas vraiment une, oui, peut-être, mais pas à ma grand-mère, ni à ma copine, qui est la plus pénible sur le sujet, et encore moins à ma mère, qui a une silhouette impeccable, ça ne leur ferait pas plaisir que je me mette à peser soixante ou soixante-cinq kilos. C'est sûr que Mónica, si je me mettais à grossir, elle n'aimerait pas. Elle a envie d'être fière de montrer sa copine, et ma mère aussi a envie que sa fille soit élégante. Lesbienne, mais élégante; séduisante. Les pauvres hypocrites, elles sont déchirées entre ce qu'elles ont envie de voir et ce qu'elles se croient obligées de dire. Je les plains, et je suis à plaindre moi aussi, moi qui suis la première à sourire, à acquiescer et à manger à ma guise, toujours peu, toujours de petites rations, en essayant de ne pas maigrir trop pour qu'on me laisse vivre et qu'on ne me casse pas les pieds, mais en essayant aussi de ne pas regrossir; ça, jamais. Même si Mónica ne fait pas vraiment pression sur moi; elle voit que je mange peu et elle ne dit rien. Au moins, elle n'insiste pas lourdement comme ma mère, je lui rends cette justice.

À la dernière session, je parlais avec Amina, une des filles du groupe, de la dernière fois que nos parents nous ont battues. Parce que parmi les Équatoriennes du groupe, toutes ont été battues, d'abord par leurs parents, ensuite par leurs maris. Amina disait que son père l'avait souvent battue. Mon père, lui, ne m'a jamais battue de sa vie, jamais. D'ailleurs comment aurait-il pu, puisqu'il n'était jamais là? Et ma mère, si je me souviens bien, ne m'a que très rarement battue. Elle m'attrapait par le bras et me secouait, j'ai aussi dû recevoir quelques fessées, mais jamais une gifle ni de coups sur la tête. En revanche, elle est vite passée à une autre sorte de coups, qui ne laissaient pas de traces physiques : le chantage affectif, les critiques continuelles, tout pour me donner le sentiment que je ne serais jamais à la hauteur. Depuis que je suis en thérapie, je suis consciente de ce que chacun de nous est un mélange : nous sommes comme nous sommes, mais nous sommes aussi comme nos parents nous ont construits. Quelquefois, je prends le temps d'analyser les relations amoureuses de certaines de mes amies, surtout mes amies d'enfance, et de les comparer à celles que je sais qu'elles avaient avec leurs parents. Les résultats sont très étonnants. Leur relation de couple, quand elle est durable, finit par reproduire celle qu'elles avaient avec leur père, que ce soit sur le mode soumis, ou complice, ou conflictuel, ou enfant gâté. Et je me suis dit que je ne connais presque pas mon père. Je sais comment il est physiquement : il est grand, plutôt élégant, il a été très bel homme. Je sais comment il est de caractère : renfermé avec les gens qu'il connaît, charmeur avec les inconnus, réfléchi, méticuleux, rigoureux, presque maniaque. Mais je ne sais rien de ses rêves, de ses aspirations, de ce qu'il fait de sa vie. Je n'ai jamais été capable de prévoir la façon dont il allait se comporter. Ma mère dit qu'il est complexé, cyclothymique, paresseux, irresponsable, autoritaire, dictatorial même, mais elle reste avec lui, elle ne le quitte pas, elle ne divorce pas. Même après cette histoire d'avortement, elle n'a pas voulu partir. Quant à ma grand-mère, elle a énormément d'estime pour lui, elle l'adore. J'ai beaucoup de mal à savoir ce que je pense de lui vraiment, vu qu'en fait je ne fais que répéter ce que ces deux femmes m'ont raconté. Et ensuite je pense à Mónica, ma copine. Je me plains de ses sautes d'humeur, de ce qu'elle est parfois si renfrognée… Ma copine est grande, belle, intelligente, très réservée avec sa famille, très aimable avec les inconnus… Et elle est plus âgée que moi, elle a près de quarante ans. Pour vous donner une idée, elle est si réservée que c'est seulement au bout de plusieurs années que j'ai appris qu'elle était sortie pendant des années avec Emma Ponte… Oui, Emma Ponte, la chanteuse… C'était juste avant de me connaître, ç'a été sa seule liaison sérieuse. Vous allez avoir du mal à le croire, mais elle ne me l'avait jamais dit, rien, pas un mot. Ç'a été très dur pour moi quand je l'ai découvert, car c'était vraiment par hasard, d'une façon tout à fait anodine. Nous avons un cagibi où nous mettons les vieilles valises, et justement je partais en voyage et il m'en fallait une petite. J'allais chercher ma valise habituelle, quand au fond de l'armoire j'en vois une autre, qui avait l'air très vieille, comme sortie d'un décor de film d'époque, elle devait être là depuis des lustres, une de ces valises carrées comme on faisait après-guerre. Et, un peu parce que maintenant c'est la mode *vintage*, je me suis dit : voyons donc comment est cette valise. Je l'ai sortie du placard, et quand je l'ai ouverte… il y avait des lettres, des photos. Je les ai toutes regardées, je les ai toutes lues. Et c'est comme ça que j'ai appris que ma copine avait été follement amoureuse d'une autre femme pendant près de dix ans et qu'elle ne m'en avait rien dit, rien, pas même une allusion. Et, bien sûr, je me dis qu'elle doit souvent être tentée de me comparer à elle, et ça ne me plaît qu'à moitié. Est-ce qu'ensuite j'ai essayé d'en parler avec elle ? Non, bien sûr, je ne suis pas folle. Je ne m'en serais pas avisée, vous ne savez pas comment est Mónica. Ce n'est pas que j'aie peur d'elle, bien sûr, mais je la vois si lointaine, si distante, quelquefois même inaccessible, je ressentais la même chose avec mon père, et bien sûr je ne peux pas m'empêcher de me poser la question : est-ce que nous sommes condamnés à répéter les relations que nous avions avec nos parents ? Ou est-ce que moi, en tout cas, je suis condamnée à ça ? Est-ce que je suis à la recherche d'une deuxième chance de retrouver ce que j'ai perdu dans mon enfance, quand mon père s'est éloigné de nous, de sa famille, quand il s'est mis à être très pris par son travail, et sans doute aussi par ses maîtresses, et que nous avons commencé à le voir très peu, ce qui est d'ailleurs toujours le cas aujourd'hui ? Évidemment, je suppose que si je n'étais pas en thérapie, je ne serais pas en train de me poser toutes ces questions, c'est Isaac qui m'a aidée à me les formuler.

Et de toute façon, je serais mal venue de critiquer Mónica parce qu'elle me cache des choses, moi qui ai passé la moitié de ma vie à mentir. Quand j'étais dans la phase la plus critique de la maladie, on m'a internée dans un centre de jour. Et là, un psychologue nous a fait tenir un journal pour noter nos progrès et tout. Alors j'ai fait deux journaux. L'un pour dire : «Je fais beaucoup de progrès grâce à l'aide du psychologue. J'ai grossi de près de deux kilos depuis que je suis au centre de jour, et maintenant j'ai compris que j'étais bien plus jolie comme ça...» Et l'autre où on pouvait lire : «J'ai grossi de deux kilos, quelle horreur! Mais si je ne grossis pas un peu, il n'y a aucune chance qu'ils arrêtent de me forcer à aller à ce putain de centre de jour. J'en ai marre de ce connard de psychologue avec son ton paternaliste. Dès qu'ils me donnent le bulletin de sortie, je fais un jeûne d'enfer pour reperdre ces deux kilos...» Quelquefois, je relis les deux journaux, et je sais que je ne devrais pas en rire, que ça n'a rien de drôle, mais je ne peux pas m'en empêcher, je suis une déconneuse.

Ma mère m'appelle plus ou moins quotidiennement pour se plaindre de ce qu'elle est toute seule et de ce que mon père est méchant avec elle. Quand elle me dit ça, au début ça me fait de la peine pour elle, mais ça passe au bout de quelques heures. J'essaie de la tenir à distance dans la mesure du possible, parce qu'après m'avoir raconté tous ses malheurs, elle voudrait encore que je l'accompagne faire ses courses, que je la console, que j'aille passer le week-end chez elle. Et moi, ce que je lui dis, c'est qu'elle devrait divorcer et que, si elle ne veut pas divorcer, elle arrête de se plaindre. Mais c'est comme si je pissais dans un violon. Elle continue, elle insiste, je ne peux plus supporter son égoïsme, sa façon de ne jamais reconnaître ses torts. Que voulez-vous que je fasse? Elle ne veut pas parler à Mónica; quand c'est elle qui décroche le téléphone, elle lui dit : «Passez-moi ma fille.» Et quand elle parle d'elle, elle ne dit jamais «Mónica», mais «cette fille qui vit avec toi». Mais, alors qu'elle ne peut pas la voir même en peinture, elle a osé tout de même me dire, et plusieurs fois, qu'elle voulait venir passer quelques jours avec moi, chez moi, chez nous. Je ne sais plus comment lui faire comprendre que non, non,

je ne veux pas, il ne faut pas qu'elle vienne. Elle n'aime pas mes vêtements, elle n'aime pas mon appartement, elle n'aime pas ma copine,
ni ma vie, ni ma façon de me comporter avec les autres. Elle n'aime
pas que je sois si maigre et elle n'aime pas que je sois lesbienne. Moi
non plus, je n'aime rien de ce qui est sa vie, mais au moins je ne la
critique pas, je ne la juge pas, je ne lui donne pas de conseils. J'en ai
assez d'elle. Je ne veux pas qu'elle vienne chez moi. Je ne veux pas
qu'elle continue à me reprocher tout ce à quoi elle a renoncé pour
moi, la vie qu'elle aurait pu mener… Quel mensonge! Je n'ai jamais
vraiment compté pour elle, ou pas comme il aurait fallu. Elle s'est
occupée de moi, elle m'a élevée, mais jamais elle ne m'a fait de câlins,
et surtout, surtout, elle m'a toujours bien fait comprendre que c'était
elle la plus belle, la plus intelligente, la plus capable. Et si elle n'a pas
fait ce qu'elle voulait de sa vie, c'était parce qu'elle avait peur, ce
n'était pas à cause de moi. Et encore moins maintenant. Quand elle
se rend compte ou qu'elle s'imagine que mon père la trompe avec
une nouvelle nana (ce qui arrive, en gros, une fois par an), elle
devient insupportable, non pas dans le genre pleurnichard, comme
on pourrait s'y attendre, mais dans le genre exigeant. C'est dans ces
moments-là qu'elle veut venir passer quelques jours chez moi. Et la
voilà de nouveau avec son discours sur la solitude qui est la sienne.
Par pitié, si quelqu'un pouvait l'emmener loin d'ici… Quand j'essaie de lui expliquer qu'il vaut mieux qu'elle ne vienne pas chez moi
et que je lui parle de la nécessité de respecter l'intimité de chacun et
ce genre de choses, elle me dit des gentillesses comme quoi elle a l'impression de ne pas avoir de fille, elle me bassine à n'en plus finir avec
ses conneries. Et quand je lui dis qu'il faut que je raccroche parce
que j'ai des choses à faire, elle monte sur ses grands chevaux, elle me
traite d'égoïste et elle me dit qu'elle n'a pas de fille. Elle n'a peut-être
pas de fille, mais moi, est-ce que j'ai une mère? Au bout de quelques
jours, elle se remet à m'appeler, en faisant celle qui me pardonne

quand même, drapée dans sa dignité comme la reine de cœur dans *Alice au pays des merveilles*. Elle qui ne comprend rien à rien, elle commence à comprendre que sans sa Cristina à ses côtés elle se morfond. Elle ne supporte pas d'être à la maison toute seule, c'est pour ça qu'elle me dit qu'elle ne peut pas vivre sans moi, qu'elle veut que je fasse la paix avec elle ou quelque chose de ce style. Moi, je suis les conseils de ma copine, d'Isaac et des autres filles du groupe, je fais la sourde oreille.

Hier, je lui ai dit de se débrouiller toute seule pour le mariage de mon frère. Parce qu'elle espérait, bien sûr, que je l'aide pour les préparatifs, depuis la liste des invités jusqu'au choix de la robe qu'elle va mettre. Elle veut prendre les choses en main parce que, à ce qu'elle dit, la fiancée de mon frère travaille, comme si moi je ne travaillais pas… Je lui ai dit que je ne pouvais pas l'aider parce que j'ai déjà assez à faire avec ma vie à moi, et elle s'est mise à me crier dessus au téléphone. Je suis une égoïste, je lui ai toujours rendu la vie impossible, elle ne sait pas ce qu'elle a fait pour mériter toutes ces avanies, toutes ces misères. Je lui ai dit, pour la première fois de ma vie je crois, de se taire, parce que si on se mettait à compter les offenses, je gagnerais par KO. Elle m'a raccroché au nez. Je crois que je n'irai pas au mariage. Et que je ne l'aiderai pas non plus. À quoi bon. Mon frère ne m'intéresse pas, et je ne l'intéresse pas non plus. Et j'intéresse encore moins mon père. Je crois qu'il ne reste en contact avec moi que parce que ça l'aide à sentir que, malgré tout, sur le plan humain, il n'est pas si mauvais. Il y a tellement de temps que je pense aux autres que j'ai oublié qui je suis. Ça nous arrive à toutes au sein du groupe, nous voyons toutes avec une clarté aveuglante la vérité de ceux qui nous entourent, mais nous ne savons pas regarder en face nos propres corps, nos propres vies. C'est comme si nous avions une myopie sélective. Et rien ne sert de changer de lunettes. En tout cas en ce qui me concerne : je ne sais pas me regarder moi-même. C'est pour ça que je me vois toujours grosse, même si je ne le suis pas. J'ai toujours l'impression que les balances sont trompeuses. Et que les tailles aussi sont trompeuses, du moins à ce qu'il me semble. Je m'accroche à mon IMC comme si c'était ma planche de salut. Le mien est de 19. Il sera de 17,9 quand j'arriverai à 47 kilos. Quand j'arriverai à 47, j'aurai résolu un problème, quelque chose qui paraît aux autres une bêtise, mais qui a conditionné la moitié de ma vie à moi. Alors j'aurai assez de force pour me consacrer à d'autres. Aux autres. À ce chaos informe, effrayant, qu'est l'existence.

Oui, Amina aussi, je l'ai connue au Centre, par le groupe. Et je sais aussi qu'elle vous a parlé ; c'est elle qui me l'a dit, bien sûr. Il se crée au sein du groupe des relations très profondes, si tu deviens amie avec quelqu'un du groupe, ça devient quelque chose de très sérieux ; c'est comme si tu la connaissais depuis toujours, même s'ils nous répètent que nous ne devons pas nous voir en dehors du Centre, mais personne n'obéit. C'est pour ça que Cristina est venue vivre chez moi sans rien dire à Isaac, vous comprenez ? Car les amitiés solides, rien, en fin de compte, ne peut les troubler. Je suppose qu'Amina vous aura raconté l'histoire de ce fiancé qu'elle a eu, n'est-ce pas ? Pas de son fiancé actuel, Hicham. Je veux parler de son fiancé méchant, de Karim. Karim était le fiancé d'avant, Hicham celui de maintenant, je vous explique pour que vous ne confondiez pas.

Je connais l'histoire par cœur, à force. Les parents d'Amina sont marocains, mais elle est née ici ; elle a une carte d'identité et tout. Donc, elle est espagnole. Mais pour les Espagnols elle est marocaine, à la fois par son aspect, par ses vêtements, par sa mentalité. Et la famille, bien sûr, espère qu'elle épousera un Marocain. Parce que c'est comme ça que ça se passe, forcément. Et elle lui cherche un fiancé. Au début, Amina assurait à qui voulait l'entendre qu'elle n'avait jamais connu quelqu'un comme lui, d'aussi adorable, d'aussi attentionné, d'aussi affectueux. C'est elle-même qui nous l'a raconté. Jusqu'au jour où, trois mois après le début de la relation, elle était dans sa boutique à lui et elle s'est mise à regarder dans les tiroirs, par désœuvrement. Et juste à ce moment, il est entré et il a cru qu'elle était en train de fouiller dans ses affaires. Et il s'est mis dans une fureur noire, il a fait un boucan de tous les diables, quelque chose de complètement disproportionné, vous comprenez? Et Amina voit qu'il déraille complètement, mais elle est très amoureuse et elle n'a pas le courage de le quitter. À partir de là, ils se mettent à se disputer sans arrêt; il ne se passe pas une semaine sans une engueulade carabinée. Et c'est toujours la même chanson, qu'Amina est une égoïste, qu'elle ne pense qu'à elle, qu'elle ne l'aime pas suffisamment, et qu'en plus elle est folle. Mais quand elle parle de rompre les fiançailles, il l'assure qu'il l'adore et qu'il ne peut pas vivre sans elle, toute égoïste, toute folle et toute méchante qu'elle est, ou qu'il dit qu'elle est. Si bien qu'elle revient vers lui, mais c'est encore pire qu'avant, car maintenant il a une raison de la détester, et la raison, c'est qu'elle a parlé de rompre les fiançailles, et qu'au fond il ne lui a pas pardonné, et en plus il a peur qu'elle puisse recommencer. Eh bien, aussi invraisemblable que cela paraisse, et parfois il n'y a pas plus invraisemblable que la réalité, cette histoire a duré près de deux ans, et c'est seulement après qu'Amina est venue au Centre, parce qu'elle avait des crises d'angoisse et ce genre de choses. Sa mère n'aime pas beaucoup qu'elle vienne, mais maintenant que le père n'est plus là, elle n'ose plus rien interdire à sa fille.

Harcèlement psychologique, diront les uns. Différence de culture, diront les autres.

Moi, je dis que c'est un salaud.

Je ne suis pas née à Madrid, mais à Algésiras. Mon père vivait à Tanger, mais il travaillait à Algésiras, sur la côte, comme vendeur ambulant, avec un chariot, il se faisait beaucoup d'argent. Ensuite, quand j'avais cinq ans, nous sommes venus à Madrid. Mon père travaillait dans le bâtiment, ici et là, ce qui se présentait... Mais quand j'ai eu l'âge de comprendre certaines choses, j'ai remarqué que beaucoup de gens venaient chez nous et que mon père voyageait beaucoup à Algésiras et qu'il y avait des choses étranges, mais jamais je n'ai pensé qu'il allait se passer ce qui s'est passé. Bon, je crois que vous savez que mon père est en prison. Mais à l'époque, quand j'ai connu Karim, tout paraissait aller bien pour mon père. Il disait qu'il travaillait dans le bâtiment... Ma mère ne travaille pas. Quand elle était à la maison avec mon père, il le lui interdisait, et maintenant qu'il n'est plus là, elle a essayé de travailler chez des gens, mais il n'y a presque pas d'offres. Et les rares fois où il y avait une offre, il y avait plusieurs candidats, et dans ces cas-là ils choisissent les Équatoriennes ou les Colombiennes. En partie à cause de la langue, mais aussi à cause de tous les préjugés qui viennent de cette intoxication politique actuelle. C'est très net, par exemple, dans le cas où c'est une Marocaine qui parle bien espagnol... Moi, par exemple, récemment, j'ai aussi fait le ménage chez des gens, parce qu'avec mon père en prison nous n'avons pas d'argent et je n'avais pas d'autre possibilité, mais quand on me demande d'où je suis, je ne dis jamais que je suis d'origine marocaine, je dis que je suis d'Algésiras, et je ne mens pas, mentir est un péché, je ne fais que dire une partie de la vérité.

Je suppose que vous savez que beaucoup de filles marocaines sont mariées par leur famille à un garçon qu'elles n'ont jamais vu, ce sont des mariages arrangés entre familles. Mais pas dans mon cas. Karim, c'est moi qui l'avais choisi. Mes parents étaient très contents, c'est vrai, mais ce ne sont pas du tout eux qui me l'ont imposé, absolument pas. Je suis allée à l'école ici, en Espagne, et ensuite au lycée, alors je connais la culture espagnole et je connais mes droits. Pour moi, ça allait de soi que mon mariage ne serait pas un mariage arrangé, je ne me serais pas laissé faire. Mais je savais aussi que je n'épouserais pas un Espagnol, parce qu'ici, pas question de métissage. Les différents groupes se tolèrent, mais ils n'ont pas de relations entre eux. C'est pour ça qu'il n'y a pas de graves problèmes, mais il ne s'agit que d'une coexistence, pas d'échanges, il n'y a pas de métissage, rien de tout cela. Les couples mixtes sont très rares. Il n'y a qu'à voir dans la rue, les rares couples mixtes qui passent se font regarder comme des bêtes curieuses. Non, pour l'instant, je ne vois pas de métissage. Mais les choses évoluent beaucoup, il n'a pas passé encore beaucoup de temps. Les gosses sont plus ouverts, ils ont des copains d'autres nationalités. Mon petit frère, par exemple, joue au Centre avec des enfants équatoriens ou colombiens. Les générations d'avant sont beaucoup plus fermées. Mais ce que j'ai remarqué dans le quartier, c'est que, même s'il y a des groupes de jeunes interethniques, ça ne veut pas dire que les gens se mélangent, ou pas encore. De toute façon, pour que j'épouse un garçon d'ici, il faudrait qu'il se convertisse à l'islam, et je sais que les Espagnols ne le font pas... Alors que si, au contraire, un Marocain épouse une Espagnole, elle n'est pas obligée de se convertir, même si presque toutes le font.

En réalité, je crois qu'aux yeux de la famille de Karim je n'étais pas assez bien pour leur fils, parce qu'ils avaient plus d'argent que nous. Parce que nous étions pauvres, que nous sommes toujours pauvres. Celui qui émigre est toujours issu des classes sociales pauvres. Je veux dire que ceux qui émigrent ont au moins l'impression, c'est peut-être même la réalité, qu'ils peuvent trouver du travail. Il y a des gens qui viennent d'endroits où il n'y a aucun avenir... Mais il y a toujours, chez eux, cette ambivalence : ils ne sont pas bien ici, mais ils ne sont pas non plus bien chez eux. Nous sommes des gens insatisfaits... La famille de Karim, comme je t'ai dit, trouvait que je n'étais pas assez bien pour leur fils. Et tout le monde sait que pour la femme marocaine, ce qui compte, c'est la famille, l'argent qu'elle a de son mari va à la famille, c'est pour ça qu'à Tanger il y a tellement de filles jeunes qui se marient avec un vieil Espagnol et qui entretiennent toute la famille avec l'argent de l'Espagnol. La mère de Karim disait que ma famille voulait me marier avec son fils pour l'argent, mais ce n'est pas vrai. Ma mère était contente, bien sûr, mais c'est lui, Karim, qui m'a couru après, ce n'est pas moi qui lui ai couru après. Ils ont une boutique dans la rue Santa Isabel, un bazar, on y vend de tout, des djellabas, des chaussures, des lampes, de tout… Et c'est pour ça que ma famille était si contente, parce que Karim était un bon parti, avec sa boutique à lui et tout ça. Mais moi, avec lui, je me sentais bizarre, je n'étais pas heureuse. C'était comme si je ne savais rien faire comme il faut, comme si je faisais tout de travers. Par exemple, je lui faisais le ménage à la boutique. C'est justement comme ça que je l'ai connu, parce que sa famille connaissait mon père de là-bas, de Tanger, et quand ils lui ont demandé s'il connaissait une fille qui pourrait faire le ménage à la boutique, mon père leur a dit : « Il y a ma fille, Amina. » Après, quand il est tombé amoureux de moi et qu'il m'a demandée en mariage, une fois les fiançailles annoncées, ils ne m'ont plus payée pour le ménage, ça n'aurait pas été convenable, alors que je travaillais là tous les soirs, à faire le ménage, à ranger, quelquefois à servir les clients… Il fallait bien que je m'occupe de la boutique, puisque j'allais épouser Karim. Et voilà qu'un soir, j'étais en train de remplir l'évier pour la vaisselle, et on m'a appelée au téléphone. Je n'ai pas bien refermé le robinet, et quand je suis revenue, j'ai trouvé l'arrière-boutique à moitié inondée. Rien de bien grave en fait, il suffisait de passer un coup de serpillière. Mais Karim était hors de lui. Il s'est mis à me crier dessus en arabe et à me dire que je n'étais qu'une souillon. Toujours en arabe, il ne me parlait jamais en espagnol, parce qu'il sait que je le parle beaucoup mieux que lui. Je crois que s'il s'est mis dans cet état, c'est parce qu'il avait horreur que je parle au téléphone. Dès qu'on m'appelait sur le portable devant lui et que je parlais à quelqu'un d'autre pendant plus d'une minute, il me criait dessus. Il me traitait de gaspilleuse, il disait qu'il ne voulait pas vivre avec quelqu'un qui ne connaissait pas la valeur de l'argent. Je lui répondais que c'était mon argent à moi, mais ça le rendait encore plus furieux. Il en arrivait à taper du poing sur la table. Il n'est jamais allé jusqu'à me frapper, mais il me faisait peur. Si bien qu'à force, chaque fois que j'étais avec lui, j'éteignais mon portable. Et c'est comme ça, bien sûr, que je me suis éloignée de mes amies, parce que je passais de plus en plus de temps avec lui, et plus je passais de temps avec lui, moins je voyais mes amies, et moins je voyais mes amies, plus j'avais besoin de lui : c'était un cercle vicieux. Lui, par contre, ça ne le gênait pas, devant moi, de parler au téléphone pendant des heures. Mais je n'osais rien lui dire, car si je disais quelque chose, il se justifiait en disant que lui, ça n'était pas pareil, que c'était pour le travail. Si j'essayais de lui dire que pour moi aussi ça pouvait être pour le travail, qu'on pouvait m'appeler pour faire des ménages chez des gens, alors il me plantait là et il me laissait tenir des discours dans le vide. C'était toujours comme ça qu'il faisait pour couper court aux discussions : dès qu'il sentait que je pouvais avoir raison, il s'en allait. Jamais il n'en démordait, jamais il n'admettait qu'il pouvait se tromper. En plus, il ne voulait pas que je travaille ; il a toujours été très clair là-dessus, quand nous serions mariés je ne travaillerais plus. Je l'aiderais à la boutique, mais pas question de travailler au-dehors. Il ne voulait pas que je fasse des ménages. Il ne voulait pas que j'aie mon argent à moi. Et il ne voulait pas que je travaille dans des endroits où il aurait pu y avoir des hommes, surtout du fait qu'il lui était revenu des rumeurs sur ce qui s'était passé chez Jamal Benani.

J'ai parlé de mon problème à une amie ; je lui ai dit que je n'étais pas sûre de vouloir me marier avec Karim, et elle m'a convaincue de lui donner encore une chance, parce que c'était un ami de son frère, et il avait dit au frère qu'il était fou de moi, qu'il ne pouvait pas vivre sans moi. Ensuite, j'ai décidé de tout raconter à ma mère, et elle m'a dit la même chose, que la femme doit obéir à l'homme, que c'était comme ça. Ma mère est de celles qui disent toujours : « Si Allah a fait le monde ainsi, que pouvons-nous y faire ? » C'est alors qu'une autre amie, une Espagnole, une ancienne camarade de classe, m'a dit qu'elle fréquentait le Centre, mais au début je n'ai pas osé y aller, parce que je savais que ça ne plairait pas à Karim. Parce que Karim n'aimait pas que je connaisse trop de gens. Quand on marchait dans la rue, Karim et moi, et que je rencontrais un ancien camarade de lycée, ou n'importe qui, je savais ce qui allait se passer après : il se mettrait à me demander qui c'était, d'où je le connaissais, pourquoi je m'étais montrée si aimable avec lui, parce qu'il n'aimait pas que je salue les hommes. Il devenait si insistant sur le sujet que je me suis mise à faire comme si je ne voyais pas les amis que je rencontrais dans la rue, je passais mon chemin sans les saluer.

Les autres hommes, donc, il ne voulait même pas en entendre parler, c'est pour ça que, la première fois qu'il m'a embrassée, je me suis évanouie, je veux dire que j'ai fait semblant de m'évanouir, parce qu'au Maroc on dit qu'une femme qui n'a jamais été embrassée s'évanouit la première fois qu'on l'embrasse. Mais moi, j'avais déjà été embrassée. Pas seulement par Jamal, par Jamal aussi, oui, mais au lycée j'avais un petit ami espagnol… Mais ça, bien sûr, ma mère n'en a jamais rien su. Ensuite, Karim était préoccupé par mes cheveux, il voulait que je les couvre. Moi, jamais je ne m'étais couvert les cheveux. Ma mère, oui, mais moi, non. À Tanger, presque toutes les jeunes filles ont les cheveux à l'air, et puis je trouve que le foulard n'est pas agréable à porter, je trouve qu'il donne chaud. Mais il insistait, et j'ai commencé à trouver tout ça un peu bizarre. Puis est arrivé le ramadan, et lui l'observait strictement. De quatre heures du matin jusqu'à sept heures du soir sans manger ni boire, même une goutte.

Mon père et ma mère aussi font le ramadan, mais moi je ne l'ai jamais fait strictement, j'ai toujours bu. Au Maroc on ne peut pas, la police peut même t'arrêter si elle te voit manger ou boire. En vérité, ils ne le font presque jamais, personne ne se fait arrêter pour avoir mangé ou bu pendant le ramadan, mais tout le monde connaît des histoires de voisines qui dénoncent des voisins parce qu'elles les ont vu manger pendant le ramadan, sans qu'on sache ce qu'il y a de vrai là-dedans. Ce que je veux te dire par là, c'est qu'au Maroc tout le monde observe scrupuleusement le ramadan, et que Karim ne pouvait même pas concevoir que je ne le fasse pas. De sorte que, si je me mariais avec lui, il faudrait que toute ma vie je le fasse, ou alors que je boive en cachette. Et il m'obligeait aussi à porter la djellaba par-dessus le pantalon, parce qu'il disait que les pantalons moulants étaient une provocation et qu'on ne pouvait pas porter ça pendant le ramadan, mais c'étaient des jeans normaux, pas du tout moulants. Et je commençais vraiment à me poser des questions, mais je n'osais pas le quitter, parce que tout le monde pensait que j'avais tellement de chance d'avoir rencontré un garçon avec une aussi bonne situation, surtout maintenant qu'au Maroc c'est si difficile pour une femme de se marier. Parce que je ne vis pas au Maroc, mais c'est comme si j'y vivais, je ne vais pas me marier avec un Espagnol. Et c'est difficile de se marier au Maroc parce que presque tous les hommes ont émigré et que ceux qui restent n'osent pas se marier. Et beaucoup de ceux qui ont émigré se marient avec des Espagnoles, comme celui du salon de thé, et sa famille à elle est furieuse, et je crois que la sienne à lui, qui est de Marrakech, aussi. Car avant, il était très facile à un homme de quitter une femme pour aller avec une autre, mais plus maintenant. Maintenant, pour un second mariage, la loi exige l'autorisation de la première femme. On ne peut plus quitter sa femme du jour au lendemain, comme avant. Même si, bien sûr, il y a des riches qui donnent un pourboire à l'*adil*, et l'*adil* prononce leur divorce.

C'est pour ça que j'avais peur de quitter Karim, parce que je pensais que je ne rencontrerais pas d'autre homme et que je finirais comme mes tantes Samira et Cherifa, qui ont trente ans et quelque et qui ne se sont jamais mariées et ne se marieront jamais. Et elles ne peuvent ni voyager ni sortir de chez elles sans la permission de leur père, parce qu'elles sont d'une bonne famille, bien croyante, elles respectent la tradition. Et chaque été, quand je vais à Tanger et que je les vois, on dirait des petites filles qui n'ont pas fini de grandir, qui se mettent à rire à tout bout de champ, avec des rires hystériques ; j'ai beaucoup de peine pour elles, mais aussi une certaine répulsion ; je ne sais pas si vous me comprenez. Qu'Allah me préserve d'une telle infortune. Donc, je me disais que j'allais rester vieille fille comme elles, et c'est pour ça que je ne quittais pas Karim. Et pourtant vous voyez comme ç'a été facile pour moi, ensuite, de rencontrer Hicham, il m'a suivie dans la rue pendant des jours. Car aujourd'hui j'ai un autre fiancé, qui s'appelle Hicham, et ce sera lui mon compagnon pour la vie, que ça plaise à mon père ou non. S'il veut bien signer, tant mieux ; s'il ne veut pas, tant pis. La chose que j'ai apprise, c'est que j'ai le droit de prendre mes propres décisions.

Pendant que j'étais avec Karim, je me sentais de plus en plus seule. J'essayais de voir mes amies, de conserver une certaine vie sociale, de voir un peu de monde en dehors de mon couple, mais il insistait toujours pour m'accompagner partout, si bien qu'il était très difficile de retrouver mes amies en tête à tête, et je ne pouvais pas parler avec elles de ce qui m'arrivait et du découragement que je ressentais. Quand il n'était pas avec moi, il voulait en permanence savoir ce que je faisais et avec qui. Il m'appelait jusqu'à vingt fois par jour, et naturellement ça ne le gênait pas de gaspiller de l'argent pour ça en factures de téléphone portable. Au début, ça me plaisait qu'il soit jaloux ; je pensais que c'était parce qu'il m'aimait, mais ensuite je ne supportais plus. Un soir, nous marchions dans la rue, et nous nous sommes trouvés face à face avec Jamal Benani, Jamal m'a regardée fixement, et je me suis sentie rougir. Pas plus. Mais Karim l'a remarqué et ça l'a mis hors de lui. Après, il m'a tellement crié dessus que ça m'a fait peur. Je ne voulais surtout rien lui raconter de ce qui m'était arrivé avec Jamal, rien, et puis je me disais que si je lui racontais, il ne me croirait pas. À vrai dire, quasiment personne ne me croit. Pour Isaac, c'était une simple crise d'hystérie, c'était le fruit de mon imagination, c'est ma propre peur qui m'a mise dans cet état. Il ne dit pas peur, il dit refoulement. C'est le mot qu'il utilise, mais ça veut dire la même chose.

En fait, voilà, c'est quelque chose d'un peu étrange qui m'est arrivé avec Jamal. Je ne l'ai pas raconté non plus à Hicham. À part ma famille, Isaac est seul à savoir, et il ne m'a pas crue. Mais vous, je sais que vous ne me jugez pas et que vous ne raconterez rien, que c'est comme si je le racontais à un médecin… Et puis vous êtes une femme, c'est différent, bien sûr. Jamal connaissait mon père de Tanger, mais je ne sais pas comment il l'avait connu. Jamal est riche, il est d'une très bonne famille, mais mon père non, si bien qu'en principe ils n'avaient pas de raison de se connaître. Toujours est-il qu'ils se connaissaient. Jamal était souvent chez nous, il restait à parler pendant des heures avec mon père. Ils s'enfermaient tous les deux dans sa chambre et ils parlaient ; tout ça était un peu bizarre. À l'époque je ne faisais rien. J'avais fini le lycée et je ne savais pas vers quoi m'orienter. Je n'ai jamais pensé aller à l'université, parce que je n'étais pas une très bonne élève et puis je me disais que j'allais me marier et m'occuper de ma maison, comme ma mère. Depuis que j'ai seize ans, mes parents me disaient qu'il fallait que je me marie. C'est à ce moment-là que mon père m'a demandé si je voulais faire le ménage chez Jamal, et j'ai dit oui. Il vivait avec une fille ; je ne la voyais jamais, elle travaillait à l'extérieur. Mais lui, quand j'allais chez eux, je le voyais souvent, il venait de se réveiller, et je voyais bien la façon dont il me regardait. Je lui préparais son thé et je le lui posais sur la table du salon, nous n'échangions presque jamais une parole, mais je sentais toujours son regard sur moi, un regard brûlant. Car il était comme son nom, Jamal, qui veut dire beauté. Et donc les jours passaient, les semaines, les mois, il me regardait avec de plus en plus d'insistance, et moi, j'aimais bien qu'il me regarde. Et il a fini par arriver ce qui est arrivé. C'est quelque chose que j'ai vraiment honte de raconter, vraiment ; pour moi, c'est très dur à raconter. Je préfère que vous n'enregistriez pas, si c'est possible, parce que ça me fait vraiment honte. Un jour, j'étais à la cuisine à faire la vaisselle, et je l'ai senti derrière moi qui m'observait. J'ai fini par me retourner, et ses yeux verts étaient fixés sur moi, à m'observer. Je n'ai pas baissé les yeux, je l'ai regardé aussi. Je ne pouvais pas m'en empêcher, je le sentais comme en train de m'attirer vers lui, comme en train de m'hypnotiser. Et il s'est approché de moi, et quand il a été face à moi, il m'a soulevé le menton et, très lentement, il m'a embrassée. Je n'ai pas bougé, je l'ai laissé m'embrasser. Et j'ai eu alors l'impression que quelque chose entrait en moi, porté par sa salive, quelque chose qui traversait ma gorge et qui passait dans mon sang, quelque chose qui m'enveloppait toute entière et qui arrivait jusqu'au cœur, et qui ensuite enfonçait ses griffes et se mettait à me déchirer. J'étais morte de peur, mais je n'osais pas bouger. Et puis alors, et c'est ça qui me fait le plus honte, j'ose à peine le répéter… alors il m'a dit… il m'a demandé… il m'a demandé si je voulais la voir. Il m'a dit ça en espagnol, et ça m'a choquée qu'il dise le mot en espagnol, au féminin, parce qu'en arabe ça porte un millier de noms, mais qui sont tous masculins. Et je crois que c'est là que je me suis évanouie, car je ne me souviens plus de rien. Je me suis réveillée dans la cuisine, et il n'était plus là. Je m'étais vraiment évanouie, pas comme avec Karim quand j'ai fait semblant. Je n'étais même pas sûre de ne pas avoir rêvé tout ça…

Quand je suis rentrée à la maison, j'ai dit à ma mère que je ne voulais plus y retourner, mais je ne pouvais pas lui raconter ce qui s'était passé; non, à aucun prix. J'ai simplement dit que j'étais gênée de travailler dans une maison où il y avait un homme seul qui sortait quelquefois de la salle de bains avec juste une serviette autour des reins. Ma mère a très bien compris et mon père aussi. Et on n'en a plus reparlé. Mais moi je n'avais pas oublié, car son impudeur avait violé une partie de mon intimité; c'est quelque chose qui ne me quittait pas, que je n'arrivais pas à oublier.

Un jour, alors que je ne travaillais plus chez lui, Jamal est venu chez moi et m'a apporté un cadeau, une plante très grande, très belle, aux feuilles luisantes. On devinait bien qu'elle avait coûté très cher. Le pot était beau aussi, il l'avait peint lui-même, à la main, il me l'a dit. Il était peint en bleu et il y avait mon nom écrit en arabe classique, avec une très belle calligraphie. Ma mère a mis la plante dans un coin du salon. C'est peu de temps après que les rêves ont commencé. Toutes les nuits je rêvais d'un dragon, je me réveillais terrorisée. Ce qu'il y a eu après, je ne m'en souviens pas très bien. Ma mère dit que je me suis mise à parler avec des voix différentes, que je parlais sans arrêt, que je criais, que je refusais de manger, et que je lui disais des insultes. Et elle est allée trouver une femme, une femme connue pour sa grande sagesse, une *chouwaffa*, et elle lui a parlé de ce qui était en train de m'arriver. La femme est venue me voir à la maison, elle s'est mise devant la plante qui portait mon nom. Quand on lui a raconté, elle a demandé un grand marteau et s'est mise à donner des coups sur le pot. Puis elle a émietté la terre du pot et plusieurs petits sachets sont apparus, et quand elle les a ouverts, à ce que m'a dit ma mère, il y avait dedans des choses très bizarres : de la limaille de fer, des bouts de papier avec des choses écrites en arabe, qu'aucune des deux ne pouvait lire parce qu'elles sont toutes les deux analphabètes. Moi non plus, je n'aurais pas pu les lire; je sais lire en espagnol parce que j'ai été à l'école ici, mais je ne sais pas lire l'arabe, et personne n'aurait pu m'apprendre ; ma mère ne sait pas lire et mon père n'avait pas le temps. La *chouwaffa* a dit que j'étais *mechoura*, je ne sais pas comment on dit ça en espagnol, je crois que c'est comme ensorcelé, mais ce n'est pas exactement pareil, c'est différent. Ma mère a tout raconté à mon père, mais il n'a pas voulu la croire. Si bien qu'elle m'a emmenée à Tanger voir l'*alfaqui*. Et l'*alfaqui* a rempli une cuvette d'eau bouillante, il m'a fait boire des tisanes qui m'ont fait vomir, et il a dit à ma mère que oui, que quelqu'un avait recouru à la *sihr* pour me tenir sous son emprise, mais que si je portais, attaché à mes sous-vêtements, un reliquaire avec des sourates du Coran qu'il me donnerait, je serais protégée. Et il me l'a donné, et depuis, je le porte et je ne l'ai jamais enlevé.

Isaac dit que la *sihr* n'existe pas, que c'est entièrement le fruit de mon imagination. Psychosomatique, il appelle ça. Mais moi, j'y crois, j'y crois pour certaines choses, pas pour toutes. Je lui suis reconnaissante de m'avoir aidée à me rendre compte que je ne faisais rien de mal en décidant de ne pas épouser Karim, que j'avais le droit d'être moi-même, mais je crois aussi qu'il y a des choses qu'Isaac ne peut pas comprendre, que les choses sont différentes dans notre pays et dans le sien, et je sais bien, moi, ce par quoi je suis passée, mais je ne cherche pas à le convaincre si je sais que je n'y arriverai pas.

Et, bien sûr, je ne me suis pas mariée avec Karim, je ne me suis pas mariée, j'ai rompu mes fiançailles. Parce que je savais que je ne serais pas heureuse ; parce qu'il me criait dessus, sans arrêt il me criait dessus. Une des disputes les plus violentes que nous avons eues a été au sujet de la robe de mariée. Oui, de MA robe de mariée, car nous avions fixé la date et tout. Nous avions décidé de nous marier deux fois, une fois en Espagne et une autre au Maroc. Car du fait que je suis espagnole, en nous mariant selon la loi espagnole, il pouvait obtenir la nationalité espagnole au bout d'un certain temps. À vrai dire, c'était possible aussi en nous mariant au Maroc, mais il aurait fallu faire tout un tas de papiers et de formalités, et au Maroc, tous ces papiers, c'est toujours très long. Si bien que nous avons dit : «Deux mariages, un en Espagne et un à Tanger.» Et moi, au mariage civil, je voulais porter une robe neuve, ça me faisait envie. Mais pas une robe blanche ni rien de ce genre-là, c'était une robe bleue, longue, je m'en souviens encore. Je me la suis fait faire par une couturière de la rue Buenavista. Et il a insisté pour m'accompagner aux essayages. Je ne voulais pas qu'il vienne, parce que la couturière était une femme âgée et qu'elle ne trouverait pas normal que le fiancé vienne voir la jeune fille se mettre en sous-vêtements pour essayer la robe. Et puis vous savez ce qu'on dit, que le marié ne doit pas voir la robe de la mariée avant la noce, que ça porte malheur. Bien sûr c'était un mariage différent, juste à l'état civil, mais tout de même. Il n'a rien voulu savoir, et nous avons fini par nous disputer. Karim signifie généreux, mais il n'est pas comme Jamal, il ne fait pas honneur à son nom. Et au bout de deux jours, chez la couturière, je me suis regardée dans la glace avec cette robe bleue et j'ai bien vu que la robe ne m'allait pas bien, que c'était moche, et je me suis dit : «Amina, mon Dieu, qu'est-ce que tu es en train de faire?

Qu'est-ce que tu es en train de *te* faire?»

Amour et désir sont deux choses différentes, tout ce qui est aimé n'est pas désiré, et tout ce qui est désiré n'est pas aimé. L'épilogue, vous le connaissez, c'est qu'Amina a finalement décidé de ne pas se marier. Alors, la famille de Karim est venue chez le père d'Amina pour demander des explications. Car c'est comme ça que ça se passe entre Marocains, les familles interfèrent toujours. Le père d'Amina a dit à sa fille qu'il fallait qu'elle se marie, qu'il fallait absolument qu'elle se marie, que si elle rompait ses fiançailles elle attirerait le déshonneur sur toute la famille. Il est même allé jusqu'à la battre... et plus qu'un peu, semble-t-il. Mais comme c'est justement à ce moment-là qu'il s'est fait arrêter, la famille de Karim a commencé à prétendre que son fils ne voulait pas se marier avec la fille d'un homme qui était en prison, que ce serait un déshonneur. En fait, ils ne disaient ça que pour ne pas reconnaître qu'en vérité c'était Amina qui avait quitté Karim. Alors, Karim s'est mis à téléphoner à Amina tous les jours pour la traiter d'égoïste, de méchante, d'ingrate, tout le répertoire. Et bien entendu, comme le quartier est tout petit, il n'arrêtait pas de la croiser dans la rue et de l'injurier en public, devant tout le monde. C'est pour ça qu'Amina a commencé à venir dans notre groupe, vous comprenez? Parce qu'elle était effrayée, elle avait peur, parce qu'il la menaçait. Et bien sûr, le fameux Karim, qui habite le quartier, je le connais de vue, a maintenant une autre fiancée, marocaine aussi, de celles qui vont couvertes de la tête aux pieds et avec le foulard, je crois qu'elle ne parle pas un mot d'espagnol.

On dit qu'il refuse de parler d'Amina.

Qu'il ne veut même plus prononcer son nom.

Et maintenant c'est le tour de mon histoire à moi, celle pour laquelle vous étiez venue en principe. Donc, je m'appelle Esther, j'ai vingt-sept ans, je suis mariée, j'ai un petit garçon, j'aime mon mari, ou du moins je le crois. Je me considère comme quelqu'un de normal, vous comprenez? Je suis la dernière de quatre enfants. Il y a deux autres filles et un garçon, Silvio. Je ne sais presque rien de leurs vies, et eux savent encore moins de choses de la mienne. Je suis pratiquement certaine que mon père n'a jamais trompé ma mère, mais pour le reste il ressemblait beaucoup au père de Cristina, car nous ne le voyions jamais à la maison, vous comprenez? Il travaillait même le samedi et le dimanche, car l'atelier était à lui, et vous savez bien, quand on est son propre chef... Ensuite, ma mère a été très malade. Officiellement, c'était la ménopause. Mais en vérité, j'ai des souvenirs très précis comme quoi elle prenait de l'halopéridol, c'est un médicament pour la schizophrénie, c'est ce que m'a dit Isaac. Ma mère dit que j'invente, qu'elle n'a jamais pris ça, mais je me rappelle très bien que je lui chipais ses comprimés et qu'avec mes copains nous les prenions quand nous voulions faire une bringue d'enfer, parce qu'avec l'halopéridol mélangé à l'alcool, on plane, on plane sacrément. Et dans le quartier, quand j'étais jeune, ça se faisait beaucoup de mélanger des comprimés avec de l'alcool, vous comprenez? C'est qu'à l'époque, dans le quartier, il y avait beaucoup de drogue, beaucoup de junkies et tout ça... Maintenant aussi, mais il n'y a plus autant d'héroïne, on vend du haschisch, de l'ecstasy et de la cocaïne... C'est un quartier de dealers, tout le monde le sait. Ma mère me dit aussi que jamais elle n'a été en dépression et qu'elle a toujours été heureuse. Mais juste après, elle m'appelle pour me dire qu'elle souffre énormément et qu'elle a souffert toute sa vie. En tout cas, ce qui est arrivé à ma mère quand elle vivait avec moi, qu'on appelle ça dépression ou ménopause ou cornichons au vinaigre, c'est un peu comme si on m'avait subitement enlevé ma mère et qu'on l'avait remplacée par une dame qui était toujours en train soit de crier soit de pleurer, toute la sainte journée, vous comprenez? Ça a commencé quand j'avais treize ans et ça a continué plus ou moins comme ça jusqu'à ce que j'en aie vingt et que je m'en aille. Je ne supportais tout simplement plus de voir ma mère comme ça, et je n'avais pas d'échappatoire parce que, tant que j'étais mineure, je ne pouvais pas quitter la maison. À l'époque je détestais ma mère de toute mon âme. Mais ce n'était pas sa faute à elle, la pauvre, si elle était déprimée, ni si je ne pouvais pas la comprendre. Avec le temps j'ai cessé de la détester, mais je ne voulais pas non plus vivre avec elle, tellement je me sentais impuissante à l'aider. Et puis au fond, je l'aimais, et je n'aimais pas la voir comme ça, vous comprenez? J'ai donc décidé de me mettre à voler de mes propres ailes, et quand j'ai trouvé un travail, je suis partie, je suis allée vivre avec mon petit ami, celui qui est aujourd'hui mon mari, il est du quartier aussi, c'est l'un de ceux qui se défonçaient avec moi à l'halopéridol et à la bière.

Je voyais mon frère et mes sœurs de loin en loin. Ils n'ont jamais vu comment c'était chez moi, par exemple, ils ne sont jamais venus me voir. Et je ne leur ai jamais proposé, je ne pensais pas beaucoup à eux, à vrai dire. C'était comme des cousins éloignés, issus de germains ou issus d'issus de germains, des gens que je voyais tous les trente-six du mois, aux mariages ou aux réunions de famille. Je subsistais comme je pouvais. C'est-à-dire que je n'ai jamais été absente au travail ni oublié de payer un loyer et que je n'ai jamais eu d'ennuis vraiment graves. Mais enfin, je ne crois pas que ce soit le moment d'évoquer toutes ces années de ma vie… Ensuite, je me suis mariée avec mon petit ami. Le mariage a été atroce… Silvio était ivre, il mettait la main au cul à toutes les invitées, et quant à mes sœurs, elles ne m'adressaient pas la parole.

Ma mère est malade, ou du moins à ce qu'elle dit, et elle ne sort pratiquement pas de chez elle. Mon frère Silvio passe ses journées avec elle. Il habite avec sa petite amie, Susana, mais il passe plus de temps chez ma mère que chez lui, vous comprenez? En plus, ma mère ne peut pas supporter Susana. Je crois qu'elle ne pourrait supporter aucune fiancée de mon frère, parce qu'elle le veut tout pour elle, mais il faut dire que Susana, par-dessus le marché, est noire, et pour ma mère, une Noire dans la famille, vous imaginez… Comme dit Claudia, la petite amie d'Isaac, c'est un quartier multiculturel, mais pas interculturel; vous comprenez ce que je veux dire. Claudia aussi travaille au Centre, mais avec les enfants. Elle est très jolie, cette fille, vraiment très jolie, et très élégante. Un ancien ami de mon frère, que j'ai rencontré à un concert, m'a raconté sous le sceau du secret qu'il paraîtrait que Silvio bat Susana et qu'elle viendrait de le quitter à cause de ça. C'est peut-être faux, c'est peut-être vrai, je n'en sais rien. Il m'a aussi raconté que Silvio sort beaucoup avec cet acteur si beau qui joue dans *Hôpital Central*, celui avec les yeux bleus, comment s'appelle-t-il déjà… Álex! Álex Vega, et qu'ils prennent énormément de cocaïne, et que c'est pour ça que mon frère Silvio se met dans tous ses états et commence à dire n'importe quoi, parce que tous ces toxicomanes, ce qu'ils prennent finit par leur monter à la tête. Mais Silvio, ce n'est pas du tout ça, il n'est pas du tout du genre à faire des choses comme ça, gratuitement, sans raison. Quand il s'excite comme ça, c'est parce qu'il a envie de s'exciter; quand il vous envoie des injures, c'est quelque chose de tout à fait voulu. C'est quelqu'un de très agressif, je veux dire verbalement, je le sais bien, j'ai vécu avec lui. À l'époque, il était déjà agressif d'une autre façon, mais c'était une époque où quand tu te prenais une baffe, on ne parlait pas de maltraitance comme maintenant.

Il y a un an, mon père est mort, et il a fallu régler la question de l'héritage. Mon père laissait derrière lui l'atelier, l'appartement, et la maison du village. La maison du village ne valait rien quand il en avait hérité, mais maintenant elle vaut beaucoup, parce que le village est devenu très touristique, et une maison ancienne avec trois étages, vous imaginez, ça vaut presque un million d'euros. Et c'est là que nous avons appris qu'il laissait tout au garçon et rien aux filles. Alors j'ai appelé une avocate qui m'a dit qu'on pouvait attaquer le testament, vous comprenez, que j'avais légitimement droit à ma part, et ça tombait bien parce qu'avec les mensualités à payer pour l'appartement nous sommes toujours un peu juste. Alors j'ai attaqué. Et ça a fait un vrai scandale.

Cristina dit que sa mère lui téléphone sans arrêt pour la traiter d'égoïste et de méchante fille. Ma mère ne fait plus ça, mais elle le faisait. Après la mort de mon père, elle l'a fait pas mal de fois. Mais ceux qui continuent à me traiter d'égoïste à chaque fois qu'on se parle, ce sont mon frère et mes sœurs. Ils disent tous la même chose, ils n'en démordent pas. Ils n'ont que ce mot-là à la bouche : égoïste. Mon frère Silvio aime bien aussi me traiter d'hystérique et de mal baisée. Une de mes sœurs m'a traitée de paranoïaque et de cinglée, et m'a dit que j'avais toujours eu un complexe de persécution. De toute l'année, nous n'avons jamais eu une seule conversation détendue, parce que tout le monde avait des arrière-pensées. Quand, dans le groupe, Amina parle de Karim, de cet homme qui ne l'écoutait jamais, qui était toujours à la surveiller, qui lui tombait dessus à la première occasion, qui chaque fois qu'ils se disputaient en venait aux insultes, aux moqueries, aux humiliations, et qu'il ne fallait surtout pas qu'elle contredise si elle ne voulait pas que ça dégénère en bagarre... eh bien j'ai l'impression d'entendre le portrait craché de ma coexistence avec Silvio pendant toutes ces années où nous avons vécu ensemble. Car Silvio n'est pas marocain, mais c'est comme s'il l'était, vous comprenez ?

Je sais que ce que mes sœurs pensent, c'est que mon frère n'a pas un mauvais fond, et qu'il faut respecter la volonté de mon père car les hommes savent mieux que les femmes, et que de toute éternité, à la campagne, l'héritage va au mâle et pas aux femelles. Elles disent que mon frère s'occupe très bien de ma mère. Et c'est vrai qu'il s'en occupe très bien, je n'ai aucun doute là-dessus. Mais d'un autre côté, ça l'arrange bien d'aller la voir, vous comprenez, parce qu'à la maison ma mère lui fait à manger, et même elle lui lave et lui repasse son linge, qu'il lui apporte dans un sac et qu'il reprend ensuite. Et surtout, jamais elle n'ira le contredire, vous n'y pensez pas.

Depuis que mon père est mort, je me suis mise à aller vraiment mal... Des crises d'angoisse, de larmes, d'insomnie, des cauchemars, des pertes d'appétit, suivies par des jours de trop grand appétit, le fameux cycle boulimie-anorexie dont il est tellement question au Centre et dont nous souffrons presque toutes... Et un jour, je suis venue au Centre et j'ai vu sur le tableau qu'il y avait un groupe de thérapie pour les femmes du quartier, gratuit, et j'y suis allée.

Isaac, le psy, le petit à lunettes, celui qui m'a mise en contact avec vous, a insisté pour que j'arrête de voir ma famille. Il dit qu'il y a trop de conflits non résolus, que nos relations ne s'arrangeront jamais, il a même dit que l'espoir qu'elles deviennent harmonieuses un jour est aussi vain que celui de trouver sous son oreiller un cadeau de la petite souris. Je peux aussi vous citer d'autres phrases qu'il m'a dites : «La faute est le prix de la liberté. La maturité implique d'assumer la frustration et de renoncer aux expectatives.» Il dit que je dois rompre toute relation avec mon frère et mes sœurs, ce qui est une façon de parler, étant donné que je n'ai déjà presque pas de relations avec eux. Aucun, par exemple, n'est venu chez moi, ni n'est venu voir mon fils après l'accouchement, alors que la maison était pleine d'amis qui passaient. Ils ont fait une apparition à l'hôpital, les quinze minutes de rigueur, ils ont dit que l'enfant ressemblait à son père, et ç'a été tout, vous comprenez? Je ne sais pas comment c'est chez mes sœurs, je ne suis jamais allée chez elles. Elles ne m'ont jamais invitée, et je ne le leur ai jamais demandé. Et elles ne sont pas venues chez moi. Je les ai invitées à mes trois dernières soirées d'anniversaire, mais elles ne sont pas venues. Nous ne nous sommes jamais dit «je t'aime» ni rien de ce style, vous comprenez? Mais pour moi ça n'a rien d'anormal, je vous ai dit que nous n'avons quasiment pas vécu ensemble. Et puis ça ne m'a jamais vraiment manqué, car j'avais mes amies à moi. Et j'ai mon mari et mon fils, ma nouvelle famille, celle qui compte le plus. Je n'ai jamais vraiment senti que j'avais un frère et des sœurs, et je ne crois pas qu'eux non plus aient jamais beaucoup pensé à moi, c'est pour ça que quand je les entends invoquer des concepts comme «la famille», j'ai du mal à comprendre, parce que depuis que je suis partie de la maison j'ai compris que la famille n'est rien d'autre qu'une illusion, une invention, une idiotie bonne pour les séries télévisées, celles qui sont tellement guimauve que tu sais comment ça va finir avant même la première coupure publicitaire, ces séries où tout le monde s'aime et où les choses finissent bien. Ma grande sœur dit qu'entre frères et sœurs il ne faut pas que les avocats interfèrent. «Esther», elle me dit, «ce qu'il y a, c'est que tu veux toujours aller contre le courant», comme si c'était ma faute. Moi, je dis qu'il peut y avoir des familles qui s'entendent bien, comme il y en a qui s'entendent mal. L'autre jour j'ai lu dans un magazine que seulement dix-sept pour cent des familles espagnoles sont des familles nucléaires, que les autres sont monoparentales ou divorcées ou séparées, j'en conclus que c'est plutôt la conception de ma sœur qui est anormale, vous comprenez, parce que ce qui est normal, c'est que famille soit synonyme de problèmes, de séparation, d'abandon. À supposer que je sois effectivement une égoïste et une folle, que ce soit vraiment le cas, est-ce qu'il ne vaudrait pas mieux pour mon frère et mes sœurs être débarrassés de moi et ne plus me voir du tout? Est-ce qu'ils ne vivraient pas mieux, est-ce qu'ils ne seraient pas plus heureux sans avoir à se préoccuper de quelqu'un d'aussi abominable, selon eux, que moi? Pour ma famille je suis une égoïste, mais mon mari dit que je suis très généreuse. Je pense que mon frère est fou, mais ma mère ne le croit pas. Je suppose que c'est parce que la vie est de la couleur du verre à travers lequel on la regarde. Tous les proverbes ont forcément une part de vérité, étant donné que ce sont des règles tirées de l'expérience et que l'expérience, comme chacun sait, est la mère de la science. Ce qui est certain aussi, c'est que chacun de nous peut, le même jour, être plusieurs personnes complètement différentes, selon les gens à qui nous avons affaire. Je ne veux aucun mal à mon frère et à mes sœurs, vous comprenez? Je ne rêve pas de les voir perdre leur travail ou recevoir un pot de fleurs sur le crâne en se promenant dans la rue. Je dis ça parce que je sais ce que c'est que de haïr, je sais ce que c'est que vouloir du mal à autrui, ça m'est déjà arrivé. Je me souviens par exemple d'un chef du personnel à qui j'ai souhaité de tout mon cœur qu'il lui arrive malheur. Et ça s'est produit, mais ce n'est pas le moment d'en parler, je vous le raconterai une autre fois. Et je peux vous assurer que plusieurs fois, quand j'étais jeune et que, comme tout le monde, je me suis fait quitter par mon petit ami, j'ai désiré que la même chose lui arrive à lui, qu'il se fasse quitter lui aussi, et qu'il se retrouve seul et triste comme je me retrouvais moi par sa faute. Mais je n'éprouve pas ça envers mon frère et mes sœurs, pas du tout. Je ne leur veux aucun mal ; je veux seulement être le plus loin d'eux possible, qu'ils mènent leur train de leur côté et moi du mien, je veux une vie où je n'aie plus à me définir comme la sœur de quelqu'un, je veux me payer le luxe de vivre comme une égoïste, si c'est comme ça que les autres veulent m'appeler, et que moi j'appelle être libre. Je ne sais pas, je vous l'ai dit, pourquoi Isaac a insisté pour que vous m'interviewiez aussi. Je vous ai déjà dit que je voulais bien coopérer, que parler devant un magnétophone ne me dérange pas, au contraire, ça me plaît, ça me soulage. Et si en plus personne n'en sait rien, que ça reste dans votre livre et que ça n'en sort pas, puisque nous aurons toutes de faux noms, n'est-ce pas, c'est ce que m'a dit Isaac… Je suppose que s'il vous a dit de m'interviewer moi aussi, c'est parce qu'il m'a toujours vue déprimée et anxieuse, mais je ne suis pas une femme battue ni rien de tout ça. Dans le groupe, il y en a beaucoup, oui, qui se prennent des roustes et qui ont tous les malheurs possibles. Cristina n'est pas victime de maltraitance, elle est anorexique, mais ils l'ont mise dans le groupe parce qu'Isaac dit que ce que fait la mère de Cristina est du harcèlement psychologique, et aussi parce que le groupe est un peu un fourre-tout, vous comprenez ? Mais bon, je ne crois pas que mon histoire vous serve à quoi que ce soit. Je crois qu'une fois rentrée chez vous, vous détruirez la bande, ou bien vous enregistrerez quelque chose de plus intéressant par-dessus.

Est-ce que je vous ai raconté que j'ai repris des études? Vous savez ce qu'on dit, que celui qui lit et marche beaucoup voit et apprend beaucoup. Je suis encore loin du doctorat, je suis encore au tout début. C'est que j'ai commencé à travailler très jeune, dans des bureaux, parce que j'avais besoin d'argent pour voler de mes propres ailes, pour m'en aller de la maison. Je ne pensais pas du tout alors aller à l'université, pas du tout, ça ne m'était même pas venu à l'esprit, c'est plus tard, à la naissance du bébé, quand j'ai arrêté de travailler, et ensuite, quand il a commencé à aller à la garderie, que je me suis retrouvée avec beaucoup de temps libre... C'est à ce moment-là que j'ai eu l'idée de m'inscrire à la fac, et mon mari ça ne le dérangeait pas, au contraire, il m'a encouragée, ç'avait même presque l'air de lui faire plus envie à lui qu'à moi. Car mon mari m'a toujours beaucoup soutenue; mon mari est la meilleure chose qui me soit arrivée; on peut même dire que c'est lui qui m'a sauvé la vie. Je vois les femmes du groupe, il y en a qui sont tellement malheureuses, surtout quand j'écoute les Équatoriennes, c'est toujours le même refrain, des histoires tellement prévisibles, l'homme qui boit toute la paie, et en plus qui les bat et qui ne s'occupe pas des enfants, tout le contraire de mon mari, et une fois en Espagne elles voient que les choses pourraient être autrement, mais elles n'osent pas quitter leur mari, parce qu'elles disent qu'elles l'aiment et elles répètent que tous les hommes sont les mêmes, et moi je leur dis toujours : «Ah non, ce n'est pas parce que ça t'est arrivé à toi que tous les hommes sont comme ça», parce que mon mari est un ange, je ne le dirai jamais assez, et puis il y a aussi des femmes maltraitantes. La mère de Cristina, par exemple, est une maltraitante psychologique. Bon, je ne prétends pas être psychologue, mais c'est une chose qui se voit. Et je ne prétends pas non plus être écrivain comme vous ni rien de tout ça, mais j'aime beaucoup lire, et c'est pour ça que je me suis dit que j'allais m'inscrire en lettres, si je vois que ça me plaît et que je vais jusqu'au bout, tant mieux, et sinon, tant pis. En ce moment je suis en train de réfléchir à une dissertation que j'ai à rendre, sur *Don Quichotte*, évidemment, c'est le quadricentenaire, je suppose que vous devez être au courant. Je vais parler des moulins à vent, le passage le plus connu. Moi, ce qui me plaît, là-dedans, c'est que Don Quichotte sort tout éreinté de sa bataille contre les moulins, mais qu'au bout de quelques lignes à peine il se relève et poursuit sa route avec son écuyer vers Puerto Lápice comme s'il ne lui était rien arrivé, et en sachant bien qu'il va au-devant de nouvelles aventures. Les plaies et les contusions ne l'arrêtent pas, elles ne le font pas vaciller dans sa résolution. C'est à peine s'il les sent. J'ai eu l'occasion de lire un essai d'un certain Eduardo Camacho, je ne sais pas si vous connaissez, vous devez le connaître au moins de nom, même s'il ne s'occupe pas de littérature contemporaine. Cet Eduardo Camacho, donc, est un critique qui trouve que Cervantès est excessivement cruel avec Don Quichotte, et même sadique, parce que le pauvre Don Quichotte se prend toujours de terribles roustes qui le laissent pour mort. Mais moi, ce qui m'intéresse, et je vais en parler dans cette dissertation que je dois rendre, c'est que Don Quichotte construit justement sa personnalité à partir de ces batailles dont il sort tellement malmené, vous comprenez ce que je veux dire, je veux dire qu'il en ressort toujours avec une énergie nouvelle, avec encore plus d'envie de poursuivre sa route. Ce que je vais dire, dans cette dissertation, c'est que pour moi les moulins à vent, c'est un symbole, que dans la vie il y a toujours des moulins à vent contre lesquels on ne peut pas lutter, parce qu'ils sont toujours immobiles et qu'ils remuent toujours les ailes dans la même direction, et si on leur fonce dessus, on s'en sortira toujours mal ; si bien que le mieux est encore de les laisser là où ils sont, inébranlables, de les ignorer et de poursuivre sa route, pour qu'ils restent à la merci du vent, à agiter les ailes pour proclamer à grands cris leur vérité, alors que soi, si on veut apprendre, il faut avancer contre le vent, aller de l'avant, toujours de l'avant… Bon, je ne sais pas si je m'explique bien, j'espère que le professeur me comprendra, vous savez, on dit que la plume est la langue de l'âme, mais l'âme, quelquefois, personne ne la comprend. Moi, ça me plaît énormément d'avoir à faire cette dissertation. Ça vous paraîtra idiot, mais pour moi, ce sont ces choses, ces petits défis, qui rendent la vie excitante. Car chaque fois qu'une porte se ferme, il y en a une autre qui s'ouvre.

LA TRACE DE TES LÈVRES

LE PIRE N'EST PAS DE REVOIR SON VISAGE à la télé chaque fois qu'il y a la publicité. Le pire n'est pas de devoir entendre sa voix au supermarché, dans les boutiques de vêtements, et jusque dans l'autobus, car il arrive que le chauffeur ait mis la station *Cadena Dial* à fond la caisse. Le pire n'est pas de voir son visage sur chaque affiche, sur chaque couverture, sur chaque abribus.

Le pire, c'est d'avoir de ses nouvelles par les journaux.

Le pire, c'est d'apprendre que votre ex-petite amie est enceinte en feuilletant *Rolling Stone*.

Je ne sais pas pourquoi je le lisais, c'était évident, couru d'avance, que j'allais trouver quelque chose sur elle, comme dans chaque numéro.

Dans *Rolling Stone*, ils disent qu'Emma est en train de composer une berceuse pour son futur bébé. À se demander comment elle fait. Ils disent que le père est David Martín, mais ils n'expliquent pas si elle vit avec lui. Je suppose que les lecteurs vont croire que oui.

Si je veux dire par là qu'elle est de l'autre bord? Mais évidemment! Comment est-ce que je peux être si sûre? Il ne faut pas croire aveuglément les rumeurs qui courent sur les gens qu'on ne connaît pas, c'est ça? Mais justement, ma chérie, c'est que je la connais. Et même très bien. Je ne te l'avais jamais raconté, n'est-ce pas? Et pourtant nous sommes amies depuis pas mal de temps. Mais comme tu es écrivain, je ne sais pas, ça m'embêtait de te le raconter, pour le cas où tu t'en servirais dans un de tes romans. Si je ne l'ai même pas dit à Cristina, ce n'est pas parce qu'elle est jalouse, car elle ne l'est pas… C'est parce que… en fait je ne sais pas pourquoi, moi-même je préférerais ne pas me souvenir de toute cette histoire. Avec le temps, je trouve ça ridicule, je me trouve stupide, toutes ces bêtises que j'ai faites. C'est à peine croyable que je sois sortie huit ans avec celle qui est aujourd'hui une des femmes les plus célèbres d'Espagne, et que je ne parle jamais d'elle. Mais c'est que, jusqu'à il n'y a pas si longtemps, je ne voulais même pas prononcer son nom ; il m'écorchait la langue.

D'accord, je vais tout te raconter, si tu veux. Aujourd'hui, ça ne me fait plus souffrir de le raconter. Le temps guérit tout, ou c'est ce qu'on dit.

Je te raconte les choses dans l'ordre. J'ai connu Emma il y a des années au *Ras*, un bar très connu à l'époque de la movida, où on pouvait rencontrer toutes sortes de gens, depuis le dealer iranien qui fourgue son héroïne jusqu'au minet en Lacoste rose et chaussures de bateau – un uniforme très prisé à l'époque – en passant par Fany MacNamara, qui était alors le petit ami d'Almodóvar, à ce qu'on disait. On l'appelait Fany, mais il s'appelait Fabio, évidemment. Ils avaient un groupe, tu te souviens ? Almodóvar et MacNamara. Ils chantaient *Gran Ganga*, tu sais, ce truc insensé, la chanson de *Labyrinthe des passions*. Fany – mon Dieu, ce qu'elle pouvait être drôle – passait son temps dans les toilettes des filles à demander qu'on lui prête un rouge à lèvres. Je ne sais pas pourquoi elle faisait ça, pour se faire remarquer ou quoi, parce qu'elle aurait très bien pu s'acheter elle-même son rouge à lèvres sans avoir besoin de demander qu'on lui en prête, n'est-ce pas ? Fany était toujours maquillée comme une voiture volée et défoncée comme une porte de squat, et elle était très,

très, très drôle; on s'amusait beaucoup avec elle, elle avait toujours quelque chose à te raconter, qu'elle s'était fait insulter par des vieilles dans le métro, ou tout simplement qu'elle avait filé un bas. J'étais allée au *Ras* pour accompagner Aritz, un ami et camarade de classe, je crois que je t'ai déjà parlé de lui. C'était un garçon qui était homo, mais qui ne le disait quasiment à personne parce qu'à l'époque, tout ça était encore très tabou. Mais oui, j'ai déjà dû te parler de lui, bien sûr. Tu te rappelles que je t'ai raconté comment j'ai fait la connaissance d'Almodóvar? Eh bien, Aritz, c'est ce garçon qui m'avait emmenée au *Rimmel*. Donc je suis allée au *Ras* avec Aritz, et c'est là que j'ai rencontré Emma, dans des circonstances des plus étranges.

Donc, j'étais au bar à attendre que quelqu'un m'offre un verre, quand je me fais aborder par un type qui cherche manifestement à me draguer, et je le laisse faire parce que je le trouve plutôt beau gosse, même si aujourd'hui je serais incapable de me rappeler même la couleur de ses yeux. Qu'est-ce que je faisais à me laisser draguer par un type? C'est qu'à l'époque, tu vois, je sortais avec des garçons. Je n'étais pas trop sûre d'être attirée par les filles; je n'osais pas, j'étais plutôt renfermée, et puis à l'époque tout était très caché, très difficile. Il y avait des bars pour ça, bien sûr, mais c'étaient de vrais bouges, je ne sais pas si c'est facile à comprendre avec la mentalité de maintenant, quand on voit ces lesbiennes à la télé et tout ça, mais à l'époque c'était quelque chose d'impensable, tu n'imagines pas. Donc, je continue mon histoire, il ne faut pas que je perde le fil. Le comptoir était tout près de l'entrée, et voilà qu'entre par la porte une fille très mignonne qui se dirige vers nous et qui se met à parler au type en question, salut, comment ça va, ça fait un bail, qu'est-ce que tu deviens, et donc le type me la présente : «Emma, mon ex», et elle me dit : «Enchantée». Et elle demande à son ex s'il peut lui payer une bière parce qu'elle n'a pas un sou sur elle, et lui, il lui répond qu'il nous invite toutes les deux. Je ne savais pas trop sur quel pied danser, parce que je ne comprenais pas si la fille se glissait dans notre conversation parce qu'elle tenait encore à lui ou si c'était vraiment pour la bière, mais en tout cas, elle était extrêmement sympathique. Et puis elle se met à me poser des questions, qu'est-ce que je faisais comme études et où et tout ça, ça dure un certain temps. À un moment, je lui dis que j'ai besoin d'aller aux toilettes, et elle me dit qu'elle m'accompagne. Les toilettes étaient toutes petites, minuscules, et comme c'était *le* bar à la mode, il y avait toujours beaucoup de monde, et une queue terrible devant les toilettes. Et ce soir-là il y avait Leonor Mayo, qui n'était pas encore une actrice célèbre, mais qui se comportait déjà comme si. Elle était très connue dans les bars de Madrid rien que pour ça, je veux dire parce qu'elle était très belle. Mais dis-toi bien qu'à l'époque, au début des années quatre-vingt, il y avait moins de bars que maintenant, et que les bars un peu branchés se comptaient sur les doigts d'une main, si bien que tout le monde connaissait tout le monde, au moins de vue. Et Leonor faisait déjà son numéro, on voyait qu'elle allait être une star ; elle avait toujours des tenues incroyables, des talons vertigineux, et dans les bars elle passait entre les tables avec le menton pointé vers le ciel, comme si elle défilait sur une estrade ; ça se retournait beaucoup sur son passage. Je me souviens qu'elle était presque toujours accompagnée d'une fille blonde, plutôt petite, on aurait dit Don Quichotte et Sancho Panza. La fille avait un nom bizarre, un peu cucul, comme un nom de poupée... Poppy, je crois. Et bien sûr, quand Fany a vu une fille aussi ébouriffante que Leonor se mettre du rouge avec tellement d'application devant le miroir, avec l'air plus que contente d'elle, elle lui a fait le coup du tube, oh tu me le prêtes, *j'adooooore* cette couleur. Et tu imagines la tête effrayée de Leonor, elle déjà si diva à l'époque, tu imagines si elle avait envie de prêter son rouge à lèvres à un mec. La voilà qui dit non non non, et lui qui dit si si si. Et Fany qui fait mine de prendre son tube à Leonor, et Leonor, furax, qui se met à crier : « J'ai dit non, ça veut dire non, je refuse de te prêter mon rouge à lèvres, il n'en est pas question. » Mais ce à quoi elle ne s'attendait pas, c'est que soudain cette fille, Emma, profite d'un moment d'inattention pour lui chiper le tube. Elle a été si surprise qu'elle n'a même pas réagi quand Emma s'est approchée d'elle, devant le miroir, et s'est maquillé les lèvres. C'est là que je me suis dit : « Voilà une fille qui sait ce qu'elle veut et qui sait comment l'obtenir. »

Au bout d'un moment, est descendu le groupe des copains de fac avec qui j'étais venue, pour me dire qu'ils partaient pour *La Fábrica de Pan*, un autre bar à deux pâtés de maison, et je n'ai pas moufté quand l'Emma en question m'a demandé pourquoi je ne restais pas plutôt un moment avec elle et son ex, pour finir ma bière. Et nous sommes restées jusqu'à la fermeture, après quoi nous sommes allées au *Sol* jusqu'à sept heures du matin et nous avons échangé nos numéros de téléphone. Quand nous nous sommes quittées, elle m'a embrassée en me laissant sur la joue la marque du rouge à lèvres qu'elle avait emprunté à Leonor, et elle m'a dit : « Ciel, j'ai laissé sur ton visage la trace de mes lèvres. » Et je lui ai dit : « Tu es vraiment poète, je ne vais pas effacer de sitôt la trace d'une si jolie phrase. » Ça l'a beaucoup fait rire, mais le fait est que je n'ai pas effacé la trace et que j'ai pris le métro avec et que j'ai dormi avec.

Au début, nous étions seulement copines, mais au bout de deux mois ou quelque chose comme ça, nous avons fait l'amour ensemble.

C'était notre première fois à toutes les deux. Je veux dire avec une autre femme. Les premiers mois, tout était très beau ; nous étions très amoureuses. Elle écrivait déjà des chansons à l'époque, et elle m'en a dédié plusieurs. Nous habitions toutes les deux chez nos parents. Elle jouait de temps en temps dans un endroit qui s'appelait le *Nevada*. À l'époque, ça n'était pas trop la mode des auteurs-compositeurs-interprètes, et Emma chantait dans un groupe avec deux types, un à la boîte à rythmes et l'autre à la basse. Elle chantait et elle jouait de la guitare. J'ai très mal vécu cette période, parce que le bassiste était très amoureux d'elle, ils avaient sûrement baisé plusieurs fois ensemble, et aussi parce qu'Emma tenait beaucoup à ce que personne ne sache rien à notre sujet, elle voulait qu'on dise que nous étions juste amies. Il faut dire qu'à l'époque ces trucs de gouines n'étaient pas du tout tendance, les homosexuels en général étaient hypermal vus, alors tu penses les lesbiennes, même dans les milieux les plus ouverts les garçons disaient dans le meilleur des cas qu'ils étaient bisexuels ou que c'était juste pour essayer, et les filles ne disaient rien… à l'époque, la plupart faisaient croire qu'elles étaient encore vierges… Il y avait beaucoup de drogue, oui, beaucoup de concerts, oui, beaucoup de sorties, oui, mais peu de sexe… et pas question d'aller raconter sa vie au premier venu, mais j'ai toujours pensé qu'Emma se cachait pour ne pas perdre ses chances avec les mecs.

Car j'ai toujours été jalouse, dès la première année. Et ç'a été ma croix.

C'est justement à cause de ça que notre liaison a été orageuse dès le début, à cause de ma jalousie. Parce qu'Emma était vraiment très belle, elle l'est encore, il n'y a qu'à la regarder, et en plus il y avait le prestige lié au groupe, car à l'époque les nanas qui chantaient, ce n'était pas courant, donc ça plaisait aux mecs, et moi, dès qu'il y en avait un qui l'abordait, j'avais du mal à supporter, parce que je ne pouvais même pas dire à voix haute, comme l'aurait fait n'importe quel garçon : «Écoute, mec, tu vas laisser ma nana tranquille», étant donné que nous étions censées être simplement amies. Et bien sûr, quand nous quittions l'établissement, je finissais par lui faire une scène ; c'était plus fort que moi, tellement mon sang bouillait. Elle me disait qu'elle m'adorait, qu'il n'était pas question qu'elle couche avec quelqu'un d'autre. Mais au bout d'un an elle en a eu assez et, à la suite d'une de nos disputes, elle m'a quittée et a couché avec un autre, en l'occurrence le bassiste, évidemment. Il s'appelait David. David Martín, évidemment. Il est devenu hypercélèbre ensuite avec un autre groupe, les Sex and Love Addicts, non plus comme bassiste, mais comme chanteur. Et voilà que maintenant il est le père de sa fille, c'est ce qu'ils disent en tout cas dans le magazine. Et ça m'a fait un coup terrible, je voulais mourir, je ne dormais plus, je ne mangeais plus, je n'arrivais plus à étudier, je ne pouvais pas vivre sans elle ; je déprimais littéralement, et je lui ai envoyé je ne sais combien de lettres très repentantes, je lui promettais monts et merveilles si elle revenait. Et elle est revenue. Mais ensuite ç'a été bien pire, parce que la jalousie n'avait pas disparu, bien au contraire. Je me disais que si elle m'avait quittée une fois pour un mec, ça voulait dire qu'elle pouvait recommencer, et je me rongeais les sangs à la pensée de ce qu'elle avait pu faire avec David, parce que David habitait seul et je savais qu'ils avaient couché ensemble dans son appartement à lui. En plus, David, à l'époque, était très très beau gosse. Maintenant il est beaucoup moins bien, parce qu'il a grossi et tout, et parce que sa mauvaise hygiène de vie a laissé des traces, mais à l'époque il était hypercraquant, je le reconnais bien volontiers. Bref, les trois années suivantes ont été comme des montagnes russes : tantôt on s'entendait merveilleusement, tantôt on se disputait comme des chiffonniers. Et c'est encore à la suite d'une dispute qu'elle m'a quittée une deuxième fois. Mais cette fois-là, c'était pour une autre nana, une chanteuse qui s'appelait Mercedes et qui jouait les mystiques, les intellectuelles, parce que sa famille avait plein d'argent et l'avait envoyée étudier à Paris, puis à New York ; et elle faisait hyperattention à ce que ça ne se sache pas, parce que ses parents, comme je l'ai dit, avaient de la fortune et un nom et tout, et s'ils apprenaient que leur fille était lesbienne, ils la déshéritaient. C'était vraiment une bêcheuse, cette dénommée Mercedes, elle posait à l'artiste, mais en vérité elle vivait de ses rentes. Et moi, de nouveau, comme la première fois, je l'ai très mal vécu; je voulais carrément mourir. J'étais tellement déprimée que je ne suis pas sortie de chez moi pendant près de six mois. Je me suis consacrée à mes études et rien qu'à mes études, et j'ai été reçue à ma dernière année avec mention très bien et félicitations du jury. Jusqu'au jour où Emma a fini par m'appeler, tout sucre, tout miel, comment ça va, Mónica ma chérie, comme tu m'as manqué, qu'est-ce que tu deviens, si on allait prendre un café comme au bon vieux temps, j'en étais toute chavirée. Je me suis acheté une robe neuve et je suis allée chez le coiffeur pour me faire belle pour le rendez-vous, c'était au *Café Gijón*; des détails qu'on n'oublie pas. Elle m'a dit qu'elle avait quitté Mercedes, qu'elle ne pouvait plus la supporter, qu'elle était plus que pénible, qu'elle n'avait aucun sens de l'humour, et que je lui manquais énormément. Et je lui ai dit : «Renouons, mais si nous renouons, renouons vraiment, vivons ensemble pour de bon.» Car à l'époque je travaillais et je gagnais bien ma vie, il n'y avait pas ces contrats précaires comme maintenant, c'étaient les années quatre-vingt, celles du boom économique; j'étais vraiment très bien payée. Si bien que nous avons loué un appartement et que nous nous y sommes installées. Évidemment, nous disions à nos familles que c'était simplement une colocation. Personne n'a rien soupçonné.

Je l'entretenais, car avec sa musique elle gagnait à peine sa vie; c'était moi qui payais le loyer et les factures. Je me levais tous les matins à sept heures et demie pour aller bosser, et parfois c'était l'heure à laquelle Emma rentrait à la maison, car elle sortait beaucoup. Les soirs où elle jouait, parce qu'elle jouait, et ceux où elle ne jouait pas, parce qu'elle disait qu'il fallait qu'elle aille dans des clubs pour voir avec les responsables s'ils pouvaient l'engager. Comme tu peux imaginer, chaque fois qu'elle sortait le soir sans moi, je ne pouvais pas m'empêcher de penser qu'elle risquait de rencontrer quelqu'un et de baiser avec, mais j'essayais de ne rien dire parce que je savais qu'Emma ne supportait pas ma jalousie ; je l'avais perdue deux fois et je ne voulais pas la perdre une troisième. L'ennui, c'est que je finissais par m'énerver pour autre chose. Par exemple, je me disputais très souvent avec elle à cause de l'appartement qui était sale, car étant donné que je me tuais au boulot, la logique aurait voulu, comme je lui disais, qu'elle fasse un effort de son côté pour garder l'appartement propre, mais je savais bien que ces disputes étaient comme une soupape destinée à contenir la jalousie que j'avais en moi, et je crois qu'elle aussi le devinait. Notre cohabitation était parfois un enfer. Nous pouvions passer des jours entiers sans nous adresser la parole, et en même temps j'étais de plus en plus amoureuse d'elle, car en plus je l'admirais, j'aimais sa musique, ses chansons. Et quand ça allait bien entre nous, c'était vraiment bien, les bons moments étaient assez bons pour compenser les mauvais.

Le groupe du début, ce truc techno pop avec boîte à rythmes, était devenu de l'histoire ancienne, et Emma s'était mise à chanter en anglais dans un groupe *indie* où la basse était tenue par une autre fille et où il y avait une batteuse en guise de boîte à rythmes. Et il y avait aussi une deuxième guitare, parce qu'ils étaient dans un trip très guitare, très crade, très grunge, et un jour Emma est rentrée tout excitée à la maison et m'a raconté qu'ils allaient enregistrer un disque, qu'ils avaient envoyé une maquette à une compagnie, que quelqu'un de la compagnie était venu les voir jouer au *Siroco* et qu'elle avait rendez-vous au siège dans deux jours. Et c'était vrai. Tout s'est passé comme sur des roulettes et elle a signé un contrat. Et ç'a été le commencement de la fin. Parce que le producteur du disque, qui était un type très jeune, avec des dreadlocks, et qui était toujours *stone*, est devenu accro à elle pour de bon et s'est mis à lui téléphoner à n'importe quelle heure. À l'époque, il n'y avait pas de téléphones portables, et il n'arrêtait pas d'appeler à la maison et de laisser des messages, et moi, chaque fois que j'entendais sa voix mielleuse sur le répondeur, j'étais exaspérée. Le type l'emmenait dîner dans des restaurants très chers et je disais à Emma : «Mais tu ne vois pas que ce mec veut juste baiser avec toi?» Et elle me répondait qu'il fallait qu'elle soit aimable avec lui, que c'était son disque qui était en jeu, qu'elle avait bataillé des années pour ça, que c'était la chance de sa vie et qu'elle ne pouvait pas la laisser passer. Bref, des disputes effroyables. Et finalement le disque est sorti, sous un label indépendant. Il ne s'est pas énormément vendu, mais il a eu de très bonnes critiques, et l'été il y a eu la tournée. Comme je n'avais des vacances qu'en août, je ne pouvais pas l'accompagner en juillet, et juillet était justement le mois où Emma avait le plus de concerts, et à l'époque, comme tu sais, il n'y avait pas de portables, il n'y avait rien d'autre à faire que de rester à la maison tous les soirs, à attendre le coup de fil d'Emma, qui normalement m'appelait à neuf heures, mais qui avait parfois du retard parce que les essais de son avaient duré plus longtemps, ou bien parce qu'elle n'avait pas trouvé de cabine, et pour moi c'était affreux, hyperangoissant, je n'arrivais pas à maîtriser mon angoisse. Et puis les appels se sont mis à s'espacer. Au lieu d'un par jour, c'était un tous les deux jours, puis tous les trois jours. Et à la fin, elle n'appelait même plus. Et j'ai commencé à la trouver plus distante, limite indifférente. Quand, en août, je lui ai dit que j'aimerais bien l'accompagner, elle m'a dit que ce n'était pas possible, qu'il n'y avait pas de place dans le minibus et que d'ailleurs aucun autre membre du groupe n'emmenait son partenaire. C'est à ce moment-là que j'ai commencé à craindre le pire. Et j'avais raison, car en septembre j'ai su qu'elle avait une liaison avec la bassiste. En mettant son jeans dans le lave-linge, j'ai trouvé un mot, une lettre d'amour que l'autre lui avait envoyée. Et pour le coup, j'ai fait un esclandre. Et Emma m'a quittée. Mais cette fois, pour toujours. La troisième a été la bonne.

J'ai cru que j'allais mourir, vraiment. J'ai su qu'elle avait emménagé chez la bassiste et j'ai commencé à l'appeler à toutes les heures du jour et de la nuit, j'ai laissé des millions de messages sur le répondeur jusqu'à ce qu'elles changent de numéro. Un jour, je me suis mise à pleurer à chaudes larmes dans l'autobus, avec des sanglots et des hoquets et tout; je ne pouvais plus me retenir. Toutes les petites vieilles qui me regardaient, tu vois le tableau. J'étais tellement mal que j'avais l'impression que je pourrais en arriver à faire n'importe quoi, à me jeter par la fenêtre, rien qu'à cause de l'angoisse. Au travail, j'étais comme un zombie, de temps à autre il fallait que j'aille aux toilettes pour qu'on ne me voie pas pleurer. J'ai passé plusieurs mois atroces, j'ai perdu près de dix kilos, je ne dormais plus… J'ai fini par aller voir le médecin qui m'a prescrit du Prozac, et le fait est que ç'a fait de l'effet. Ce n'est pas que j'aie oublié Emma, mais au moins j'arrivais à supporter son absence sans panique, sans angoisse. J'ai décidé de quitter mon appartement et de revenir habiter chez mes parents, car je ne supportais pas de rester seule la nuit. J'ai passé toute cette année-là entre le bureau et la maison, presque sans sortir. Quand je ne travaillais pas, je me plantais devant la télé et je pouvais passer des heures sur le canapé sans rien faire. Je regardais n'importe quoi, même le télé-achat.

Et puis ç'a été la mode des auteurs-compositeurs-interprètes, tu sais, Pedro Guerra, Ismael Serrano, Javier Álvarez, Rosana Arbelo. Et voilà qu'un jour je mets la télé et je vois Emma chanter toute seule, sans rien, avec une guitare acoustique, une chanson qui disait *Je porte sur mes lèvres la trace de tes lèvres* et j'ai eu une crise de larmes terrible; je me suis vue mourir, car c'était une des premières chansons qu'elle avait écrites pour moi quand nous commencions à sortir ensemble. Les paroles étaient inspirées par cet épisode du tube de rouge à lèvres, le soir de notre première rencontre; c'était comme un hommage à notre histoire, et j'étais sur le point de l'appeler, mais je n'avais pas son numéro. J'ai pensé appeler sa mère pour le lui demander, mais sa mère ne pouvait pas me sentir. C'est une malédiction qui me poursuit avec les mères de mes copines ; aucune ne peut me sentir, toutes pensent que c'est moi qui ai perverti leurs filles. La mère de Cristina, par exemple, ne m'adresse pas la parole. Quand elle parle de moi à Cristina, elle ne dit pas « Mónica », mais « cette fille qui vit avec toi ». Donc, je n'ai pas appelé la mère d'Emma, mais sur le moment je ne sais pas ce que j'aurais donné pour pouvoir revoir Emma, tellement elle me manquait. J'étais à cent lieues de me douter que, moins d'un mois après, la ville serait couverte d'affiches avec son visage, qu'on entendrait sa voix sur toutes les radios, que sa chanson serait en tête de tous les hit-parades pendant des mois... Comment est-ce que j'allais pouvoir oublier mon ex, si le monde entier complotait pour me rappeler chaque jour son existence ?

Non, jamais je ne l'ai oubliée, c'est impossible, mais ce qui est sûr, c'est qu'avec le temps la douleur est devenue plus supportable. Elle était toujours là, bien sûr, mais plus au point de pleurer dans l'autobus, ni la nuit. Au lieu de rester jusque tard dans la nuit devant le télé-achat, je lisais. Jusqu'au jour où, presque quatre ans après qu'Emma m'ait quittée, j'ai rencontré dans une boutique rue Almirante une vieille copine de fac qui était de l'autre bord aussi, et peu à peu j'ai recommencé à avoir une vie sociale. Chueca n'était plus le quartier du *Ras* et de *La Ola*, ce n'était plus un mélange biscornu de junkies et d'intellos, mais un quartier exclusivement homo, où il y avait des bars de lesbiennes, et quand je sortais le samedi dans le quartier, si je passais par la rue Barbieri, où se trouvait autrefois le *Ras*, j'avais le cœur qui battait la chamade en me rappelant le soir où nous nous étions rencontrées. Et en plus, on passait ses chansons dans tous les bars. Emma Ponte était devenue une authentique icône pour gays et lesbiennes. Pas moyen, donc, de me libérer d'elle, mais en un sens ça m'a aidée ; je crois que j'ai fini par m'insensibiliser à force de saturation. Ensuite, j'ai fait la connaissance de Cristina dans un bar et, même si au début j'avais un peu peur de commencer une nouvelle liaison, surtout avec quelqu'un qui avait l'air d'avoir tellement de problèmes, je ne sais pas comment, mais je suis retombée amoureuse. C'est vrai, Cristina a été anorexique, elle est nettement plus jeune que moi, elle est un peu givrée, et elle a une mère insupportable qui me déteste mais qui passe son temps à nous téléphoner pour nous menacer de venir habiter avec nous… Mais que veux-tu que je te dise, j'aime mille fois mieux une anorexique qu'une infidèle, surtout bisexuelle. Ma relation avec Cristina, malgré tout, a toujours été *beauuuuucoup* plus facile que celle que j'avais avec Emma, surtout depuis qu'elle suit une thérapie de groupe. Bref, béni soit le sol que foule de ses pas cet Isaac, c'est le nom de son thérapeute. Et puis, fini les angoisses, je me sens enfin aimée. Un jour je me suis surprise à danser à l'*Escape* sur *La Trace de tes lèvres* sans même me souvenir de qui était la chanson ni pour qui elle avait été écrite. Et ce jour-là, j'ai su que j'avais enfin mis un point final à cette histoire, que j'avais tourné la page, que j'étais prête à effacer de mes lèvres la trace de ses lèvres, et de ma tête son image et même son nom, car je me suis soudain rendu compte qu'en fait je n'aimais pas cette chanson à la mélodie si prévisible et aux paroles si mièvres, si grotesques.

Et si fausses.

La Belle Dorita

Il y a une publicité complètement idiote où un manne-quin, pour vanter les mérites d'une crème, déclare : «Nous ne nous étions pas vus depuis des années. Et pourtant, il m'a reconnue.»

Voilà vingt-cinq ans que Claudia n'a pas revu Dorita.

Et pourtant, elle l'a reconnue.

À l'époque où Dorita et Claudia étaient écolières, il y avait un slogan pour une crème de beauté qui disait : «*Pond's*, la beauté en sept jours». Aujourd'hui, songe Claudia, les publicitaires n'osent plus faire de promesses qu'ils ne peuvent tenir, et ne proposent plus d'échéances pour devenir belle. La crème demeure, les pubs changent. Est-ce que cela fait vingt ans, vingt-cinq ans, que Claudia n'a pas revu Dorita?

À vrai dire, elle ne s'est pas aperçue tout de suite que c'était Dorita. Elle n'a regardé cette femme assise deux places plus loin que parce qu'elle est très belle. Ce sont ses yeux d'un bleu électrique qu'elle a d'abord remarqués et qui lui ont immanquablement rappelé ceux de Dorita. «Comme elle ressemble à Dorita, a-t-elle songé. Est-ce que ce ne serait pas elle, par hasard? Non, impossible, ça ne peut pas être elle.»

Si, c'est bien Dorita.

Elle a toujours ce même regard bleu intense.

Dans le livre d'espagnol de l'école, il y avait un poème qui disait quelque chose comme : «Un morceau d'azur a plus d'intensité que tout le ciel.»

Claudia ne se souvient pas du reste du poème.

Elle ne se souvient pas non plus de l'auteur.

Mais ce vers est resté gravé dans sa mémoire, pour l'avoir toujours associé au regard de son amie.

– Dori? Dorita?

La femme se retourne, l'air surpris, et dévisage Claudia de ses yeux magiques.

– Tu te souviens de moi? Claudia, Claudia Román… Nous étions ensemble dans les petites classes.

Elle écarquille les yeux. Puis un sourire d'une blancheur intense lui illumine le visage par vagues successives.

– Claudia! Ça alors… Quel plaisir de te revoir! Mais… quelle surprise!

Dorita n'a pas reconnu Claudia tout de suite, car Claudia ne s'est jamais mis de crème et le temps a inexorablement fait son œuvre. En ce moment, Claudia est soucieuse du temps qui passe et de ses pièges. Surtout depuis qu'elle a remarqué qu'un collègue de travail, un garçon de quinze ans plus jeune qu'elle, la regardait avec intérêt, et qu'elle a compris que ce pourrait être là sa dernière chance de vivre une passion éphémère, libre de tout engagement et de toute responsabilité, avant d'entrer définitivement dans le ronron immuable de l'âge mûr. Mais on n'échappe pas facilement à certains conditionnements marqués au fer rouge dans le subconscient, quand on a reçu, comme Claudia, une éducation religieuse. Comment pourrait-elle songer, ne serait-ce qu'un instant, tromper son compagnon avec le premier jeune homme venu, surtout depuis que le médecin lui a confirmé la grande nouvelle, celle qui tracera la frontière entre la première et la seconde partie de sa vie? Mais il faut bien reconnaître que l'admiration, voire l'amour qu'elle inspire à un garçon qui a à peine plus de la moitié de son âge, lui fait croire de nouveau en elle, sensation qu'elle avait un peu oubliée ces derniers temps. Claudia n'a jamais eu le physique de Dorita, mais Antón la fait se sentir belle et jeune. Les sourires d'Antón, ses regards furtifs, ses bafouillages maladroits et ses rougeurs subites la troublent au point d'être en proie à des sentiments contradictoires : il la ramène à cette jeunesse qu'elle a tant de mal à quitter, mais, parce qu'elle sait que ce serait pure folie que de se laisser aller, elle veille à le tenir à distance. Trahir Isaac n'est nullement dans ses intentions. Quoi qu'il en soit, l'image d'elle-même que lui renvoie le regard d'Antón l'aide à surmonter le découragement qui est son lot quotidien. Car elle avait toujours cru qu'elle pouvait et devait nourrir les affamés, désaltérer les assoiffés, vêtir ceux qui sont nus, soigner les malades, redresser les torts et consoler les affligés, mais elle est lestée de deux fardeaux : l'éducation catholique reçue chez les bonnes sœurs, et la conscience sociale héritée de ses parents, qui lui ont inculqué l'idée que l'on venait au monde pour le changer ; d'où le fait que Claudia se soit heurtée aussi violemment à la réalité et qu'elle ait dû admettre, à son corps défendant et au bout de près de cinq ans de travail à la ludothèque, que non seulement elle ne pouvait sauver le monde, mais que la simple et vaine perspective de le transformer l'épuisait.

C'est pourquoi elle reçoit comme un cadeau de la vie ces surprises inattendues que sont les regards impatients d'un jeune homme de vingt-cinq ans à peine ou les retrouvailles avec une vieille amie perdue de vue.

Dorita se lève et serre très fort dans ses bras son ancienne amie. Claudia, peu encline aux effusions, se sent gênée un bref instant, mais bien vite elle s'abandonne et se jette dans ses bras, se noie dans son parfum, bon marché mais exquis, une fragrance canaille, dense et enivrante, évoquant tout à la fois l'encens, les sérails orientaux, les nuits blanches et les fleurs carnivores.

— Assieds-toi donc là, à côté de moi. Tu descends à quel arrêt ?

— À Ramón y Cajal. Je vais à l'hôpital.

— Rien de grave, j'espère ?

— Non, non. Des examens de routine. Et toi ?

— Torrelodones. C'est là que j'habite, en pleine campagne. Nous avons au moins vingt minutes devant nous pour parler.

— Est-ce que vingt minutes suffisent pour résumer vingt années… ?

Le nom complet de Dorita était Dorotea Álvarez Sierra, mais personne ne l'appelait par son prénom, excepté les nouvelles maîtresses le premier jour de classe, au moment de l'appel. Dès le deuxième jour, elles savaient que toute l'école appelait la fillette Dorita. Le surnom de « la Belle Dorita » lui avait été donné par le père de Claudia en l'honneur d'une vedette qui avait été la reine du *Paralelo*, et la première à chanter cette chanson dont les paroles, *C'est en fumant que j'attends l'homme que j'aime*, devaient être rendues célèbres, des années plus tard, par Sara Montiel. Le père de Claudia n'avait jamais vu la vraie « Belle Dorita », ni sur scène ni ailleurs, mais il se souvenait avoir entendu ce nom de la bouche de son père, et c'est ainsi qu'il avait rebaptisé la camarade de classe de sa fille, un jour qu'il était venu chercher Claudia à l'école et était tombé à la sortie sur « la plus jolie fille qu'il ait jamais vue », ainsi qu'il l'expliquerait plus tard à son épouse.

Dorita aurait mérité sans conteste le titre de reine de beauté de l'école. À huit ans déjà, on pouvait présager qu'elle serait une femme splendide : petit nez droit, lèvres sensuelles, menton franc et solide. Et pour couronner le tout, des yeux d'un bleu cobalt encadrés d'une chevelure ondulée et châtain foncé tombant jusqu'aux épaules.

Ce n'était pas le visage d'une fillette, mais celui d'une princesse, d'une reine même.

Sans doute est-ce pour cette raison qu'une des plaisanteries qui circulait le plus à l'école était que Dorita épouserait plus tard le prince Felipe. Celui-ci était alors un garçonnet blond aux yeux clairs, à peu près du même âge que les fillettes, et dont on voyait souvent des photos dans ¡ *Hola!* et *Semana*, que les mères feuilletaient chez le coiffeur en attendant leur tour ou lorsqu'elles mettaient leur tête sous ces sèche-cheveux en usage à l'époque, et qui ressemblaient à des casques de cosmonaute. La chaleur faisait prendre aux cheveux la forme des rouleaux, et les femmes ressortaient avec d'horribles coiffures en forme de ruche. On n'a jamais su qui avait lancé cette drôle d'idée, mais Claudia se rappelle en revanche que la plaisanterie avait pris un tour légendaire : quand elle serait grande, Dorita serait princesse puis reine. De la même façon que Claudia serait infirmière, Ana Gómez missionnaire, Verónica Luengo danseuse, Clara Sánchez secrétaire, Judith Durán coiffeuse, et Mabel Camino mère de famille.

— Dis-moi, tu m'as l'air en pleine forme. Qu'est-ce que tu deviens ?

— Rien de spécial ; j'ai fait psycho et maintenant je travaille dans une ludothèque de la Communauté de Madrid ; et… disons que… je vis avec quelqu'un depuis longtemps. Il travaille avec moi, pas dans la ludothèque, mais dans le même centre. Je travaille avec des enfants et lui avec des femmes.

— Je le connais ? Il est du quartier ?

— Non, pas du tout… Je l'ai rencontré à la fac. Nous nous sommes connus en première année, nous sommes sortis ensemble la deuxième année et nous sommes en couple depuis la fin de nos études. Et toi ?

— Moi, rien de spécial non plus, je ne me suis pas mariée et je vis seule, je n'ai même pas de compagnon en ce moment, et aucune envie d'en avoir un. Je sortais avec quelqu'un jusqu'à récemment, mais maintenant je suis seule et ravie de l'être. Et puis, j'ai aussi travaillé comme mannequin un certain temps, et même comme actrice. J'ai fait de tout : beaucoup de théâtre et un très petit rôle au cinéma. Mais tu sais comment ça se passe dans ce milieu, un jour on ne t'appelle plus, jusqu'à ce que tu réalises que ça fait six mois que tu n'as pas travaillé et que tu n'as plus un sou sur ton compte. Et je me suis dit : Dora, les rêves, c'est bien beau, mais dans la vie, il faut manger. Et donc voilà, maintenant je travaille dans un magasin de fringues très très chic, rue Serrano, dont je suis gérante. C'est une boutique pour grandes tailles. Je suis chargée de faire l'inventaire, de passer les commandes, de vérifier la marchandise… Ce n'est pas le travail dont je rêvais, mais ça paie bien. Et je peux avoir les fringues à moitié prix. Je les offre à ma mère, parce que moi, bien entendu, je flotte dedans.

Dorita et Claudia étaient devenues amies par l'entremise involontaire de la prof de gym, car jusque-là, et en dépit du fait qu'elles étaient dans la même classe depuis l'âge de quatre ans, c'est à peine si elles s'étaient adressé la parole, étant donné que toutes deux faisaient partie de bandes différentes. Il pouvait certes arriver qu'elles se retrouvent ensemble pour jouer au ballon prisonnier ou à saute-mouton, ou pour sauter à la corde, mais, en règle générale, elles occupaient des territoires différents et bien délimités dans la cour de récréation. Personne n'aurait su dire quand et comment s'étaient formés les deux groupes, mais le fait est qu'ils étaient aussi immuables que les castes indiennes, et il était très rare de voir une fillette changer de camp, jouer un jour avec le groupe situé près de la porte et rejoindre le lendemain celui qui était près du mur.

Un jour, pourtant, la prof de gym avait pris l'étrange décision de faire courir les élèves une heure durant dans la cour. Pourquoi donc une heure au lieu des vingt minutes habituelles ? Peut-être avait-elle la gueule de bois et ne tenait-elle pas à organiser une activité plus prenante, peut-être était-elle amoureuse et ses rêveries la distrayaient-elles au point de ne pas se rendre compte que ce qu'elle venait de demander était pure folie, surtout pour ces empotées qui, comme Claudia, ne faisaient pas de sport au-delà des trois heures de gym hebdomadaires – lundi, mercredi, vendredi –, lesquelles ne consistaient au demeurant qu'en des exercices légers. N'attendait-on pas d'elles, avant tout, qu'elles soient plus tard des jeunes filles rangées, bien sous tous rapports? Elles n'étaient pas programmées pour courir un jour le marathon. Au bout de quelques minutes, Claudia avait déjà les cuisses endolories par l'effort et soufflait comme un bœuf. C'est alors qu'elle avait aperçu Dorita qui, profitant de ce que la prof était plongée dans ses pensées, voire à moitié endormie, s'était réfugiée derrière un pilier qui la dissimulait aussi bien à la vue de cette dernière qu'à celle du reste des élèves, ce qui lui permettait de se reposer. Claudia s'était placée séance tenante à côté d'elle.

– Mais… Qu'est-ce que tu fais? Il n'y a pas de place pour deux, on va se faire prendre.

– Chuuut, tais-toi. Si tu cries comme ça, c'est sûr qu'on va se faire attraper.

La prof n'y avait vu que du feu, et c'est ainsi qu'à chacun des cours de gym suivants, Dorita et Claudia se tenaient cachées derrière le pilier et s'amusaient à imaginer ce que représentait la forme des nuages, à voix basse, bien sûr, pour ne pas attirer l'attention. Jusqu'au jour funeste où mademoiselle Rosa les avait découvertes et, non seulement les avait envoyées se faire sermonner rudement par la mère supérieure, mais leur avait collé un zéro.

C'est ainsi que Dorita et Claudia étaient devenues amies. Mais le système de castes était toujours de mise. Dans la cour de récréation, chacune restait à sa place, avec sa bande de copines, près de la porte du bâtiment ou près de la clôture du jardin. À la sortie des classes, elles se retrouvaient pourtant et, cartable sur le dos, rentraient ensemble chez elles, à quelques rues de là.

Avant l'incident du cours de gym, Claudia ne s'était jamais rendu compte que Dorita n'habitait qu'à trois maisons de chez elle.

– Et tes parents, Claudia, comment vont-ils ? Ils sont toujours dans le quartier ?

– Oui, oui, et ils resteront là jusqu'à la fin de leurs jours... Mais Silvia et Roberto n'habitent plus là, bien sûr. Silvia travaille en Angleterre, comme infirmière dans un hôpital. Elle a épousé un Anglais et ils ont deux enfants. Et Roberto travaille dans un atelier de motos, comme mécanicien ; ça marche bien pour lui. Il vit avec une fille, mais pas de mariage en vue. Et tes parents ?

– Eh bien, mon père a pris sa retraite et ils sont partis vivre avec ma mère à Alcorisa, le village dont était originaire ma grand-mère. Ils se sont acheté une petite maison là-bas et ça a l'air de leur plaire.

Claudia ne se souvient pas du jour de la mort de Franco. Elle a vu comme tout le monde, au journal télévisé, un Arias Navarro éploré annoncer aux Espagnols et au monde entier que le dictateur, qui n'était plus qu'un mort vivant le dernier mois, avait rendu l'âme. Elles étaient très certainement en classe ce jour-là, on avait dû le leur annoncer à l'école, car Claudia garde en mémoire l'image floue de petites filles en larmes, larmes qui lui avaient paru aussi ridicules que les pleurnicheries auxquelles elle avait assisté à la mort du clown Fofó. Comme il aurait été mal vu d'avouer qu'elle n'éprouvait aucune tristesse pour Fofó, elle s'était tue. Après tout, Fofó n'était pas de sa famille, elle ne l'avait jamais connu, pourquoi diable sa mort aurait-elle dû l'émouvoir ? À plus forte raison celle de Franco, qui avait le cul tout blanc parce que sa femme le lavait avec Ariel, du moins à ce qu'affirmait la chanson que braillaient les enfants qui jouaient au ballon dans le terrain vague du quartier. Mais Claudia se taisait, elle se taisait sans bien comprendre, et les petites continuaient à pleurer, certaines à chaudes larmes, en hoquetant de sanglots.

À Claudia, la mort de Franco ne faisait ni chaud ni froid. Elle s'était réjouie, ça oui, qu'il y ait congé. Mais sa joie s'était aussitôt envolée quand elle avait découvert qu'il n'y aurait pas de télévision, ou plutôt si, qu'il y aurait la télé mais qu'au lieu de María Luisa Seco présentant *Un, deux, trois ballons,* la seule image qu'on verrait serait celle de la chapelle ardente, des visages contrits rendant un dernier hommage à la dépouille décharnée (des kilomètres de queue, cinq cent mille personnes attendues, aux dires de la télévision tout au moins) ainsi que des messes de requiem et autres musiques tout aussi lugubres et/ou funèbres.

La sœur de Claudia ne pleurait pas. Elle semblait au contraire ravie. Son père affichait également une excellente humeur.

Et à table, on avait trinqué.

– Ça s'arrose, avait lancé son père.

– On peut dire qu'il aura pris son temps, avait dit sa sœur aînée, Silvia, âgée de vingt ans, cheveux lissés, pantalon moulant et pull à col roulé.

– Oui, mais mieux vaut tard que jamais…, avait dit à son tour la tante Trini, voisine de palier et cousine au second degré de sa mère, coiffure en forme de ruche, sweater en lycra très moulant et énormes boucles d'oreilles en plastique.

– Tout de même, ç'a traîné en longueur, avait renchéri son frère Roberto, dix-sept ans, acné juvénile et crinière à la Leif Garrett.

Et la voix de sa mère :

– Ne parlez pas devant la petite, il ne faudrait pas qu'elle aille raconter tout ça chez les bonnes sœurs, vous savez comment elles sont.

« Pas devant la petite », voilà les mots qui avaient scandé comme une ritournelle la prime enfance de Claudia. Lorsque son père parlait politique à table, sa mère lui donnait invariablement un coup de coude et lui faisait un signe du menton. Pas devant la petite. Quand on parlait de l'oncle Ander qui était en prison, même chose : pas devant la petite. Et Claudia se rappelle le foin que ç'avait fait le jour où sa mère l'avait surprise à chanter à tue-tête : «*Aux barricades, aux fortifications, pour que triomphe la Confédération*[1]*!*»

— Mais qu'est-ce que tu chantes là?

— C'est Silvia qui me l'a apprise.

— Silviaaaaaaaa! Mais quelles chansons tu apprends à la petite? Tu n'y penses pas! Tu ne vois donc pas que cette gosse va ensuite tout répéter aux bonnes sœurs? Un peu de jugeote, tout de même!

Il va de soi que Claudia n'avait aucune idée de ce que pouvaient signifier les mots «barricades» et «fortifications», sans même parler de «Confédération», et n'avait appris la chanson que parce que Silvia se tordait de rire chaque fois qu'elle la fredonnait, et aussi parce qu'elle était à l'âge où on fait des pitreries dans le but désespéré d'attirer l'attention.

— Et tu en as revu quelques-unes, de l'école?

— Non, non… personne. Attends, si, j'ai croisé Mabel Camino, un jour où j'allais voir mes parents dans le quartier. Elle est devenue énorme, c'est d'ailleurs elle qui m'a saluée la première, je ne l'aurais pas reconnue sinon. Elle habite toujours là, dans l'appartement de ses parents.

— Mabel Camino? Ah oui, le nom me dit quelque chose, mais je ne me rappelle plus son visage.

— Une blonde, assez bêcheuse.

— Ah mais oui, bien sûr. On ne s'entendait pas du tout, elle et moi.

Le 22 novembre, Claudia s'ennuyait à mourir chez elle et était descendue jouer au square. Elle garde en mémoire une image très nette qui n'est pas près de s'effacer : celle de Mabel Camino, la future Mère

1. Chant du syndicat anarchiste CNT.

avec un grand M, se promenant la main dans celle de son grand-père, l'air grave, vêtue d'un petit manteau noir (confectionné ou acheté pour l'occasion, d'après Claudia, car aucune fillette, à l'époque et même jusqu'aux années quatre-vingt, ne portait de manteau noir, couleur réservée au deuil et donc déplacée chez une enfant) avec ruban assorti. Ils allaient rejoindre la longue file d'attente qui s'était formée devant la chapelle ardente, ainsi qu'elle l'apprendrait plus tard.

On n'apercevait âme qui vive dans le square. Sans doute par crainte d'un coup d'État, les gens refusaient de laisser jouer les enfants dehors. C'est donc une Claudia accablée qui s'était dirigée vers la maison de Dorita…

— Vous ne seriez pas mieux à la maison, au calme ? lui avait dit la mère de Dorita, qui était presque aussi jolie que sa fille, mais seulement presque, à cause du poids des ans et des kilos en trop. Claudia, ta mère doit s'inquiéter. Je vais l'appeler. Tu lui as dit que tu étais sortie jouer ?

— Oui, bien sûr.

— Je vais quand même la prévenir. C'est quoi, ton numéro de téléphone ?

Claudia avait pris un air ahuri. On leur avait installé le téléphone quelques mois plus tôt, mais ils ne l'utilisaient guère, car ça coûtait cher. Et comme personne ne l'appelait jamais, elle n'avait pas ressenti le besoin de connaître son propre numéro.

— Ne t'en fais pas, je vais chercher dans l'annuaire.

Dorita avait une chambre pour elle toute seule, ce qui éveillait chez Claudia une jalousie malsaine et obsessionnelle. Elle, elle partageait sa chambre avec Silvia, et Roberto dormait sur le canapé-lit de la salle à manger, relativement grande il est vrai. La nuit, on dépliait une cloison en accordéon qui faisait office de porte et la pièce, une fois le canapé déplié lui aussi et transformé en lit, devenait une chambre pour son frère.

Par-dessus le marché, Dorita possédait tout un tas de poupées, un Baby Mocosete, un Barriguitas et trois poupées Nancy, comme si une ne suffisait pas : il y avait la blonde, la brune et la noire.

Après une partie de la matinée occupée à habiller et déshabiller le Baby Mocosete et à coiffer les Nancy, Claudia avait enfin osé révéler son terrible secret :

— Dorita, j'ai quelque chose à te dire.

Dorita avait détaché son regard bleu de l'habit d'infirmière qu'elle essayait sur la Nancy blonde.

— Mais jure-moi que tu ne diras rien à personne.

— Jurer est un péché.

— Alors, promets-moi. Mais si tu me promets, ce doit être sur quelque chose d'important. Sur le Baby Mocosete.

Le Baby Mocosete était une poupée hors de prix qui faisait pipi et dont la morve coulait, et rares étaient les petites filles assez chanceuses pour avoir des parents qui puissent leur offrir un tel prodige scatologique. Il s'agissait donc d'un bien très précieux.

Dorita avait fait une croix avec l'index et le majeur, l'avait portée à sa bouche et l'avait embrassée.

— Promis.

Elle s'était approchée d'elle et lui avait susurré à l'oreille, comme il est de rigueur quand on révèle un secret :

— Chez moi, personne n'est triste. Franco est mort et pourtant, chez moi, personne n'est triste.

Puis, cela avait été au tour de Dorita.

— Chez moi non plus, lui avait-elle dit tout bas, penchée sur son oreille. Personne n'est triste ; ils ont l'air même plutôt contents.

Elle avait continué à murmurer, mais s'était éloignée de son oreille.

— Ils ont fêté ça au champagne comme à Noël, mais ils m'ont dit de ne rien dire à personne et, si tu le racontes à quelqu'un, moi aussi je raconterai tout sur toi.

Claudia n'avait pas manqué de croiser, à son tour, les doigts et d'embrasser la croix.

— Il faut dire que tu ne t'entendais pas avec grand monde. Avec le caractère que tu avais… Mais ce n'est pas un reproche, au contraire, j'étais pleine d'admiration, je t'enviais pour ça.

— Dans cette école, il y avait une drôle d'ambiance… Heureusement que je suis partie ensuite au lycée, je n'aurais jamais pu tenir jusqu'à seize ans. Avec le caractère que j'avais…

— Eh bien moi, j'y suis restée… et je n'ai pas eu de problèmes.

— Oui, bien sûr, mais toi, tu as toujours été meilleure que moi.

— Non, ne crois pas ça… Je ne faisais pas de bruit, c'est tout. J'étais plutôt discrète, mais surtout par timidité, je crois.

Elles rentraient d'une excursion. Claudia croit se rappeler qu'on les avait emmenées à Navacerrada ou au bord de l'Alberche, les destinations rituelles. On les faisait monter dans un car, chacune avec son sac à dos contenant une gamelle (qui contenait probablement une portion de *tortilla*), un sandwich emballé dans du papier gris (on n'utilisait pas encore de papier alu), une gourde remplie d'eau (les cannettes de boissons fraîches n'existaient pas), des oranges ou des mandarines, un paquet de biscuits apéritifs ou de chips, des couverts et des serviettes (en tissu, celles en papier n'étant pas non plus en usage). Le bus arrivait à une aire de pique-nique, se garait, les fillettes descendaient, mangeaient, le chauffeur faisait sa sieste à l'ombre, on jouait aux gendarmes et aux voleurs, à saute-mouton ou au ballon prisonnier, certaines se trempaient les pieds dans la rivière, et puis on prenait le chemin du retour. Avec le recul, Claudia a encore du mal à comprendre que ç'ait été le jour le plus attendu de l'année, compte tenu de l'extrême banalité de l'expédition.

Dans le car, elles chantaient toujours les mêmes chansons : *Nous voici tous rassemblés pour nous raconter des blagues, les sardines courent dans les blés, les lièvres nagent sur les vagues,* ou encore : *Monsieur notre chauffeur est-il de bonne humeur ?* Il leur arrivait d'oser un registre plus moderne, comme : *Ô ma douce Linda, eau fraîche de la fontaine,* qui suffisait à offusquer les bonnes sœurs. Claudia aurait adoré chanter : *Comme la pièce de monnaie qui tourne en l'air avant de retomber, si c'est pile je comprendrai que ton amour appartient au passé, mais moi je t'aime, je t'aime encore,* mais c'était une chanson jugée pornographique, dont la suite, *Dans le lit, contre ton corps, je me sens être un homme, tandis que tel un papillon tu bats des ailes, oui, laisse-toi désirer avant que nous fassions l'amour,* ne pouvait que choquer leurs mères et, à plus forte raison, les religieuses. Et comme elle plaisait à Claudia, qui était encore vierge et n'avait jamais embrassé de garçon, cette autre chanson qui disait : *Je suis venu t'avouer que ta meilleure amie m'a demandé de la prendre dans ses bras, que ses yeux m'imploraient de la posséder,* ou encore celle-là : *Lentement j'ai fait glisser ta robe sans que tu dises un mot, tu ne faisais que soupirer : je te veux, serre-moi dans tes bras et serre-moi encore, ô mon amouuuur,* ou la tout aussi suggestive : *Mon grand amour, mon enfant gâtée, ma bien-aimée adultère, ferme la porte, écoute-moi, ce sera toi ou bien personne,* à laquelle il n'était évidemment pas question de faire même allusion, car parler d'adultère était plus mal vu encore que de parler de faire l'amour. Oui, Claudia aimait toutes ces chansons, mais il était hors de question de les chanter dans le car, et comme les lièvres et les sardines l'ennuyaient tout autant que l'humeur bonne ou mauvaise de monsieur leur chauffeur, elle regardait le paysage, quand elle avait soudain entendu :

— *Face au soleil, avec la chemise neuuuuuve que TU as brodée de rouge hier*[1]...

1. *Cara al sol,* hymne de la Phalange sous Franco.

195

La voix criarde de Mabel Camino ressortait au milieu des autres. Claudia trouvait cette chanson aussi assommante que : *Cimes enneigées, bannière au vent, l'âme en paix*, ou que la non moins grandiloquente : *Quand la tempête fera rage et que l'ouragan rugira dans mon âme, ton souvenir m'aidera à défier les vagues de l'océan*, qui toutes deux se voulaient épiques et où il n'était question ni d'amour charnel, ni d'adultère, ni de draps défaits, ni de quoi que ce soit.

Quand, soudain, Dorita s'était levée, furieuse, et leur avait crié :

— Cette chanson ne se chante plus, on est en démocratie. Vous avez compris, bande de fachos ? DÉ-MO-CRA-TIE !

Claudia ne savait pas très bien ce que voulait dire « facho », mais elle savait que c'était une insulte de taille, car elle avait un jour entendu Silvia la lancer à son père qui l'engueulait pour être rentrée à minuit, et il s'était alors écrié : « Et en plus, cette bécasse qui me traite de facho ! Moi, facho ! Il ne manquait plus que ça ! » D'où son étonnement quand Mabel Camino avait répliqué :

— Facho, oui, et fière de l'être. Pour la plus grande gloire de Dieu !

— Une idiote, voilà ce que tu es, une pauvre idiote.

Dori aurait volontiers continué sur sa lancée, si la prof n'était arrivée sur ces entrefaites et ne s'était interposée.

— Álvarez et Camino, ça suffit ! Pas de dispute dans le car, ou vous serez punies et vous viendrez samedi en retenue. C'est compris ? Alors tâchez de vous tenir tranquilles.

Et elle s'était remise à entonner, pour donner l'exemple, l'insipide chanson des lièvres et des sardines. Mais Claudia songeait qu'après tout, elles avaient toujours fredonné, lors de leurs sorties, cette fameuse chanson qui parlait de face au soleil et de chemise neuve brodée par la fiancée, et que ça n'avait jamais dérangé personne. C'était surtout, lui semblait-il, une chanson très laide, dont en outre elle ne connaissait pas les paroles. Elle ne voyait pas très bien non plus la relation entre la démocratie et le fait qu'elles ne devaient plus la chanter. Elle n'avait jamais très bien su de quoi parlait la chanson, sûrement pas d'amour, surtout lorsqu'elle disait : *Impassible est le geste qui sont présents dans notre effort,* où, qui plus est, il y avait une faute d'accord, car il aurait fallu écrire : *Impassibles sont les gestes qui sont présents dans notre effort.* La chanson était donc non seulement laide, mais incorrecte. Elle aurait bien voulu demander à Dorita, mais elle s'était ravisée, parce qu'elle aurait été obligée de reconnaître que son amie, une fois de plus, savait des choses de grande personne, par exemple ce qu'était au juste une femme adultère, ou en quoi la chanson d'Umberto Tozzi était pornographique.

— Tu te souviens quand, à l'école, on disait que tu allais te marier avec le prince ? Eh bien, tu as vu, c'est Letizia qui t'a devancée.

— Ah, ne m'en parle pas… Quand j'ai raconté ça en rentrant chez moi, mon père a été à deux doigts de me gifler. Il ne l'a pas fait parce qu'il ne me frappait jamais, mais il a piqué une de ces colères !

— Pourquoi ?

— C'est long à raconter, ça a un rapport avec la famille de mon père.

— Ils étaient républicains… ?

— Oui, du village d'Alcorisa. Le chef de la Phalange locale, le cacique du village, était au mieux avec un prêtre catholique qui était tout sauf chrétien, et qui s'appelait don Domingo. C'est lui, ce curé qui était censé aimer son prochain et tout ce qui s'ensuit, qui a dénoncé la famille de mon grand-père. Ils vivaient tous sous le même toit, et les Phalangistes ont éliminé tous les frères. Ma grand-mère a été la seule à être épargnée mais ils l'ont tabassée plusieurs jours durant et ils lui ont arraché les cheveux par lambeaux. Elle s'appelait Dorotea, c'est de là que me vient mon prénom. Mais jamais on ne m'a appelée comme ça. On m'appelait Dorita, et maintenant tout le monde m'appelle Dora. En plus, elle s'est fait aussi violer, la pauvre Dorotea. Et elle est même tombée enceinte, mais l'accoucheuse du village l'a aidée à avorter.

– Mon Dieu, quelle histoire!

– Et puis après, elle est allée travailler comme bonne à Madrid et elle a fini par épouser mon grand-père. Mon grand-père venait lui aussi d'une famille républicaine, et son frère aîné a été condamné aux travaux forcés dans la vallée d'Erronkari, en Navarre, où il est mort de faim et d'épuisement. La famille a appris qu'il était mort de la bouche d'un des survivants qui le leur a raconté des années après, mais comme ils n'ont jamais retrouvé la tombe, ils n'ont pas pu demander d'indemnisation.

– Mais c'est incroyable!

– Oui, incroyable. Donc, tu comprends pourquoi l'histoire de mon mariage avec Felipe n'a pas du tout été du goût de mon père. Déjà, il n'avait consenti à ce qu'on m'inscrive chez les bonnes sœurs que parce que ma mère avait insisté, et aussi parce que ce n'était pas cher et que l'école publique était trop loin, sinon… Mais que je revienne à la maison en disant que j'allais épouser le prince, ça, c'était trop pour lui. C'est pour ça qu'ils m'ont changée d'école après le primaire, parce que le collège était laïque et avait la réputation d'être progressiste.

– Et on te parlait de tout ça, quand tu étais petite?

– Non, tu penses bien. Je l'ai su parce que mon père avait adhéré à une association de descendants de républicains pour retrouver les traces de sa famille, et surtout pour retrouver la sépulture de son grand-oncle, celui qui avait été envoyé au camp de travaux forcés, et c'est là qu'on l'a mis sur la piste de toute l'histoire de la famille. Pour l'avortement de sa mère, il ne l'a appris que bien après sa mort. Dans un livre, figure-toi. Il se trouve que l'accoucheuse en question avait écrit des sortes de mémoires qu'elle n'a jamais voulu publier de son vivant. Incroyables, ces mémoires. Elle raconte comment elle faisait avorter toutes les femmes du coin, avec de la rue et du persil, et comment elle a fini par être dénoncée et emprisonnée. Elle a écrit le livre après sa sortie de prison. Les gens de l'association ont envoyé un exemplaire à mon père, car on y parlait aussi de son grand-père.

— Mais c'est un vrai roman que tu me racontes là, Dorita.

— Tu ne crois pas si bien dire. Mon père songe à écrire sur tout ça, maintenant qu'il est à la retraite. Comme là-bas, à Alcorisa, il n'y a pas grand-chose à faire… Au fait, le prochain arrêt c'est Ramón y Cajal, il va falloir que tu descendes. Mon Dieu, comme c'est passé vite… Qu'est-ce que tu dois faire comme examens?

— Rien d'important. Des analyses de routine.

— Rien de grave, j'espère.

— Il faut qu'on se revoie.

— Oui, oui, bien sûr, attends, je te note mon numéro.

Elle griffonne en vitesse le numéro et le tend à Claudia qui se presse jusqu'à la porte, car c'est déjà l'arrêt. Il ne reste plus, en suspension dans l'air, que le parfum de Dora et un malheureux au revoir sur le bout de la langue.

Sur le quai, Claudia croise un grand Noir qu'elle prend pour Ferba, le père de Mohammed. Elle est sur le point de lui demander s'il va à l'hôpital ou s'il en vient, s'il y a un problème dans sa famille, si elle peut l'aider, mais elle ne veut pas s'exposer à la honte de devoir admettre qu'elle a confondu un Noir grand et beau avec un autre Noir grand et beau, comme cela lui est déjà arrivé. Pas plus tard que l'autre jour, d'ailleurs. Un Noir grand et beau est venu chercher Mohammed et, juste au moment où il le prenait par la main pour l'emmener, Keti s'est rendu compte que ce Noir grand et beau n'était pas le père du petit, et a refusé catégoriquement de le laisser partir avec lui, car le règlement est très clair : aucun adulte ne peut venir chercher un enfant à la ludothèque sans l'accord des parents. «C'est déjà arrivé plusieurs fois», a expliqué Keti à Claudia. «Un père est venu un jour chercher son fils, alors qu'il était sous le coup d'une ordonnance d'éloignement pour maltraitance et voulait séquestrer l'enfant.» «Il n'est pas question que vous emmeniez Mohammed», s'obstinait l'éducatrice grassouillette. Et Mohammed disait : «Mais c'est Ismael, il travaille dans le magasin de mon papa.» Antón était alors intervenu : «Je le connais. Il sort avec Susana, une amie à moi, et c'est vrai qu'il travaille dans un magasin.» Et par-dessus le marché, cet Ismael parlait très mal l'espagnol, et ne comprenait donc pas pourquoi il ne pouvait pas emmener l'enfant. Finalement, ils avaient réussi à joindre Ferba sur son portable, et il leur avait expliqué qu'il ne pouvait pas venir chercher son fils parce que sa femme avait eu un problème au taxiphone où elle travaillait et qu'il devait s'occuper d'elle. Est-ce que sa femme avait un ennui de santé? Peut-être s'était-elle évanouie, imagine Claudia, et Ferba était-il à l'hôpital, arpentant les couloirs tandis qu'on faisait des examens à sa femme? Finalement, Mohammed était parti en tenant Ismael par la main et Claudia avait interrogé Antón : «Ça fait longtemps que ton amie est avec ce garçon?» «Non, pas très longtemps. Elle s'est disputée avec Silvio, le mec avec qui elle vivait, et donc elle a commencé à sortir avec lui. Mais mon amie Sonia dit que ce Noir va sûrement avec elle pour voir s'il ne pourrait pas l'épouser et obtenir des papiers. Mais c'est vrai que Sonia est mauvaise langue, elle voit toujours les choses du mauvais côté.»

La même scène s'était reproduite le jour où Jamal Benani était venu chercher Akram. Un homme si beau, si élégant, si bien habillé... Il avait dit qu'Amina ne pouvait pas se déplacer et qu'il était un ami de son père. Et c'est une fois de plus Antón, qui semblait décidément connaître tout le quartier, qui avait identifié l'inconnu : «C'est un peintre célèbre, il passe à la télé et tout, c'est le patron de *La Taverne illuminée*... En ce moment, il sort plus ou moins avec la Teigneuse, tu sais, Sonia, la fille dont je te parlais l'autre jour, celle qui voit toujours les choses du mauvais côté…» Une fois de plus, il avait fallu joindre le père de l'enfant pour qu'il confirme qu'il autorisait bien cet homme à venir chercher son fils. Claudia se souvient qu'à la vue du peintre, elle avait eu une étrange sensation de fièvre, comme si une force obscure cherchait à l'entraîner dans un monde où il n'y aurait plus ni Isaac, ni compassion, ni engagements, ni loyauté, un monde où le plaisir individuel primerait sur la douleur d'autrui. Elle avait cru déceler une étincelle de désir ou de sollicitation dans les yeux de cet Arabe. Il lui avait semblé aussi que le bébé qu'elle portait avait remué très fort dans son ventre. Mais elle savait qu'il était impossible qu'une femme enceinte perçoive les mouvements d'un fœtus de moins de quatre mois. «C'est vraiment étrange», avait-elle songé, «c'est de l'ordre de la magie.» Et elle s'était remémoré ce que lui avait raconté Isaac à propos des Marocains et de la *sihr*. Et de l'histoire d'Amina, une fille que suit Isaac et qui assure avoir été envoûtée. «Moi, un homme tel que lui pourrait m'envoûter, j'en suis persuadée», se disait Claudia, et elle avait peur d'elle-même, de ses propres doutes comme d'autant de trous noirs, du peu de certitudes qu'elle avait quant à son propre présent, quant à cette vie qu'elle croyait avoir choisie mais qui l'effrayait désormais, où son ancien quartier, l'école des bonnes sœurs, les uniformes, les jalousies entre élèves n'avaient plus d'importance ni même de place. Il n'y avait plus de place dans sa vie pour Dorita, pas même pour la Dorita d'autrefois, pour ces musiques d'un autre temps au rythme desquelles elle avait dit adieu à son enfance. *Ma bien-aimée adultère…* D'ailleurs, elle n'a jamais été adultère, comment aurait-elle pu l'être, puisque Isaac et elle n'étaient pas mariés? Elle ne lui a jamais été infidèle non plus. C'est alors qu'elle repense à Antón, à son regard enfantin, à ses boucles blondes qu'elle a souvent rêvé de caresser, trop souvent, bien plus souvent qu'il ne doit l'imaginer lui-même. Mais le monde est fait de réalités, non de fantasmes. Elle le sait bien, elle qui est confrontée aux pires réalités, celles que l'on dissimule sous le tapis, celles que l'on ne montre pas à la télé. Sans doute est-ce pour cela qu'elle s'accroche aussi fort à Isaac. Et pourtant, Isaac est loin de s'imaginer à quel point le ton docte et enthousiaste qu'il prend lorsqu'il tente de résoudre les conflits, ce ton qu'il adopte en thérapie comme s'il parlait à un petit enfant, l'agace. Même au lit, le corps d'Isaac la gêne plus qu'il ne la stimule. Il ronfle, remue sans arrêt, l'empêche de dormir. Ils ne font plus l'amour que le samedi soir, et ces soirs-là, il halète sur elle comme un chiot surexcité, tandis qu'elle ne peut s'empêcher de penser à autre chose, aux boucles d'Antón, par exemple, ou aux abdominaux qu'elle imagine sous ces tee-shirts moulants qu'il porte depuis peu, à l'image de tant d'autres garçons du quartier. Mais il est trop tard pour songer à quitter Isaac, et encore plus impossible de le quitter maintenant.

Claudia plie soigneusement le bout de papier où Dora a inscrit son numéro de téléphone et le range dans son portefeuille. Elle a encore en tête le souvenir de son parfum capiteux de fleur carnivore. Elle ignore si elle téléphonera à Dorita, ou à Dora, comme elle s'appelle à présent. Cela fait des années qu'elles ne s'étaient pas vues. Elles ne rentraient plus chez elles ensemble à la sortie des classes, bien qu'habitant toujours à proximité l'une de l'autre. Dorita ne l'appelait plus pour jouer avec elle. Elle avait passé l'âge de jouer et avait un petit ami, quand Claudia ne portait même pas encore de soutien-gorge. Elle l'avait aperçue un jour du bus, et la petite fille qu'elle était encore avait eu honte face à l'éclatante beauté de son amie. Elle s'était sentie abandonnée, ou peut-être jalouse. Oui, il est vraiment incroyable qu'elles ne se soient jamais revues, alors qu'elles ne vivaient qu'à trois maisons l'une de l'autre. Par la suite, Claudia avait changé de quartier, de vie, d'intérêts, de souvenirs même, et avait effacé celui de Dorita, qui était pour elle une étrangère, quelqu'un à qui on n'a pas envie de raconter qu'on va à l'hôpital se faire faire une échographie. À moins qu'elle n'ait été rebutée par ce récit qu'elle venait d'entendre de sa bouche sur l'avortement d'une femme qui, aux yeux de son fils, comptait assez pour qu'il ait choisi d'appeler sa fille comme elle, bien qu'il sache que tout le monde l'appellerait par un diminutif plutôt que par ce prénom passé de mode en dépit de sa si belle signification.

Dorotea.

Don de Dieu.

Et elle se disait : «Dora, Dora, Dora, c'est un joli prénom pour une fille.»

Le don.

Le don le plus beau qu'elle ait jamais reçu.

LA SIHR

S I UNE FEMME L'AVAIT VU MARCHER cet après-midi-là dans la rue Tribulete, songeur et seul avec son ombre et sa chimère – Isaac est un fervent lecteur de Machado, tout comme Antón, et cette coïncidence avait d'ailleurs amusé Claudia –, il ne lui serait jamais venu à l'esprit une pensée du genre : « Quel bel homme », ni même : « Quel homme séduisant », et pas davantage le cruel : « Plutôt laid, mais de l'allure ». Pis encore, il y a fort à parier que cette hypothétique femme n'aurait même pas posé les yeux sur lui, qu'elle ne lui aurait pas accordé la moindre pensée. Car Isaac est un garçon vraiment quelconque, un gringalet insignifiant, au visage ni séduisant ni même un tant soit peu intéressant. La seule chose qui tempère sa laideur, ce sont ses yeux sagaces de félin que l'on devine sous les lunettes, deux phares qui illuminent un visage émacié où, bien au-dessous d'un nez aquilin et disgracieux, de fines lèvres se pincent habituellement en un rictus soucieux, si bien que les commissures en sont à peine visibles, et lorsqu'il sourit, cette espèce de fente que l'on devine s'agrandit soudain jusqu'à frôler les oreilles, lui donnant un aspect reptilien qu'aggravent encore un menton pointu, des pommettes saillantes, un front large et sévère, un teint verdâtre. Mais il est vrai aussi que, lorsqu'on le connaît un peu mieux, sa voix d'une douceur presque féminine et sa courtoisie imperturbable atténuent quelque peu la première impression.

Isaac n'est pas du tout le type d'homme qui plaît aux femmes (ni aux hommes, d'ailleurs). Il s'est même souvent demandé s'il n'avait pas choisi son métier pour qu'elles s'intéressent à lui, l'admirent, voire lui obéissent. Il a lu dans un livre d'Alice Miller qu'il y a deux raisons principales pour lesquelles les thérapeutes choisissent ce métier : soit ils ont été des enfants surparentalisés, dont le rôle a consisté, depuis l'enfance, à tenter de régler les problèmes de leur mère ; soit ils aspirent, dans leur subconscient, à être remarqués et écoutés. Tout au long de ses dix années d'exercice, Isaac a eu l'occasion de rencontrer des psychologues bien plus déséquilibrés que n'importe lequel de ses patients ; des mégalomanes en tous genres, voire de véritables gourous régnant sur des structures en tous points semblables à des sectes, et dont les patients devenaient les adeptes.

Par cet après-midi ensoleillé, Isaac se demandait d'ailleurs si son obsession de publier à tout prix son article dans la revue *Santé globale* ne répondait pas davantage à un désir de notoriété qu'à celui, plus noble, d'être à l'origine d'une percée conceptuelle révolutionnaire.

Isaac aime son métier, tout en éprouvant à son égard une certaine lassitude. Il a lu quelque part que la durée de vie professionnelle moyenne des travailleurs sociaux est de l'ordre de trois ans, car au-delà, la plupart finissent par demander un congé de maladie pour dépression. Il a parfois eu cette tentation, mais il sait d'expérience qu'on ne doit jamais abandonner à son sort une femme maltraitée, qu'un thérapeute digne de ce nom continue de la suivre, sans la réprimander ni porter de jugement, quand bien même elle décide de retourner vivre avec son bourreau, de façon à rester pour elle une figure de référence, qui lui rappelle qu'une solution est toujours possible pour peu qu'elle le veuille vraiment. C'est la théorie. Mais elle est extrêmement délicate à appliquer à la lettre quand on a affaire à des femmes qui arrivent le lundi en racontant des choses plus qu'inquiétantes (il m'ignore, il m'insulte, il me crie dessus, il me menace, il me brutalise), à des femmes en principe fermement décidées à ne plus se laisser faire, mais qui dès le vendredi ne donnent plus signe de vie, pour reparaître au bout d'un mois avec les mêmes récits, souvent même aggravés. Ni les consultations en tête à tête, ni les séances de groupe ne sont d'une grande utilité en pareil cas. Elles arrivent, vident leur sac, racontent leur martyre, pour repartir aussitôt après retrouver leur homme. Il y a aussi celles qui mentent purement et simplement, qui font état de raclées imaginaires pour faire retirer la garde des enfants au mari qui les a quittées pour une autre. Il y a les moulins à paroles, les harpies incapables de réfréner leur aigreur au point de mettre en péril tout le travail collectif dès qu'une remarque quelconque les contrarie. Il y a celles qui s'arrangent pour être hébergées en foyer.d'accueil du 17 décembre au 8 janvier, afin d'avoir droit aux deux réveillons de Noël et du Nouvel An, aux deux repas du lendemain midi, et, pour finir, à la galette des Rois, avec, à chaque fois, les cadeaux pour les enfants (Isaac a entendu de ses propres oreilles des enfants lui dire : « Ma maman va retrouver mon papa tous les après-midi, et quelquefois elle nous emmène pour qu'on le voie.»). Il y a celles qui se sont trouvé un pigeon pour acquérir la nationalité par mariage, et qui ensuite déposent plainte en invoquant de prétendus mauvais traitements afin de se faire attribuer le domicile conjugal et d'en faire expulser séance tenante le présumé bourreau. Car, naturellement, toute nouvelle loi produit des effets pervers, et de même qu'existe la fraude aux assurances, il existe aussi des dénonciations mensongères; pour autant, personne ne remet en question le système juridique de l'assurance, alors qu'il se trouve des imbéciles pour demander qu'on modifie la loi contre les violences faites aux femmes. Isaac a naturellement entendu parler de ces histoires de dénonciations calomnieuses, mais il est surtout confronté au cas inverse : celui de femmes victimes qui se refusent à porter plainte. Il voit arriver à son cabinet toutes sortes de patientes :

certaines lui sont adressées par les services sociaux, d'autres ont été orientées vers un foyer d'accueil. Quelques-unes, comme Cristina et Esther (les deux seules Espagnoles du groupe), viennent religieusement le lundi, le mercredi et le vendredi, mais elles sont rares : la plupart assistent à deux ou trois séances, puis disparaissent. Elles vont et viennent comme la fausse monnaie, et leurs histoires se ressemblent beaucoup : leurs bourreaux simulent le repentir avec un talent consommé de comédien ; aux cuites et aux coups succèdent le retour solitaire au foyer, les promesses exaltées, prononcées au milieu d'une débauche de larmes et de soupirs, l'expression claire et nette d'une ferme volonté de changer, les ardentes déclarations d'amour. Leur cœur ingénu se laisse attendrir par les boniments du mari ou du concubin, jusqu'à ce que la roue reparte dans l'autre sens, les cuites et les coups reprennent de plus belle, elles s'écrient que ça ne peut plus durer comme ça, mais elles semblent désirer, au fond d'elles-mêmes, que ça dure toute la vie. Isaac se dit parfois qu'elles sont prêtes à croire n'importe quel mensonge, avides qu'elles sont d'entendre des mots doux et tendres, qui les consolent de la vie de chien qu'elles traînent derrière elles, des interminables journées de boulot mal payé, des regards de mépris mal dissimulé qu'elles croisent dans les wagons du métro.

D'où l'intérêt suscité chez Isaac par le cas d'Amina, tant il sort du lot. Le fait qu'elle soit persuadée d'avoir été envoûtée donne à son histoire une touche particulière. À moins que ce ne soit sa beauté qui l'ait séduit ? Ce n'est pas impossible, car Amina est de loin la plus belle des femmes du groupe qu'il anime. Un thérapeute doit être le premier à savoir analyser les raisons qui sous-tendent ses actes, aussi ne se voile-t-il pas la face : s'il a remarqué la Marocaine, c'est avant tout, oui, à cause de ses yeux. Nul doute qu'un récit identique à celui d'Amina, mais raconté par une matrone au regard dépourvu de cet éclat magnifique, ne serait pas empreint du même charme douloureux, n'évoquerait pas ce monde inconnu et inaccessible qui est le sien, et que l'idée de consacrer un article à son cas particulier ne l'effleurerait même pas. Mais il doit aussi s'avouer que son envie d'être publié cache une soif de notoriété, le désir de se mettre en avant, le besoin d'être écouté et admiré. Car Isaac veut être admiré.

Il avait séduit Claudia voici près de vingt ans, en suivant la stratégie de Laclos : « Une place forte assiégée finit par tomber. » Et si Claudia, qui était une des filles les plus ravissantes de l'amphi, est tombée amoureuse de lui, ce n'était évidemment pas à cause de son charme ni de sa beauté, mais parce qu'elle l'admirait, c'est du moins ce qu'il croit, ce qu'il a besoin de croire. Il était celui qui faisait en cours les interventions les plus brillantes, celui qui présentait les exposés les mieux argumentés, celui qui obtenait les meilleures notes. Il était aussi celui qui amenait Claudia à la fac le matin et qui la ramenait l'après-midi, malgré la dépense considérable, en essence et en temps, que cela représentait (il devait se lever quasiment une heure plus tôt pour aller la chercher chez elle tous les matins), celui qui lui prêtait livres et notes de cours, celui qui l'aidait dans ses recherches bibliographiques… Une année durant, il avait été son confident, son consolateur, celui qui écoutait inlassablement ses lamentations sur son petit ami d'alors, sans jamais oser la moindre tentative, même timide. Maître de lui-même comme de l'univers, il contrôlait à merveille ses nerfs pour ne pas trahir son émoi. Jusqu'au jour où, en deuxième année, fort de la certitude que Claudia était le grand amour de sa vie, il s'était inventé une fiancée qu'il voyait, disait-il, tous les week-ends. Il l'avait baptisée Vanessa et l'avait parée de toutes les qualités : grande, belle, intelligente, élégante, large d'esprit, un peu plus âgée que lui. Puis, prenant prétexte du temps qu'il devait lui consacrer, il s'était mis à mesurer davantage celui qu'il passait avec Claudia : aujourd'hui je ne peux pas t'accompagner à la bibliothèque, demain je ne pourrai pas te ramener chez toi après les cours, cet après-midi on peut pas se voir à la cafétéria parce que j'ai rendez-vous… La tactique n'était pas sans risque, et le faisait en outre souffrir plus que Claudia elle-même, car chaque minute où il se privait volontairement de sa compagnie lui valait trois heures de mélancolie. Mais il n'avait nullement faibli dans son entreprise, bien au contraire, et était passé à l'étape suivante. De la même façon que Claudia, lors de leurs tête-à-tête, se plaignait de son petit ami, il se mit à se plaindre de Vanessa. Elle est trop exclusive, trop frivole, trop possessive, elle ne me comprend pas… Et le jour où il lui avait posé la question cruciale : «Tu crois que je devrais la quitter?» et où elle lui avait répondu : «Je crois que oui», il avait su que sa ruse, bien que classique et facile à éventer, avait fonctionné à merveille, et s'était enhardi à prononcer la phrase maintes fois répétée devant sa glace, celle qui lui brûlait les lèvres depuis un an et demi : «Tu sais, je crois que toi aussi tu devrais quitter Tom.»

Durant toutes les années qui avaient suivi, jamais il n'avait douté de l'amour de Claudia, et elle, de son côté, le consultait pour tout. C'est lui qui, durant toutes ses années d'études, avait relu et corrigé ses devoirs avant qu'elle les rende, c'est lui qui avait rédigé son CV et préparé avec elle ses entretiens d'embauche, en faisant celui qui posait les questions. Et c'est sur sa recommandation qu'elle avait été engagée au Centre. Quand elle avait des problèmes avec un enfant au point de ne plus savoir à quel saint se vouer, elle lui en parlait le soir au dîner, et n'aurait pas pu être plus suspendue à ses lèvres qu'une grenouille de bénitier à celles de son confesseur. Mais cette année, son attitude envers lui avait changé, si insensiblement qu'il aurait été presque impossible à quelqu'un de moins amoureux, de moins dépendant de l'admiration de sa compagne, peut-être aussi de moins méthodique et observateur que lui, à quelqu'un qui n'aurait pas fait de sa conquête le but ultime de son existence, de s'en apercevoir. Elle paraissait plus distante, moins réceptive. Elle se disait très fatiguée quand elle rentrait le soir, bien souvent elle ne dînait même pas avec lui, se contentant de grignoter quelque chose dans le frigo avant de filer tout droit au salon et de se vautrer devant la télé, le regard dans le vide. Aux questions ou aux phrases de son compagnon, elle répondait par monosyllabes : «oui…», «non», «hmm», tout au plus hasardait-elle un «ah bon…» ou un «pourquoi pas?» Elle ne lui tenait plus la main lorsqu'ils marchaient ensemble dans la rue, et au cinéma, quand il prenait sa petite main blanche entre les siennes, noueuses comme des sarments, il la trouvait toujours languide, absente, comme s'il tenait dans sa main une poupée de chiffons, et il était au désespoir. Pour autant, il n'avait rien de concret ni de tangible à lui reprocher. Elle rentrait toujours à la même heure, il n'avait jamais trouvé de messages suspects sur sa messagerie vocale (à sa grande honte, il avait inspecté son portable pendant qu'elle était dans la salle de bains). Jamais non plus elle n'élevait la voix ni n'était désagréable avec lui. Il s'agissait d'un désintérêt, qui s'insinuait imperceptiblement dans leur vie de couple : elle ne le regardait plus, ne l'écoutait plus, ne lui témoignait plus les mêmes égards. Des indices si ténus qu'il n'avait, en apparence, pas de raison de se plaindre, mais il était plus que préoccupé : paniqué. Et il se demandait si, en l'absence de toutes ces interrogations sur Claudia, il aurait remarqué Amina.

Pour couronner le tout, était venu le désir d'enfant. Claudia adorait les enfants, et ce n'est pas un hasard si elle avait choisi un métier où elle était à leur contact. Depuis qu'il la connaissait, elle avait toujours exprimé l'envie de devenir mère, et il n'avait aucun doute sur sa capacité à l'être. Ils avaient attendu d'avoir une meilleure situation, un logement adéquat. Elle avait arrêté la pilule et commencé de prendre des capsules d'huile d'onagre, censées stimuler la fertilité, à en croire la vendeuse de l'herboristerie de la rue Tribulete. Et ils avaient décidé de faire l'amour tous les samedis soir. Elle parfumait d'encens l'appartement, allumait des bougies dans la chambre, choisissait la musique appropriée, autant de rituels qu'il trouvait ridicules mais qu'il se gardait bien de critiquer, car sait-on jamais ? Ils avaient tout pour être heureux, un emploi stable l'un et l'autre, mal payé mais qui leur plaisait, une entière confiance mutuelle, un appartement agréable, une chambre lumineuse pour le bébé... Tout leur souriait, hormis l'essentiel : la nature elle-même. Car le bébé se faisait attendre. Une année s'était écoulée, puis deux. Elle avait fait toutes sortes d'examens, et les médecins avaient été unanimes dans leur diagnostic : le problème ne venait pas d'elle, rien dans les analyses ou les tests ne révélait une quelconque incapacité à concevoir un enfant. Ils avaient donc recommandé à Isaac de faire une analyse de sperme.

On l'avait mis dans une chambre avec un petit verre d'eau et une pile de revues à l'iconographie aussi abondante que vulgaire. Tandis qu'il parcourait ces photos de femmes nues qui ne l'inspiraient aucunement, les seules pensées qui lui venaient à l'esprit étaient des sottises du genre : «Celle-là, avec les hanches étroites qu'elle a, elle aura des problèmes pour accoucher», «Quant à celle-ci, avec toute cette silicone, je ne vois pas comment elle fera pour allaiter.» Il s'était finalement masturbé en pensant à Claudia, non pas celle avec qui il vivait, mais celle d'il y a vingt ans, sa copine de fac, sa meilleure amie, du temps des prémices de leur amour, quand leurs étreintes surgissaient tout naturellement, n'importe où, dans la voiture, dans le hall de l'immeuble, et se succédaient à un rythme tel qu'ils ne les comptaient même plus, et ce sans qu'il soit besoin de recourir à la musique, à l'encens ou aux bougies. Il avait joui en songeant à la Claudia des jours lointains où l'horizon dégagé permettait de s'élancer au grand galop. Peut-être la nostalgie nappait-elle d'une couche acidulée ces scènes du passé, la Claudia d'autrefois prenant le pas dans son esprit sur celle d'aujourd'hui, avec qui il partageait sa vie routinière, comme s'il était amoureux d'une image.

Ils vécurent une semaine dans l'impatience et l'angoisse jusqu'aux résultats, devant lesquels le médecin resta perplexe. Isaac dut faire un second test. Puis un troisième. Le diagnostic fut sans appel : asthénospermie. Des spermatozoïdes paresseux, insuffisamment mobiles. Il y avait un certain ridicule à se dire qu'il existait deux types de spermatozoïdes, les paresseux et les travailleurs, et que lui, qui se levait tous les jours à sept heures du matin, qui bossait quasiment cinquante heures par semaine, était tombé sur les premiers. «Vous fumez?» lui avait demandé le médecin. «Vous savez qu'il y a beaucoup de facteurs qui peuvent influer sur la qualité du sperme : le tabac, l'alcool, la chaleur, le stress…» Isaac ne fumait pas et buvait à peine, excepté dans les grandes occasions, d'où l'ironie cruelle de son cas. Et, par-dessus le marché, le taux de spermatozoïdes était faible. Un nouveau vocable était venu s'ajouter au précédent : oligozoospermie. «Cela ne veut pas forcément dire que vous ne pouvez pas concevoir», avait prudemment nuancé le médecin. «La médecine n'est pas une science exacte, et j'ai rencontré des cas comme le vôtre où la femme s'est finalement trouvée enceinte quand même, mais je dois dire que c'est plutôt l'exception. En règle générale, mes confrères estiment que les couples qui n'ont pu parvenir à une grossesse dans un délai de trois ans ou plus ont très peu de chance de concevoir au cours des douze mois suivants sans intervention médicale. C'est pourquoi je vous recommande une fécondation *in vitro*, car il est possible de prélever, dans votre échantillon de sperme, quelques spermatozoïdes sains pouvant servir à féconder votre compagne. Mais je dois vous prévenir qu'il s'agit d'un processus long et coûteux.»

Claudia se refusait à envisager la technique *in vitro*. Elle avait entendu trop d'histoires de femmes ayant subi jusqu'à cinq fécondations sans succès. Des femmes que l'on gavait d'hormones dans les mois précédant l'intervention et qui, durant cette période, étaient toujours dépressives ou de mauvaise humeur, comme atteintes d'un syndrome prémenstruel permanent. Des femmes qui laissaient dans ces tentatives de véritables fortunes, au tarif de cinq mille euros à chaque fois. «Cela ne marche que chez trois femmes sur dix, d'après ce que j'ai lu. C'est une technique coûteuse, dont l'efficacité n'est pas démontrée, et qui expose les femmes à des risques sanitaires qui peuvent être très sérieux», avait-elle dit. Isaac, lui, était pour l'adoption. «Pour l'instant, je ne veux pas y penser, on en reparlera plus tard», avait répondu Claudia, évasive. Et par la suite, elle avait évité soigneusement le sujet lors de leurs discussions, tout comme ces aïeules superstitieuses qui se gardent de nommer à haute voix la bête qui rôde au-dehors. Pour lui, ce désintérêt était la preuve qu'elle songeait à le quitter, qu'elle ne faisait plus que le tolérer, comme on tolère un compagnon de voyage, que c'était par devoir et non par amour qu'elle lui était fidèle dans le malheur; et dès lors, chaque journée lui semblait une nouvelle pente à gravir, plus ardue que la précédente, une angoisse contenue le consumait, l'obsession de savoir combien de temps encore il pourrait sentir, la nuit, le parfum douceâtre de sa respiration, le contact de son corps tiède, s'abandonner à la contemplation attentive et sereine de son profil sur l'oreiller, réfugiée dans un monde de rêves auquel il n'avait pas accès et dans lequel elle revêtait sa dimension la plus secrète, la seule réelle sans doute.

Tel était le souci qui le tourmentait au moment où il arrivait place de Lavapiés et, pour le chasser, il avait entrepris de récapituler mentalement les points essentiels de l'argumentation de son article, en vue du jour où il se déciderait à l'écrire.

Le cas de Malika G. – il avait rebaptisé Amina pour dissimuler son identité réelle – *démontre comment les syndromes psychiatriques majeurs, bien que phénoménologiquement universels, sont déterminés dans leur manifestation clinique par des facteurs culturels. Son histoire illustre comment, dans certains cas, la maladie mentale et l'expérience religieuse sont intimement liées. L'analyse de ce cas nous sert à comprendre pourquoi il nous faut connaître le contexte culturel de nos patients avant d'avancer un diagnostic ou un possible traitement, étant donné le rôle immense que jouent parfois le réseau familial et les croyances religieuses dans la manifestation symbolique d'un fait traumatique. Il est par conséquent nécessaire d'avoir présent à l'esprit que les aspects culturels façonnent et déterminent la présentation d'une maladie. En d'autres termes : devant l'inexistence de formes cliniques propres à une culture donnée, chaque culture engendre un certain type de comportement.*

À dix-neuf ans, Malika affirme être vierge. Elle a eu quelques flirts qui ne sont pas allés au-delà de simples baisers. Après avoir rompu ses fiançailles avec un homme qui la soumettait à une intense maltraitance psychologique, elle projette d'en épouser un autre. C'est sur les conseils d'une amie qu'elle participe au groupe de thérapie car elle est sujette à des crises d'anxiété.

Malika, qui travaillait comme femme de ménage, raconte comment elle a été abordée par son employeur, comment il a commencé à l'embrasser et lui a proposé d'avoir des relations sexuelles avec lui. Elle dit ne plus se souvenir de rien à partir de ce moment-là, s'être évanouie et n'être revenue à elle que plus tard, allongée à même le sol, toute seule, l'homme ayant disparu. Nous ne cachons pas les doutes que nous avons eus, par moments, sur la possibilité que le récit soit le fruit d'un rêve ou d'un fantasme de Malika.

Après l'incident, que celui-ci soit de l'ordre du fantasme ou de la réalité, Malika n'est plus retournée dans la maison où elle travaillait. Dès lors, elle a commencé à présenter certains symptômes étonnants tels que des changements dans le ton de la voix, une sensation de présence d'un corps étranger dans différentes parties de son propre corps, des pertes de connaissance, de l'agitation, des délires, des propos incohérents, de l'anorexie, une altération spectaculaire de l'humeur, et jusqu'à des crises pouvant être interprétées comme des manifestations symptomatiques de type épileptique. Nul doute que tous ces symptômes sont les manifestations somatiques d'un syndrome de stress post-traumatique.

La mère de Malika a sollicité l'aide d'une amie de la famille à laquelle elle attribue des dons de voyance, et qui leur a assuré que Malika avait été envoûtée par son employeur. La mère de Malika a donc décidé de faire appel à un fkih (maître coranique) originaire de sa ville natale, un homme au savoir reconnu dans le domaine religieux, ainsi que versé dans les pratiques ésotériques, qui a fabriqué un talisman pour la jeune fille, lequel talisman a visiblement eu un effet placebo, car la crise hystérique de Malika (ainsi que nous la qualifierons) a sensiblement diminué.

Malika est toujours sujette à des crises d'anxiété et de panique, et reste persuadée d'avoir été envoûtée.

Le discours étiologique marocain privilégie les figures psychopathologiques renvoyant à des croyances telles que la possession et l'envoûtement. Dans le cas de Malika, le sujet, en attribuant la raison de ses changements à un envoûtement de la part de son agresseur, a imputé l'origine de son problème à une cause externe, ce qui l'a dispensée de reconnaître l'attirance sexuelle qu'elle éprouvait à l'égard de son employeur. L'expérience qu'elle raconte est peut-être le fruit d'un fantasme. Mais ce qui nous paraît évident, c'est qu'elle ressentait un désir sexuel pour l'homme qu'elle accuse de l'avoir ensorcelée. De deux choses l'une, par conséquent : soit Malika a inventé le récit de la séduction et l'évanouissement ultérieur, soit la séduction a bien eu lieu et Malika ne s'y est pas opposée. Dans les deux cas, le sentiment de culpabilité que Malika ressent à cause du désir qu'elle éprouve pour un homme qui vit avec une autre femme s'atténue si elle attribue au séducteur des qualités surnaturelles. Ainsi, Malika nie ses envies et ses désirs personnels, en élaborant un discours magique selon lequel elle n'a pas pu repousser les avances de son séducteur puisque celui-ci l'avait envoûtée.

Le délire de Malika est lié à une frustration sexuelle et à un senti-ment de culpabilité quasi pathologiques, accompagnés d'une forte concentration de manifestations somatiques. Il semble qu'elle ait présenté des signes cliniques de dépression sous forme de manifestations hypocon-driaques et de délire de persécution, conséquence de plusieurs facteurs, parmi lesquels le sentiment de culpabilité et l'expérience de maltraitance psychologique qu'elle vivait dans sa relation avec son fiancé. La plupart des symptômes ont connu une rémission lorsque le fkih a certifié l'avoir exorcisée. Pourtant, Malika est toujours sujette à des crises de panique et d'anxiété, très certainement parce que les problèmes de fond que sont la maltraitance subie par Malika et le sentiment de culpabilité dû aux pressions d'une famille très traditionnelle, n'ont pas été réglés.

Le problème de Malika se situe entre la croyance traditionnelle et l'expression subjective. Étant donné que, dans la tradition maghrébine, le discours relevant des thèmes de persécution liés à la tradition et aux sor-tilèges est habituel, il est plus facile pour Malika d'appréhender son pro-blème en s'inventant une histoire de possession plutôt qu'en reconnaissant l'attirance qu'elle a éprouvée pour son séducteur, à plus forte raison en avouant avoir eu une relation sexuelle dont elle assure ne garder aucun souvenir, mais qui a très certainement eu lieu, et ce de manière consen-tante (dans la mesure, bien entendu, où son récit ne serait pas le fruit du fantasme). L'expérience délirante de Malika (sa «possession») a été vécue le plus naturellement du monde par son entourage familial et social, de sorte qu'il a été facile pour la patiente d'insérer son récit dans une histoire où viennent se mêler les croyances traditionnelles de sa culture.

Cette histoire d'envoûtement et de possession permet à Malika de communiquer, d'une manière symbolique, une expérience subjective qu'elle ne peut admettre. L'envoûtement dont elle croit avoir été l'objet s'est mué en langage culturel, qui nous transmet le profond conflit psy-chologique auquel cette jeune fille est livrée aussi bien au niveau indi-viduel qu'interpersonnel...

Absorbé par la rédaction mentale de son article, Isaac avait traversé la place, pris la rue de la Fe, et s'était retrouvé, à l'angle de la rue Salitre, face à l'église San Lorenzo, devant l'entrée de *La Taverne illuminée*. Étaient-ce seulement ses pieds qui l'avaient mené jusque-là ? Il devait en effet prendre le métro à Lavapiés, et n'avait nullement prévu de s'arrêter à la *Taverne*. Mais nul doute que, tout à ses pensées pour Amina, il s'était dirigé inconsciemment vers le local dont le propriétaire était Jamal Benani. Cherchait-il à le rencontrer ? C'était probable. N'était-il pas, en fin de compte, celui qui avait envoûté Amina, à en croire cette dernière ? Il lui serait donc utile de faire, tôt ou tard, sa connaissance, afin de disposer de plus d'éléments pour son article. Mais ses chances de tomber justement sur lui cet après-midi étaient des plus minces. Amina ne lui avait-elle pas dit que Jamal dormait le jour et vivait la nuit, moment qu'il se réservait pour sortir ou pour peindre dans son atelier ? De plus, à ce qu'il croyait savoir, la *Taverne* n'était ouverte que le soir et devait donc, selon toute vraisemblance, être fermée à cette heure-ci. On devinait pourtant une lumière à l'intérieur, derrière les vitres teintées, et des effluves pénétrants d'encens lui parvenaient. Ayant donc tout lieu de penser que l'endroit n'était pas désert, il avait poussé doucement la porte.

– Bonjour. Il y a quelqu'un ?

– C'est fermé, avait répondu une voix tout au fond du local. Nous n'ouvrons pas avant neuf heures.

La voix était sombre et profonde, teintée d'une nuance enveloppante, très masculine. Ce devait être celle de Jamal. Il se l'était toujours représenté avec ce genre de voix, une voix d'acteur de doublage. L'odeur d'encens s'était faite plus intense.

– Vous êtes Jamal Benani ?

– Exact, mon frère. À qui ai-je l'honneur ?

– Eh bien… Disons que… je vis dans le quartier et… Enfin, on m'a dit que l'établissement appartenait à Jamal Benani, le peintre, et comme j'admire beaucoup votre peinture, j'entrais par curiosité...

À dire vrai, Isaac n'admirait pas du tout la peinture de Jamal. D'une façon générale, il n'était guère connaisseur en matière d'art. Mais il connaissait ses tableaux. Lorsque Amina lui avait fait le récit de sa mésaventure, il avait tapé sur Google le nom de Jamal et avait eu ainsi accès à une sorte de galerie virtuelle consacrée à ses œuvres. Il les avait attentivement examinées, une à une, et avait lu les notices et les commentaires qui les accompagnaient.

– Tu t'intéresses à l'art, mon frère ?

– Oui, beaucoup... Enfin, j'ai fait des études d'histoire, mais je suis en train de faire une thèse sur les expressions artistiques contemporaines dans l'Espagne multiculturelle... – avait prétendu Isaac, dans l'espoir que Jamal mordrait à l'hameçon et accepterait de répondre à quelques questions.

– Viens, entre donc... Ne reste pas là à la porte, on s'entend à peine...

Isaac s'était avancé jusqu'au fond du café. À peine avait-il fait trois pas qu'il avait reconnu Jamal. Assis sur un tabouret, il était occupé à écrire sur un cahier posé sur le comptoir, à côté du brûle-parfum bleu où se consumait, de toute évidence, l'encens qui embaumait la pièce, et d'où émanaient des colonnes intermittentes de fumée d'une extrême blancheur, tels des lambeaux de nuages. Sur le site Internet figurait une photo où le peintre n'était pas à son avantage, mais en chair et en os il était bien plus séduisant, tel qu'Amina l'avait décrit. Il avait des cheveux noirs et bouclés, un teint cannelle, un front large, des sourcils épais, une bouche au dessin régulier, un nez rectiligne, des mâchoires aussi fermes que si elles avaient été dessinées avec une équerre, et surtout des yeux immenses, d'un vert intense et profond, sans aucune ombre, humides et brillants comme les feuilles après la pluie, des yeux qui suggéraient de fertiles inondations cycliques.

Il portait une djellaba blanche qui mettait encore davantage en valeur la matité de son visage et son aspect oriental. Il aurait pu poser pour un parfum de marque, et Isaac, en présence de ce physique imposant, prenait la mesure de sa propre laideur.

— Je vérifiais les comptes du bar... Rien de très passionnant. Mais si je ne le fais pas de temps en temps, mon employé va piquer dans la caisse, tu comprends?... J'ai presque fini.

— C'est un honneur pour moi de faire votre connaissance, monsieur Benani. Je ne me considère pas comme un grand expert en art, en fait ma thèse porte surtout sur les aspects sociaux de l'art, mais je suis un grand admirateur de votre œuvre...

— Mais ne m'appelle donc pas monsieur Benani, mon frère, je m'appelle Jamal. Et toi?

— Isaac.

— Tu es juif?

Isaac avait cru déceler une certaine défiance dans sa voix.

— Juif, moi? Non, non, pas du tout. Ma famille est de Carabanchel depuis toujours. Pourquoi dites-vous ça?

— À cause de ton prénom. C'est un prénom juif.

— Ah oui! Bien sûr. Mais ma mère ne m'a pas donné ce prénom pour cette raison-là. Je crois que ma mère ne sait même pas que c'est juif, pour tout dire. En fait, c'est que... Quand ma mère était enceinte, la famille de mon père voulait que je m'appelle Eusebio, comme mon père et mon grand-père. Mais ma mère a refusé. Et elle s'est acheté un livre sur les prénoms et leur signification. Et donc, d'après cet ouvrage, Isaac signifiait «fils de la joie». Et comme ma mère s'appelle justement Alegría, c'est pour ça qu'elle m'a appelé ainsi...

— C'est une belle histoire. On dirait une légende. En tout cas, si un jour tu dois aller dans un pays arabe, il vaudrait presque mieux que tu t'appelles Eusebio sur ton passeport... Non, je plaisante. Tu veux prendre quelque chose ? Je peux t'offrir une bière, même si je ne peux pas trinquer avec toi, je ne bois pas d'alcool.

— Curieux, non, qu'un abstinent comme vous se retrouve patron de bistrot…

— Non, pas tant que ça. En fait, quand j'ai obtenu la cession de ce local, mon idée était de monter une petite galerie d'art. Mais ensuite, quand j'ai essayé de concrétiser le projet, j'ai découvert que c'était plus compliqué que je ne l'imaginais. Les galeristes ont créé leur propre système, endogamique, presque comme une mafia, et ils n'acceptent pas facilement les nouveaux venus. J'ai donc décidé de laisser les choses telles quelles, et comme le local avait une licence, je me suis dit : pourquoi pas ? Pour l'instant, ça me convient. Mais peut-être que, plus tard, j'ouvrirai une galerie, qui sait ?

— Pour exposer vos propres œuvres ?

— Non, impossible, j'ai signé un contrat d'exclusivité avec mon marchand. Même s'il est vrai que certaines de mes œuvres sont exposées ici. Mais ce sont des toiles sans valeur, des tableaux de jeunesse, que je n'ai d'ailleurs pas signés. Et puis tu dois savoir que la fumée abîme beaucoup les peintures et que l'humidité ne leur fait pas de bien non plus… Je ne laisserais pas d'œuvres de prix dans un local comme celui-là. J'ai cependant accroché quelques vieux tableaux auxquels je suis attaché… Tu vois celui-ci ? – Jamal indiquait une immense toile située à sa gauche – Eh bien, je l'ai peint quand j'étais encore étudiant à Paris. C'est la réinterprétation d'un tableau d'un de mes maîtres, Rachid Sebti, un peintre merveilleux. Il s'intitule *Magie de l'encens*.

La toile représentait trois femmes aux formes opulentes, à la longue chevelure noire et aux pieds sensuellement décorés au henné, étendues sur un tapis, enveloppées dans des sortes de draps, tout près d'un brûle-parfum ou d'un brasero d'où s'échappait une colonne de fumée qui s'élevait en volutes jusqu'au plafond et qui semblait symboliser, en s'évanouissant dans le néant, les rêves des trois beautés, apparemment endormies.

– Le tableau n'est pas d'une grande qualité artistique, mais il a pour moi une valeur sentimentale. Il évoque une époque que j'ai à peine connue, quand nous vivions au Maroc, avant que mon père ne se sépare de ma mère. J'étais petit alors, je devais avoir six ou sept ans, pas plus… Avant que n'apparaisse la grande lune de la fête de l'Achoura, ma mère et mes tantes se paraient comme des princesses et montaient sur la terrasse blanchie à la chaux. Elles portaient des braseros dans lesquels elles brûlaient un encens magique et sur lesquels elles jetaient des amulettes, tout en psalmodiant sous la lune les formules magiques du *qboul* et en traçant avec les mains des arabesques autour du brasero…

– Le quoi?

– Le *qboul*… C'est… Comment te dire… Un rituel, un rituel de séduction réservé aux femmes mariées, et qui permet d'envoûter l'homme à jamais. Et sitôt que ma mère avait terminé de réciter un *rubi*, un poème rituel qu'elle avait composé elle-même, de puissants *djinns* s'affairaient autour de mon père… C'est du moins ce qu'elle croyait…

– Des *djinns*…?

– Oui, des génies. C'est ainsi que nous les appelons. Mais le moins qu'on puisse dire, c'est que les *djinns* n'ont pas été très efficaces, car mon père a répudié ma mère peu après. C'est pour cela que ce tableau représente pour moi des souvenirs doux-amers… J'adorais cette fête de l'Achoura. On nous offrait des friandises… Au Maroc, l'Achoura est la fête des enfants, on leur distribue des bonbons et des chocolats, on organise des jeux, et moi, j'étais choyé comme un roi par ma mère et mes tantes… Il faut dire que j'étais le seul garçon… J'en garde un souvenir merveilleux… Comme j'étais très gâté et qu'on me passait tous mes caprices, j'avais le droit d'assister aux préparatifs du rituel. Je me rappelle parfaitement l'arôme du *bkhour* qu'elles utilisaient – cette fois, Isaac n'avait pas eu à demander d'explication, car Jamal s'était lui-même empressé de la lui fournir. – Le *bkhour* est, comme tu sais, un mélange de plusieurs encens… Il en contient, entre autres, deux qui sont très puissants et très efficaces : le *jawi* et le *fassoukh*, qu'on utilise d'ordinaire dans la magie. Et justement, l'encens que je fais brûler en ce moment, c'est du *jawi* qu'on ne trouve pas facilement, on me l'apporte tout spécialement de Tanger. Ma mère était libanaise, elle avait lu beaucoup de poésie soufi, et croyait dur comme fer à la magie, et à l'*isti'dad*…

À cet instant précis, Jamal avait donné l'impression de regarder dans le vide, comme pris dans les filets de ses propres souvenirs. Isaac, qui ne savait trop comment réagir, avait attendu avant de poser une question.

– L'*isti'dad* ?

– C'est un mot difficile à traduire. Il fait référence à la prédisposition, à la réceptivité, à la capacité de chacun de refléter l'essence immuable d'Allah. C'est le Désir, en d'autres termes. Car on ne reçoit rien de la vie si on n'identifie pas d'abord son Désir. Mais la plupart des hommes et des femmes ne savent pas bien quel est leur Désir, c'est pourquoi il leur échappe. Ils s'égarent dans de faux désirs, ils croient désirer une voiture, ou une maison, ou la célébrité, ou l'amour d'une femme, mais ce ne sont pas leurs désirs véritables. Par exemple, il y a des hommes qui ne désirent une femme que parce qu'elle est convoitée par d'autres hommes, et non par amour. Et ils font le mauvais choix, celui de la femme qui ne leur était pas destinée. Il arrive aussi, dans le monde occidental, que beaucoup croient désirer ce que la publicité leur a en fait mis dans la tête. Mais le vrai Désir est une chose plus profonde, qui fait partie de la vie de chacun de nous. Et nous devons très tôt l'identifier, pour nous concentrer sur sa quête.

– Et vous, vous l'avez identifié?

– Oui, sans aucun doute. Et toi? Sais-tu quel est ton Désir?

Isaac avait fermé machinalement les yeux, dans un état intermédiaire entre veille et sommeil, dans un recoin secret du temps où l'avait entraîné la rencontre avec Jamal. Publier mon article, avait-il songé, avant de se reprendre aussitôt. Non, ce n'est pas là ce que je désire par-dessus tout, ce n'est pas ce qui gouverne ma vie. C'est un désir qui ne fait que découler d'un autre : celui d'être admiré, d'être aimé. Si je devais à l'instant même faire un vœu, ce serait, je crois, que Claudia ne me quitte jamais.

La voix de Jamal l'avait ramené à la réalité.

– De l'expression de ton visage, je déduis que tu le sais. Il ne te reste plus qu'à te concentrer pour arriver à tes fins. Non... n'ouvre pas les yeux.

Isaac n'avait aucun mal à se concentrer. Il avait l'habitude de faire pratiquer des exercices de visualisation à ses patients. Il tentait de se représenter Claudia dans son imagination, de reconstituer son image comme une photographie mentale. Claudia, cheveux châtain clair, yeux bleu-vert, un mètre soixante, cinquante kilos à peine, petit grain de beauté au coin de la lèvre, mammifère vertébré de sexe féminin. Claudia, tout à la fois proche et distante, Claudia qu'il voulait considérer toujours comme sienne, quelque machiste que puisse paraître l'expression. Le parfum tenace de l'encens qui se consumait s'immisçait dans son désir pour l'atténuer. Ses vapeurs subtiles élaboraient pour lui une prière qui s'élevait vers le ciel depuis le cœur du monde fini, depuis Claudia, et comme intoxiqué, il commençait à avoir des hallucinations.

Plus tard, Isaac fut incapable de dire combien de temps il avait passé dans cet état de rêverie, qui lui avait semblé durer des heures. Jusqu'au moment où il avait senti une pression sur l'épaule, et où la voix caressante de Jamal l'avait ramené sur terre.

– Ça va, mon frère?

– Oui, très bien. Un peu étourdi, quand même...

– Le *jawi*, surtout pour qui n'a pas l'habitude, monte à la tête, je te l'accorde, à plus forte raison dans un espace confiné. Laisse-moi te raccompagner dehors, je crois que tu as besoin d'air. Et puis il faut que j'ouvre.

Isaac s'était laissé conduire par Jamal jusqu'à l'entrée. Arrivé sur le pas de la porte, il s'était rendu compte que le jour avait décliné, faisant peu à peu place à la nuit. Jamal avait regardé le ciel et désigné la lune ronde, en forme de présage, qui apparaissait pleine et nue, sans l'ombre d'un nuage. Il semblait à Isaac qu'il lui suffirait de tendre un peu le bras pour la prendre dans la paume de sa main, car jamais il ne l'avait vue si grande.

– J'ignorais que c'était nuit de pleine lune, aujourd'hui... avait-il murmuré, troublé par le spectacle.

– Un autre soir, tu ne m'aurais pas trouvé, avait répondu Jamal et, sur ces étranges paroles en guise d'au revoir, il avait refermé la porte et s'était éclipsé à l'intérieur, laissant Isaac étourdi et confus.

Quand il arriva chez lui, la tête lui tournait encore, et quand Claudia lui demanda pourquoi il rentrait si tard, il n'osa pas lui dire la vérité, et inventa une histoire de panne dans le métro. Non qu'il n'ait rien à raconter sur l'expérience qu'il venait de vivre, ni qu'elle ait quoi que ce soit de répréhensible ou de honteux, mais parce qu'il n'aurait pas su comment en parler, faute de pouvoir s'expliquer à lui-même ce qui lui était arrivé. Elle ne se montra pourtant ni contrariée, ni irritée de son retard. Une preuve supplémentaire de son indifférence.

– Tu as vu la lune? lui demanda-t-il.

– Non, qu'est-ce qu'elle a de spécial?

– Viens sur la terrasse.

Claudia se laissa conduire par la main, sans trop d'enthousiasme. Sur les toits du vieux Madrid, la lune étalait sa lumière blanche.

— Comme c'est beau! s'écria-t-elle.

— Tu veux que j'amène deux verres et que nous trinquions au clair de lune? Il nous reste encore une bouteille de *cava* de Noël dernier.

— Pourquoi? – Claudia, peu habituée à de telles attentions de la part de son compagnon, était manifestement surprise. – Avons-nous donc quelque chose à célébrer?

— Non, non, mais… Enfin, je ne sais pas, je trouvais que la lune était si belle…

Claudia esquissa un sourire tout à la fois étonné et enjoué, qui se mua en un rire timide, comme le son espiègle des clochettes. Il y avait longtemps qu'Isaac ne l'avait pas vue avec ces yeux rieurs.

— Eh bien, soit! Excellente idée, trinquons à la pleine lune!

Il alla à la cuisine et en revint avec la bouteille et deux coupes en cristal de roche, pièces d'un service que leur avait offert la mère de Claudia, et dont ils ne se servaient presque jamais, de peur de le briser.

— Eh bien oui, nous avons quelque chose à célébrer, lui fit remarquer Claudia. Tu as apporté les belles coupes et tout…

Il remplit les coupes avec une excitation fébrile et lui en tendit une.

— Je bois à ta santé, dit-il en levant son verre. À la plus belle fille de Lavapiés. À la plus intelligente. Et à la plus gentille. Je suis vraiment fier de vivre et de travailler avec toi.

— Dis-moi, Isaac… Qu'est-ce qui t'arrive? Tu as fumé quelque chose?

— Parce qu'il faut que j'aie fumé pour te dire que je t'aime?

— Non, pas du tout… Ce n'est pas ce que je voulais dire… Mais il faut reconnaître que tu ne me le dis pas souvent…

— Eh bien, je devrais te le dire plus souvent. Allez, buvons!

Elle le regardait droit dans les yeux. Il savait qu'elle se demandait s'il n'avait pas, en réalité, fumé des joints avec un des jeunes

Marocains de la place. Mais à la deuxième coupe, elle était beaucoup plus détendue, et c'était comme si la lune et l'alcool s'étaient conjurés pour faire revivre la Claudia enthousiaste et confiante d'il y a dix ans.

– Nous devrions faire ça plus souvent... Je veux dire célébrer ma beauté et ma gentillesse... dit-elle tout en vidant son troisième verre.

– Nous le ferons à chaque pleine lune, lui avait promis Isaac. Il l'attira vers lui et l'embrassa, un baiser qui avait goût de *cava*, et tous deux comprirent qu'il ne serait pas nécessaire cette nuit-là de recourir à la musique, à l'encens ni aux bougies.

Un mois plus tard, lorsque Claudia l'appela, la voix entrecoupée de sanglots, pour lui dire qu'elle avait fait deux fois, oui, deux fois, le test de grossesse et qu'à chaque fois, la tige s'était colorée en rose, Isaac eut la certitude, aussi ferme que celle qu'il mourrait un jour, qu'ils avaient conçu l'enfant avec la bénédiction de la lune argentée, que la lune lui avait accordé son *isti'dad*.

L'effet domino

Il était quatre heures du matin quand Poppy introduisit précautionneusement la clé dans la serrure de la porte d'entrée. Elle avait accepté l'invitation à rester déjeuner dans la famille de Leonor avec l'espoir que sa mère et sa sœur seraient en train de faire leur sieste du samedi quand elle rentrerait et qu'elle n'aurait donc ni à les saluer ni à leur raconter que les choses s'étaient bien passées chez Leo, ou pas passées du tout. Elle était épuisée, n'ayant pratiquement pas dormi car Leo et elle étaient sorties jusqu'à sept heures du matin et avaient dû se lever à onze heures pour que la mère de son amie ne soupçonne rien. Bien entendu, la chère femme ne les avait même pas entendues rentrer, car elle dormait avec des boules Quiès à cause des ronflements de son mari, qui jouissait d'un sommeil si profond que même une explosion n'aurait pu le réveiller.

Quand la porte s'ouvrit, Poppy, à son immense surprise, se trouva face à sa sœur réveillée, qui l'attendait dans l'entrée, les mains sur les hanches et les yeux hagards.

– Nous savons tout, proclama-t-elle avec la solennité d'une sibylle annonciatrice de mauvais présages.

Poppy passa mentalement en revue ce que pouvait recouvrir ce « tout ». Qu'elle fumait des joints ; que lorsqu'elle prétendait rester dormir chez Leo, elles sortaient en fait ensemble jusqu'au petit matin et, contrairement à Cendrillon, ne rentraient nullement à minuit, heure que sa mère considérait comme la frontière entre la décence et l'indécence; que la semaine précédente, pendant que sa mère et sa sœur étaient à ce mariage à Bilbao, elle avait pris la voiture de sa mère, chose qui lui était expressément interdite; qu'elle avait été recalée à deux examens.

La silhouette de la mère, en peignoir et combinaison, les yeux rouges et humides comme si elle avait pleuré, se profila derrière celle de la sœur.

– C'est Visi elle-même qui nous a appelées… Quelle honte, ma fille, quelle honte pour nous!

– Visi? demanda Poppy avec un étonnement sincère. Mais qui est Visi?

– Comment ça, qui est-ce? Mais c'est la femme de ton petit ami!

– Mon petit ami? Quel petit ami?

Une lueur se mit à clignoter dans la tête de Poppy. Le petit ami en question devait être Félix, c'était en tout cas le seul homme marié qu'elle connaisse. Mais jamais il ne lui serait venu à l'esprit de l'appeler son petit ami.

– Eh bien voilà – sa sœur avait pris son élan comme une maîtresse d'école qui s'apprête à expliquer une leçon très facile à un élève peu doué qui devrait déjà la savoir par cœur –, une dame a appelé ici et a demandé à te parler, et ensuite elle nous a dit que son mari était avec toi.

Il fallut une demi-heure à Poppy pour reconstituer toute l'histoire, entre les emportements hystériques de l'une et les récriminations de l'autre. Il semblait que Visi ait composé le numéro et ait demandé à la voix féminine qui lui avait répondu à l'autre bout du fil, et qui se trouvait être celle de sa mère, qu'on lui passe Poppy. Puis elle avait raconté que son mari, depuis quelque temps, était de plus en plus souvent absent de la maison, qu'il restait travailler tard le soir au bureau, qu'elle avait commencé à avoir des soupçons. Et qu'en fouillant dans son portefeuille et ses tiroirs elle avait trouvé, dans le premier, la photo d'identité d'une jeune fille, et dans les seconds une enveloppe contenant des épingles à cheveux, des tickets de cinéma, un petit nœud en dentelle noire (qui avait tout l'air d'avoir orné une culotte ou un soutien-gorge) et un dessous-de-bouteille sur lequel étaient marqués un numéro de téléphone et un nom, Poppy, griffonnés d'une écriture féminine, ample et arrondie.

Poppy resta impassible. Jamais de la vie elle n'aurait imaginé que cette cruche de Félix puisse être à ce point romantique.

— Maman, ça ne signifie pas que j'aie eu une liaison avec ce monsieur… Je le connais, c'est vrai, je sais de qui tu veux parler, mais il est bien plus âgé que moi… Je ne sors pas avec des hommes plus âgés. Ce n'est pas ma faute s'il s'est amouraché de moi.

— Mais aussi, pourquoi lui as-tu donné ta photo ?

— Mais je ne sais pas, moi ; c'est lui qui me l'a demandée. Je ne trouve pas que ce soit un péché de donner une photo à quelqu'un.

— Et le petit nœud ?

— Quel petit nœud ? Tu sais bien que je n'ai pas de sous-vêtements noirs.

Elle mentait. Leo lui avait donné une culotte noire, en dentelle ajourée avec de petites perles, très chargée, pour qu'elle la mette ce fameux soir où elle devait sortir pour la première fois avec Félix, et elle ne se rappelait pas s'il y avait ou non un petit nœud, elle n'avait pas fait attention. Ce jour-là elle n'avait pas mis de soutien-gorge ; celui de Leonor était trop grand pour elle, et elle trouvait ridicule d'en acheter un pour l'occasion, car elle savait bien qu'elle ne le remettrait jamais. Et un de ceux qu'elle mettait d'habitude n'aurait été d'aucune utilité, car Leonor avait été catégorique, un soutien-gorge blanc n'allait pas avec une culotte noire, de sorte qu'il valait mieux – avait décidé Leo – ne rien mettre du tout, ce serait bien plus sexy.

– Mais sa femme nous a dit qu'elle l'avait interrogé et que c'était lui-même qui lui avait avoué en pleurant que c'était vrai, qu'il était sorti avec toi, qu'il était amoureux de toi.

– Mais c'est à peine s'il m'a vue trois fois dans sa vie! Et puis il ne sort pas avec moi; ça, je te le garantis. Est-ce que c'est ma faute s'il s'est amouraché de moi?

– Mais d'où est-ce que tu le connais?

– Il m'a abordée dans un café, maman, et puis nous avons bavardé…

– Ma fille, que veux-tu que je te dise… Tout ce que tu me racontes me paraît si étrange…

– Écoute, crois ce que tu veux, mais je ne vois pas à quoi ça rime de faire tout ce scandale, puisque tu sais parfaitement que je n'aime pas les hommes et que si je sors avec quelqu'un, c'est avec Leo.

Quand Leonor lui avait demandé, plus tard, pourquoi elle avait dit une telle idiotie, elle n'avait su que lui répondre. Peut-être l'avait-elle dit pour faire son petit effet, peut-être était-elle indignée que sa mère et sa sœur aient cru pouvoir surveiller sa vie et lui imposer leur morale comme si elle était une petite fille, peut-être croyait-elle – ce qui se vérifia finalement – qu'en inventant quelque chose de plus extravagant encore qu'une liaison avec un homme marié, elle ferait diversion. À moins que, tout simplement, étant donné qu'il allait de soi pour tous que Leonor et elle sortaient ensemble, cela lui ait paru, sur le moment, la chose la plus naturelle à dire.

D'ailleurs, sa sœur avait certainement dû y penser plus d'une fois.

À première vue, Poppy et Leonor ne se ressemblaient en rien. Leonor était une fille grande et bien foutue, aux yeux arrogants et amers, mince là où il fallait et plus généreuse aux endroits adéquats.

Ses cheveux noirs et luisants lui tombaient presque jusqu'à la ceinture. Poppy était ample et ronde, avait l'air d'une poupée de chiffons ou d'un bébé grassouillet, des cheveux blonds courts et presque toujours mal coiffés, des yeux d'un bleu terne qui la faisaient paraître encore plus jeune qu'elle n'était, et c'est peut-être pour cette raison qu'à vingt ans ou presque elle avait conservé ce mièvre sobriquet, ce diminutif infantile qui évoquait l'époque bénie où un homme – qui n'habitait plus à la maison – le lui avait donné. Leonor ne tenait plus le compte des garçons et des hommes avec qui elle avait couché depuis qu'elle avait perdu sa virginité à l'âge de quinze ans, alors que Poppy n'avait pas connu de mâle avant dix-neuf. Et si elle s'était décidée à sauter le pas, c'est davantage parce qu'elle avait honte que par conviction véritable ; elle trouvait assez ridicule de rester pucelle à un âge où la majorité de ses contemporaines auraient pu donner des cours de technique amoureuse à une prostituée expérimentée. Leonor était directe et décidée, impulsive et autoritaire, et parlait généralement assez fort pour qu'on l'entende à plusieurs mètres à la ronde ; Poppy avait une petite voix fluette, une voix d'enfant, et marchait toujours un pas derrière son amie quand elles arrivaient dans un bistrot ou dans une fête. Elles avaient toutefois en commun de nombreux traits que seul quelqu'un qui les connaissait bien pouvait remarquer : un sens de la répartie mordante, qu'elles utilisaient comme un projectile contre quiconque s'en prenait à elles ; une envie frénétique de sortir, de connaître des gens, d'écouter de la musique et d'être, comme on dit, à la page ; un amour platonique pour David Bowie ; un esprit très critique vis-à-vis de leurs familles respectives, un profond sentiment d'abandon qui les soudait comme de la glu, chacune des deux étant convaincue que l'autre était sa sœur véritable et que les liens du sang ne sont qu'un accident de parcours ; enfin, *last but not least*, un sentiment précoce de supériorité par rapport à leur groupe de camarades.

Poppy et Leonor avaient fait connaissance dans un collège privé huppé, où elles préparaient l'examen d'entrée à l'université. Aucune des deux n'était très populaire auprès des autres élèves. Leonor parce qu'elle avait couché avec le plus beau garçon de la classe, lequel était, comme il est de règle, le chevalier servant attitré de la plus belle fille de la classe. Et lorsque celle-ci l'avait su, elle avait lancé, ainsi qu'on pouvait s'y attendre, une vive campagne contre sa rivale. Bientôt les murs des toilettes s'étaient trouvés ornés de l'inscription : « Leonor est une pute. » Et le corps de Leonor avait fait le reste. Dans l'imaginaire des adolescents, une fille sans petit ami connu et avec une paire de nichons comme les siens ne pouvait être qu'une dépravée, pour ne pas dire une vicieuse. Il faut aussi reconnaître qu'elle ne faisait pas grand-chose pour se concilier les bonnes grâces de ses condisciples. Pis encore, elle donnait l'impression de les toiser, retranchée dans son orgueil hautain. La vérité est qu'elle était vulnérable et craintive, et n'avait pas encore assez vécu pour acquérir la nécessaire hypocrisie qu'exigent les relations sociales ; elle ne se sentait pas le cran de sourire à ceux qui cassaient du sucre sur son dos.

Quant à Poppy, elle avait tenté sans grand succès de se faire une place dans le petit cénacle qui entourait la reine de la classe. Elle y était admise pour fumer une cigarette entre les cours, fut même invitée à la soirée d'anniversaire de la belle, mais on l'appelait rarement le week-end pour lui proposer de sortir ou d'aller au cinéma, car son allure puérile ne cadrait pas avec les soutiens-gorge à baleines, le maquillage et les pantalons moulants des autres filles. Lorsque son opération de l'appendicite lui fit manquer deux semaines de classe, elle dut demander qu'on lui passe les cours pour rattraper son retard, mais la reine de beauté et sa cour d'admiratrices étaient loin d'être de bonnes élèves, leurs notes étaient incomplètes, la calligraphie en était déplorable – des *o* trop ronds, des points absurdement énormes sur les *i* –, et les fautes d'orthographe dont elles étaient truffées les rendaient difficilement lisibles. Si bien que Poppy se décida à demander à Leonor, qui avait d'excellentes notes dans presque toutes les matières, car elle ne voulait à aucun prix échouer à l'examen, et aussi parce que c'était l'occasion rêvée d'approcher cette fille dont elle admirait secrètement l'attitude, la façon différente qu'elle avait de s'exprimer et de s'habiller, avec une sorte de provocation étudiée.

Au bout de quelques semaines, elles étaient inséparables.

Elles découvrirent ensemble que sortir à deux était beaucoup plus drôle que de sortir en groupe. Et merde à la reine de beauté et à sa petite coterie de courtisanes, merde aux garçons du collège avec leurs motos et leurs cigarettes blondes, leurs jeans *stone washed* et leurs faux airs de James Dean. Il était tellement plus excitant de hanter les bars que les autres ne fréquentaient pas, de filer sans payer les consommations, de s'aventurer dans des ruelles inconnues, de s'échanger livres, disques ou albums de photos, d'aller voir des films en version originale dont personne dans leur classe n'avait seulement entendu parler.

Très vite, l'habitude fut prise : Poppy restait dormir le week-end chez son amie. Au début, c'était pour travailler ensemble, et il est certain qu'étant donné le retard que lui avait fait prendre son appendicite, elle n'aurait pas pu réussir à l'examen sans l'aide de Leonor. Sa mère, qui en était consciente, n'y vit aucun inconvénient. Et Poppy était ravie, car chez elle régnait une sorte de couvre-feu à partir de minuit, alors que chez Leonor l'heure à laquelle on rentrait n'avait aucune espèce d'importance. Les parents de Leonor travaillaient tous les deux et avaient coutume, le week-end, de dormir jusqu'à une heure avancée de la matinée, si bien qu'ils n'étaient pas à même de surveiller les allées et venues de leurs quatre enfants. L'essentiel était que ceux-ci ne les dérangent pas trop, ce dont Leonor se gardait bien : elle avait de bonnes notes, sa chambre était en ordre, elle ne fumait pas à la maison, ne monopolisait pas le téléphone le dimanche, et dissimulait ses cuites avec habileté. Au réveil, elle prenait une douche froide et se servait du fond de teint et du fard pour masquer les traces de fatigue, du collyre pour éclaircir ses yeux rougis. Elle marquait avec netteté le territoire de sa vie privée, dans laquelle il n'était pas question que ses parents interfèrent, et en gardait jalousement l'entrée. Ses parents étaient contents d'elle, ou du moins semblaient l'être, car elle ne savait jamais très bien ce qu'ils pensaient au juste. Son père était souvent absent. Il voyageait beaucoup pour son travail et, lorsqu'il ne voyageait pas, rentrait à la maison juste à temps pour dîner et se mettre au lit. La mère reparaissait à huit heures du soir avec des cernes démesurés, troquait ses chaussures pour des pantoufles, se faisait un sandwich crudités au pain complet et s'allongeait les doigts de pied en éventail devant la télé, enfermée dans un mutisme tombal. Les quatre frères et sœurs avaient pris l'habitude de se préparer eux-mêmes leur dîner, du jour où leur mère leur avait fait comprendre qu'elle n'était pas leur esclave et qu'ils étaient assez grands pour lui alléger la tâche. Elle était presque toujours de mauvaise humeur, ce que les deux amies attribuaient, depuis qu'elles avaient lu dans un magazine féminin qui traînait dans le salon qu'une mauvaise alimentation peut influer très négativement sur le psychisme, au régime spartiate qu'elle s'imposait pour conserver sa ligne d'adolescente. Leonor avait fouillé à de nombreuses reprises, en quête d'Alka-Seltzer et de Nolotil pour soigner sa gueule de bois, l'armoire à pharmacie de sa chère mère, et c'est ainsi qu'elle savait que celle-ci collectionnait les anxiolytiques et les antidépresseurs comme d'autres les timbres ou les papillons. Elle était vaguement au courant de ce que sa mère était sous traitement, et même qu'elle allait voir un thérapeute, car elle-même y avait fait allusion plusieurs fois, mais elle ignorait de quoi elle souffrait au juste. Ce qu'elle savait, en revanche, c'était que, si elle voulait conserver son style de vie, il était très important que ses effets ne se remarquent pas trop. Car, pour peu qu'elle ne dérange pas sa mère, celle-ci ne se mêlerait pas de ses affaires.

Tous les samedis et presque tous les vendredis, les parents de Leonor dînaient dehors ou allaient au cinéma. Les deux filles passaient l'après-midi dans la chambre de Leo, à travailler ou à faire semblant, et c'est seulement quand les parents étaient partis, non sans leur avoir recommandé de ne pas se coucher trop tard et de ne pas regarder la télévision jusqu'à des heures indues, qu'à leur tour elles se changeaient, se maquillaient, et sortaient. Elles avaient généralement dans leur sac un petit flacon en plastique, qui avait autrefois contenu de l'eau de Cologne et qu'elles avaient rempli d'un mélange de gin et de Coca, et un de leurs trucs favoris était de ramasser au bar ou sur une table un verre abandonné, d'aller le rincer au lavabo des toilettes, et ensuite, une fois qu'il avait l'air plus ou moins propre, d'y verser le cocktail et de le boire. De toute façon, Leonor savait se faire inviter. Il lui suffisait de poser son regard sur l'un des nombreux hommes qui ne pouvaient détacher d'elle le leur, puis de lui sourire. La plupart s'approchaient alors pour lui offrir un verre, et se sentaient obligés d'en offrir un aussi à son amie, par politesse. Presque toujours, et non sans avoir fait durer la conversation le temps suffisant pour finir leur consommation, Leo annonçait que des amis les attendaient et donnait au type un faux numéro de téléphone. Parfois, quand il lui plaisait pour de bon, elle prolongeait la conversation et lui permettait de la raccompagner à la maison. Parfois même, elle baisait avec lui dans la voiture pendant que Poppy attendait devant la porte. D'autres fois, elle lui donnait son vrai numéro et couchait avec lui au rendez-vous suivant. Ces aventures ne duraient jamais très longtemps. C'était généralement l'affaire d'une semaine, éventuellement d'un mois, deux mois au grand maximum. Et jamais, au grand jamais, elle ne restait seule à seule avec ses admirateurs, sauf pour baiser. S'ils voulaient l'emmener au cinéma, au restaurant, ou voir une exposition, il fallait qu'ils s'encombrent aussi de Poppy. En outre, elle n'était pas disponible en semaine. C'est pourquoi la plupart de ses soupirants, qui avaient généralement plusieurs années de plus qu'elle – car l'impérieuse personnalité de Leonor intimidait les garçons de son âge –, finissaient par se lasser et cessaient de l'appeler. Leo passait alors une semaine à écrire le nom du soupirant sur ses cahiers en attendant un coup de fil qui ne venait jamais, jusqu'à ce qu'un nouveau chevalier servant vienne remplacer celui qui avait disparu. Et lorsque l'un d'eux était amoureux pour de bon, elle prenait peur et cessait de le voir. Jamais elle n'aurait accepté de reconnaître qu'elle ne se sentait pas prête ou qu'elle avait peur de s'engager ; elle disait simplement qu'il ne lui plaisait pas, qu'il était trop grand, ou trop petit, ou trop inculte, ou trop pédant, ou trop jaloux, ou trop distant, ou trop conventionnel, ou trop moderne.

Poppy était-elle lasse de son éternel et ingrat rôle de chaperon ? Jamais, en tout cas, elle ne le laissa entendre ni ne s'en plaignit. Elle trouvait amusant de sortir, de connaître de nouveaux endroits, des gens différents. Les rares fois où elle avait été admise dans le cercle de la reine de la classe, le programme des activités avait été arrêté à l'avance par le groupe, longuement mûri et planifié pendant toute la semaine avec une exaltation méthodique et minutieuse qu'elles prétendaient faire partager à Poppy, parfois d'ailleurs avec un certain succès, car le prénom et surtout le nom du prince charmant – qui étaient synonymes de richesse, mais aussi de haute et vieille noblesse – étaient de nature à rendre attrayante n'importe quelle perspective, quand bien même elle se bornait à faire la tournée de cafés qu'ils connaissaient par cœur ou à aller voir un film invariablement américain et invariablement doublé. Les sorties avec Leonor, ses lubies imprévisibles de dernière minute, lui paraissaient bien plus séduisantes. Dans les discothèques ou les lieux de concert, les videurs les laissaient entrer sans payer, certains barmen leur offraient même des verres gratuitement, et d'innombrables regards suivaient Leo tandis qu'elle se frayait un chemin à coups de coude au milieu de la foule de corps agglutinés. Elles rencontraient des gens, on les trouvait distrayantes, parfois l'admirateur de Leo était avec un ami qui se sentait obligé de lui faire la conversation à elle, et qui travaillait dans un magazine, ou éditait un fanzine, ou jouait dans un groupe, et c'est ainsi que Poppy, dans l'ombre de Leo, se créa son premier réseau de contacts, et se fit un nom auprès des habitués de certains bars branchés. On savait qui elle était, et même si on ne parlait d'elle que comme de «l'amie si sympathique de cette très jolie nana», c'était toujours mieux que de n'être rien, que de rester invisible.

C'est de cette façon, justement, qu'elle avait fait la connaissance de Félix, le collègue moche d'un beau mec que Leonor avait rencontré dans un bar. Ils travaillaient tous les deux dans une agence de presse et étaient arrivés à deux heures du matin après être restés au desk quatorze heures consécutives pour couvrir un incendie qui ravageait la moitié de la région. L'ami de Félix était grand, musclé, vraiment très beau, c'était Leo qui l'avait regardé et lui avait fait de l'œil. Au bout de cinq minutes ils étaient assis à la même table. Les deux hommes avaient dit d'entrée de jeu qu'ils étaient mariés, et l'impression que cela donnait était que, s'ils mettaient ainsi les points sur les *i*, c'était pour se protéger de la tentation incarnée par ces deux filles si jeunes et si disponibles. Ils insistaient sur le fait que, s'ils étaient là au lieu d'être auprès de leurs épouses, c'était parce que la journée avait été rude et qu'ils avaient besoin de décompresser devant un verre, c'était une nécessité vitale, non une simple envie de prendre du bon temps. Le beau mec gardait ses distances vis-à-vis de Leonor qui, comme chaque fois qu'un homme lui résistait, voyait son intérêt croître, stimulé par le défi, et le frôlait au moindre prétexte – le nom du beau mec figura dans ses carnets un peu plus longtemps que les précédents, bien que la rencontre ait été plus que brève et ne se soit concrétisée par aucune ouverture –, cependant que le moche, qui en fait n'était pas si moche mais le paraissait par contraste avec son ami, se lança dans une conversation avec Poppy, et prit l'initiative de lui demander son numéro de téléphone. En le lui donnant, elle savait qu'il était marié, et elle savait aussi qu'il lui plaisait bien.

Félix lui dit qu'il lui téléphonerait dans la semaine, et il tint parole. Par chance, le jour où il appela, elle décrocha elle-même, car elle n'aurait pas aimé devoir donner des explications à sa mère et à sa sœur, qui lui auraient sûrement demandé : « Qui est ce garçon qui t'a appelée ? Il a une voix d'adulte, non ? » Il lui proposa de passer la prendre en voiture. « Non, il vaut mieux pas », dit Poppy, qui craignait qu'un voisin puisse la voir et aille le dire à sa mère ou à sa sœur, « mieux vaut se donner rendez-vous près d'ici, dans le parc. Si tu veux, au kiosque qui est devant l'étang aux canards… Sept heures ? Parfait. » Elle ne savait pas très bien pourquoi elle avait accepté de le revoir, car en vérité il ne lui plaisait pas tant que ça, mais il y avait longtemps qu'un homme ne s'était pas intéressé à elle, depuis qu'à l'époque où elle sortait encore de temps en temps avec le petit groupe de la reine de beauté, un garçon boutonneux et plutôt petit lui avait écrit des billets doux et gluants. Surtout, le fait que ce soit un homme plus âgé qu'elle, marié qui plus est, la faisait se sentir détentrice d'un secret précieux, car aucune fille du lycée, pas même Leonor, n'aurait eu l'audace de faire une chose pareille, lui semblait-il, et elle en était grisée.

À ce premier rendez-vous, rien de spécial ne se produisit ; ils parlèrent livres, disques. La conversation suivait son cours languissant, tandis qu'ils marchaient lentement, côte à côte, sans se toucher. Quand ils se dirent au revoir, il lui serra la main de façon cérémonieuse et impersonnelle, et ils convinrent de se retrouver le vendredi suivant, à la même heure, au même endroit. Et ainsi commença une relation étrange et indécise, faite de séduction et de réserve. Parfois il lui parlait de sa femme et de son fils, elle lui parlait de sa mère et de sa sœur, lui disait comment l'une était en train de se faner, macérant dans son amertume depuis que son mari les avait abandonnées, et comment l'autre s'était mise à vouloir tout régenter, comme si c'était à elle que revenait le rôle d'homme de la maison. « Et ton père ? » lui demanda-t-il. « Au début, nous le voyions de temps en temps, mais maintenant, plus du tout. » Il n'y avait eu aucune explication, juste quelques phrases isolées de sa mère, des bribes de conversation qu'elle avait surprises et ruminées ensuite le soir, avant de s'endormir. Elle devinait qu'elles étaient victimes d'un affront sans pareil, d'un déshonneur qui ne se pouvait dire qu'à voix basse, ou par gestes. Il semblait qu'il y ait une autre femme, des problèmes d'argent, d'alcool, « encore heureux que de mon côté nous ayons toujours eu du bien et que l'appartement soit payé, et qu'il doive me verser cette pension, parce que sinon, je te laisse imaginer. Si seulement je m'étais attendue à ça, si on m'avait dit qu'un jour… » Des conversations qui s'interrompaient quand la petite tête blonde de Poppy passait le seuil de la porte, et que suivait un silence abrupt soulignant l'importance de l'inavouable. C'était la première fois qu'elle en parlait avec quelqu'un qui ne soit pas Leonor, et même à son amie elle n'avait pas osé donner trop de détails. Mais Félix l'écoutait attentivement, sans poser de questions, et l'expression de son visage n'en était même pas altérée. Il lui semblait qu'avec Félix à ses côtés, le déshonneur n'était pas si grand, que l'affront disparaissait comme par magie, comme si c'était une chose naturelle entre toutes, comme si chaque jour, en divers endroits de la terre, des pères quittaient leur foyer sans plus d'explications, ce sont après tout des choses qui arrivent.

Plusieurs mois passèrent. Ils ne se voyaient pas énormément. Il avait sa femme et son fils, et avait peu de temps à lui consacrer. C'était un flirt de fin d'après-midi, à base de promenades dans le parc et de mains enlacées. Puis ils étaient passés aux baisers et aux caresses, et un jour elle finit par lui proposer d'aller dans une chambre d'hôtel. Il lui demanda si elle voulait vraiment, et elle lui dit que oui. Il savait qu'elle était vierge, et sans doute avait-il prêté à ce détail plus d'importance qu'elle-même ne lui en accordait. Jamais il n'avait parlé de quitter sa femme ou son fils, et elle ne le lui avait pas demandé, ni ne l'avait espéré. Aucun des deux n'imaginait leur liaison comme promise à un grand avenir. Elle la considérait comme un rite de passage, un exercice, le premier pas sur le chemin vers le grand amour à venir, l'esquisse d'une vie future, et pour lui ce devait être un dérivatif, un antidote à la routine. Poppy ne sut jamais comment l'histoire se serait terminée si sa mère n'avait pas fouillé dans ses tiroirs, mais ce dont elle était sûre, c'est que, tôt ou tard, elle aurait pris fin.

La liaison avec Félix ne dura pas. Poppy ne le rappela jamais à son travail, comme elle l'avait fait tant de fois, et lui, bien sûr, ne pouvait pas lui téléphoner chez elle. Elle finit par recevoir une lettre pleine de lieux communs et de phrases toutes faites, qui racontait tout ce qu'elle pouvait imaginer : la douleur de l'épouse qui se sent trahie, les scènes, les reproches, les chantages sentimentaux, le pardon qu'elle accorde finalement depuis le piédestal sur lequel l'a élevée son abnégation, le père qui décide qu'il est de son devoir de rester auprès de son fils même si le sourire de la jeune fille qui a rendu l'allégresse à son existence vaine lui manquera toujours. Je me souviendrai toujours de toi, tu auras toujours dans mon cœur une place particulière, blablabla, plein de mots creux qui ne signifiaient rien pour elle. Elle se doutait bien que la lettre était susceptible d'arriver, elle avait même redouté que sa sœur ne l'ouvre, mais la sœur était désormais bien plus préoccupée par Leonor que par Félix, car elle avait eu beau, le lendemain, dire et répéter que non, évidemment que non, elle ne sortait pas avec Leo, elle avait juste voulu les faire marcher, l'idée continuait à trotter dans la tête de la sœur. Naturellement, il lui était déjà venu à l'esprit qu'il y avait quelque chose de bizarre dans cette amitié entre filles, mais jamais, avant que Poppy lui dise ce qu'elle lui avait dit, elle n'avait osé formuler ses soupçons. Et elle ne put s'empêcher d'en faire part à son fiancé, lequel en parla chez lui à table devant son petit frère, qui était élève au même lycée et s'empressa de téléphoner à tous ses camarades, si bien qu'il ne fallut guère de temps pour que la prétendue relation saphique entre Poppy et Leo devienne le sujet de conversation numéro un de la bande et pour que l'ins-cription «Leonor est une pute» se change en «Leonor est une gouine».

C'est le moment que choisit la mère de Leo pour dire à sa fille qu'elle était désormais trop grande pour que ses amies viennent dormir à la maison, que les soirées pyjama c'était bon à quatorze ans, pas à dix-neuf, et que Poppy serait mieux chez elle pour dormir. Quand Leo en fit part à Poppy, elle ne mentionna aucune prétendue liaison, aucune rumeur qui serait arrivée aux oreilles de sa mère quant à une hypothétique idylle entre elles deux, et c'est précisément parce que Leonor ne fit état de rien de tel qu'elle se dit que son amie était peut-être plus préoccupée par le sujet qu'elle n'était disposée à l'admettre. Et elle fut indignée à l'idée que Leo pourrait avoir honte qu'on la croie amoureuse d'elle. Car Poppy, au fond, n'était pas peu fière qu'on puisse penser qu'une fille comme elle, plutôt boulotte et insignifiante, avait une liaison avec la créature que tant de regards lubriques suivaient dès qu'elle illuminait un lieu de sa présence. Et cette idée en amena une autre : se pourrait-il qu'elle-même soit amoureuse de Leo ? La si grande affection qu'elle éprouvait pour son amie était-elle l'expression d'une simple amitié, ou de quelque chose de plus ? Elle était certaine de n'avoir jamais ressenti d'attirance sexuelle à son égard, mais que savait-elle au juste de ce qu'est ou n'est pas une attirance sexuelle ? Après tout, elle n'avait pas non plus ressenti avec Félix ce qu'elle supposait que le sexe aurait dû lui donner : ni démangeaisons dans le bas-ventre à sa seule vue, ni étoiles multicolores lorsqu'elle avait couché avec lui. L'expérience avait été à peu près aussi plaisante qu'une application de crème hydratante sur les jambes, c'est-à-dire une succession de caresses poisseuses, mais, lorsqu'elle voulait être sincère avec elle-même, elle n'éprouvait pas plus de désir pour Félix que pour Leo. C'est-à-dire aucun.

Lorsque, ce week-end-là, Leo lui téléphona pour lui proposer l'habituelle sortie du samedi soir, elle lui dit qu'elle aimait mieux rester à la maison, que ça n'avait pas de sens de devoir rentrer pour minuit comme Cendrillon, alors que tous leurs bars préférés ouvraient justement à minuit. « Mais on pourrait aller au cinéma, ou faire autre chose, quelque chose… » insistait Leo. « Non, ça ne fait rien, je vais rester réviser à la maison », répondait Poppy, trop orgueilleuse pour s'avouer qu'elle en voulait à son amie de n'avoir pas su tenir tête à sa mère, de n'avoir pas plaidé pour qu'elle continue à venir dormir chez elle. Si bien que Leo, résignée, appela en désespoir de cause le garçon avec qui elle couchait en ce moment, à qui elle n'était pas particulièrement attachée, mais qui au moins était disponible, et ils sortirent prendre un verre ensemble. Et le week-end suivant, Poppy dit encore une fois qu'elle préférait rester à la maison pour réviser, et Leo donna de nouveau rendez-vous au même garçon. Et au bout d'un mois, Leo avait désormais un petit ami officiel, cependant que Poppy était au point pour l'examen. Et lorsque vint le jour fatidique, elle eut les meilleures notes de toute la classe, mais Leo, pour la première fois de sa vie, fut recalée. Si bien qu'elle dut rester à Madrid pour préparer dans une « académie d'été » la session de septembre, tandis que Poppy alla passer les vacances dans un village de la côte basque, chez son oncle et sa tante, comme chaque été.

Elles échangèrent quelques cartes postales peu inspirées. Celles de Poppy parlaient de plage et de soleil, celles de Leo disaient combien elle était heureuse avec son nouveau petit ami et combien elle détestait aller en cours. À la rentrée de septembre, elles se retrouvèrent pour prendre un café. Poppy avait opté pour des études de gestion, et Leo, reçue seulement de justesse à la deuxième session car elle avait passé tout l'été à écumer les terrasses de cafés avec celui qui était devenu son petit ami officiel, ne pouvait accéder aux cursus qu'elle aurait souhaités, et qui exigeaient des notes brillantes à l'examen. Elle avait voulu s'inscrire à une école d'art dramatique, mais ses parents trouvaient que c'était de la folie, et ils étaient arrivés à un compromis : elle irait l'après-midi à ses cours de théâtre, et le matin à une école de secrétariat trilingue. « Mais, comme tu peux t'en douter, je n'ai aucune, mais ce qui s'appelle aucune intention de faire du secrétariat », avait souligné Leo avec une détermination de fer, celle qu'on pouvait lire dans ses yeux fiers et brillants. Elles convinrent de se téléphoner la semaine suivante, mais Leo ne le fit pas, car elle s'était disputée avec son petit ami, et la réconciliation qui avait suivi lui avait fait oublier tout ce qui n'était pas l'objet de son amour. Et Poppy n'appela pas non plus, estimant que c'était à Leo de le faire, car elle souffrait toujours de ce qu'elle considérait comme une désertion de la part de son amie. Et de surcroît, elle était jalouse. Jalouse parce que Leo avait soudain ce petit ami qui semblait accaparer toute son attention. Et voici qu'elle était de nouveau rongée par le doute : une telle jalousie était-elle normale s'agissant d'une simple relation d'amitié ? Toujours est-il qu'elle ne téléphona pas à Leo, que Leo ne lui téléphona pas non plus, et qu'elles se perdirent peu à peu de vue, ainsi qu'il est si facile dans une grande ville comme Madrid, quand on ne prend pas le temps et qu'on ne fait pas l'effort de maintenir le contact.

À la fac, Poppy fit la connaissance de celui qui devait devenir son mari. Elle travaille aujourd'hui dans une société de gestion financière et a deux enfants. Elle habite une jolie maison avec jardin et piscine, dans une banlieue résidentielle. Parfois, le soir, elle est prise d'un certain sentiment d'angoisse en pensant à sa vie bourgeoise, routinière et dépourvue d'émotions, mais elle rentre si épuisée à la maison qu'elle n'a guère le temps de ruminer trop longtemps son insatisfaction, et qu'elle s'enfouit profondément dans un sommeil opaque et dépourvu d'images.

Quant à Leo, son nouveau petit ami a fait place à un autre, puis à un autre, puis encore à un autre ; un enchaînement de soupirants qu'elle exhibe aux premières comme des accessoires de prix. À trente ans passés, elle a couché pour la première fois de sa vie avec une femme, une actrice, avec qui elle est sortie pendant près d'un an, avant de la quitter pour un réalisateur prestigieux qui lui a donné son premier rôle important au cinéma. Elle l'a épousé, a eu un enfant de lui, puis a divorcé peu après, non sans que ses avocats lui aient obtenu des conditions plus qu'avantageuses, aux termes desquelles elle garde l'appartement et touche une pension généreuse, théoriquement destinée à l'éducation de son fils, mais lui permettant en fait de vivre sans travailler, ou en ne travaillant que de loin en loin, en jouant des rôles épisodiques dans des séries télévisées pour lesquels elle touche de quoi s'offrir les tailleurs ultrachers qu'elle s'est accoutumée à porter.

Comme Leo a beaucoup de temps libre, elle peut le perdre à des occupations telles que le rangement de ses placards ; le genre de tâche que Poppy se promet tous les jours de faire, mais qu'elle finit toujours par remettre à plus tard, faute de temps. Au demeurant, Leo n'a pas tellement le choix, car elle s'achète tellement de vêtements – sans compter ceux qu'on lui offre, son meilleur ami étant créateur de mode – que chaque année son dressing est de nouveau plein à craquer, et qu'elle doit effectuer un tri drastique pour se débarrasser de ceux qu'elle ne met plus et faire de la place pour les nouveaux. C'est en voulant mettre de l'ordre dans ses tiroirs qu'elle se trouva un jour face à une boîte en carton aux coins élimés, et qui renfermait des souvenirs de jeunesse et d'adolescence, des photos, des

lettres, des billets de théâtre, des catalogues d'expositions... Elle
ouvrit une enveloppe rose qui contenait les cartes postales de Poppy,
quelques photos sur lesquelles elles étaient ensemble, et une culotte
noire. Et c'est alors qu'elle se souvint que Poppy lui avait rendu cette
culotte qu'elle lui avait prêtée, après s'en être servie avec cet homme
marié qui était son amant et dont elle ne se rappelait plus le nom,
mais qu'elle avait décidé de ne plus remettre, par scrupule moral ou
hygiénique, comme on voudra.

– Qu'est-ce que Poppy a bien pu devenir? se dit-elle. Elle était
vraiment adorable... J'aurais dû l'appeler au moins de temps en
temps.

Puis elle jeta l'enveloppe, les cartes, les photos et la petite culotte
à la corbeille à papier, et se remit à son rangement.

LE MARI TROMPÉ

HÉCTOR QUITTA LA SECONDE parce qu'elle le trompait. Héctor avait été très amoureux de la Première, mais il avait toujours senti que, d'une certaine façon, elle l'aimait moins qu'il ne l'aimait. Ce n'était pas qu'elle ne soit pas tendre, car elle l'était, surtout avec les filles, mais elle n'était pas ce qu'on appelle romantique. Laura refusait d'offrir ou de recevoir des cadeaux pour la Saint-Valentin, disant qu'elle ne voulait pas entrer dans le jeu des centres commerciaux qui avaient inventé cette fête comme ils avaient inventé la fête des Mères (occasion pour laquelle, naturellement, elle ne voulait pas de cadeaux non plus) ; elle préférait un bon film à un dîner à deux dans un restaurant branché ; elle n'avait pas de photo de son mari dans son portefeuille (mais elle en avait de ses filles), et quand elle l'appelait à son bureau, c'était toujours pour parler de problèmes domestiques urgents, jamais pour lui dire tout simplement qu'elle l'aimait. La séparation fut tout aussi froide et civilisée. Lorsqu'il lui dit qu'il en aimait une autre, elle ne cria pas, ne fondit pas en larmes, mais le regarda longuement, sans un mot, avec une expression sévère et distante, et proposa finalement d'aller voir un conseiller conjugal. C'était très novateur pour l'époque ; ce n'était pas encore entré dans les mœurs, presque personne ne le faisait. De fait, très peu de gens divorçaient, car la loi sur le divorce venait seulement d'être votée. Ils tombèrent sur un Argentin – à l'époque, les thérapeutes étaient presque tous des Argentins qui avaient fui la dictature de Videla – très chic et très cher, qui ne leur conseilla pas de se réconcilier, mais plutôt de se séparer sans disputes ni éclats de voix, d'épargner aux enfants le pénible spectacle de leurs parents en train de se jeter la vaisselle à la tête.

La Seconde était complètement différente. Elle le subjuguait. Pas seulement par sa beauté, son regard triste et fier, sa taille élancée, sa chevelure magnifique, pas seulement non plus par son talent – c'était une très bonne, peut-être même une trop bonne actrice, ce dont il ne s'apercevrait hélas que trop tard –, mais aussi parce que, grâce à elle, il se sentait un héros, un dieu. Mais elle était exigeante, et passionnée. Parfois même trop passionnée.

Elle était, par exemple, très jalouse, et il en était tout étonné, car la Première n'avait jamais attaché d'importance au fait que d'autres femmes se retournent sur lui dans la rue. Elle n'y faisait même pas attention. Mais cela donnait l'impression que la Seconde croyait avoir mis la main sur un trésor si précieux que la première femme venue tenterait de le lui arracher pour peu qu'elle relâche son attention. Et si elle était jalouse de quelqu'un, c'était de la Première. Peu lui importait de savoir que, lorsqu'il avait dû choisir entre sa femme légitime et sa maîtresse, il s'était décidé pour elle, et sans hésiter. Ce qu'elle aurait voulu, c'est que les douze années précédentes n'aient même pas existé. Elle lui demandait souvent : « Tu m'aimes ? », et il répondait : « Mais oui, je t'aime. » « Plus que tu n'aimais Laura ? » « Mais oui, bien sûr ». Il mentait. Car il avait idolâtré Laura, qui à ses yeux resterait à jamais la *Première*, et s'il s'était peu à peu éloigné d'elle, c'était justement parce qu'il craignait de l'aimer trop, et ne supportait pas de se sentir si vulnérable à côté d'elle.

Les premières scènes avec la Seconde survinrent du jour où elle se mit en tête d'avoir des enfants. Héctor lui avait dit, lorsqu'ils s'étaient rencontrés, que ses filles lui suffisaient, qu'il ne voulait pas d'autres enfants, et elle n'avait jamais exprimé de désaccord, puisque, comme elle le disait elle-même, être mère n'avait jamais été un but dans sa vie. Il est bien connu, en outre, que la grossesse élargit les hanches et amollit la sangle abdominale, or une actrice vit de son corps (surtout une actrice plus connue pour sa beauté que pour ses talents d'interprète, même si Héctor s'est toujours abstenu d'entrer dans cette dernière considération). Sans doute le tic-tac de son horloge biologique avait-il cependant altéré ses nerfs à l'approche de la quarantaine, car elle avait changé radicalement d'avis. Il tenta de lui expliquer qu'il ne gagnait pas assez pour élever de nouveaux enfants, compte tenu de la pension qu'il avait à payer pour ses filles. Et puis, bien qu'avoir des filles ait été une expérience merveilleuse, cela avait signifié aussi des années sans aller au cinéma, sans flemmarder au lit le samedi matin en buvant du jus d'orange et en lisant les journaux en retard, sans se lever le dimanche à quatre heures de l'après-midi après une bringue d'enfer, sans aller en vacances dans des coins paradisiaques où le principal effort consistait à lever le bras pour demander au serveur une autre piña colada. Il voulait pouvoir partir en voyage sans avoir à trimbaler poussette, langes, couches et biberons. Il voulait vivre la vie que promettaient les publicités pour boissons gazeuses. Maintenant qu'il avait enfin réussi à faire son propre film, qu'il vivait de son art, qu'on l'invitait à des festivals et qu'on lui demandait de faire des conférences, maintenant qu'il voyageait dans le monde entier, pourquoi se compliquer la vie avec de nouvelles responsabilités paternelles? Elle le traitait d'égoïste, de cynique, elle lui disait qu'il ne l'aimait pas, car s'il l'aimait il lui ferait un enfant. Et il lui répondait que si, il l'aimait, il l'adorait, sinon il n'aurait pas divorcé, mais il commençait à être fatigué de toutes ces larmes et de toutes ces scènes, et se surprenait souvent lui-même à regretter la Première, cette existence si paisible et ordonnée où il n'y avait jamais un mot plus haut que l'autre.

Arriva un week-end où il avait la garde de ses filles. Il avait promis de les emmener passer le dimanche à la piscine de son club de sport, et le samedi soir il se mit à retourner tous les tiroirs et à chercher partout dans l'appartement sa carte de membre, mais il ne la trouvait nulle part. Or, sans elle, il ne pourrait pas entrer. Il se rappela alors qu'il avait trié des papiers le matin et se dit qu'il avait peut-être jeté la carte à la poubelle par inadvertance. Il alla donc au vide-ordures et en répandit le contenu sur le sol, à la recherche de ce fichu rectangle de plastique. C'est alors qu'il remarqua la plaquette de Neogynona, avec les alvéoles des quatorze premiers jours vides, tandis que les autres, celles de la dernière semaine, contenaient encore les petits comprimés blancs. Soudain, comme dans un éclair, il crut se rappeler qu'il n'avait pas vu, ce matin, les pilules de sa femme dans l'armoire de toilette, là où elle les laissait d'habitude, à côté de la crème hydratante. Il alla à la salle de bains et chercha dans l'armoire. Rien. Il inspecta ses trousses de toilette une par une. Rien. Il regarda même dans ses pochettes d'épingles à cheveux. Rien. Il finit par jeter un coup d'œil dans son sac à main, en se disant qu'elles étaient peut-être dans son portefeuille. Rien non plus.

La Seconde était dans le salon, à regarder la télé.

– Chérie, je voudrais que tu me dises quelque chose, tu as arrêté la pilule ?

– Mais non, bien sûr que non. Je la prends toujours.

– Alors est-ce que tu peux me montrer tes pilules ?

– Et pourquoi veux-tu que je te les montre ?

– Pour rien…

– En ce moment je ne peux pas te les montrer parce que c'est ma semaine de pause.

– Alors, si c'est ta semaine de pause, pourquoi as-tu interrompu le cycle à la moitié ?

– Et comment sais-tu que j'ai interrompu le cycle à la moitié ? En disant « comment sais-tu ? », elle s'était elle-même trahie. Elle avait arrêté la pilule sans attendre la fin du cycle. Ce genre de décisions soudaines, impulsives, était passablement fréquent chez elle.

– Ce qu'il y a, c'est qu'un jour j'ai oublié, et quand je m'en suis aperçue, deux jours avaient passé et j'ai hésité à en prendre trois d'un coup, car j'avais peur que ce soit complètement contre-productif, ou même dangereux.

– Et pourquoi tu ne m'as rien dit ?

– Je ne sais pas, je n'y ai pas pensé.

– Tu ne sais pas que tu peux te retrouver enceinte rien qu'en arrêtant de la prendre pendant vingt-quatre heures ?

– Ne dis pas de bêtises… À mon âge, à trente ans passés, ça n'arrive pas. Regarde Lola et Aldo, ils essaient depuis près d'un an…

– Lola ? Tu veux dire ton amie mannequin ? C'est parce que son mari est homo.

Il n'avait pas envie de discuter, mais une chose était claire pour lui : elle le trompait. Il ne voulait pas dire par là qu'elle lui était infidèle, mais qu'elle usait d'un stratagème aussi grossier, aussi bas que de chercher à être enceinte sans le lui dire, parce qu'elle savait qu'il ne serait pas d'accord. Elle le mettait, en d'autres termes, devant le fait accompli.

Il vivait avec une femme qui le trompait, à l'instar de ces épouses qui, tout en devisant agréablement avec les amis de leur mari au cours de ces dîners auxquels elles assistent par obligation, repensent à leur rendez-vous du matin avec leur professeur de tennis.

Mais Héctor ne la quitta pas tout de suite. Ils continuèrent à vivre ensemble. Elle feignait de ne pas avoir de secrets pour lui et il feignait de le croire. Et ce fut le début de la fin de leur histoire, car il espérait encore qu'elle se déciderait à avouer, qu'elle jetterait un pont au-dessus du fossé qui s'était ouvert entre eux. Mais elle n'en fit rien, et il se mit, en toute logique, à éviter le contact sexuel, car il avait peur qu'elle tombe enceinte, de sorte que le fossé s'élargit au point de devenir un abîme. La Seconde se plaignait, récriminait amèrement contre son indifférence, et les pleurs, les larmes, les chantages affectifs redoublèrent. « C'est parce que je t'aime. Je ne peux pas vivre sans toi, je ne peux pas vivre sans toi », répétait-elle entre deux sanglots, « je me sens si seule, si démunie devant ton air distant, je suis comme une enfant perdue. » Deux ans plus tôt, ce numéro aurait réussi à l'émouvoir, mais aujourd'hui ces phrases lui paraissaient creuses, usées, sans éclat. Et pourtant, une nuit, il céda. Elle était si belle, et il avait trop bu. Et une autre nuit, et encore une autre. Et elle obtint ce qu'elle voulait, tout en s'avouant avec tristesse que la grossesse les avait éloignés définitivement l'un de l'autre. Ils restèrent ensemble encore trois années orageuses, en rasant les murs pour se croiser le moins possible. Et lorsqu'il finit par lui annoncer qu'il la quittait, elle devint hystérique, lui donna des coups de poing, le menaça de se jeter par la fenêtre, mais elle ne réussit pas à le retenir.

La Première habite toujours le même appartement, avec les filles. Il n'y a pas d'autre homme dans sa vie, et il soupçonne qu'il n'y en aura sans doute plus jamais. Au cours d'une longue conversation téléphonique, quelques années plus tard, elle lui a avoué que pour elle il avait été l'Homme de Sa Vie, et qu'elle se voyait très difficilement vivre avec un autre homme. Elle le lui a dit très sereinement, sans le moindre ton d'accusation ou de reproche dans la voix.

Il est au courant par les magazines de ce que devient la Seconde. Car lorsqu'il la voit en allant chercher leur fils, ils se parlent à peine, bien qu'ils échangent des sourires forcés et des phrases toutes faites qui – il en a la certitude – ne peuvent tromper l'enfant. Il est étrange que deux personnes qui ont été si proches se montrent désormais si distantes l'une envers l'autre. Comme il est réalisateur et elle actrice, ils devraient se rencontrer à des premières, mais il évite soigneusement celles auxquelles il devine qu'elle est susceptible d'assister. Il s'est cependant trouvé presque nez à nez avec elle à une remise de prix, mais il a esquivé la rencontre avec habileté, et il pense qu'elle est trop préoccupée d'elle-même et de sa tenue – œuvre de ce couturier, Óscar Rosabert, avec qui elle semble très intime et qui l'accompagne partout – pour s'être rendu compte de la manœuvre. Récemment, il a vu à la télévision une émission people où on parlait d'elle. Elle avait assisté au vernissage de l'exposition d'un peintre au nom exotique, persan ou arabe, qui avait donné lieu à une fête grandiose dans une galerie branchée. Leonor Mayo ne vieillit pas, disait-on. Elle est encore plus belle aujourd'hui qu'il y a quinze ans. L'élégante Leonor, la triomphante Leonor, la divine Leonor. Leonor qui est plus célèbre aujourd'hui pour sa vie mondaine que pour ses interprétations dramatiques. Et tout le monde a oublié qui lui a donné son premier grand rôle, ce réalisateur qui était tombé amoureux d'elle et avait quitté pour elle sa Première femme qu'il aimait tant. Le piège Leonor, le mirage Leonor, la Némésis Leonor. On disait qu'elle avait une liaison avec un riche marchand d'art, ami du prince. Il l'imaginait devisant agréablement avec les amis de son nouveau compagnon, au cours d'un de ces dîners auxquels elle assiste par obligation, tout en pensant à son rendez-vous du matin avec son professeur de yoga, au cours duquel elle a dû insister jusqu'à cinq fois pour qu'il finisse par accepter de mettre le préservatif.

L'actrice

MAINTENANT QUE TU AS ÉTEINT LE MICRO et que nous pouvons enfin arrêter de dire des bêtises sur Fulvio Trentino et ses énormes qualités, non, ne ris pas, dont la plus énorme est justement d'en avoir une énorme, c'est du moins ce que j'ai entendu dire, je ne sais pas s'il a d'autres qualités, mais il a au moins celle-là... Donc, je peux me lâcher, nous pouvons parler comme deux amies, ma chérie, comme les deux amies que nous sommes, et je peux arrêter de dire des bêtises. Heureusement que tu m'as fait cette faveur d'accepter de faire toi-même l'interview. Je suis sûre que tu vas écrire un texte formidable, ce sera la première fois dans cette rédaction qu'ils verront un texte d'une telle qualité. La rédactrice en chef était très touchée quand je lui ai dit qu'une femme de lettres comme toi était d'accord pour le faire, elle était surexcitée, il faut dire qu'il y a de quoi... Que veux-tu, avec toi c'était tellement plus simple, j'aurais été morte de honte si on m'avait envoyé une pétasse, Dieu sait ce qu'elle aurait pu écrire sur moi... C'est que je ne t'ai rien dit de faux, *amore*, mais je n'ai pas dit non plus toute la vérité... J'ai dit par exemple que Fulvio était critique d'art, tu peux l'écrire, tu peux écrire tout ce que tu veux, mais Fulvio, soit dit entre nous, c'est surtout de l'argent de son père qu'il vit, et ça suffirait à en faire vivre cent comme lui, mais pour ce qui est de travailler, ce qui s'appelle travailler, je n'ai pas l'impression qu'il travaille beaucoup... Et pour ce qui est de notre relation, mon Dieu, j'aimerais pouvoir te dire que oui, que nous sommes follement amoureux, et que nous allons nous marier, et que je vais être à la tête d'une petite fortune et vivre dans une résidence hyperclasse, mais que veux-tu que je te dise, ma chérie, avec l'âge on gagne en sagesse et en expérience, et je te dirai que selon moi, Fulvio est plus à voile qu'à vapeur, je ne sais pas si je me fais bien comprendre. À vrai dire, moi ça m'est égal, puisque moi aussi, autrefois, j'ai eu une aventure avec une femme... Je ne t'avais jamais raconté? C'est vrai que c'était il y a longtemps... Elle était actrice elle aussi. Nous jouions dans la même pièce, mais je crois qu'ensuite il lui est arrivé ce qui arrive à tellement d'actrices, elle a quitté la profession, elle n'a pas continué, il faut dire que c'est un métier très difficile, très dur, il y a beaucoup d'appelées et peu d'élues... Elle s'appelait Dora. Je n'ai plus jamais entendu parler d'elle... Mais je ne sais pas pourquoi je te raconte ça justement maintenant, c'est de l'histoire ancienne, ma chérie, tant d'eau a coulé sous les ponts... Et puis je ne sais pas non plus pourquoi Fulvio a accepté de se laisser photographier, sans doute parce qu'il aime les flashes et les sunlights plus qu'un panda les pousses de bambou, et aussi et surtout parce que sa famille est hyper-hypertraditionnelle. Tu sais qu'il est apparenté à la famille royale, et que sa mère, la pauvre, elle nourrit encore l'espoir de marier son fils un jour. Naturellement, tout ce que je te raconte là reste entre nous, je te le raconte en tant qu'amie, pas comme à une journaliste... Je sais bien que tu finiras par le mettre dans un de tes romans, mais si tu le fais, au moins, change mon nom, et aussi mon âge... En me rajeunissant, bien sûr... Ne ris pas, je suis tout ce qu'il y a de plus sérieuse. Je suis persuadée que quand sa mère mourra et qu'il héritera, Fulvio va faire son *coming out*, s'il doit le faire un jour. Ou alors il m'épousera, va savoir; qui vivra verra. Moi je ne dirais pas non; pas seulement pour l'argent, encore que ça joue aussi, pourquoi le nier, mais parce que je m'entends bien avec lui. Tu sais, c'est vraiment un amour, il me choisit mes vêtements, il m'aide pour tout et il s'entend hyperbien avec mon fils. Que veux-tu, il y a un âge où on se résout à passer sur certaines choses, et puis tant que ça reste discret... Et moi, pourquoi j'ai accepté? Mais c'est évident, si j'ai dit oui pour le reportage et pour l'interview, c'est parce qu'une actrice a toujours besoin qu'on parle d'elle, surtout passé un certain âge. Je n'ai plus trente ans, ma chérie, tu le sais bien, mais ne compte pas sur moi pour te dire combien. Je veux parler de la date qui figure sur ma carte d'identité. Car le véritable âge d'une actrice, c'est celui qu'elle a l'air d'avoir, et rien d'autre, *amore*, j'ai l'âge que tu voudras bien me donner. Mais tu sais aussi que nous autres actrices avons une date de péremption, comme les yaourts, et dès qu'appa-raît la première ride, ça y est, on doit quitter la scène, remplacée par une de ces jeunesses qui font la queue dehors pour prendre la relève. Tu as vu *Eve*, avec Bette Davis? Eh bien c'est la même chose. Tu ne peux pas savoir à quel point, parfois, je me sens comme Margo Chan-ning! Je me maintiens, avec des hauts et des bas, mais je me main-tiens. Mais ce qui me manque, c'est qu'on parle de moi, et c'est pour ça que j'accepte de poser pour des reportages et de répondre aux interviews, même si nous savons bien toutes les deux que mon his-toire avec Fulvio n'est pas exactement ce que le magazine dit qu'elle est. Enfin... heureusement que nous nous connaissons depuis tant d'années, ma chérie. Je t'avouerai que ça me fait plaisir de pouvoir être un peu sincère de temps en temps dans ce petit monde d'hypo-crites. Mais ce qui me fait vraiment peur, c'est qu'au cinéma aussi mes jours soient comptés. C'est d'une injustice terrible, vraiment, quand on voit comme les rôles deviennent plus rares, et comme se réduit la palette des rôles féminins au cinéma, tout ce qu'on te pro-pose, ce sont des rôles de bobonnes désœuvrées qui font une crise à la ménopause et qui, par-dessus le marché, ne sont même pas le rôle principal. Et ce qui me désole surtout, mais que veux-tu, c'est que la réalité n'est pas comme ça, dans la réalité il y a des femmes médecins, caissières, juges, ouvrières, chercheurs, il y en a qui sont mariées, séparées, célibataires… Oui, bien sûr, il doit bien y avoir aussi des bobonnes dépressives, je ne dis pas le contraire, mais moi, ça finit par m'énerver de jouer les bobonnes dépressives, parce que si tu veux savoir, je me trouve encore superbe, je ne suis pas dépressive et je ne suis ni ne veux être la bobonne de personne. Sauf de Fulvio, bon, d'accord, mais plus pour l'argent que pour autre chose. Ne ris pas, ma chérie, je ne suis pas cynique, seulement réaliste. Et comme je te disais, je me sens à un âge magnifique, idéal, et comme femme et comme actrice, et je n'arrive pas à comprendre pourquoi, subitement, presque du jour au lendemain, c'est le déclin sur le plan professionnel, car jusqu'à hier, quasiment, je n'arrêtais pas d'avoir des propositions des producteurs, et voilà que maintenant il faut que mon agent les supplie presque. C'est que figure-toi, ma chérie, que j'ai déjà joué trois fois la mère de Raúl Ladoire, oui, comme je te le dis, alors que la troisième fois il avait vingt-huit ans et moi trente-cinq, il y a tout de même quelque chose qui cloche. On me fait jouer les grands-mères alors que je ne crois pas qu'à mon âge il y en ait beaucoup qui soient grands-mères, alors ça me rend évidemment un peu amère, parce que je me dis : « Mon Dieu, c'est déjà fini pour moi les rôles de mère. » Maintenant, les actrices à qui on donne des rôles sont celles de vingt et quelque, tout ça parce que les films s'adressent à ceux qui paient pour aller les voir, et que ceux qui paient, ce sont ces ados qui vont dans les multiplex, qui prennent un cheeseburger et qui vont voir des films d'action ou des *college comedies*. Et justement maintenant que je pourrais apporter ce que j'ai gagné en sagesse, en expérience, en maturité, en savoir, j'ai l'impression que j'intéresse moins. Mais moi, j'ai envie de travailler, peu importe que ce soit pour la radio, le cinéma, la télévision ou pour le théâtre. Et si pour travailler je dois poser pour ce magazine et jurer sur ce que j'ai de plus sacré que je suis amoureuse de Fulvio Trentino jusqu'à la moelle, je veux bien le faire aussi, car d'un côté c'est un métier merveilleux, mais qui d'un autre côté peut être hyperdur, hypercruel. Mais tu sais, *amore*, j'ai dit à la rédactrice en chef que je n'acceptais de poser pour le reportage que si c'était toi qui le faisais, car s'il faut que je joue mon rôle de bécasse amoureuse transie de Fulvio Trentino devant une grande folle aux cheveux peroxydés ou, pire encore, devant une journaliste débutante ou une stagiaire, ça me reste en travers de la gorge. Oui, bien sûr que j'ai pensé à me faire opérer, ma chérie, mais tu sais, même avec toutes les opérations du monde, à quarante ans personne n'a l'air d'en avoir vingt-cinq. Mais je me suis fait retoucher, bien sûr, comme tout le monde. Infiltrations, botox, collagène, fil d'or... J'ai même fait une liposuccion, et même si j'ai toujours été mince, avec l'âge on a le cul qui tombe, c'est inévitable, *amore*, c'est la dure loi de l'existence. Je ne suis pas allée jusqu'au lifting ; je n'ai pas eu le courage. On me donnerait cinq ans de moins à tout casser et je risquerais de ressembler à un poisson-globe. Et de perdre mon expressivité. Si je me fais lifter, les rides s'en iront, mais aussi tout ce que mon visage dit sans même que j'aie besoin de parler, parce qu'en me regardant dans la glace, je vois beaucoup de choses : mon visage est devenu plus anguleux, avec plus d'arêtes. Je ne crois pas que ce soit seulement l'âge, c'est aussi parce que l'expérience, toutes les choses qui te sont arrivées, bonnes ou mauvaises, font partie de toi. C'est comme si tes os s'emboîtaient comme un puzzle, comme si tu devenais toi définitivement. Et je t'avouerai que je me vois plus femme, plus séduisante que jamais. Dommage que les directeurs de casting ne voient pas ça. Et par-dessus le marché, il y a plus de rôles d'hommes que de femmes, et plus d'actrices que d'acteurs. Mais ne va pas croire que j'y voie un complot des hommes contre les femmes, c'est une simple question d'inertie. C'est-à-dire qu'un scénariste, par paresse, va décrire ce qu'il a toujours vu : l'homme actif, la femme passive; l'homme, c'est celui qui agit, la femme, c'est celle qui assiste. Car quand tu vas au tribunal, qui sont les juges ? Des femmes. Et à l'hôpital, si tu y vas, tu vois toutes ces femmes médecins. C'est vrai qu'elles ne ressemblent pas toutes à Sharon Stone, mais quand par hasard tu vois à l'écran une femme juge ou médecin ou avocate, en général elle est comme sont les femmes au cinéma. Alors qu'un homme, on se fiche pas mal qu'il ait du ventre ou qu'on voie ses rides; il peut jouer ce qu'il veut, un juge, un avocat, un voyou, un balayeur. Regarde Álex Vega : personne ne l'appelle pour lui proposer des rôles de père ou de grand-père. C'est l'idole des jeunes filles, et il a deux ans de plus que moi. Mais oui, ma chérie, je te jure; j'étais avec lui au cours d'art dramatique. Et moi, c'est une chose qui m'indigne et j'en ai plus que marre... et je t'avoue aussi que ça me fait peur, *amore*.

Tu me trouveras peut-être cynique; c'est ton droit, ma chérie, et peut-être que c'est un peu vrai... Que veux-tu, ça vient avec l'âge, mais je n'ai pas toujours été comme ça. Tu me croiras si tu veux, mais j'étais très amoureuse d'Héctor quand je l'ai épousé, c'était même presque obsessionnel. Quand je l'ai connu, c'était un réalisateur très prestigieux, alors que moi je n'étais rien du tout; un beau visage parmi d'autres, une aspirante actrice qui ne s'était pas encore fait un nom... et je me suis laissé éblouir. Je t'avoue qu'aujourd'hui je ne saurais pas dire si c'était de lui que j'étais amoureuse ou de ce qu'il représentait, mais au bout du compte, est-ce que ce n'est pas juste-ment cela, être amoureux, s'accrocher à une illusion? En plus, il était marié, et moi, comme n'importe quelle femme, c'était le genre de défi qui me stimulait. J'étais rongée de jalousie, je me suis véritable-ment accrochée à lui. Et pourtant, sur le plan physique, il n'avait vrai-ment rien d'exceptionnel. S'il avait été simple employé de banque, je ne l'aurais même pas regardé, je le reconnais très franchement.

Mais bon, toujours est-il qu'il a quitté sa femme et qu'il m'a épousée, et je dois dire que le jour où nous sommes passés devant l'officier d'état civil a été l'un des plus heureux de ma vie. Mais ensuite, la chose s'est effritée peu à peu, parce qu'en fait il ne s'intéressait pas du tout à moi. Il était tombé amoureux d'un visage, mais il me donnait l'impression que tout ce que je pouvais lui dire de mes opinions, de mes peurs, de mes rêves, de mes fantasmes, il s'en fichait comme de l'an quarante. Si par exemple nous allions voir un film, mettons de Tarkovski, et que je trouvais ça d'un ennui insupportable (car entre nous, ma chérie, qui peut supporter *Le Sacrifice* jusqu'au bout ?), il me disait que si j'étais incapable d'apprécier le film, c'était parce que j'étais une inculte et une ignare. Tu ne peux pas savoir le nombre de fois qu'il m'a humiliée comme ça en public. « Leonor, ma chérie, tu n'y connais rien. » « Leonor, pardonne-moi de te contredire, mais… » Et à chaque fois je me sentais plus minable, plus insignifiante, je sentais que je ne comptais pas. Et puis il passait toute la journée enfermé dans son bureau, avec ses livres, ses carnets et son ordinateur, et il ne s'occupait pas de moi ; il me parlait à peine, sauf pour demander ce qu'il y avait à manger. Car c'est moi qui m'occupais de la maison, évidemment. Il jouait les grands progressistes, mais il ne savait même pas se cuire un œuf au plat ni faire la vaisselle, en somme j'avais épousé un intellectuel pour jouer les femmes au foyer, mais les femmes d'intellectuel, bien sûr. Et en plus, je commençais à vieillir. J'avais déjà passé trente ans. Peut-être que ça n'est pas un drame pour les autres femmes, mais dans un métier comme celui-là, qui est si cruel, si obsédé par l'âge, c'est le commencement de la fin. Jusqu'alors, pour moi, il allait de soi que tous les hommes voulaient coucher avec moi ; mais ne va pas croire que c'est parce que je me trouvais particulièrement belle, c'était juste ce qu'on m'a ait enseigné au collège que les hommes sont des oiseaux de proie qui ne recherchent que ça chez les femmes, si bien que quand des ouvriers me sifflaient dans la rue, ou quand je me faisais suivre, ou quand dans la salle d'attente d'un aéroport un passager me regardait fixement, je considérais que c'était dans l'ordre des choses, et je n'y attachais pas une importance particulière. Mais peu à peu, c'est devenu de plus en plus rare, et j'ai vu que les ouvriers sifflaient des filles plus jeunes, que les messieurs dans la rue suivaient plutôt des étudiantes, que les passagers restaient plongés dans leur journal sans me jeter un regard, et que du jour au lendemain tout le monde s'était mis à m'appeler « madame ». Et j'ai pris peur. Je me suis dit : fini la beauté, c'est fini, c'est juste une question de temps, le compte à rebours a commencé, et comme je ne suis pas une intellectuelle, je n'ai pas fait d'études, je n'ai pas de culture, je ne sais pas apprécier les films de Tarkovski, d'ici dix ans je ne pourrai même plus travailler parce qu'il n'y aura plus de rôles pour moi. Il n'y a pas beaucoup de rôles pour les femmes quadragénaires, et il y a des actrices bien mieux préparées à ça que moi, et que veux-tu, *amore*, j'ai été prise de terreur et je suis devenue obsédée par l'idée d'avoir un enfant, pour donner, même si je reconnais que c'est idiot, un sens à ma vie. Rétrospectivement, c'est un raisonnement que je trouve complètement ridicule, je le reconnais, mais à l'époque, pour moi c'était d'une clarté aveuglante. Mais quand j'avais rencontré Héctor, il m'avait bien dit qu'il ne voulait pas d'enfants parce qu'il en avait déjà deux, deux filles, et quand je me suis ouverte à lui, il n'a même pas voulu en entendre parler. Et ç'a été comme si la terre s'était brusquement ouverte sous mes pieds et que je me trouvais sans rien à quoi m'accrocher. J'ai été désespérée, je suis devenue folle, j'ai déprimé et, pour la première fois, j'ai pensé à le quitter, tellement son attitude m'apparaissait d'un égoïsme terrible. Mais je n'avais pas le courage de le quitter, je ne voyais pas de solution. Et un matin je me suis réveillée en pleurant, je venais de faire un cauchemar, et après m'être lavé les dents je suis allée me peser comme d'habitude et j'ai découvert que j'avais pris deux kilos. J'en ai eu un accès de rage, et d'un seul coup, tu sais comme je suis impulsive, ma chérie, j'ai jeté ma plaquette de pilules à la poubelle, parce que je savais que la pilule, entre mille autres effets secondaires, provoque des rétentions de liquides, dans la notice on disait aussi que ça pouvait altérer l'humeur, et je me suis dit : méfiance, c'est la faute des contraceptifs si j'ai grossi et si je me sens tellement déprimée. Mais quand Héctor a vu la plaquette de pilules dans la poubelle, il a cru que je trichais pour me retrouver enceinte sans le lui dire. Je n'y avais même pas pensé. Car pour tout te dire… le fait est qu'à l'époque nous ne baisions même plus, et en plus le médecin m'avait dit qu'à partir de la trentaine il fallait faire des tentatives pendant au moins une année entière, et à différentes heures du jour et de la nuit, mais justement nous ne baisions plus, ni la nuit ni le jour, à aucune heure, et quand il a eu avec moi cette attitude qui me désespérait tellement, celle du type froid et autoritaire, j'ai énormément souffert de ce manque de confiance de sa part qui me blessait, qui me déchirait, qui me détruisait. À partir de là, nos relations sont devenues très distantes, tellement on se méfiait l'un de l'autre. Je pleurais, je lui disais que j'étais en plein désarroi, perdue, désespérée, mais c'est à peine s'il faisait attention à moi. Et le plus étrange, dans cette histoire, c'est que nous avons fini par avoir un enfant alors que je ne l'aimais déjà plus. Nous ne nous parlions même plus, nous avions chacun notre vie, je m'apprêtais à demander le divorce, et voilà qu'un soir Héctor est rentré soûl d'une première et s'est jeté sur moi, et pas moyen de me débarrasser de lui ; même pas avec de l'eau bénite, je parie. Et la semaine d'après, rebelote. Je me disais : il ne va quand même pas me mettre enceinte, le médecin m'a dit qu'il fallait essayer et réessayer pendant au moins un an… Mais tu vois, deux petits coups, et ça y était. Bingo. Après, j'ai essayé de rester avec lui, plus à cause de l'enfant que d'autre chose, et j'ai tenu tant bien que mal. Et un jour, en faisant du rangement, j'ai trouvé dans ses papiers le scénario qu'il était en train d'écrire, *Cosmofobia*, et je l'ai lu, et j'ai vu qu'un des rôles était fait pour moi, comme s'il l'avait écrit en pensant à moi, vraiment; et je me suis dit : «Ce que c'est bien, ce que c'est gentil de sa part, c'est vraiment un superbe cadeau qu'il me fait», et je ne lui ai pas dit que je l'avais lu pour lui laisser le plaisir de me faire la surprise, et les mois passaient et je voyais qu'il commençait à avoir des conversations avec des producteurs et tout, mais il ne disait rien du scénario et ça m'étonnait, si bien qu'un jour je lui demande carrément : «Alors finalement, ce film, *Cosmofobia*, il va se faire, ou pas?» Et il me dit : «Je pense que c'est bon, j'espère signer le contrat cette semaine.» Et moi, je ne peux plus me retenir, je lui demande : «Et pour qui est le rôle de Mina?» Il me répond : «J'avais pensé à Penélope Cruz, mais je ne sais pas si elle sera libre.» Et là, j'ai halluciné, parce que le rôle était celui d'une femme mûre; d'accord, on ne disait jamais son âge, mais compte tenu de l'âge de son enfant, il était évident qu'elle devait avoir au moins trente ans, et Penélope, à l'époque, en avait à peine plus de vingt. Je me souviens que je suis restée presque pétrifiée, j'étais sans voix devant l'affront qu'il venait de me faire, je suis allée dans ma chambre et je me suis mise à pleurer, mais ça, il ne l'a pas vu. Il m'a vue devant lui, froide, oui, mais il ne m'a pas vue dans mon rôle de femme offensée, et il ne m'a pas vue pleurer. Et c'est de ce moment-là que date, pour moi, le début de la fin de notre histoire. Mais ce n'est pas moi qui l'ai quitté, qu'est-ce que tu crois, *amore*, j'étais trop lâche à l'époque, et en plus, j'avais un enfant. C'est lui qui finalement m'a quittée, et le pire, c'est que, quand j'ai vu qu'il me quittait, je me suis sentie tellement perdue, tellement seule, tellement désespérée, que je lui ai fait mon petit numéro de larmes et de sanglots en le suppliant de ne pas partir. Je l'ai menacé de me jeter par la fenêtre et tout, alors qu'au fond je souhaitais qu'il s'en aille... Je ne sais pas si tu peux comprendre ça, ma chérie, vu que moi-même j'ai du mal à comprendre. Mais bon, disons qu'après, c'était comme après la rougeole, une fois qu'on l'a eue on ne l'a plus jamais. Je n'ai plus jamais été amoureuse de personne, plus jamais, c'est pour ça que je te dis que j'aimerais mieux me marier avec quelqu'un comme Fulvio, tant pis si c'est sans passion et peut-être même sans sexe, mais au moins nous savons tous les deux où nous mettons les pieds et ce que nous pouvons attendre l'un de l'autre. Et tant pis si je sais que Fulvio aura ses petites aventures de son côté, pour moi ce n'est pas ça qui compte ; j'ai les miennes aussi, et ça n'affecte en rien notre relation, justement parce qu'elle n'est pas fondée sur le sexe. Tu vas trouver que je suis cynique, mais moi ça me rassure beaucoup, car je ne veux plus être dépendante de l'amour et du sexe.

Le dernier truc qui m'est arrivé de sexuel, pour te dire, m'a laissée anéantie. C'était quelque chose de très bizarre, j'ai presque honte de te le raconter, ma chérie. Si j'étais un homme gay, je raconterais ça avec fierté, évidemment, car c'était, tiens-toi bien, avec… avec un ouvrier du bâtiment. Oui, parfaitement, *amore*, et marocain en plus, si tu veux tout savoir. Je sais bien que je n'étais rien pour lui, mais ç'a été une très belle histoire. Un soir, donc, en sortant d'une première, nous étions un petit groupe, je crois qu'il y avait Álex Vega, Jamal Benani, Óscar Rosabert et moi, on remontait Gran Vía à la recherche d'un taxi, et à la hauteur de Callao, tu sais, ils font des travaux pour l'agrandissement du métro ou quelque chose comme ça, et voilà que passe un garçon qui pousse une brouette pleine de gravats, et comme il faisait particulièrement chaud ce soir-là, il était torse nu. Nous restons tous à le regarder, la scène était à filmer : le garçon avait des abdos parfaits, un corps à se damner, en plus il était tout bronzé… Comme une pub, quoi, et c'est moi qui ai dit, je n'ai pas pu me retenir, qui ai dit tout haut ce que tout le monde pensait : « Oh, le beau mec ! » et bien sûr il m'a entendue, il s'est retourné et il m'a souri, et je lui ai souri à mon tour. Sur ce, un taxi s'arrête, on monte dedans, et il s'arrête de nouveau au feu. Le maçon s'approche du véhicule, toque deux coups à la vitre, je la baisse et il me tend un bout de papier avec un numéro de téléphone. Tu vois un peu… Jamais, dans aucun de mes films, je n'avais eu l'occasion de tourner une si belle scène. Álex et Óscar étaient morts de rire. « Leonor la femme fatale, elle les séduit jusque dans la rue. » Mais c'est Jamal qui m'a le plus encouragée : « Surtout téléphone-lui, nous autres Arabes sommes de très bons amants, comme tu sais… » Comment est-ce que je le savais ? Mais enfin, voyons… Mais bien sûr, *amore*, bien sûr qu'à un moment il y a eu quelque chose entre Jamal et moi. Quelque chose de très bref, mais très intense. On ne résiste pas à Jamal… Il est presque… Comment dire ? Presque démoniaque. Et il fait cet effet-là à tout le monde. Pas seulement parce qu'il est beau. Álex aussi est très beau, mais il ne fait pas le même effet. Ce que Jamal a de spécial a sans doute à voir, je ne sais pas, avec l'exotisme, avec l'interdit, avec l'inconnu, avec le côté obscur… Bref, toujours est-il que Jamal a beaucoup insisté, à moitié pour rire mais à moitié seulement, pour que j'appelle le garçon. Et bien sûr je l'ai appelé le lendemain. Et il s'est avéré qu'il n'avait pas la moindre idée de qui j'étais. Il avait quand même entendu parler de Leonor Mayo, bien sûr, mais moi je trouvais merveilleux de pouvoir établir une relation comme celle-là, si pure, sans idées préconçues, sans rien savoir ou presque l'un de l'autre. Tu sais ce que Rita Hayworth disait de son problème avec les hommes, qui couchaient avec Gilda et qui se levaient avec Rita ? Eh bien c'est quelque chose de ce genre que je ressens, ils veulent coucher avec la célèbre Leonor Mayo, mais quand ils se réveillent avec Leonor Ramírez (c'est mon vrai nom), ils sont déçus parce qu'ils voient le mythe s'effondrer sous leurs yeux. Pour ce qui est de parler, je dois avouer que nous ne parlions pas beaucoup. En fait, il parlait à peine espagnol. Nous nous comprenions avec son mauvais castillan et mon français approximatif, mais ça ne nous manquait pas… la chimie faisait le reste. C'était quelque chose d'hyperfort. Ce n'est pas que je n'aie pas connu de beaux hommes avant, j'en ai connu beaucoup. J'ai été avec Álex Vega quand nous étions jeunes, et à cette époque il était encore plus beau que maintenant… Oh, tu peux bien rire, *amore* ; c'est vrai que je me suis spécialisée dans les hommes sexuellement ambigus… Mais Héctor, lui, n'avait rien d'ambigu ; au contraire, il était très macho, on fait difficilement plus macho. Donc j'ai couché avec Hicham – il s'appelait Hicham – en me disant : après tout pourquoi pas, c'est sans lendemain, une fois n'engage à rien, je ne vais sûrement pas avoir une liaison au long cours avec ce maçon qui ne doit pas avoir idée de qui est Tarkovski, et d'ailleurs peu importe. Mais nous nous sommes revus une fois, et puis encore une fois, et puis encore une autre ; parce que j'étais vraiment accro, je peux bien te l'avouer, ma chérie, tellement ce garçon était doux, tendre, désirable. Avant de faire l'amour, il s'allongeait sur moi et m'embrassait des millions de fois sur les yeux, les joues, la bouche, et nous étions là, complètement relâchés, lui en sueur mais avec la peau si douce, si propre, si soyeuse. Jamais auparavant je n'avais compris aussi clairement le sens de l'expression « faire l'amour ». Et puis ce corps qu'il avait… C'est étrange, mais quand j'étais jeune, je ne faisais pas autant attention aux corps, car tous les garçons avec qui je couchais étaient jeunes et beaux comme moi. Et j'ai fini avec Héctor, qui avait près de vingt ans de plus que moi et qui avait un corps quelconque, négligé, parce que moi, ce que je voulais, je peux te l'avouer maintenant, c'était un homme célèbre, important, qui ait un nom, pas un petit jeunot. Mais maintenant que je sais ce que c'est que d'être mariée à un homme important qui vous fait vous sentir comme une potiche, je veux un homme jeune, un garçon ordinaire. Nous voulons toujours ce que nous n'avons pas ; c'est vraiment trop bête mais c'est comme ça, ma chérie. Et pour être ordinaire, ce garçon était vraiment tout ce qu'il y a de plus ordinaire. Et si je te dis que nous devions nous voir aux heures de repas parce qu'il était de l'équipe de nuit, de sept heures du soir à sept heures du matin… C'est pour ça que la plupart des fois nous ne mangions pas, nous allions directement au lit, et lui, après m'avoir fait l'amour, il restait endormi, et il se réveillait à six heures sans avoir besoin de réveil, et d'un bond, comme s'il était monté sur ressorts, il se levait et partait travailler. Et quand il dormait, je restais bouche bée à le regarder, à regarder son nez droit, ses cils en éventail, l'expression tendre et grave de son visage. On aurait dit un bébé, endormi il faisait dix ans de moins. Réveillé, il reprenait son âge, encore que, si tu veux que je te dise la vérité, ma chérie, je ne sais même pas quel âge il avait. Je ne lui ai jamais demandé. Je suppose qu'il devait avoir à peine plus de vingt ans… Je ne lui ai pas demandé pour ne pas avoir à lui dire le mien, évidemment. Je n'ai jamais pensé à formaliser notre liaison ni rien de ce style, mais la vérité est que je n'ai jamais songé non plus à y mettre fin, jusqu'à ce qu'il me raconte qu'il avait une fiancée, une fiancée vierge, et qu'il mettait de l'argent de côté pour se marier, il voulait s'acheter une camionnette pour faire je ne sais quels trafics avec le Maroc, d'achat et de vente de pièces de rechange pour les voitures. Et soudain, plof, c'était comme si la bulle dans laquelle je vivais avait éclaté, car c'est vrai que je n'avais pas de projets d'avenir avec lui, même si j'évitais de penser au fait que ça ne pouvait mener nulle part, mais de là à savoir que tu es la consolation sexuelle d'un garçon qui va en épouser une autre et qui veut que sa petite fiancée soit encore vierge au mariage, il y a tout de même un gouffre, et je me suis sentie utilisée. Óscar me disait pourtant : « Mais enfin, profites-en. Sublime comme il est, c'est toujours ça de pris, et qu'il épouse ensuite qui il voudra. À l'échelle d'une vie, qu'est-ce que c'est que quelques jours ? » Mais il n'a pas réussi à me convaincre. C'est que je ne suis pas comme ces femmes qui se veulent modernes et qui disent des choses du genre : « Je suis un homme gay piégé dans un corps de femme», non, moi je n'ai jamais dit ce genre de trucs. J'ai tout de même ma fierté, *amore*. Une chose est de ne pas rechercher un engagement pour toute la vie, mais ça ne me plaît pas non plus de voir clairement, aussi clairement, que tout ce qu'on veut, c'est baiser avec toi. Que veux-tu, ma chérie, avec lui j'avais l'impression d'être une pute. Et malgré ça, ou peut-être justement à cause de ça, j'ai continué à le voir. Va savoir… Je t'ai déjà dit que moi, les défis, ça me stimule, c'est ce qui m'est arrivé avec Héctor à l'époque, dès que j'ai vu de la concurrence j'ai été jalouse. Et puis, comme on a continué à se voir, il me reparlait souvent des quinze mille euros qu'il fallait qu'il économise pour s'acheter sa camionnette, obligatoirement une Mercedes parce que sinon elle ne tiendrait pas le choc des allers-retours entre Madrid et Algésiras, et quand il aurait l'argent il se marierait enfin avec sa fiancée, son Amina, son père à elle ne voulait pas mais ça allait s'arranger, car il connaissait quelqu'un qui, et patati et patata. On voyait bien que le garçon se faisait tout un roman avec cette histoire de camionnette. Et moi je me disais que j'avais, pendues dans mon placard, plusieurs robes de soirée qui valaient quinze mille euros et même plus. J'ai des tailleurs Chanel sur mesure qui valent une fortune. Il est vrai qu'on me fait toujours une réduction, mais j'ai aussi un smoking Valentino qui coûte plus que la camionnette, par exemple ; alors quand il me racontait combien ça lui avait coûté pour arriver jusqu'ici, les douze heures par jour qu'il travaillait, le fait qu'il entretenait ses parents et ses frères et sœurs, je ne sais pas pourquoi mais ça me faisait tout drôle, comme si j'étais redevable envers lui, comme si tout m'était tombé tout cuit dans le bec alors que lui, le pauvre garçon, il démarrait dans la vie avec un gros handicap. Et donc un jour, n'y tenant plus, je lui ai dit : «Écoute, je te prête l'argent, comme ça tu pourras t'acheter ta camionnette. » Je savais au fond de moi-même que je faisais ça un peu pour renverser les rôles, parce que comme ça ce n'était plus moi la pute, c'était lui. Mais il m'a dit que non, qu'il ne pouvait pas accepter, que sa religion le lui interdisait. Est-ce que tu peux croire une chose pareille, ma chérie? Ce sont les termes mêmes qu'il a employés : «Ma religion me l'interdit.» Et moi, évidemment, je n'ai pas moufté, j'ai fait celle qui ne comprenait pas. Alors il m'a expliqué très sérieusement qu'il ne pouvait pas accepter l'argent du péché. J'en suis restée comme deux ronds de flan. Imagine un peu, c'était bien la dernière chose à laquelle je me serais attendue. L'argent du péché... Rien que ça... On dirait le titre d'une *telenovela* sud-américaine. J'ai fini par appeler Fulvio en pleurant toutes les larmes de mon corps et je lui ai raconté. Je t'ai déjà dit que ce qui me perd toujours, c'est mon impulsivité. Et lui hypercompréhensif, hypergentil, ne t'en fais pas ma chérie, ça n'en vaut pas la peine... Vraiment adorable. Et si nous allions plutôt dîner dehors...

Et c'est ce soir-là, ce même soir exactement, tu parles d'un hasard, qu'on nous a pris en photo, Fulvio et moi, à la sortie du restaurant, main dans la main et passablement éméchés, bien entendu, tout tendres et tout câlins l'un avec l'autre. Et quand les photos sont sorties et qu'on s'est mis à parler de la nouvelle liaison de Leonor Mayo, je me suis dit qu'il fallait sauter sur l'occasion et que je n'étais pas mécontente de me retrouver à nouveau sous les feux de la rampe. Mais le plus curieux, c'est que lui, au lieu que cette histoire de photos le contrarie, il avait l'air ravi. Il m'a dit : «Tu vois? Ça veut dire que nous formons un couple idéal.» Et ensuite, quand je lui ai raconté que le magazine m'avait appelée pour faire un reportage et pour lui demander si ça ne le dérangeait pas que je dise qu'on sortait ensemble, il m'a répondu : «Mais bien sûr que non, Leonor, tu leur dis ce que tu veux, et puis c'est vrai, non, que nous sortons ensemble, tous les deux?» Tu vois, que je devrais me marier avec lui, non? Tu vois, qu'il vaut bien mieux avoir un fiancé comme ça qu'un fiancé conventionnel? D'ailleurs, que veux-tu, je n'ai pas une vie conventionnelle. Aucune actrice n'a une vie conventionnelle, et c'est pour ça que je veux te dire que je n'ai pas du tout l'impression que nous ayons monté un coup, ni d'avoir menti dans l'interview, car j'aime Fulvio et Fulvio m'aime, et puis il y a des types d'amour très différents, et puis je te dirai qu'à un certain âge, on ne se laisse plus emporter par la passion, ce qu'on recherche c'est quelque chose de moins tapageur, de plus raffiné, de plus intime. Mais je crois que dans le fond, ma chérie, tu me comprends parfaitement.

Les occasions perdues

Il y a deux nuits, j'ai entendu un bruit étrange qui m'a réveillé. C'était une sorte de gargouillement qui venait de la salle de bains, un plop-plop-plop qui tambourinait dans ma tête, une note de musique qui s'amplifiait en vibrant. Intrigué, je me suis levé, et je me suis alors aperçu que la lumière de la salle de bains était allumée. J'avais dû oublier d'éteindre l'interrupteur et de fermer le robinet. C'était tout de même étrange; ce genre de choses ne m'arrive jamais, il y a des années que je vis seul, des années de routine immuable et de précision millimétrée. J'ai ouvert la porte, tremblant de peur et de froid. La baignoire débordait. J'ai remarqué, terrorisé, un corps qui flottait. Celui d'une jeune femme. Endormie ou morte. Je me suis approché. Je l'ai reconnue. J'ai craint le pire. J'ai essayé de la sortir de la baignoire. Je l'ai attrapée sous les aisselles, et j'ai tiré de toutes mes forces en joignant les mains sur sa poitrine, mais en vain. Ses cheveux mouillés collaient à sa peau blanchâtre comme des algues. Malgré son aspect frêle, elle était extrêmement lourde.

Elle était morte.

C'est alors que j'ai pris conscience et que j'ai eu honte.

De la magistrale érection qui trahissait ma virilité.

Et je me suis réveillé en criant.

J'étais sur le point de te téléphoner pour te dire de ne pas aller nager cette semaine, car j'avais eu un rêve très angoissant, dont je craignais qu'il ne soit prémonitoire, je t'avais vue morte dans ma baignoire.

Je ne l'ai pas fait.

Tu es allée à la piscine, comme chaque jour.

Tu ne t'es pas noyée.

Fin de l'adolescence. Dernières vacances à la plage avec les parents. Relations de convenance qui se nouent dans les premiers jours d'août et se dénouent en septembre, perdues de vues sitôt la chaleur retombée. La seule, parmi elles, à comprendre ma forme d'humour, était la cousine d'une fille que je connaissais. Le genre de beauté qui se remarque : yeux verts, nez rectiligne, menton pointu, jambes interminables. «Fais attention avec elle», me dit mon amie, «elle a un fiancé à la ville. On parle même de mariage.» Entre deux têtes piquées dans la mer, elle riait de mes blagues et posait sa serviette à côté de la mienne. Je restais parfois à contempler le duvet doré de ses jambes, pris d'une envie irrésistible d'étendre la main pour vérifier si, au toucher, elles étaient aussi soyeuses qu'elles le paraissaient.

Mais je n'en faisais rien, et songeais encore moins à m'enhardir jusqu'à joindre mes mains ou mes lèvres aux siennes.

Le dernier soir, nous sommes tous allés danser dans une de ces boîtes de nuit de l'époque, où les corps se déhanchaient et se trémoussaient sur la piste, au milieu des lumières stroboscopiques, la quintessence de la modernité yé-yé. On se faisait frôler à tout instant, quand ce n'était pas bousculer. Une fille jolie, vive, excitée, en minijupe – on commençait seulement à en voir; c'était bon pour les dévergondées et les étrangères – s'approchait de moi un peu plus que nécessaire. Elle a fini par m'aborder par tribord, en souriant, et m'a demandé avec un accent étrange, français peut-être, si je lui offrais un verre. J'ai levé des yeux interrogatifs vers mon amie, située à bâbord. «Ne laisse pas passer l'occasion, elle est si jolie», m'a-t-elle chuchoté. Une réplique qui m'a fait l'effet d'une douche froide : si une fille te jette dans les bras d'une inconnue, c'est qu'elle n'a pas une envie folle de tomber dans les tiens.

J'ai repensé à la fille aux yeux verts pendant toute l'année qui a suivi, comme à un tube de l'été qui vous trotte dans la tête pendant trois mois sans qu'on puisse s'en débarrasser, et dont on finit par ne plus se rappeler ni le titre ni l'interprète, et à peine le refrain.

Quelques années plus tard, j'ai épousé ma première femme, Laura, c'est-à-dire la cousine de cette fille dont je m'étais brièvement amouraché, celle qui m'avait averti que je n'avais aucune chance, étant donné l'existence de ce fiancé à la ville et de ces projets de mariage.

Et longtemps après j'ai revu, lors d'une fête, cette fille qui avait été mon premier amour, et qui était maintenant une femme. Elle m'a dit : «Je l'aurais volontiers étranglée, cette allumeuse de la discothèque, mais je ne voulais pas avoir l'air d'une hystérique.»

Mais elle avait déjà les hanches élargies par les déceptions conjugales, et le fond vitreux de ses yeux verts laissait deviner beaucoup d'alcool et peu d'avenir.

Jeunesse. J'étais l'un des intervenants réguliers d'une émission culturelle à la radio, diffusée en duplex de deux villes différentes. Parmi les autres participants, il y avait une femme, la seule de tout le groupe, qui parlait depuis l'autre studio, et avec qui nous avions fréquemment des échanges complices sur l'antenne. Nous ne nous étions jamais rencontrés. Féministe avant l'heure, universitaire, elle achevait de commencer ce qui allait devenir une plus que brillante carrière politique. Un jour, je lui ai téléphoné pour lui dire que j'étais invité à participer, dans sa ville, à une table ronde avec d'autres réalisateurs et scénaristes. Elle m'a invité à dîner. «Non, j'insiste», a-t-elle dit quand j'ai voulu payer, écartant la main que j'avançais vers l'addition, «je suis pour l'égalité des sexes et tu es ici mon invité.» Elle m'a raconté qu'à la radio elle était quasiment harcelée. Il y avait Untel, de la production, qui ne perdait pas une occasion de lui faire des avances, et Trucmuche, le documentaliste, qui lui touchait discrètement les fesses quand ils se croisaient dans les couloirs, en faisant mine que ce soit accidentel, mais que peut-il y avoir d'accidentel dans le fait de se faire peloter le cul? «Tu n'as pas idée», m'a-t-elle dit, «c'est quelque chose qui me dépasse, il n'y a pas moyen de leur mettre dans la tête que quand on dit non c'est non.» J'ai décodé le message à ma façon : «Ce qu'elle veut me dire par là, c'est qu'elle n'a pas envie d'une aventure avec moi», si bien que je l'ai raccompagnée jusque devant chez elle et que j'ai pris congé en l'embrassant sur les deux joues, avant de retourner la tête basse à la solitude stérile et aseptisée de ma chambre d'hôtel.

Des années plus tard, elle est devenue députée, et un jour nous sommes tombés l'un sur l'autre dans la capitale. Elle a noté mon téléphone. Elle m'a appelé. Nous nous sommes donné rendez-vous, une fois encore, pour dîner, et la conversation a pris un tour nostalgique. «Quel dommage que rien ne se soit passé ce soir-là.» «Mais c'est toi qui ne voulais pas.» «Mais bien sûr que si, je voulais.»

Elle m'a avoué qu'elle avait raconté cette histoire sur les types de la radio à seule fin de se rendre intéressante.

Mais sa vie était ailleurs, et quant à moi, qui pansais encore les plaies de mon second divorce, je n'avais pas envie de m'engager dans une nouvelle histoire.

Je ne t'ai encore jamais dit la tristesse et le vide que j'ai ressentis après ma rupture avec Leonor. Le vide d'une existence sans but, stérile, monotone, dont le seul bon côté était que la douleur m'avait comme immunisé contre tout sentiment, et donc contre toute désillusion. Mon second divorce a été encore plus déprimant que le premier, car au cours des douze années de mon premier mariage, je n'ai jamais eu l'impression que Laura se soit servie de moi, même si j'étais conscient de n'être pour elle qu'une marche de plus sur l'escalier de ses succès, une façon d'accéder aux vêtements de luxe et aux fêtes brillantes qu'elle affectionne tant.

Et c'est pour cela, parce que j'avais l'impression d'avoir trébuché et répandu tout le sang que j'avais en moi et qui battait dans mes veines, que j'ai refusé l'invitation contenue dans les paroles de cette femme.

Maturité. Une journaliste est venue m'interviewer, une jeune stagiaire avec des airs de biche aux abois. L'entretien a duré très longtemps, et à certains moments je me disais qu'elle me draguait, mais instantanément je chassais cette idée de mon esprit. Comment croire qu'une fille de son âge s'intéresse à un vieux comme moi? Elle s'efforçait simplement d'être aimable, parce que c'était son travail.

Quand l'interview a paru et que j'ai vu ce qu'elle avait écrit dans la présentation, la lumière s'est faite en moi. J'ai lu et relu la phrase sur mes yeux bleus pénétrants jusqu'à ce qu'elle se grave en lettres de feu dans ma mémoire.

Encore une occasion perdue.

Tu ne t'en souviens sans doute pas aussi précisément, mais je t'ai rencontrée il y a presque un an jour pour jour, le 9 juin. Ce n'est pas que j'aie noté la date exacte sur un dessous-de-bouteille ou quoi que ce soit de ce genre, c'était juste l'anniversaire d'un vieil ami. Il est divorcé, sans enfants. Je crois qu'il se sentait seul. Moi, j'ai deux filles et un fils, mais je me sens seul aussi. Nous étions allés dîner dans un restaurant, un de ces restaurants où l'assiette est allégée jusqu'à l'essentiel et l'addition alourdie jusqu'à l'impossible. Mais trêve de digressions chronologiques ou gastronomiques. Comme nous sortions du restaurant et que je n'aspirais qu'à rentrer chez moi, mon ami a suggéré le nom d'un bar où nous pourrions finir la soirée. Je n'étais guère enthousiaste ; je n'aime pas les bars de nuit, ces lieux bruyants dont l'atmosphère faussement cordiale et festive me donne l'impression que je ne suis pas à ma place, que je joue à avoir un âge qui n'est plus le mien.

Et c'est alors que tu es entrée.

– Regarde, m'a dit mon ami en me donnant un coup de coude, regarde ce qui vient d'entrer.

J'ai regardé. Tu parcourais des yeux la salle, comme pour chercher quelqu'un, en faisant onduler ta somptueuse chevelure orientale. À un moment, ton regard s'est arrêté sur la table où nous étions, et d'instinct je t'ai souri ; réflexe conditionné, déclenché par la vue d'une jeune et belle femme. Et tu m'as rendu mon sourire. Mon ami t'a invitée à boire un verre, ce qu'à notre grande surprise tu as accepté. Tu étais vêtue avec simplicité, un jeans, un tee-shirt blanc, pas de maquillage. Un charme naturel qui devait devenir l'une des qualités que j'apprécie le plus en toi : ton visage sans fard contrastait avec la beauté artificielle de Leonor, ou de toutes les actrices avec lesquelles j'ai pu coucher au fil des ans. Tu nous as expliqué que tu avais rendez-vous avec des amis mais que tu étais en avance, que tu avais un peu de temps à tuer. Tu t'es laissé offrir un verre. Je ne sais pas comment la conversation en est venue à ton chien ; je crois me rappeler que tu as dit que, quand tu rentrerais chez toi, il t'attendrait. Moi aussi, ai-je dit, j'ai un chien, et nous avons découvert, le hasard fait tout de même bien les choses, que nous habitions le même quartier, que nous promenions nos chiens dans le même parc, mais que nous ne nous étions jamais rencontrés, car c'était à des heures différentes. Juste avant qu'arrivent les amis que tu attendais, nous avons échangé nos numéros de téléphone, et tu as pris congé de nous en souriant.

Nous nous sommes revus, tu m'as parlé de ton ex, encore de ton ex, toujours de ton ex, David ceci, David cela; si bien que j'ai trouvé plus prudent de me tenir à distance. Que pouvait faire d'autre un homme vieillissant, desservi par son âge, meurtri par les désillusions, bourré de petites manies, et aspirant à un peu plus que de l'amitié, auprès d'une fille rayonnante comme toi? Je n'arrivais pas à comprendre toutes ces histoires que tu me racontais, tu disais que tu le savais infidèle mais que tu n'avais rien dit par peur de le perdre. Je suis quelqu'un de fidèle et je l'ai toujours été. Quand j'ai trompé Laura avec Leonor, j'ai divorcé presque tout de suite, car je ne pouvais pas supporter le poids de la culpabilité, je ne pouvais pas vivre dans le mensonge. Ensuite, je suis resté scrupuleusement fidèle à Leonor, tout en étant conscient qu'elle me mentait, qu'elle se servait de moi. C'est pourquoi je ne pouvais pas comprendre que quelqu'un qui partage la vie d'une femme splendide comme toi perde son temps à coucher avec d'autres. Tu as le droit de me trouver idiot, ou vieux jeu.

Un an a passé. Nous nous sommes beaucoup revus, la plupart du temps en tête à tête. Nous promenons nos chiens, tu me parles de ton ex, nous allons au parc, nous regardons les marionnettes, tu me parles de ton ex, David ceci, David cela. Parfois nous déjeunons ensemble, puis tu prends ta voiture pour aller à ton bureau et je retourne à mon studio. Tu me parles de ton ex, je divague sur le chemin qui résonne d'échos que le souvenir invente, j'essaie de retrouver l'inflexion de ta voix quand tu prononces mon nom, l'exact éclat de tes yeux quand tu m'as vu arriver en complet le jour où je venais de donner cette conférence, l'immensité de la ville avec son bourdonnement de moteurs, ton setter, mon toutou, toi et moi réfugiés sous le kiosque en attendant que la pluie cesse. La fois où tu as refusé ma veste que je te proposais pour que tu ne prennes pas froid;

c'est très chevaleresque, m'as-tu dit, mais ne t'en fais pas pour moi, j'ai une santé de fer, et j'ai compris que tu voulais dire par là que, si l'un de nous attrapait la grippe, mieux valait que ce ne soit pas le plus âgé des deux. Jamais nous ne nous sommes touchés au-delà du strict nécessaire ; nous ne nous sommes jamais pris, ni même effleuré la main. Les souvenirs s'accumulent, les espoirs s'évanouissent, j'égrène les petits et les grands mensonges, je suis ton ami, je crois être ton ami.

Mais je ne le suis pas.

Je l'ai compris samedi dernier, quand je suis venu à ta soirée d'anniversaire, où je détonnais comme un mendiant à un dîner de gala ; une fête où presque tous les invités auraient pu être mes enfants, voire mes petits-enfants, et j'ai pu voir la familiarité que tu témoignes à tes vrais amis, ceux de toujours, ceux qui étaient en classe avec toi, c'est une chance que tu as eue et pas moi, car à mon époque les écoles n'étaient pas mixtes, je n'ai donc pas d'amies avec un *e*, à mon époque les filles étaient des êtres inaccessibles, qui portaient des jupes plissées et des chaussettes jusqu'aux genoux. Mais le pire moment, je ne sais pas si tu t'en souviens, a été celui où ce garçon, un blond aux yeux bleus, s'est approché de toi. Tu me l'as présenté comme un ami, mais j'ai deviné qu'il prétendait à quelque chose de plus, ou peut-être n'ai-je fait que l'imaginer. Peut-être me suis-je créé un monde irréel, où le désir s'est fait jalousie et m'a fait voir ce qui n'était pas, sous l'effet d'une force étrangère, d'une volonté sourde à toute logique, qui s'est infiltrée en moi et m'a fait tomber dans le piège. À l'instant où il t'a prise par l'épaule pour t'attirer vers lui, dans un geste que l'on devinait habituel et banal, j'ai ressenti une émotion qui me consumait, qui provoquait en moi une avidité inepte, un battement redoublé et angoissé du cœur.

La vérité était là, devant moi, rigide et imparable.

Je ne suis pas ton ami.

Et j'ai pensé que, pendant tout ce temps, nous avions été comme deux indigènes vivant dans deux îles distantes de quelques milles, jusqu'au jour où chacun des deux construit un radeau et va à la rencontre de l'autre, sur un îlot à mi-distance. Le premier distingue parfaitement le paysage de l'île dont vient le second : la végétation, les oiseaux, les rochers, le pic de la montagne ; le second, en revanche, ne voit rien de la terre natale du premier, car la brume lui cache l'horizon, et il ne peut imaginer l'île qu'à travers ce que lui en dit l'autre.

Le désir est comme une brume.

Tout est discontinu dans le désir, tout en lui se dissout.

Lorsque nous naissons, l'eau nous entraîne vers la vie. Lorsque nous désirons, notre sexe nous inonde l'entrejambe. Rêver d'eau, c'est rêver de vie et de sexe. Pourquoi donc ai-je rêvé de toi morte ? Pourquoi ai-je rêvé de quelque chose qui aurait pu être et n'a pas été ? La nuit est comme un masque, une image en quête d'un personnage qui l'habite, qui l'interprète. La nuit ne comprend ni les prétextes ni les excuses, ni les alibis ni les mensonges destinés à nier l'évidence. Peut-être le rêve m'avertissait-il que j'avais besoin d'un argument qui m'aide à me rebeller contre l'absurdité, à ne pas gâcher ma vie à force de méfiance. Je me suis souvenu de ces occasions passées où, par crainte d'essuyer un refus, je n'ai pas osé exprimer ce que je ressentais, et suis ainsi passé à côté de ce qui aurait pu être et n'a pas été. C'est pourquoi j'ose franchir le pas, t'écrire ces quelques mots, pour le cas où le miracle se produirait et où tu te mettrais à me regarder d'un œil plus favorable. Car les occasions perdues, les caresses perdues sont perdues pour tout le monde.

Nous jouissons du temps sans compter, et ce qui est triste, c'est que nous ne commençons à comprendre ce qui est important que lorsque notre corps ne peut plus nous le procurer. On dit que le temps guérit toutes les blessures, mais le fait qu'il m'en reste peu ne

condamne-t-elle pas la mienne à être incurable ? Je t'avouerai, Diana
– tu portes un nom de déesse, et à mes yeux tu en as aussi l'apparence –, que je suis las de ces clichés stupides et de ces philosophies
auxquelles je n'entends rien. Et ma crainte est qu'en lisant cette lettre
tu prennes peur, tu découvres avec effroi que mon intérêt pour toi
n'avait rien de paternel, n'était pas une simple curiosité, et que tu ne
veuilles plus que nous allions promener nos chiens ensemble. À
moins que tu aies toujours su le désir que tu éveillais en moi, avant
même que je ne sache moi-même l'identifier et l'accepter, et que tu
n'aies continué à me voir que parce que tu te plaisais telle que tu te
voyais reflétée dans mes yeux : jeune, radieuse et inaccessible, telle
une déesse qui ranimerait un mécréant, exciterait un agnostique et
enflammerait un stoïcien.

LE CŒUR DU CRAPAUD

C'ÉTAIT LA PREMIÈRE FOIS DEPUIS TROIS ANS que Diana l'appelait sur son portable. Curieux qu'elle se souvienne encore de son numéro après mille quatre-vingt-quinze jours sans l'avoir composé.

Si le répondeur se déclenche, s'il ne décroche pas tout de suite, j'abandonne.

Mais il décrocha tout de suite.

– Allô?

Sa voix. Reconnaissable entre mille. C'était bien lui.

– C'est moi.

Sa voix à elle aussi devait être reconnaissable entre mille, car il la reconnut du premier coup.

– Quelle surprise! fit-il plein d'entrain. Cela faisait longtemps! – à qui le dis-tu – Comment vas-tu?

– Euh… Ben… – Comment résumer trois années en quelques phrases? Est-ce que je suis avec un autre homme? Est-ce que je travaille dans la même entreprise, tout en ayant été promue? Je ne t'ai pas oublié, mais est-ce que tu ne me manques plus? – J'ai grossi… – C'était la première chose qui, stupidement, m'était venue à l'esprit.

– J'imagine que tu m'appelles pour le concert…

– Euh, oui…

Comment avait-il pu deviner aussi vite?

– Combien de places tu veux?

– Mais, tu as des places?

– Mais oui, bien sûr, comment n'aurais-je pas de place pour mon propre concert?

– Ton concert… Ah oui…, euh…, et quand est-ce que tu joues?

– Demain. C'est pour ça que tu m'appelais, non?

– Oui, oui, bien sûr… Je t'appelais pour ça. Eh bien, si tu pouvais m'avoir trois places…

– Pas de problème.

– Et rappelle-moi, c'est où?

– À l'Arena, demain soir à vingt-deux heures.

– Entendu… À très bientôt, alors. À demain. Et merci pour les places.

– Je t'en prie. Merci à toi de m'avoir appelé. Je suis très touché.

Fortune, déesse capricieuse de la Providence et du Hasard, devait être ce jour-là d'une humeur polissonne, car Diana ignorait complètement que son groupe allait se produire à Madrid. C'est Beck qu'elle voulait voir en réalité, mais il n'y avait déjà plus de places au deuxième jour de la mise en vente, deux mois avant la date du concert. Elle s'était démenée, avait remué ciel et terre pour avoir une place, mais rien à faire : la star jouait dans une très petite salle et avait beaucoup de fans. Alors, sur une des affiches qui annonçaient le concert, elle avait aperçu le nom de la maison de production; or, celle-ci s'occupait également du groupe de son ex. Prenant son courage à deux mains, elle avait osé appeler ce dernier, trois ans après, en pensant qu'il pourrait peut-être faire quelque chose pour lui obtenir une invitation presse. Évidemment, quand David lui avait proposé les places pour son concert à lui, et non pour celui de Beck, elle n'avait pas eu le courage de lui dire : «Non, excuse-moi ; c'est une erreur. Toi, je te déteste et je n'ai aucune envie de te revoir.»

Durant ces trois années, elle n'avait eu de cesse de s'imaginer le jour de leurs retrouvailles. Elles ne pourraient pas avoir lieu dans un bar, car elle évitait soigneusement tous les lieux où elle savait qu'il était susceptible de se rendre. C'est ainsi qu'elle évitait, par exemple, *La Taverne illuminée*. La seule fois où elle y avait mis les pieds depuis leur séparation, elle s'était sentie très nerveuse, regardant la porte toutes les trois secondes de crainte de voir apparaître David, mais il n'était pas apparu. Elle n'y était plus jamais retournée depuis, même si la soirée avait au moins porté chance à son amie Miriam, qui avait flirté avec un très beau jeune homme. Elle admirait l'audace de Miriam, qui ne se gênait pas pour aller à la *Taverne*, bien qu'elle sache qu'elle pouvait tomber nez à nez avec son ancien compagnon, Jamal, qui était le patron de l'établissement. Miriam, contrairement à Diana, n'avait pas peur de son passé et savait le regarder en face.

Elle avait bien plus de chances de rencontrer David à un concert, même si lui restait fidèle au son pop-rock traditionnel tandis qu'elle préférait des arrangements plus sophistiqués. Elle ne savait pas très bien pourquoi, mais elle se serait bien vue tomber sur lui dans un aéroport, étant donné qu'il voyageait beaucoup, à cause de ses tournées, et qu'elle, elle voyageait à cause de son travail : c'est le lot d'un chef de produit. Et de fait, elle avait croisé beaucoup de monde dans les salles d'attente des aéroports : d'anciens voisins, des amoureux, des camarades de lycée, des amis qu'elle avait perdus de vue… Mais lui, jamais.

Non, elle ne tenait pas à le revoir, mais elle savait que cela devait arriver un jour ou l'autre. Après tout, ne vivaient-ils pas dans la même ville et n'avaient-ils pas les mêmes centres d'intérêt ? Ils se rencontreraient tôt ou tard dans une salle de cinéma, ou dans un bar, ou à une terrasse. À vrai dire, il était étrange qu'ils ne se soient pas encore croisés au cours de ces trois années.

En se rendant à ce concert, elle aurait au moins la maîtrise des événements. Aucun risque de connaître la peur ni la contrariété. Elle ne serait pas prise par surprise. La meilleure façon de vaincre une peur, songea-t-elle, est de l'affronter, tête la première. C'est l'occasion de lui prouver qu'il n'a plus d'ascendant sur moi. Elle se rappela alors une des vieilles chansons de David : *Car c'est la peur qui nous rapproche, je fais tout pour lui résister, mais vers toi elle me ramène.* Ces vers n'étaient pas de lui, mais d'un poème qu'il avait adapté. *Partout avec moi je te traîne : dans mes pensées, dans mon haleine qui se confond avec mon sang.* Qui en était l'auteur ? Aucune idée. Il arrivait à David de jouer à l'homme cultivé ; il avait également adapté des vers de Gil de Biedma. Mais tout cela était du passé. Il ne l'accompagnait plus où qu'elle aille. Elle ne pensait plus à lui vingt-six heures sur vingt-quatre. Telle était du moins la situation, jusqu'à ce stupide coup de fil qui lui avait redonné une place dans sa tête. Maintenant qu'elle avait actionné un interrupteur secret, un ancien moteur qu'elle croyait définitivement arrêté s'était remis en marche, et un ronronnement familier ne cessait de répéter ce prénom : Davidavidavidavidavidavid. Qui lui suggérait : Ma vie, ma vie, ma vie.

Non, il ne fallait pas qu'elle aille à ce concert. Mais ne pas s'y rendre, c'était accepter la défaite, reconnaître qu'elle avait encore peur de le voir, qu'elle souffrait en le voyant. Pourtant, elle n'était plus celle d'avant, elle avait changé, elle vivait avec un autre homme, elle avait surmonté cette rupture. N'est-ce pas ? La seule façon d'en avoir le cœur net était précisément d'y aller.

Elle appela Miriam et lui expliqua la situation. Comme elle s'y attendait, Miriam lui proposa de l'accompagner, pas de problème pour elle, et pourtant elle n'aimait pas le groupe de David et ne l'avait jamais aimé. « J'appelle ma mère pour lui demander de garder mon fils et je passe te prendre demain à neuf heures chez toi. Tu verras, on va bien s'amuser. Ça fait des siècles que je ne vais plus à ce genre de concert avec guitares et blousons de cuir. »

Le soir venu, au dîner, n'en pouvant plus, elle raconta tout à Simón, son dernier petit ami en date, qui connaissait déjà l'histoire de bout en bout : quatre années de hauts et de bas, d'engueulades suivies de réconciliations, d'infidélités continuelles, d'anxiolytiques et de Fleurs de Bach, de souffrances, de convulsions et de divagations, de réveils en pleine nuit avec la sensation de manquer d'air, et puis ce jour où elle était montée dans un avion en pleurant à chaudes larmes et où l'hôtesse de l'air, émue ou simplement inquiète, s'était approchée d'elle pour lui offrir un verre d'eau et un mouchoir. Mais elle s'était sentie bête, car il y avait dans la vie des tragédies autrement plus importantes, comme la mort d'un enfant ou d'une mère, l'exil, ou encore la persécution politique, qui auraient mérité une telle réaction, mais pas une sottise comme un chagrin d'amour. Et c'est précisément ce matin-là qu'elle avait pris cette ferme résolution : si elle l'avait quitté, c'était pour toujours ; pas question de le rappeler, de tenter d'arranger les choses, de demander pardon pour une faute qu'elle ne considérait pas avoir commise, ni de ramper devant lui pour le supplier de changer. C'était fini, il n'y avait pas à revenir dessus. Son nouveau compagnon connaissait l'histoire par cœur, car il l'avait rencontrée à un moment où elle pansait encore ses plaies, où elle n'avait pas retrouvé l'appétit et où il lui arrivait encore de laisser perler une larme en public. Il avait su être patient et passer peu à peu de collègue de travail à ami, d'ami à confident, de confident à amant occasionnel, d'amant occasionnel à amoureux, et d'amoureux à compagnon officiel.

La patience ouvre plus de portes qu'une clé.

Mais après avoir fait une incursion téméraire dans le domaine des passions romanesques, après avoir atteint les cimes du sublime et de l'éternel, elle savait désormais revenir dans la vallée où vit le commun des mortels, se contentant des choses telles qu'elles étaient, et tournant le dos à tous ceux qui s'évertuent à escalader des montagnes, tous ceux que fascine tant le risque de se précipiter dans le vide.

Miriam n'avait de cesse de lui dire combien il était vain de vouloir changer le cours du destin ou de s'en lamenter. « J'ai appris de Jamal qu'Allah, ou qui que ce soit d'autre, a fait le monde ainsi et qu'il est inutile de vouloir changer les choses. Et chez Jamal, ça n'avait rien de fataliste, ça relevait plutôt du pragmatisme. On n'a pas à souffrir de son passé, il faut au contraire se raccrocher aux souvenirs heureux. » Mais l'ennui, avec les souvenirs, c'est qu'au fil des années, soit ils se dissolvent dans l'oubli tel un morceau de sucre dans l'eau, soit ils se déforment, mêlés aux moments nouveaux qui les contaminent inexorablement. Elle analysait les bons souvenirs associés à David à travers le prisme du présent, et en tirait la conclusion qu'il s'était comporté, dès le début, comme un enfant, et qu'elle avait cru l'aimer alors qu'en réalité, elle n'avait fait que se draper dans le rôle, taillé à sa mesure, de superhéroïne, de rédemptrice. C'est d'ailleurs grâce à l'oubli que nous parvenons à continuer de vivre, car si nous nous remémorions toutes les choses positives que nous avons perdues, nous serions écrasés sous le poids de la nostalgie, et si nous nous souvenions de toutes les mauvaises, nous serions minés par la dépression.

– Je crois que tu devrais y aller, lui dit Simón. Après tout, ça remonte à trois ans. Tu dois te prouver à toi-même que tu as tout surmonté. Je peux t'accompagner, si tu veux.

Elle faillit s'étouffer avec sa salade. Qu'il l'accompagne, lui ? Elle avait un doute sur ses intentions réelles. Que voulait-il au juste ? La protéger ? Se mesurer à son ancien rival ? Vérifier de ses propres yeux si ce type méritait pour de bon toutes ces larmes versées ? Elle se dit ensuite : eh bien, qu'il vienne, quelle importance ? Après tout, Simón est un garçon tout à fait présentable, et très beau. Il vaut même mieux que David voie que je suis venue accompagnée. Et bien accompagnée, de surcroît.

Et le lendemain, c'est flanquée, d'une part, de son compagnon, et de l'autre, de sa meilleure amie, qu'elle arriva au concert. La salle était comble de fans qui reprenaient d'une seule voix les chansons. Le concert était quelconque, statique mais exécuté au millimètre, tout était hautement prévisible : en trois ans, le groupe n'avait que peu modifié son répertoire. David bougeait sur scène avec la même aisance qu'avant, enlacé à la *telecaster* comme s'il lui faisait l'amour. Il n'était pas très grand, mais sur scène il gagnait en épaisseur, en prestance, tandis que ses solos âpres guidaient la tension de la guitare sur une batterie de doubles caisses qui résonnaient de façon obsédante. Elle tâcha de rejoindre le côté de la scène, mais plus elle avançait au milieu de cette masse compacte qui se bousculait et suait à grosses gouttes tout en reprenant en chœur les refrains qu'elle avait entendus mille fois, plus elle trouvait l'atmosphère irrespirable. David paraissait ravi de la réaction du public à en juger par son sourire, qu'elle connaissait bien mais dont il n'était pas coutumier en concert. Rien de nouveau sous les sunlights : durant quatre ans, elle avait assisté au même concert sur nombre de scènes différentes. Au début, cette ambiance l'excitait, elle était fière de savoir que l'objet de désir qui brillait de tous les feux sur scène et pour qui ces centaines de fans soupiraient à l'unisson, lui appartenait. Mais, au fil du temps, elle avait fini par se lasser, surtout depuis qu'elle savait qu'en son absence, une des nombreuses groupies qui fredonnaient dans la salle passerait immanquablement la nuit avec son chanteur de mari dans sa chambre d'hôtel. Elle fut mise au courant de la manière la plus prosaïque et la moins originale qui soit, le jour où David oublia d'éteindre l'ordinateur tandis que, sur l'écran, s'affichait l'icône de sa messagerie électronique, révélant un dossier au nom révélateur :

«Elles». Il lui avait suffi de lire trois messages pour comprendre : à l'instar des anciens marins qui avaient une fiancée dans chaque port, les rockers modernes se tapent une groupie après chaque concert. Et Diana ne pouvait s'empêcher d'imaginer les sourires et les baisers que David lui avait adressés, destinés à d'autres regards, à d'autres lèvres que les siennes ; toutes ces marques d'affection qu'il lui avait prodiguées, offertes à d'autres femmes. Et tous les souvenirs érotiques qu'elle gardait de ses nuits passées avec David se muaient en obsession à l'idée des attitudes passionnées ou extasiées, des positions ou des jeux auxquels il ne manquait pas de se livrer dans d'autres lits. Elle en vint à regretter tous ces plaisirs complices qu'elle avait connus avec lui, toutes les caresses reçues, toutes les fois où il l'avait fait jouir et l'imprudence qu'elle avait eue, insensée qu'elle était, de lui indiquer comment s'y prendre, car elle ne doutait pas qu'il avait dû mettre en pratique ses enseignements avec d'autres. Évidemment, lâcher ce bourreau des cœurs dans des clubs de province, c'était comme laisser au beau milieu de la rue un portefeuille bourré de billets. Et Diana se prenait à imaginer l'ensemble des fans de David sous le visage informe et collectif d'une voleuse d'hommes, oubliant que David n'était pas un objet inanimé, qu'il avait tout de même son mot à dire, que nul ne vole celui qui ne se laisse pas voler.

Mais cette découverte ne fut pas la plus amère.

Quelques jours plus tard, elle se remit à passer en revue, plus calmement, le contenu de l'ordinateur, et tomba sur un nouveau dossier qui contenait tout un tas de mails d'Emma Ponte.

Diana savait que David et Emma se connaissaient depuis toujours, qu'ils avaient fait partie du même groupe au début des années quatre-vingt et qu'ils se produisaient dans un endroit appelé le *Nevada*, qu'elle chantait et jouait de la guitare et que David était bassiste. Ce dont elle ne s'était pas doutée jusqu'alors, c'était qu'Emma et David avaient commencé à coucher ensemble dès cette époque et que, depuis lors et durant plus de quinze ans, ils avaient continué à se voir de manière sporadique. Les mails indiquaient qu'ils s'étaient retrouvés à Barcelone (il était allé jouer là-bas et elle avait rajouté les voix sur un disque des Schizo où elle intervenait en tant qu'artiste invitée) où ils avaient passé trois jours de bringue ensemble, un mélange de coke, d'alcool et de sexe. Emma avait une réputation sulfureuse. On disait d'elle qu'elle couchait avec le premier venu, homme ou femme, mais Diana – quelle ingénue! – avait toujours cru, en dépit du dicton selon lequel il n'y a pas de fumée sans feu, que toutes ces rumeurs n'étaient qu'exagérations, un effet de la jalousie due au fait, difficilement acceptable pour quiconque, mais plus encore pour une femme, qu'Emma était restée en tête des hit-parades des années durant. Le comble, c'est qu'à chaque fois que Diana avait rencontré Emma quand elle accompagnait David, la chanteuse s'était toujours montrée très aimable, et le simple souvenir de son sourire était pour elle une humiliation cuisante.

Elle fit mine de tout ignorer, pour ne pas avoir à reconnaître qu'elle avait lu une correspondance qui ne lui était pas destinée, mais jamais plus elle ne put se rendre aux concerts de David sans avoir le sentiment que le reste du groupe savait, qu'ils la méprisaient ou, au contraire, avaient pitié d'elle, et sans être prise de doutes à chaque fois que surgissait une jolie fille dans les coulisses. Elle voulait croire que sa jalousie était malsaine, pathologique, et s'espérait capable de passer sur tout lorsqu'elle en serait guérie : sur le comportement de David, ses incartades, les baisers qu'il échangeait ou même les coups qu'il tirait. Elle feignait donc l'indifférence. N'était-elle pas, après tout, sa compagne officielle, celle qui partageait sa vie? Qu'importaient les groupies, les aventures d'une nuit? Mais avec Emma, on ne pouvait plus parler de simple passade.

Pourquoi se rappelait-elle tout cela maintenant? Elle avait vingt-cinq ans à l'époque, elle en avait trente à présent, il ne l'accompagnait plus partout où elle allait, ni leurs pensées ni leur haleine ni leur sang ne se confondaient ; tout cela appartenait au passé. Mais alors, pourquoi était-elle toujours aussi attirée par lui ? Pourquoi sa présence magnétique l'hypnotisait-elle encore au point qu'elle mourait d'envie de bondir sur la scène et de le serrer à nouveau dans ses bras ?

Oui, elle était toute retournée de l'avoir revu. Il lui plaisait toujours. Pis, elle l'aimait encore, peut-être même le désirait-elle. Mais comment en être sûre ? C'est alors, au bord de l'asphyxie, qu'elle entendit les fameux mots : *dans mes pensées, dans mon haleine qui se confond avec mon sang*, et que tous les souvenirs liés à cette époque où il n'avait de cesse de lui dire des mots d'amour, refirent soudain surface, et qu'elle reprit machinalement ces paroles qui lui étaient dédiées. Les choses avaient pourtant changé, elle ne lui appartenait plus, mais elle avait absurdement besoin de lui, un besoin impossible à assouvir, une envie démente et douloureuse de l'embrasser comme avant.

Miriam et Simón étaient allés au bar. Pendant ce temps, Diana s'approchait de la scène, mais elle se ravisa et revint sur ses pas pour leur dire, avant qu'ils n'aient passé leur commande, qu'il fallait s'en aller, qu'elle ne voulait pas rester une minute de plus, tellement elle craignait de sombrer sous le poids des souvenirs. C'est alors qu'elle se trouva nez à nez avec Jon, le seul membre du groupe avec qui, aux temps anciens où elle jouait le rôle ingrat de femme de rocker, elle avait de bonnes relations, et en qui elle avait toute confiance. Le manager semblait ravi de la revoir.

— Diana ! Quelle surprise ! David sera tellement content de te revoir… Et moi donc ! Tu es ravissante. Qu'est-ce que tu t'es fait ?

— Un lifting. Non, blague à part, j'ai abandonné mes mauvaises habitudes. Je ne bois plus, je ne me drogue plus, et je ne sors plus jusqu'à pas d'heure.

— Eh bien, le moins qu'on puisse dire c'est que ça te réussit. Au fait, tu veux boire quelque chose ?

– C'est-à-dire que je suis venue avec mon copain – lorsque, auparavant, elle prononçait le mot « copain », c'était pour parler de David, et elle trouvait bizarre de l'employer pour désigner quelqu'un d'autre, surtout devant Jon qui ne l'avait jamais vue qu'avec David – et avec Miriam, une amie. Je ne sais pas si tu te souviens d'elle ; tu as dû la croiser une fois, il me semble.

– Eh bien, je leur offre un verre aussi. Où sont-ils ?

– Je ne sais pas si tu arriveras à les voir d'ici. Ce sont les deux grands blonds au comptoir. Tu les vois ?

– Allons-y, j'ai des consos gratuites.

Jon se présenta au bar et paya la tournée avec un ticket. Ensuite, il se comporta comme l'excellent *public relations* qu'il était, et entreprit de draguer Miriam qui semblait aux anges. Il allait donc falloir attendre que tous aient fini de boire pour s'en aller. Diana était contente pour Miriam, qui, depuis sa séparation, avait un succès fou avec les hommes. Quelle que soit la boîte où elles allaient, elle en ressortait toujours en bonne compagnie. Jon n'était pas forcément un amant idéal, car il était, comme tous les rockers, coureur de jupons et polytoxicomane, mais au moins avait-il la trentaine bien sonnée, dix ans de plus qu'Antón, le garçon avec qui Miriam sortait ces derniers temps, celui qu'elle avait rencontré à *La Taverne illuminée*. Diana fit donc contre mauvaise fortune bon cœur et se résigna à l'inévitable : une demi-heure supplémentaire dans ce repaire, une demi-heure de plus à résister à la présence qui, depuis la scène, l'attirait irrésistiblement. Mais la demi-heure avait dû passer, car le manager, visiblement séduit par la grande blonde, offrit une deuxième tournée. Suivie d'une troisième. Pendant ce temps, le groupe égrenait tous les thèmes de son dernier album. Ils eurent droit à deux rappels. Puis le concert fut terminé.

– Bon, il faut que j'aille en coulisses féliciter les copains, dit le manager – on se demandait bien pourquoi, car il avait été tellement occupé à baratiner la blonde Miriam qu'il n'avait pas prêté la moindre attention à la musique et n'était donc pas en mesure de dire si le groupe avait bien joué ou non. – Vous venez avec moi?

– Non, non... – hors de question, songea-t-elle. – Demain on travaille, et si on va dans les coulisses, ça va faire trop tard.

– Il faut que vous veniez, insista Jon, en adressant un sourire engageant à Miriam. Surtout toi, Diana, ça fera tellement plaisir à David de te revoir. Allez, viens, il va me tuer si tu ne viens pas avec moi.

– D'accord, mais cinq minutes, proposa Miriam. Le temps de saluer tout le monde et puis on s'en va, moi aussi je dois me lever tôt.

Diana haussa les épaules, résignée, et se laissa conduire comme le mouton que l'on mène à l'abattoir.

La loge était une pièce miteuse et minuscule qui exhalait une odeur rance, de sueur, de bière et d'urine, et où se bousculaient tant bien que mal, entre les musiciens et l'entourage, une vingtaine de personnes. Tous affichaient le même look : tee-shirt, jeans et cheveux longs, si bien que Miriam, Simón et Diana, avec leurs vêtements de marque, leur coupe de cheveux soignée et leur bronzage de piscine, auraient passé pour des mannequins d'étalage. On dit que le goût se forge par mimétisme, et il est fort possible qu'à force de la fréquenter quotidiennement pendant trois ans, Miriam ait déteint sur Diana et que celle-ci, à son tour, ait contaminé Simón. Diana était consciente d'avoir changé, d'être désormais mieux habillée, mieux coiffée; mais était-elle plus jolie? Sans doute, si elle en croyait une lettre que lui avait écrite Héctor, un cinéaste connu même si ses films étaient plutôt confidentiels, avec qui elle avait coutume de bavarder pendant que tous deux promenaient leur chien, et qui, à lire sa prose, semblait être tombé amoureux d'elle. Diana avait loué deux de ses films au vidéoclub, mais elle n'y avait rien compris.

C'étaient des films longs, confus, pédants, incompréhensibles. Elle s'était endormie en visionnant le second. Mais la lettre que lui avait envoyée le cinéaste était magnifique, nullement pédante, et parfaitement compréhensible. Il la comparait à une déesse. Elle se répéta à elle-même ce mot : «Déesse, déesse, déesse. Je suis une déesse, je porte un prénom de déesse auquel je vais faire honneur, et tu ne pourras plus me faire souffrir.»

David se trouvait dans un angle de la pièce, appuyé contre une pile de caisses de bières, l'air visiblement fatigué. Il leva soudain les yeux et leurs regards se croisèrent. Il sourit. Elle s'avança vers lui. Cinq mètres les séparaient à peine, mais ils étaient tous tellement serrés qu'elle peina à arriver à sa hauteur.

– Bonjour.

– Bonjour. Merci d'être venue.

La scène est trompeuse, Diana le savait déjà. Il y a la distance, la hauteur, les projecteurs. Mais elle n'aurait jamais cru qu'elle puisse être à ce point trompeuse. Voici quelques minutes à peine, sur scène, elle avait vu un bel homme, superbe même, tandis que celui qui était maintenant devant elle, appuyé contre la pile de caisses de bières, était bien différent. Il avait pris un sacré coup de vieux au cours des trois années écoulées. Le pourtour des yeux était sillonné de rides, les cheveux étaient devenus poivre et sel, le front s'était dégarni, et il avait épaissi. Cela ne se voyait pas sur scène, avec sa chemise noire, mais de près, oui. Il avait même un double menton. Et ses yeux étaient comme injectés de sang… Pouvait-on vraiment autant changer en si peu de temps? Eh bien oui, c'était possible. Surtout quand on boit comme il le faisait.

– Je te présente Simón.

– Enchanté.

Les deux hommes se serrèrent la main poliment, mais l'air de défiance avec lequel ils se jaugèrent mutuellement ne pouvait échapper à personne, tant le silence était pesant. Heureusement, Miriam prit l'initiative de le rompre.

– Bonjour, David, ça faisait un bail! – Et lorsque Miriam lui fit les deux bises de rigueur, Diana s'aperçut qu'ils ne s'étaient même pas embrassés pour se saluer. – C'était vraiment très bien… – Miriam mentait comme une arracheuse de dents, car c'est à peine si elle avait écouté.

– Tu es ravissante, Miriam. Les années n'ont pas de prise sur toi – il mentait tout autant : Miriam avait beaucoup grossi, et il ne pouvait pas ne pas s'en être rendu compte. – Qu'est-ce que tu deviens?

– Euh… Ça fait tellement longtemps qu'on ne s'est pas vus que je ne sais pas par où commencer… J'ai quitté Jamal, je me suis mariée avec un autre homme avec qui j'ai eu un enfant, et dont je me suis séparée. Bon, alors, tu nous offres une bière?

– Bien sûr. QUI PEUT NOUS APPORTER TROIS BIÈRES?

Jon apparut diligemment avec quatre bouteilles de bière, deux dans chaque main.

– Et le décapsuleur? demanda Miriam. Tu veux qu'on les ouvre avec les dents?

– Bon, QUELQU'UN AURAIT UN DÉCAPSULEUR?

Visiblement, personne dans la loge n'avait de décapsuleur.

– C'est pas grave, assura David. Je connais un truc infaillible.

– Avec un briquet, devina Diana, qui le connaissait déjà.

Et le chanteur sortit en effet un briquet de la poche de son jeans et procéda à l'ouverture des bouteilles en exerçant une pression sur les capsules. C'est alors qu'elle remarqua un détail. Ses mains tremblaient. Elles tremblaient terriblement. Comme s'il avait la maladie de Parkinson.

– N'en ouvre que trois. Je n'en prends pas, j'ai arrêté de boire.

– Toi, abstinente? Non, je ne peux pas y croire, fit David d'un ton incrédule.

– Eh bien… Je n'ai pas eu le choix. C'est parce que je suis enceinte, tu sais. De trois mois…

Le fracas de la bouteille s'écrasant par terre vint briser le silence. Elle lui avait glissé des mains.

– Dis donc, quel culot tu as eu! J'ai même failli te croire…

– Oui, j'ai vu ça sur ton visage. J'ai bien cru que tu ferais une gaffe et que tu lâcherais quelque chose comme : « Mais je t'ai passé un Tampax l'autre jour… »

– Non, non, j'ai tout de suite pigé. Tu as vu la tête qu'il a faite : j'ai cru qu'il se sentait mal. Il a même fait tomber la bouteille et tout… mais c'est peut-être à cause de sa tremblote, il l'avait déjà avant.

– Tu t'en es aperçue aussi?

– Oui, quand il a décapsulé les bières, il avait les mains toutes tremblantes.

– Crois-tu que c'est de me revoir?

– Non. Je crois plutôt que c'est parce qu'il est alcoolique. Il l'était déjà avant, à l'époque où vous étiez ensemble, mais maintenant encore plus. Tu ne t'es pas rendu compte qu'il avait enflé et qu'il avait le nez rouge, comme de la couperose? Tout de l'alcoolo, quoi. En plus, il a pris un sacré coup de vieux; tu as vu ces rides? C'est à cause de toutes ces nuits sans dormir, il en paye le prix. En plus, si tu veux savoir, le groupe est fini. Tu as vu comment ils jouaient? Ils ont été nuls, franchement.

– Qu'est-ce que tu en sais? Tu n'as rien vu, tu ne les as même pas regardés.

– Pourquoi est-ce que je les aurais regardés s'ils jouaient mal comme ça? Surtout lui, qui chantait particulièrement faux.

Eh oui, le groupe était fini, et lui était alcoolique. Mais cela ne datait pas d'hier : quand elle l'avait rencontré, il buvait déjà comme un trou. Et le groupe n'a jamais joui d'un grand prestige dans le milieu de la pop espagnole. Un gars qui buvait beaucoup et qui n'avait pas grand talent, un menteur aussi. Que lui trouvait-elle donc autrefois ? Comment expliquer ces quatre années de souffrance, de nuits blanches, de larmes, de délire, de désespoir ? Sans doute est-ce parce qu'elle avait vécu cette relation comme sur une scène. Éblouie par les sunlights trompeurs de la célébrité, elle avait projeté ses fantasmes sur la figure du rocker en vogue et s'était laissé entraîner par son imagination, car elle avait de l'amour une conception superficielle et ornementale. Oui, elle avait souffert, mais elle l'avait bien cherché ; voilà l'explication. Il était certes difficile d'admettre la fin pathétique de celui qu'elle avait cru être l'amour de sa vie, mais le plus grave aurait été de ne s'apercevoir de rien et de passer sa vie à regretter ce qui avait été, dès le début, une erreur. L'esprit tisse ses propres réseaux, inextricables, et la passion n'est jamais telle qu'on se l'imagine. Le jour vient pourtant où la flottille des souvenirs sombre dans la nuit, et lorsqu'une femme cesse de souffrir, c'est qu'elle a oublié.

Mais, avec un peu de chance, elle aura appris quelque chose.

La peau du serpent

J'AI APPRIS L'AUTRE JOUR, en lisant *Moi, Claude, empereur* de Robert Graves, que Livia, dans la langue des Étrusques, voulait dire « malfaisante ». Elle-même m'avait dit que son nom signifiait « pâle », et qu'elle trouvait que ça lui allait très bien. Mais si Livia était pâle, c'était parce qu'elle sortait tous les soirs et évitait la lumière du soleil. Elle se voulait la plus fashion, la plus *in*, et de fait la recherche frénétique du bronzage intégral à coups d'UVA était complètement passée de mode. C'est pourquoi elle utilisait, les rares fois où elle sortait dans la journée, une crème solaire écran total. Et comme elle avait la peau et les cheveux très foncés, on la remarquait forcément. Car elle était belle, Livia, belle et élégante. Et pâle, certes. Mais cette pâleur, c'est elle qui l'avait voulue. Quant à la malfaisance, c'est une autre histoire.

J'avais fait sa connaissance à une fête grandiose qui avait lieu au Florida Park, au beau milieu des jardins du Retiro. J'étais venu avec des amis, elle y était aussi, et soudain, à un moment, mon regard s'est posé sur elle. Je ne saurais pas te dire pourquoi. Elle était belle, c'est vrai, mais à cette fête il y avait beaucoup de belles filles, des mannequins en veux-tu en voilà. Si je l'ai remarquée, c'est peut-être à cause de la robe qu'elle portait, une robe-fourreau années quarante, style Gilda, très fashion, et en même temps un peu décalée, comment dire… Et j'ai aussi vu son tatouage, un serpent qui lui descendait le long du dos, et j'ai trouvé bizarre qu'une fille aussi fashion, justement, ait un tatouage aussi laid, un peu, comment dire… carcéral. C'est peut-être pour ça que je me suis souvenu d'elle après. Nous nous sommes tous retrouvés dehors à la fermeture, à six heures du matin, avec une cuite carabinée, et je vois soudain une fille par terre, je vais voir ce qui se passe, c'était elle, elle était sortie pisser dans les buissons du Retiro et avec ses talons hauts elle s'était fichue par terre, elle avait le bras cassé et ne pouvait plus bouger tellement la douleur était insupportable. J'appelle les types de la sécurité : « Hé, il y a une fille qui s'est cassé la figure. » Je ne sais pas s'il avait plu ou si on avait arrosé, mais je me rappelle que les pelouses du Retiro étaient trempées et qu'il faisait un froid de Sibérie, on était en octobre ou quelque chose comme ça, et avec sa petite robe la fille devait être frigorifiée, je n'exagère pas. Les types de la sécurité ont appelé une ambulance, mais l'ambulance tardait à venir, et j'avais de la peine pour cette fille qui grelottait là, toute seule, si bien que je suis resté un moment avec elle. Quand les infirmiers sont arrivés, ils lui ont demandé si elle avait bu, et comme elle leur a dit que oui, ils lui ont dit qu'alors ils ne pouvaient pas lui donner d'analgésiques, et la pauvre fille était là, à pleurer de douleur. Finalement, ils l'ont emmenée dans l'ambulance. Et figure-toi que depuis le jour où je l'ai rencontrée, ç'a toujours été comme ça, elle me faisait tellement de peine que j'essayais de l'aider.

Plus tard, nous nous sommes revus à Barcelone, au *Bread and Butter*, un salon de la mode, du *free wear* surtout. À vrai dire, c'est plus un salon pour l'image que pour la mode, parce que, comment dire, les gens louent des stands un peu pour connaître les tendances, mais aussi un peu pour se montrer. Elle était allée passer les modèles de je ne sais plus qui, un de ces créateurs tellement underground qu'on ne se rappelle même plus leur nom. Les créateurs, dans ce salon, ont une zone pour ainsi dire réservée, qu'on surnomme *Milk and Honey*, où il y a un open-bar, et comme j'étais tout seul, je suis allé boire un verre avec elle. Je ne la connaissais pas, ou à peine ; nous n'étions absolument pas des intimes, mais je me suis mis à parler, Álex par-ci, Álex par-là... Car j'avais une relation d'amitié avec ce garçon, Álex, un acteur qui n'est peut-être pas des plus connus, mais en tout cas un très bon acteur, et très beau garçon. Il joue en ce moment dans une série, *Hôpital Central*. C'est une amie actrice qui me l'a présenté, Leonor Mayo, elle était avec lui à l'école d'art dramatique. Je la connais depuis toujours, nous étions ensemble au lycée, mais à l'époque c'est à peine si on s'adressait la parole. Il y avait des rumeurs comme quoi elle était lesbienne, elle sortait avec une camarade de classe. En fait, celui des deux qui était homo, c'était moi, mais je n'osais pas le dire, car l'ambiance de l'établissement ne s'y prêtait pas vraiment. Plus tard, quand nous nous sommes revus, nous en avons beaucoup ri ensemble, elle me disait : « Et moi qui te prenais pour un sale petit snobinard. Jamais je n'aurais imaginé que... » Mais je m'égare... C'est Leonor, donc, qui m'a présenté à Álex, et Álex et moi sommes devenus super-amis, et pendant un an ou quelque chose comme ça nous étions inséparables, toujours fourrés ensemble. Mais j'avais fini par devenir vraiment trop accro à lui, si bien qu'un jour je me suis déclaré, et il m'a répondu que non, que lui n'était pas amoureux de moi. Il m'a raconté je ne sais quelle histoire comme quoi il était amoureux d'un autre type, dont il était raide dingue depuis le lycée, et qui en plus était hétéro, cent pour cent hétéro. Je crois qu'il avait un groupe rock ou quelque chose comme ça, mais je ne sais plus le nom. C'est que moi, je ne suis pas tellement rock, je serais plutôt techno et tout ça... Et depuis ce jour-là, depuis qu'il m'a repoussé, nous avons cessé de nous voir, Álex et moi, et j'en ai été mortifié. Et donc, voilà que je raconte tout ça à Livia, sans la connaître du tout, tellement j'étais ivre. Et elle, soudain, s'est mise à s'intéresser. Elle m'écoutait, elle me donnait des conseils, et je dois dire que je lui en étais très reconnaissant parce que, bon, je lui racontais ce qui était en train de m'arriver, et elle, elle faisait preuve de beaucoup de patience, et il en fallait pour supporter tout mon bavardage, qui tournait autour d'un seul et même sujet, car je ne pensais à rien d'autre, tu vois? Il faut dire que tu as beau avoir des dizaines d'amis, quand il y en a un qui t'intéresse plus que les autres et que tu romps toute relation avec lui, tu te retrouves vraiment perdu. Car figure-toi que même si j'avais des copains qui une fois de temps en temps étaient un peu plus que des copains, je ne pouvais pas sortir avec eux, vu qu'ils sortaient avec Álex. J'étais en quelque sorte privé de vie sociale, tu vois? Et comme elle, de son côté, m'a dit qu'elle venait de rompre avec son fiancé de longue date, nous nous sommes retrouvés comme scotchés l'un à l'autre, et nous avons commencé à nous voir tout le temps. C'est comme ça que nous sommes devenus *trèèèès trèèèès* proches. Et c'était un peu inattendu qu'elle s'accroche à moi comme ça tout d'un coup, parce qu'elle me parlait toujours de ses trois cent soixante-cinq amis, mais en fin de compte elle était tout le temps avec moi, comme si en fait elle n'avait pas tant d'amis que ça, tu vois ce que je veux dire? Mais bon, c'était comme ça, il ne faut pas toujours chercher à comprendre… Surtout qu'on s'entendait très bien, on faisait plein de choses ensemble, on sortait sans arrêt.

Elle m'avait expliqué qu'elle était de Séville, qu'elle était d'une très bonne famille, et elle avait toujours des histoires géniales, insensées, sur le mode : «La fois où j'étais chez la duchesse d'Albe pour les débuts de sa fille dans le monde», ou : «Comme, de notre balcon, on a une très belle vue sur les processions, la bonne société de Séville venait toujours les voir chez nous», ou bien : «Chaque année, à la Feria, ma famille a une *caseta* à laquelle on n'accède que sur invitation, et une année nous y avons reçu don Jaime de Marichalar, le mari de l'infante», ou encore : «J'étais en train de me promener dans le Real de la Feria sur mon cheval qu'on avait fait venir exprès du haras», quand ce n'était pas : «On ne va pas à la Feria le samedi parce qu'il y a trop de gens des faubourgs, ce jour-là les vieilles familles sévillanes vont à une fête ultrasélect dans le quartier de Santa Cruz…» Et les confréries, et les *costaleros*, et les Mora Figueroa et les Domecq et les Barrera et le comte d'Osuna et le duc d'Infantado… Comme ça à jet continu. Elle avait toujours assisté aux fêtes les plus incroyables. Car là-bas elle faisait partie du gratin, mais elle était venue à la capitale pour être mannequin et ça ne plaisait pas du tout à la famille, il faut dire que pour des gens très conservateurs comme eux, être mannequin c'était comme être pute, c'est pour ça qu'ils ne lui envoyaient pas un sou, ils espéraient qu'à force de manquer d'argent même pour manger, elle rentrerait la tête basse à la maison.

Quand les gens ont commencé à nous voir sans arrêt ensemble, Jamal Benani m'a téléphoné pour me dire : «Tu sais, je t'ai vu l'autre soir avec Livia, fais attention, Lola m'a dit que c'était une fille dangereuse.» Lola aussi était mannequin, comme Livia. Enfin, mannequin, c'est beaucoup dire. Aucune des deux n'était connue à l'époque ; peut-être un peu Lola, mais plutôt parce qu'on la voyait à toutes les soirées que parce qu'elle faisait des publicités ou des défilés. Je la connaissais par Leonor Mayo. Elles avaient été assez liées à l'époque où Lola était mariée avec Aldo. Aldo est un gentil garçon, d'une très bonne famille, qui s'était marié tout jeune avec une mannequin, alors que tout le monde savait qu'il préférait les mannequins hommes. Maintenant il a fait son *coming out* et il vit avec un mec. Mais Lola, en fait de mannequin, est plutôt le genre de pimbêche qui se dit mannequin, mais qui en réalité vit de l'argent de ses parents, et qui en vit bien, d'ailleurs. Mais passons. Donc, je suis allé demander à Livia : «On m'a dit que tu avais eu un problème avec Lola ?» Et elle m'a raconté que Lola s'était prise de bec avec elle parce qu'elle avait couché avec un type sur qui, disait Lola, elle avait des vues, et comme elle était vexée comme un pou, elle lui avait fait tout plein de crasses. Elle disait qu'elle lui avait volé des affaires, un ordinateur portable, un appareil photo, elle disait aussi qu'elle ne payait pas l'électricité, et même que, quand elle, Livia, avait eu le bras cassé, elle avait dû rester quelque chose comme cinq jours sans lumière parce que Lola n'avait pas payé l'électricité, du moins c'est ce qu'elle m'a raconté. Et moi, je pensais : « Oh, le pauvre chou ! » Et elle disait : « Et tout ça parce que j'ai couché avec ce garçon, mais comment est-ce que je pouvais savoir qu'il plaisait à Lola, Lola et moi n'étions pas intimes. Ce qui s'est passé, c'est qu'il y a eu une fête à la maison et qu'elle a invité ses amis et moi les miens, et c'est comme ça que je me suis retrouvée à flirter avec ce garçon et que j'ai couché avec lui, mais je ne cherchais absolument pas à lui faire du tort. » Et elle me racontait que ç'avait été terrible, qu'elle avait dû s'enfermer dans sa chambre en mettant le verrou tellement elle avait peur, que Lola amenait des gens vraiment bizarres à la maison, et c'est là qu'elle m'a dit qu'elle lui avait volé des affaires, que des gants de je ne sais plus quelle marque avaient disparu et qu'ensuite elle les avait vus dans sa chambre à elle, à Lola. Et elle m'a aussi dit qu'elle avait eu un problème dans un autre appartement. Elle avait porté plainte contre la propriétaire parce que la propriétaire avait changé la serrure, mais l'histoire était un petit peu étrange, d'après ce qu'elle m'expliquait : « Elle m'a volé quatre téléviseurs à écran plasma et je ne sais pas combien de paires de chaussures Manolo Blahnik », et la première chose que j'ai pensé, bien sûr, c'était : « Mais qu'est-ce qu'elle faisait chez elle avec quatre téléviseurs à écran plasma ? » Ce que je veux dire par là, c'est qu'elle avait tout de même des antécédents bizarres et que j'aurais dû me méfier, mais je ne me suis pas méfié, je ne sais pas pourquoi, c'est comme ça. Je ne suis pas quelqu'un qui se méfie. La vérité c'est que j'ai tendance à être trop indulgent, parce que quand nous avons commencé à devenir amis, il y a eu des moments où j'aurais dû avoir une conversation un peu sérieuse avec elle, mais je crois que, pour éviter un affrontement, ou peut-être pour avoir le beau rôle, j'ai laissé filer, car c'est vrai que Livia avait ses petites bizarreries, et aussi des histoires quasiment surréalistes qu'elle traînait derrière elle, elle s'était disputée avec tout le monde, des histoires qui en vérité étaient plus graves que je ne voulais bien le voir. Mais ce qu'il y a surtout, c'est que Lola était devenue la meilleure amie d'Álex ; on les voyait partout ensemble, on aurait dit des fiancés, même si je suis sûr qu'ils ne couchaient pas ensemble. Lola est pourtant jolie, plus que jolie, je ne peux pas le nier, c'est un fait, mais ce qui est sûr aussi, c'est qu'Álex est homo, cent pour cent homo. Et pourtant, des mauvaises langues m'avaient dit qu'elle était amoureuse de lui, et moi je lui en voulais énormément, j'étais très jaloux, même si je ne voulais pas l'admettre, pour la bonne raison que, du jour au lendemain quasiment, Álex avait cessé de sortir partout avec moi pour sortir partout avec Lola. En d'autres termes, Lola était sa meilleure amie et je me sentais comme si elle m'avait volé quelque chose, comme si elle m'avait chipé ma place. J'étais dévoré de jalousie, vraiment. J'avais beau savoir qu'il ne se tapait pas Lola et qu'il ne se la taperait jamais, j'étais dévoré de jalousie à l'idée que maintenant c'était Lola qui écoutait ses confidences, qui allait avec lui au cinéma et qu'à la sortie ils allaient discuter du film ensemble, et que le dimanche matin elle l'accompagnerait à *La Latina* boire des Martini pour soigner leur mal aux cheveux et mater les beaux mecs qui s'exhibent en terrasse. Et c'est pour ça, je crois, que je n'ai pas prêté plus d'attention que ça à ce que m'a raconté Jamal, c'est parce que j'étais jaloux. Parce que je détestais Lola presque sans la connaître ; cette petite poupée blonde, cette jeune fille de bonne famille qui m'avait volé l'amitié d'Álex… ou du moins c'est comme ça que je le ressentais.

Après l'histoire des tee-shirts, par exemple, j'aurais dû me rendre compte que cette fille, je veux dire Livia, avait vraiment une case en moins. On se disputait très souvent pour des bêtises, tous les deux. Il faut dire qu'elle démarrait au quart de tour. Quand tu voulais lui faire faire quelque chose qu'elle ne voulait pas ou que tu lui disais quelque chose qu'elle n'avait pas envie d'entendre, ça y était; elle se mettait à hurler. Ça partait comme ça, tout d'un coup, au milieu d'une conversation, et je savais que ça allait se terminer sur le mode : «Puisque c'est comme ça, tout est fini entre nous.» Et moi j'étais tout de même très attaché à elle, ou du moins c'est ce que je croyais, parce qu'ensuite j'ai bien vu, tu comprends, qu'elle ne m'a pas manqué comme Álex m'a manqué, par exemple. Et, donc… où en étais-je? Oui, j'étais en train de raconter l'histoire des tee-shirts. Donc, je voulais faire des tee-shirts avec mon logo, tu sais, comme cadeau pour mes clients, et j'avais déjà pris contact avec un fournisseur, qui m'avait soumis un devis. Et quand Livia l'a vu, je veux dire le devis, elle a poussé les hauts cris : «Mais c'est bien trop *cheeeeer*… Laisse-moi m'en occuper, je vais faire faire d'autres devis, tu en auras pour beaucoup moins. Ce qui est dommage, c'est que je n'aie pas les coordonnées du représentant d'American Apparel en Espagne, parce qu'ils n'ont de bureaux qu'en Allemagne, c'est là qu'ils ont leur siège pour toute l'Europe.» American Apparel est une marque de tee-shirts assez classe, c'est du coton de bonne qualité avec de très belles finitions. Et je lui ai dit : «Mais si, leur représentant, je le connais, maintenant que j'y pense, c'est un copain. Appelle-le de ma part et demande-lui un devis. Je te laisse t'en occuper.» Et puis les semaines passent sans qu'elle fasse rien, si bien qu'un jour je prends mon téléphone, j'appelle directement le type d'American Apparel et je lui demande son devis, et quand Livia passe à la boutique je lui dis : «Au fait, pour le devis des tee-shirts, ne te casse pas la tête, je m'en occupe.» Et elle, furibarde, elle me fait toute une scène, elle me dit que je lui ai fait perdre son temps, et elle ajoute : « Si tu veux le faire toi-même, démerde-toi. » Et moi, comme pour m'excuser, je lui réponds : « Mais au contraire, c'est justement parce que je ne voulais pas te faire perdre ton temps à toi », etc. Et c'est là qu'elle éclate : « Oui, c'est ça, tu veux m'enlever mes contacts, ou quoi ? » Et bien sûr, moi, j'hallucine, parce que le type d'American Apparel, c'est moi qui lui avais donné ses coordonnées. Tout ça pour te dire que de temps en temps je la voyais monter sur ses grands chevaux, mais que je ne disais jamais rien, par faiblesse peut-être.

Et puis il y avait aussi le fait qu'elle n'avait jamais d'argent sur elle. Je me rappelle, un exemple entre mille, un dîner avec des amis pour l'anniversaire de Leonor, quand est arrivé le moment de l'addition. Il y en avait pour vingt euros par personne, ça n'allait pas très loin. Nous avons mis chacun notre billet de vingt euros sur la table, et ensuite nous lui avons dit : « Livia, ça fait vingt euros. » Et elle : « Je sais, je viens de les mettre. » Et moi : « Mais non, Livia, tu n'as rien mis, ce billet-là c'est moi qui l'ai mis, celui-là c'est Jamal, et celui-là c'est Fulvio. » Et elle : « Ah bon ? Alors je me suis peut-être trompée. Je vais regarder… Oh zut, je n'ai plus d'argent sur moi. C'est bizarre… J'aurais juré qu'il m'en restait. Ça doit être parce que j'ai changé de sac… » Là, pour le coup, il aurait fallu que je la prenne à part et que je lui dise : « Eh, pour qui tu nous prends ? » Parce que ce n'est pas la seule fois où elle a fait le coup, c'était même un classique. On va dîner au restaurant, et au moment de l'addition, elle fait mine de regarder dans son porte-monnaie et de s'apercevoir qu'elle n'a rien. Alors elle dit qu'elle veut payer avec sa carte, et comme par hasard la carte ne passe pas. Ou bien elle va aux toilettes et elle revient au bout de vingt minutes, quand elle sait que c'est trop tard, que tout est payé, je te demande un peu qui a besoin de vingt minutes pour aller aux toilettes… Et à chaque fois, je la laissais refaire son numéro, parce qu'en fin de compte je savais bien que c'était moi qui allais payer, mais je la laissais toujours d'abord faire son numéro, en partie parce que c'était amusant à voir, et aussi parce qu'il arrivait tout de même, une fois de temps en temps, qu'elle paie sa part, et c'est cette petite incertitude qui donnait un peu de piquant à la chose. Je me rappelle aussi un soir où Jamal me téléphone et me dit : «J'ai envie qu'on aille dîner dehors, tu as une idée de restaurant?» Je réserve au *Zen Central*, et juste après c'est elle qui appelle : «Qu'est-ce que tu fais ce soir?» Et moi : «Rien de spécial, Jamal m'a appelé, on va dîner dehors.» Je savais qu'elle n'avait pas un sou, car la veille au soir nous avions dîné à l'*Obrador* et elle nous avait dit qu'elle n'avait rien sur elle. Et elle me dit : «Attends-moi, j'arrive.» Et je lui réponds : «Tu sais, Livia, le *Zen Central* ce n'est pas ce qui s'appelle donné, nous ça nous est égal de payer quarante euros, tu sais que Jamal mène toujours grand train, mais à toi ça va te coûter les yeux de la tête, et je ne veux pas que ce soit lui qui paye pour toi, il invite trop facilement, je ne trouve pas ça correct.» Car Jamal est de ceux qui invitent tout le monde, mais moi, à vrai dire, je ne trouvais pas correct de vivre à ses crochets. Alors elle me dit : «Mais si, j'ai envie de venir, je n'ai pas envie de rester toute seule à la maison.» Et je lui dis : «Mais, Livia, tu n'as pas d'argent, et tu ne peux tout de même pas compter sur un type qui te connaît à peine pour t'inviter», ce qui laissait entendre que je n'avais pas du tout, moi, l'intention de payer pour elle. Et elle me dit : «J'ai un peu d'argent, je ne devrais pas le dépenser, mais bon, je vais le dépenser. Je m'arrangerai après pour en remettre de côté, mais je ne vais tout de même pas rester toute seule ce soir à la maison.» En fait, elle détestait l'idée que j'aie pour la soirée un projet dont elle ne faisait pas partie. Mais surtout, elle détestait l'idée, elle qui était si envieuse, de rater un dîner avec Jamal Benani et Leonor Mayo, parce que le glamour lui faisait perdre la tête et elle avait une envie folle de dîner avec eux au restaurant, d'être vue avec le *must* de Madrid. Et puis, comme un peu tout le monde ou presque, elle craquait pour Jamal. C'est normal ; un bel homme comme lui, intelligent, cosmopolite, qui a beaucoup voyagé, et artiste en plus, il n'y a pas de femme qui lui résiste. Ni d'homme, d'ailleurs. Reste qu'elle m'a tendu un véritable guet-apens, car bien sûr elle m'a fait le même coup qu'à chaque fois, quand elle finissait par m'avouer : « Écoute, ce soir je n'ai pas d'argent, tu peux m'inviter s'il te plaît ? » en espérant que j'allais m'exécuter. Et finalement je m'exécutais toujours. Mais pour elle, donner l'image de quelqu'un qui est complètement désargenté, ce n'était pas possible, tellement elle s'était créé un personnage de jeune fille de bonne famille, et quand ensuite il était question de chercher du travail, elle me disait : « Je ne vais tout de même pas poser dans un magazine pour si peu, alors que je vaux beaucoup plus ! » Et le fait est que je l'ai déjà vue refuser une séance de photos ou ne pas se présenter à un casting uniquement parce qu'elle ne voulait pas se lever tôt.

Comme je te disais, j'aurais dû m'en douter dès le début. Pour te donner un exemple, il se trouve qu'elle avait la clé de chez moi, j'avais été assez idiot pour la lui donner, je ne me rappelle même plus pourquoi. Ah si : je crois que c'est parce que je partais en week-end et qu'on annonçait de la pluie, et je lui avais dit de passer voir si ma terrasse était inondée, ce sont des choses qui peuvent arriver quand il pleut très fort. Et ce mois-là, justement, je me suis retrouvé avec une facture de téléphone de plus de cent euros, alors que je ne me sers presque pas de mon téléphone fixe. Et en regardant le détail de la facture, je vois que ce sont tous des appels d'une heure ou d'une heure et demie, beaucoup vers des portables, et tous le même jour. Et ce qui m'a mis sur la voie, c'est qu'il y avait un appel vers un numéro à Séville. Je lui en parle, et elle commence par me dire : « Non, ce n'est pas moi », alors je lui dis : « Écoute, j'ai regardé les appels un par un, et tous ont été passés aux heures où j'étais à la boutique, en plus il y en a un pour Séville, alors si tu me dis que ça n'est pas toi, il va falloir que je téléphone au numéro pour leur demander qui a bien pu les appeler de Madrid, car si vraiment tu me dis que ce n'est pas toi, je suis très ennuyé, ça voudrait dire que quelqu'un est entré chez moi.» Sur le coup, elle reste un moment sans répondre, et puis elle me dit : «Attends… Maintenant c'est vrai, je me souviens, Óscar chéri, mais oui… C'est vrai, j'aurais dû te le dire, mais j'avais oublié», et elle me raconte toute une histoire comme quoi, un jour, elle avait des appels urgents à passer, mais comme elle avait épuisé son forfait et qu'elle n'avait pas d'argent pour le recharger, elle avait dû appeler depuis chez moi, elle avait l'intention de me le dire, bien sûr, mais elle avait oublié.

Je ne comprends pas moi-même comment j'ai pu me faire avoir tant de fois ni comment je faisais pour supporter tout ça. Je me suis rendu compte après, avec le temps, que ma relation avec elle était en fait plus superficielle que je ne le croyais, que c'était un peu comme quand on a un petit chien qui vous amuse et qu'on lui passe tout, même quand il fait caca par terre dans l'appartement, parce que les petits chiens c'est comme ça. Mais ensuite on se met à réfléchir et on se souvient de mille autres choses. Et moi, à l'époque, je n'étais pas précisément cousu d'or ; je venais tout juste d'ouvrir ma boutique, je commençais seulement à me faire un nom, j'avais plein de dettes envers mes fournisseurs, je n'avais pas les moyens d'entretenir quelqu'un, et elle le savait très bien.

J'ai quand même fini par l'entretenir pour de bon quand elle est venue s'installer chez moi. C'est vraiment une histoire complètement absurde. Ç'a commencé par un épisode assez étrange, je connaissais des gens de l'immeuble où elle habitait avant de venir vivre chez moi et, seulement deux mois avant, quelqu'un m'avait dit : «Livia va être expulsée de son appartement, son bail a expiré», mais comme j'étais ami avec Livia et qu'elle m'avait dit que non, je l'avais crue, jusqu'à ce qu'un jour elle m'appelle pour me dire qu'il fallait qu'elle ait vidé les lieux avant le lundi, me parler de je ne sais quels avocats, qu'on lui avait envoyé un avis d'expulsion, mais qu'il ne lui était jamais parvenu... Elle m'explique que le bail avait expiré en juin et qu'elle avait essayé de discuter avec le propriétaire de l'immeuble pour qu'il le lui prolonge, et que soudain on lui avait envoyé cette lettre, mais qu'il y avait tellement de locataires dans l'immeuble que les boîtes aux lettres débordaient et que parfois le courrier s'égarait ou se retrouvait dans la boîte aux lettres de quelqu'un d'autre. Et elle disait qu'elle avait trouvé la lettre sur une table dans le hall, où les gens mettent parfois les lettres qui ont atterri par erreur dans leur courrier, et ça c'est vrai, j'ai déjà vu faire ça, je veux dire l'histoire des lettres sur une table. Mais pas un avis d'expulsion, évidemment, on ne le laisse pas sur une table ; c'est un recommandé, il faut le signer. J'ai été idiot de ne pas faire attention sur le moment.

Et donc, tout d'un coup, elle me dit : « Je n'ai pas où aller en attendant de trouver un autre appartement », et je lui dis : « Mais viens donc chez moi », qu'est-ce que je pouvais dire d'autre ? Arrive le jour du déménagement ; le camion était trop large pour la rue. Je lui ai posé la question cinq fois, je dis bien cinq fois, tellement j'avais du mal à le croire : « C'est à toi, tout ça ? » car ce n'était pas une camionnette, non, c'était un camion ! Des dizaines et des dizaines de cartons ! Cela dit, quand je suis revenu à l'appartement, elle avait tout rangé de telle façon que ça paraissait moins, mais sa chambre était tellement pleine qu'on aurait dit un entrepôt. Elle me montrait un tas de boîtes empilées, et elle disait : « Tu vois, là ce sont les chaussures, j'en ai beaucoup parce que je suis comme Imelda Marcos, hihihi », et en effet, tu regardais, et il y avait une pile de boîtes de chaussures, Prada, Blahnik, Gucci... Et dans l'armoire à pharmacie, à peu près autant de flacons de parfum, Diorissimo, Opium, Anaïs, Kenzo, Miyake. Je t'ai dit : un véritable entrepôt.

Et la voilà chez moi, tout se passe bien, cohabitation parfaite, elle superdrôle, et puis quand je rentrais le soir à la maison j'avais quelqu'un pour me tenir compagnie et pour m'écouter. De temps en temps je lui disais : «Tu sais, Livia, il faudrait vraiment que tu cherches un endroit où habiter, tu ne vas tout de même pas rester toute ta vie ici», et elle : «Oui, oui, j'ai commencé à chercher, mais je ne trouve rien qui me convienne.» Je dois dire que je ne la voyais pas beaucoup chercher, étant donné qu'elle passait ses matinées à dormir, mais bon, je ne disais trop rien. Et puis j'ai commencé à remarquer des choses bizarres. Il y avait par exemple un coffret où je laissais ma petite monnaie, ça me servait quand j'avais besoin d'acheter des produits d'entretien ou ce genre de choses, mais de temps en temps je trouvais la boîte vide. Et puis un jour, j'allais mettre à laver un pantalon, et en vidant les poches j'ai trouvé un billet de cinquante euros, je l'ai laissé sur la table de la cuisine, à côté du courrier, et le lendemain les cinquante euros n'y étaient plus. Ou bien elle me disait de but en blanc : «J'ai un rendez-vous ce soir et je n'ai rien à me mettre. Est-ce que je peux passer t'emprunter quelque chose à la boutique?» Et moi : «Mais bien sûr, ma chérie, prends ce que tu veux, mais à condition de me le rapporter lavé et repassé.» Beaucoup d'actrices ou de mannequins font ça : elles t'empruntent des vêtements pour une première et elles te les rapportent après, ça fait beaucoup pour la notoriété de la marque. Leonor Mayo, par exemple, va à toutes les premières avec des tenues à moi, il n'y a pas de photo où elle ne soit pas habillée par Rosabert. Mais elle, jamais, pas une seule fois elle ne m'a rapporté un modèle. Je parle de Livia, pas de Leonor.

Et un jour, alors qu'elle était chez moi depuis à peu près un mois, elle me raconte qu'une amie à elle, Anita, qui est dessinatrice d'accessoires et de bijoux fantaisie, va à Hong-Kong, que son entreprise lui paie le voyage et l'hôtel, avec un défraiement très élevé, et qu'elle lui a dit : «Viens avec moi, tu n'auras que le voyage à payer, puisque l'hôtel est déjà payé par ma boîte et les repas aussi, les restaurants passent en note de frais.» Livia, donc, me dit : «Je ne sais pas si je dois y aller, d'un côté je n'ai pas d'argent, mais de l'autre c'est quand même une chance… Hong-Kong!» Je lui réponds : «Écoute, Livia, c'est vrai que Hong-Kong c'est génial, mais comment tu vas payer le billet d'avion?» J'avais très bien compris que c'était à moi qu'elle était en train de demander l'argent, et je n'avais pas du tout l'intention de lui en donner. Et la chose en est restée là. Et puis au bout d'une semaine, elle m'annonce qu'elle a trouvé l'argent et qu'elle y va. Je lui demande comment elle l'a trouvé, et elle me dit qu'elle a fait des photos pour un catalogue de lingerie, ce qui ne m'a pas tellement étonné, parce que je savais qu'elle faisait des petits boulots de temps en temps, il faut dire qu'elle était vraiment très jolie et qu'on lui en proposait souvent, et qu'on lui en aurait proposé plus encore si elle n'avait pas refusé neuf fois sur dix.

Et voilà que, pendant que Livia est à Hong-Kong, Álex me téléphone – oui, Álex, le seul, le vrai – et me dit qu'il a quelque chose de très important à me raconter. «Écoute, voilà, l'autre jour j'étais en train de mixer au *Dôme* – Álex est acteur, mais de temps en temps il fait aussi le *celebrity DJ* – et j'avais ma sacoche avec mon ordinateur, mon portefeuille et mon téléphone portable, et quelqu'un est entré et me l'a piquée.» Et moi, bien sûr, j'hallucine. «Écoute, Álex, je t'ai dit cent quarante-deux mille huit cent cinquante-sept fois de ne pas laisser entrer tous ces gens dans la cabine quand tu mixes; surtout quand tu as ton iMac qui vaut une fortune.» Car Álex, pour mixer, avait un super-ordinateur iMacG5, avec toute la gamme des logiciels de mixage pour DJ, reproducteur MP3 et que sais-je encore. «Mais si je t'appelle, me dit-il, c'est parce qu'une des personnes qui sont venues dans la cabine, c'était ta colocataire, tu sais, cette fille de Séville, celle qui se dit mannequin, et qu'on m'a raconté beaucoup de choses pas très jolies sur elle, on dit qu'elle aurait volé à Lola la moitié de ses affaires. » Et moi, indigné : «Mais, Álex, comment peux-tu dire des choses pareilles? N'oublie pas que tu parles de mon amie!» Bref, j'étais furieux et je l'ai traité de tous les noms. Mais une fois que j'ai eu raccroché, je me suis dit que c'était quand même une étrange coïncidence que Livia ait trouvé l'argent du voyage juste à ce moment-là; et de fait, pendant une fraction de seconde l'idée m'est venue qu'Álex avait peut-être raison, mais ensuite j'ai eu mauvaise conscience, comment pouvais-je penser une chose pareille à propos d'une amie comme elle, une chose est d'être pique-assiette, une autre est d'aller voler chez les gens.

Ce n'était pas tout. Quand elle avait annoncé qu'elle allait à Hong-Kong, tous ses amis et connaissances étaient surexcités car Hong-Kong est le paradis du *fake*, de la contrefaçon bon marché, des faux Prada, des faux Chanel, des faux Dior qui ressemblent à s'y méprendre à des vrais. Moi-même, j'avais fait ma petite liste : je voulais un sac Balenciaga pour ma sœur, un portefeuille Gucci et un porte-clés Prada. Et je lui avais donné trois cents euros d'avance. Et voilà que de là-bas elle m'envoie un mail pour me dire que je ne lui ai pas donné assez. J'étais un peu étonné, parce que j'étais déjà allé à Hong-Kong et que, bien sûr, comment faire autrement, j'avais visité ce grand bazar où elle était allée acheter tous ses *fakes*, et je savais qu'il y avait évidemment des contrefaçons de qualité inégale, mais qu'un sac coûtait, à tout casser, cent euros. Mais malgré tout, je lui ai fait un transfert de deux cents euros, parce qu'elle m'avait dit quelque chose du style : «Comme il faut que je fasse un retrait, ils veulent me prélever une commission hyperélevée.» Et elle se met à m'envoyer des mails insensés, avec des photos d'elle vautrée sur le lit *king size* de l'hôtel et entourée de sacs, et bien sûr la question que je me pose, c'est : «Si elle n'avait même pas l'argent pour se payer le billet, avec quoi s'est-elle acheté tout ça ? » Toujours est-il qu'à son retour, elle m'avait bien rapporté tout ce que je lui avais demandé, sauf que le porte-clés Prada – un pendentif que Prada avait adapté en porte-clés, un truc pour ultra-snobs – se casse, donc je vais dans sa chambre parce que je savais qu'elle en avait rapporté plusieurs, et je vois qu'elle a tout un sac avec des dizaines de porte-clés Prada, tous dans leur écrin, et je me dis : elle les a rapportés pour les vendre. Mais non : les jours passent, et les porte-clés sont toujours là. Et la seule explication qui me vient à l'esprit, c'est que, comme Livia est très snob, elle ne les vend pas parce que, si tout le monde se met à en porter, elle ne sera plus la plus fashion, et que, donc, elle les avait bien rapportés pour les vendre mais qu'elle avait changé d'avis. Parce qu'elle ne détestait rien tant que de ne pas se distinguer des autres, que les autres portent la même chose qu'elle, et c'est pour ça qu'avec Leonor Mayo, qui est une grande amie à moi, elle avait eu ces disputes insensées pour des vêtements. Je me souviens d'une fois où nous devions sortir tous les trois, et où Livia a téléphoné à Leonor et lui a demandé : « Tu ne vas pas mettre les perles ? » Elle voulait parler d'un long collier de perles que j'avais sorti pour ma collection et dont je leur avais offert un exemplaire à chacune. Et elle dit à Leonor : « Tu ne peux pas les mettre, ce soir c'est moi qui les mets. » Et Leonor : « Mais quelle importance ? Moi, ça m'est égal que nous soyons deux à avoir des perles. » Tu imagines le drame. Si bien que finalement la pauvre Leonor a renoncé à mettre ses perles, évidemment. Et à moi, Livia me disait : « Tu te rends compte, elle veut mettre les perles », sur un ton aussi scandalisé que si elle m'avait dit : « Tu te rends compte, Leonor veut me chiper mon petit ami. »

Ça y est, j'ai encore perdu le fil. Qu'est-ce que je disais ? Ah oui… Voilà que, peu de temps après, je suis avec une amie qui revenait de Hong-Kong, et elle me montre un sac Balenciaga identique à celui que m'avait rapporté Livia, peut-être même mieux car c'était du très très beau cuir, en me disant qu'elle l'a payé quarante euros, et là, je me rends compte que Livia s'est fichue de moi.

Je suis le premier à reconnaître que vouloir un sac Balenciaga ou un portefeuille Gucci ou un porte-clés Prada est passablement ridicule, mais quand on est dans le milieu de la mode et qu'on aime ça, c'est-à-dire quand on *joue* à être dans le milieu de la mode, on finit par se rendre compte que porter un sac Prada implique bien d'autres choses : une position sociale, un certain statut, un certain goût... Et cette histoire de *fake* est le jeu absolu, qui consiste à jouer à avoir ce qu'en réalité on n'a pas. En d'autres termes, toutes ces marques sont du fétichisme, un jeu. Mais ce qu'il y a, c'est que si, comme c'était le cas de Livia, tu n'as rien d'autre dans ta vie, ce qui devrait n'être qu'un jeu devient une obsession. L'obsession de ce que les autres vont dire d'elle : « Tu as vu Livia, comme elle est toujours élégante avec son sac Gucci et son porte-clés Prada. » Pour te donner une idée, quelquefois nous étions tranquillement à la maison à regarder la télé, et puis elle allait prendre une douche et reparaissait au bout d'une heure maquillée de pied en cap, avec des chaussures à talons, et elle se remettait à regarder la télé avec moi, on aurait dit Carrie Bradshaw se faisant photographier en gros plan en train d'écrire ses articles. Ça suffit à la dépeindre.

Peu après, quelqu'un me téléphone pour me raconter qu'elle est allée à une soirée et qu'elle a prétendu qu'elle avait mal aux pieds ou je ne sais pas quoi, parce que, comme toujours, elle portait des talons très hauts, et la maîtresse de maison lui dit : « Si tu veux, va voir dans mon placard, je te prête une paire », et parmi toutes les paires qui étaient dans le placard, elle choisit, je ne sais plus si c'était des Jimmy Choo ou des Charles Jourdan, en tout cas des chaussures à six cents euros la paire, elle les met aux pieds, et elle repart avec. Et il me revenait sans arrêt aux oreilles des histoires du même tonneau. Tout ça était quand même très bizarre, mais d'un autre côté ce n'était pas un monstre, avec elle on riait bien et elle m'aidait à supporter les crises de cafard quand j'en avais, et puis elle faisait la cuisine, très bien même, et quand je rentrais à la maison, j'avais toujours mon petit dîner tout prêt qui m'attendait. D'une façon générale, elle était très souvent là, je suppose que c'est parce qu'elle n'avait pas grand-chose d'autre à faire.

En fait, ce que je veux te dire par là, c'est que pendant les douze mois ou presque où nous avons été inséparables, j'ai vu des choses très bizarres, mais je faisais avec, je ne sais pas si c'est parce que j'étais seul ou parce qu'elle était drôle, ou parce que je suis trop compréhensif, je ne sais pas. Et puis elle disait qu'elle m'aidait, mais elle ne m'aidait pas du tout. Elle disait : «Je vais venir t'aider au magasin», et on aurait pu croire qu'elle allait m'aider à disposer les vêtements pour qu'ils soient bien présentés, ou à faire les mailings. Mais non, elle ne faisait rien du tout. Elle venait à la boutique et se mettait à surfer sur Internet.

Mais ce qui a provoqué la rupture, c'est l'histoire de l'appareil photo de ma sœur.

Écoute bien. Ma sœur avait fait une petite réception chez elle le jour de Noël, une sorte de réunion intime. En ce moment, elle a une brochette d'amis assez rupins, tous polytoxicomanes mais snobinards, et donc elle avait invité ses amis, le duc de Machinchouette, le grand couturier Trucmuche, l'actrice Bidule... Et quand Livia l'a su, elle a insisté pour en être aussi, elle disait que c'était Noël et qu'elle était seule, et ça m'étonnait quand même un peu, car elle avait beau être en mauvais termes avec sa famille très conservatrice à qui ça ne plaisait pas qu'elle soit mannequin, c'était quand même un peu bizarre qu'elle n'aille pas les voir pour Noël. Mais bon, je n'ai pas posé de questions. Et nous y sommes allés. Il y avait beaucoup d'ambiance, rires, champagne et tout, mais comme elle est charmante, ton amie, comme elle est belle, et puis élégante, et comme elle marche avec distinction… Et puis, deux jours après, ma sœur m'appelle pour me dire que son appareil photo a disparu, en plus c'est moi qui le lui avais offert. «Tiens donc, l'appareil photo… comme c'est étrange, tout de même.» Et voilà que Livia rentre à la maison avec exactement le même appareil, en me disant que sa famille le lui a offert pour Noël. Et un jour que nous étions dans le salon, je regarde l'appareil, et dans ma tête ça fait tilt et je me dis : «Non, ce n'est pas possible, ce serait quand même insensé.» Je téléphone à Leonor, et elle me dit : «C'est tout de même bizarre, c'est incroyable», mais elle ne me dit pas : «Tu es fou, comment peux-tu penser une chose pareille?» De sorte que j'ai rappelé ma sœur pour lui demander si elle avait le numéro de série de l'appareil, elle m'a dit que oui et elle me l'a donné. Je lui ai raconté une histoire comme quoi sur Internet, sur le site de Canon, si tu donnes le numéro de série et que quelqu'un apporte l'appareil à réparer ou fait tirer des photos à partir de la carte mémoire, ils te préviennent. Je n'allais tout de même pas lui dire que je soupçonnais ma colocataire de le lui avoir volé. Et puis les choses en sont restées là, parce que je me disais toujours : «Tiens, il faudrait que je regarde le numéro de série de l'appareil de Livia pour voir si c'est le même», mais je ne le faisais jamais. Je crois que je n'osais pas. J'étais mal à l'aise à l'idée que mon amie avait peut-être volé l'appareil, j'avais mauvaise conscience de penser ça d'elle. Jusqu'au jour où j'en ai eu la preuve. Je devais aller à un salon, pour ça il fallait faire des photos de *look*, car les vêtements font plus d'effet si quelqu'un les porte, et donc j'ai demandé à Livia de me prêter son appareil. Et quand j'arrive à la boutique, Leonor, à qui j'avais raconté l'histoire, me dit : «Tiens, au fait, si tu regardais le numéro de série, pour en avoir le cœur net.» On regarde; c'était le même.

Ce soir-là, en rentrant chez moi, je dis à Livia : «Livia, est-ce que je peux te parler un instant?» Et quand je lui dis pour les numéros de série, elle me répond, drapée dans sa dignité : «C'est impossible.» Et moi : «Mais c'est le même numéro», et elle, comme offensée : «Qu'est-ce que tu veux dire par là?» Je lui dis : «Écoute, Livia, ne me rends pas la chose plus pénible encore. Ce que je veux dire par là, c'est que ton appareil est celui de ma sœur, donc je vais te demander de faire ta valise et de t'en aller, et dès la semaine prochaine, nous allons nous occuper calmement de ton déménagement, parce que, comme tu sais, tu es mon amie, et que tout ça, venant d'une amie, me blesse profondément.» Et c'est là qu'elle me dit : «Je tiens seulement à ce que tu saches que ce n'était pas dirigé contre toi, et que si j'avais su que c'était celui de ta sœur, je ne l'aurais pas pris.» Sur quoi je lui réponds : «D'abord, ce n'est pas une excuse; même si ce n'était pas celui de ma sœur, ce serait tout de même chez elle que tu l'as volé, ce qui revient au même. Mais surtout, tu as pris la peine d'effacer toutes les photos d'elle, de sa chienne, de son mari, de ses week-ends avec ses amis, alors ne me dis pas que tu ne savais pas à qui il était... Écoute, je sors un moment, et je ne veux plus te voir ici quand je reviens.» Et je suis sorti. Elle, de son côté, s'est mise à appeler tout le monde depuis le téléphone fixe de mon appartement, pour leur dire : «Il me fiche dehors, où est-ce que je vais aller, pauvre de moi!» Ensuite, elle m'a appelé moi pour me dire qu'elle n'avait pas d'endroit où aller et elle m'a demandé si elle pouvait rester. Je lui ai dit non. Et quand je suis rentré le soir, elle n'était plus là, mais elle avait laissé ses affaires, et emporté les clés. Alors, tout d'un coup j'ai eu peur, j'ai appelé d'urgence un serrurier et j'ai fait changer la serrure.

Le surlendemain, Álex me téléphone à nouveau pour me raconter qu'il l'a rencontrée. «Il faut que tu saches que ta chère amie, celle que tu aimais tant, s'emploie à soigner ta réputation, elle dit que si vous n'habitez plus ensemble, c'est parce que ça devenait intenable, elle en avait marre de faire tout à la maison, y compris le ménage.»

Et s'il m'appelait pour me dire ça, c'est parce que, évidemment, il savait parfaitement que je suis un maniaque du rangement. C'est comme ça que j'ai appris que Livia était allée partout raconter à qui voulait l'entendre des insanités en tout genre sur mon compte. J'en pleurais presque, et c'est là qu'Álex me glisse : « Écoute, Óscar, ton problème, c'est que tu as des amis comme on a un sac Prada ; pour se montrer avec. Livia te mettait en valeur parce qu'elle était charmante, belle, bien habillée, sympathique, tu aimais te montrer avec elle dans les soirées, mais jamais tu n'as fait le moindre effort pour essayer de savoir qui elle était. Et moi aussi, je me suis quelquefois senti comme ça avec toi, et c'est pour ça que je n'ai pas voulu que nous ayons une liaison. Pour ça et pour d'autres raisons aussi, mais ça a joué. » J'en suis resté abasourdi, parce que je ne pouvais pas m'empêcher de me dire qu'Álex avait un peu raison… Et c'est pour ça, parce que j'ai retenu la leçon, que depuis, Álex et moi, à défaut d'être redevenus inséparables comme avant, nous avons un peu renoué et nous nous revoyons souvent.

Sur ce, comme Livia n'était toujours pas venue chercher ses affaires, je vais dans sa chambre et je me mets à fouiller pour récupérer les vêtements qu'elle avait empruntés à la boutique. Je me mets à ouvrir les boîtes, et je tombe sur des centaines de boîtes vides, des boîtes à chaussures, des boîtes de parfum, des boîtes sans contenu ; hallucinant. Et derrière la porte, accrochés, elle avait tout un tas de badges, de laissez-passer, et même des bracelets VIP, tu sais, ces petits bracelets en plastique qu'on te donne dans les soirées et qui te permettent de boire à l'œil, il y en avait des dizaines et des dizaines. Et quand je regarde les badges d'accréditation, je vois *Premierevision, CPD Düsseldorf, Pure London, Fashion Coterie, Hortensia de Hutten, Neozone, CPM Moscow*… Et brusquement, je comprends tout : puisque Livia n'était pas à ce salon-là, elle n'était peut-être pas à celui-là non plus, et en plus je sais qu'elle n'est jamais allée à Milan ni aux

États-Unis ni à Moscou. Et quand je regarde d'encore plus près, je m'aperçois que ce sont des accréditations destinées à d'autres personnes, mais qu'elle a collé sa photo par-dessus la photo originale et qu'elle l'a recouverte d'Aironfix ; un travail de malade. En somme, quelqu'un a dû lui donner ces laissez-passer usagés, et elle les a customisés. Ce que je ne sais pas, c'est dans quel but, peut-être pour que les gens qu'elle recevait dans sa chambre croient qu'elle était allée à Paris, à Milan, à New York et à Tokyo... ou peut-être pour les regarder la nuit et se faire croire à elle-même qu'elle y était allée. Et en continuant à chercher, je trouve tous les vêtements qu'elle m'avait demandé de lui prêter, et un plus grand nombre encore qu'elle avait empruntés sans me demander. Et puis des objets insensés : un collier de chien en imitation léopard, très fashion, que j'avais offert à Tina, la petite chienne de ma sœur, et un monceau de téléphones portables, peut-être dix ou quinze, dans une boîte en carton. Volés, c'est ce que j'ai tout de suite pensé, bien sûr ; que penser d'autre ? Et une quantité ahurissante, ahurissante, de ces accessoires grotesques qu'on vend chez H & M : des épingles à cheveux, des chouchous, des colliers, tous dans leurs sachets de plastique... Volés aussi, évidemment.

Et peu après, je reçois un appel de Sofía, une dessinatrice de Fun & Basics assez célèbre dans le milieu du nightclubbing, qui ne m'adressait jamais la parole, mais qui m'appelle ce jour-là pour me dire : « Voilà, Álex m'a dit ce qui t'arrive avec Livia, et il faut que je te raconte quelque chose. » Et elle m'explique qu'elle avait partagé un appartement avec Livia dans ce superbe immeuble dont elles se sont fait expulser. Mais que, si on les a expulsées, c'est parce que Livia n'avait pas payé le loyer depuis un an ou presque, non seulement sans rien dire à ses deux colocataires, cette Sofía, donc, et puis un garçon, mais en continuant à leur faire payer leur quote-part à eux, ce qui représentait une somme qui n'était pas négligeable, et c'est là-dessus, bien sûr, qu'elle avait vécu pendant si longtemps, car ça faisait pas mal d'argent, même si ça ne suffisait pas à payer les vêtements qu'elle portait ni la vie qu'elle menait.

Tout ça a fini par m'énerver, je l'ai appelée sur son portable et je lui ai dit : «Livia, je veux que tu sois là tel jour à telle heure pour emporter tes affaires. Trouve-toi un camion comme l'autre fois, ou débrouille-toi comme tu peux, mais je ne veux plus les voir ici.» Et le jour dit, à l'heure dite, elle est arrivée avec un camion, elle a repris ses affaires, et je ne l'ai plus jamais revue.

Il devait s'être passé un an à peu près, quand je reçois un appel d'un des amis aristos de ma sœur, qui me dit d'entrée de jeu qu'il a une faveur à me demander, qu'une très chère et très proche amie à lui, la duchesse de Machinchouette, a un fils photographe qui veut venir à Madrid pour travailler dans la mode, est-ce que je pourrais lui faire la gentillesse de jeter un coup d'œil sur le book du garçon, et de lui dire si ça peut éventuellement m'intéresser en vue d'un prochain catalogue. Je lui réponds : «Mais oui, naturellement, très volontiers», un peu après le garçon m'appelle, nous prenons rendez-vous. Et je vois arriver le garçon de bonne famille sévillane typique, un très beau brun, gominé et tout, il me montre son book, qui, à vrai dire, ne cassait rien. Mais voilà qu'en regardant les photos, je tombe sur une photo de Livia, mais beaucoup plus jeune. Je lui demande : «Vous connaissez Livia?» Et lui : «Ce n'est pas Livia, c'est Carmen.» Et moi : «Non, c'est Livia.» Et lui : «C'est Carmen, je suis tout de même bien placé pour le savoir, nous avons été fiancés.» J'étais en train de me dire que j'avais dû me tromper et que c'était tout simplement une fille qui ressemblait beaucoup à Livia, quand je vois une autre photo, une sorte de demi-nu artistique de dos, et il ne faisait pas le moindre doute que c'était bien Livia, car on voyait parfaitement son tatouage, le fameux serpent. Et je lui dis : «Vous voyez? Vous voyez ce tatouage? C'est celui de Livia! Je le reconnais!»

Et il me dit : «Si vous le dites... Cela fait des années que je ne l'ai pas revue, mais à l'époque elle s'appelait Carmen.»

J'ai donc appelé l'ami de ma sœur, celui qui m'avait recommandé le garçon aux photos, c'est quelqu'un de très pipelette mais très sympa, le genre bavard méridional, un peu grande folle, et je lui raconte le coup de l'album. Bien sûr, il connaissait l'histoire de Livia et de l'appareil photo puisque ma sœur le lui avait raconté, et à son tour il me raconte tout sur cette Carmen, car, comme je te l'ai dit, la mère du garçon aux photos était une *trèèèès* chère et *trèèèès* proche amie à lui. L'aspirant photographe, qui appartient naturellement à l'une des meilleures familles de Séville, leur en faisait déjà voir de toutes les couleurs, menant une vie de patachon et tout ce qui s'ensuit, mais du jour où il hérite de sa grand-mère, il se met en tête de s'acheter un appartement à Triana et de faire de la photo d'art. Et, par-dessus le marché, il se met en ménage avec une fille, et sa mère en fait une crise d'apoplexie, car la mère, évidemment, voulait marier son fils, son fils unique, à une fille d'une *trèèèès* bonne et *trèèèès* vieille famille de Séville. Au point qu'elle engage un détective privé pour savoir d'où vient la fille, et qu'elle apprend que la fille est d'une famille très très pauvre, de la cité des Trois Mille, un quartier très dangereux, évidemment, dans la banlieue de Séville, et que pour couronner le tout on ne compte plus le nombre de fois où elle s'est fait arrêter et qu'elle est fichée par la police, car elle faisait partie de ces bandes de pickpockets professionnels qui s'attaquent aux touristes. Comme tu peux t'en douter, elle appelle son fils et elle lui remonte les bretelles, quelque chose de bien. Elle va même chez lui et a une explication orageuse avec la fameuse Carmen. Son fils avait fait sa connaissance alors qu'elle était serveuse dans un boui-boui, il en était tombé amoureux, en avait fait son égérie, lui avait appris les bonnes manières, à s'exprimer correctement, à s'habiller dans les meilleures boutiques... si bien qu'il ne restait plus rien de la voleuse de portefeuilles de la cité des Trois Mille. Il semble qu'ils aient même envisagé de se marier, mais la mère a mis le holà et il n'en a plus été question, passe encore que le garçon mène la vie de bohème, mais quand ce qui est en jeu, c'est un patrimoine qui se chiffre en milliards de pesetas, on ne plaisante plus. Et un après-midi, en rentrant chez lui, le fils constate que sa petite amie est partie en emportant tout ce qu'elle avait pu emporter : les tableaux de maître, la télévision, tout, et qu'en prime elle a vidé ses comptes en banque. Et la famille n'a plus jamais entendu parler d'elle, jusqu'à ce qu'elle croise mon chemin. Et moi, à mesure qu'il me racontait tout ça, je me rappelais ce jour où nous étions tous les deux en train de regarder la télé sur le canapé ; moi, épuisé après tout une journée à la boutique, et elle, toute belle avec sa jupe courte et ses talons hauts et son collier de perles et son maquillage impeccable, et son haut qui lui découvrait les épaules en laissant voir le serpent qui lui montait jusqu'en haut du dos, et je lui avais demandé pourquoi elle s'était fait faire ce tatouage, et elle m'avait dit : «Oui, je sais, c'est affreux, je me le suis fait faire quand j'étais très jeune ; il faudra que je me le fasse enlever au laser ou quelque chose comme ça, mais je ne sais pas pourquoi, j'ai toujours été fascinée par les serpents. Je crois que j'aime l'idée qu'ils sont capables de muer, de changer de peau.»

LES PIEDS SUR TERRE

ALEX NE SERAIT JAMAIS ALLÉ À CETTE FÊTE si Bruno n'avait pas insisté.

— On va bien s'amuser. On fait la fête le soir, le lendemain on va à la plage, et ensuite on rentre.

— Je trouve ça complètement idiot de payer un billet d'avion et une nuit d'hôtel juste pour assister à une fête.

— Ce n'est pas une fête comme les autres. On n'a pas tous les jours quarante ans, et puis Toni est un ami.

— Tout dépend de ce qu'on appelle un ami.

Il voyait Toni une fois tous les trente-six du mois et ne le considérait pas comme un ami intime ni rien de la sorte, mais c'était tout de même une de ses relations les plus anciennes ; ils s'étaient connus au lycée. Et ils avaient été très proches pendant quelques années, à l'époque où ils écumaient en bande les salles de jeux vidéo du quartier ou, parfois, allaient au cinéma. Mais la vie les avait progressivement séparés, et s'ils insistaient tant pour conserver leurs vieux liens d'amitié, c'était surtout par un sentimentalisme mêlé d'une vague superstition, comme on conserve la médaille en laiton sans valeur que vous a offerte votre mère.

— Ça ne te reviendra pas tellement cher, avait insisté Bruno, tu sais que mon beau-frère travaille dans une agence de voyages.

Il s'était laissé persuader par l'insistance de Bruno, ou peut-être par sa propre faiblesse ; il avait toujours beaucoup de mal à dire non. Et puis il avait vécu une saison très ennuyeuse ; la pièce dans laquelle il jouait était restée six mois à l'affiche, et il avait ainsi renfloué son compte en banque. Il pouvait se permettre de ne rien faire pendant trois mois, c'est-à-dire jusqu'en septembre, quand commencerait le tournage du film dans lequel il avait un rôle, un rôle important à défaut d'être le rôle principal. Bref, tout semblait plaider en faveur de ce voyage à Barcelone : une fois n'est pas coutume, il avait et du temps et de l'argent.

Bruno, qui connaissait bien Álex, avait attendu pour le prévenir qu'ils soient dans les airs, à bord de l'avion qui imprimait sa trace dans le ciel comme un projectile, car il avait la certitude, ainsi qu'il devait le lui avouer plus tard, que s'il le lui avait dit avant, il ne serait jamais venu.

Il aurait pu être furieux d'avoir été attiré dans un guet-apens, mais il savait bien que Bruno n'était pas animé de mauvaises intentions. Pour toutes sortes de raisons, Toni serait content que tous les membres de la bande d'autrefois soient là pour fêter ses quarante ans, comme si cet âge marquait la frontière entre un avenir encore prometteur et un passé définitivement révolu, et comme s'il lui fallait plus que jamais conjurer les souvenirs de sa jeunesse. Et c'est pour cela qu'il avait invité David.

— En fait, ça fait combien de temps que vous ne vous êtes pas vus ? Deux ans, trois ans ? Ça n'a pas de sens de rester brouillés si longtemps…

— Je ne me suis jamais brouillé avec lui…

— Brouillé ou ce que tu voudras. Fâché, comme tu aimes dire…

Comment appeler la chose ? Sa décision tranchante de ne plus voir David n'avait été motivée ni par une brouille ni par une fâcherie ni par rien de ce genre. C'était une simple question de survie. De survie sentimentale.

Il était tombé amoureux de David à une époque où c'était quelque chose d'inavouable, à une époque où le mot gay n'existait pas, on disait homosexuel dans les livres et pédé dans les rues, ce dernier terme ayant toujours une connotation nettement péjorative. Il était tombé amoureux de David à l'âge de quinze ans, au lycée, quand il était impossible de parler d'amour, et plus encore de refouler l'évidence intérieure qui s'imposait à lui. Pendant des années il s'était masturbé en pensant à David, à ses yeux d'un vert profond, à son corps élancé et musclé, il s'était caressé comme si la chair était l'exact point d'équilibre entre ce qui se dérobe et ce qui ne peut se dire, un centre pressenti mais indicible, même par métaphores. David n'était pourtant qu'un ami parmi d'autres, un des copains de la bande. Álex n'était évidemment pas idiot ni aveugle au point de ne pas remarquer ses défauts : son incurable narcissisme, par exemple, cette vanité qui l'avait poussé à créer un groupe, moins par amour de la musique (à l'époque, Álex s'en souvient très bien, David ne savait même pas qui était Miles Davis) que par besoin de briller, d'être admiré des hommes et désiré des femmes. Si Álex aimait David, c'était non pas pour ses qualités, mais malgré ses défauts, malgré ce narcissisme immature qu'il trouvait émouvant. À l'époque, David chantait faux, sa voix, qui n'avait pas encore achevé de muer, déraillait plus souvent qu'à son tour, mais ses admiratrices, car il en avait déjà, semblaient ne même pas le remarquer. À ses premiers concerts, où Álex, au premier rang, applaudissait avec ferveur, les filles étaient comme en extase, sans doute plus attirées par le corps et les yeux du chanteur que par le timbre ou la couleur de sa voix. En écoutant son premier disque, Álex avait été très impressionné par la technologie moderne : filtrée par les machines du studio, la voix de David était grave, modulée, caressante, alors qu'en *live* elle était à peine écoutable.

Quand Álex assistait aux premiers concerts de David, il y allait toujours accompagné d'une amie. Car Álex aimait les femmes, il les aimait vraiment. Il aimait leurs robes, leurs parfums, la courbe gracieuse de leur nuque, la profusion de leur chevelure ondulée, le battement timide de leurs paupières qui s'abaissaient en entendant certaines paroles, leurs confidences sur les problèmes qu'elles avaient avec leurs mères ou leurs amies, leur humour subtil, moins direct que celui des hommes, mais qui touchait presque toujours plus juste. Elles satisfaisaient ses goûts raffinés, il se sentait invité dans un univers de songes aussi romantiques qu'asexués, auquel il n'avait jamais eu accès, et où il lui semblait respirer un air plus pur. Il était heureux d'être vu au bras d'une jolie fille, laquelle semblait elle-même ravie d'être vue à son bras à lui. C'est ainsi qu'il s'était fait une réputation d'homme à femmes, qui aurait presque pu rivaliser avec celle de David.

Mais la différence entre Álex et David, c'était que le premier couchait avec ses conquêtes, tandis que le second se comportait en parfait gentleman, se contentant de baiser tendrement leurs joues suaves et rosées et de s'enivrer du parfum de leur chevelure. Il leur était égal qu'il n'essaie pas de coucher avec elles, car c'était une époque où l'on attachait encore du prix à la virginité des jeunes filles, et elles prenaient pour du respect ce qui n'était que simple indifférence. Il ne se mentait pas à lui-même, et savait que lorsqu'il se masturbait, c'était l'image de David qu'il avait en tête, jamais celle de ses amies. Mais il ne leur mentait pas non plus à elles ; il taisait simplement la vérité. De fait, Álex ne coucha pas avec une femme avant l'âge de vingt et un ans, lorsqu'il fit la connaissance, aux cours d'art dramatique, de celle qui s'appelait alors Leonor Ramírez, et qui changerait plus tard son nom en Leonor Mayo. Il le fit parce qu'il en avait envie, et non pour dissimuler ses penchants véritables, ni à cause de l'insistance de Leonor, car insistance il y eut. S'il coucha avec elle, c'est parce qu'elle le fascinait, parce qu'il se sentait attiré, non seulement par sa beauté éclatante, mais aussi par son ambition, sa vitalité, son indépendance, et jusqu'à ses contradictions, son manque de franchise, son égoïsme farouche, qui étaient à ses yeux des qualités et non des défauts – sans doute toutes les formes d'amour cherchent-elles une justification dans les traits les plus insolites, voire méprisables, de l'être aimé – et contribuaient à la doter de cette mâle volonté qui lui permettait d'obtenir tout ce qu'elle voulait, ainsi que le temps se chargerait de le démontrer.

Bien que, durant les quelques mois que dura la liaison d'Álex avec Leonor, David ait occupé dans son esprit une place lointaine, réduite, il ne put, même en s'employant auprès d'elle à nier l'évidence, échapper à la lassitude, car il savait bien, au fond de lui-même, que son désir pour Leonor était irrémédiablement marqué par l'empreinte de David. Leonor semblait parfois n'avoir pas grand-chose à lui dire, et l'attitude indifférente, monotone et finalement trop sage qu'ils finirent par adopter l'un envers l'autre lorsqu'ils étaient ensemble tenait plus du décor de théâtre que de l'intimité vraie, au point de finir par tuer l'espérance romanesque d'un avenir partagé. Il écrivit à Leonor une mélancolique lettre d'adieu, tout en espérant ingénument qu'elle exprimerait, inquiète à l'idée de le perdre, des requêtes inédites qui raviveraient son désir pour elle. Mais elle prit la chose avec le plus grand flegme et accepta la rupture avec élégance, si ce n'est avec soulagement. Et, plusieurs années après, il aimait repenser à elle comme à son amour de jeunesse, car cela l'aidait à croire que sa décision avait été choisie et non imposée, que si les choses n'avaient pas dévié de leur cours à un certain moment, il aurait pu poursuivre sa route vers un avenir avec femme et enfants, et c'est pour cette raison, parce qu'elle représentait à ses propres yeux l'assurance qu'il était bisexuel et non homosexuel, qu'il continuait de la considérer comme sa meilleure amie et lui réservait une place de choix sur l'autel de ses affections.

Cette complicité qu'il ressentait à l'époque envers Leonor était la même qu'il tentait de revivre avec Lola, la dernière en date de ses compagnes de soirées, un mannequin superbe avec laquelle il sortait souvent, mais il ne se payait pas de mots et ne songeait nullement à faire l'amour avec sa nouvelle amie, bien qu'il ait l'impression qu'elle aurait été plus que ravie d'accepter s'il le lui avait proposé. Il se satisfaisait de l'exhiber comme un bel alezan bien dressé. Grâce à elle, il se sentait admiré, et le désir que les autres hommes éprouvaient pour elle l'excitait : s'ils désiraient la femme qui l'accompagnait, c'est que, d'une certaine façon, ils le désiraient aussi, une obsession dont il ne pouvait se défaire et qui était née avec David : celle des hommes «hétéros, cent pour cent hétéros». Une obsession qui était peut-être liée au fait qu'il n'avait jamais souhaité être homo, qu'il haïssait depuis le lycée cette certitude qu'il n'épouserait pas l'une de ses amies aux joues roses et à la chevelure capiteuse, qu'il ne pouvait s'ôter de l'esprit le ton profondément péjoratif sur lequel son père disait «ce petit pédé» lorsque, à l'heure du dîner, la cuiller à soupe à la main, il voyait à la télévision un présentateur plus beau que la normale commenter les nouvelles. Et peut-être le fait de coucher avec des hommes qui ne soient pas homosexuels lui faisait-il sentir qu'il n'aurait pas un gros effort à faire pour sortir de son univers et pénétrer dans un autre, cet univers de fiancées et d'épouses qu'habitaient les hommes qu'il désirait.

Quand Álex était entré à l'école d'art dramatique, David et lui avaient progressivement cessé de se voir, sauf à quelques réunions nostalgiques de l'ancienne bande, pour l'anniversaire de Bruno ou le réveillon de la Saint-Sylvestre. Le groupe de David connut un certain succès, puis perdit peu à peu de son aura et de sa renommée, pour devenir un de ces groupes dont on n'entend jamais les chansons dans les bars branchés, un groupe pour garçons en blouson de cuir, avec banane, pattes sur les joues et torse non épilé, un groupe hétéro, cent pour cent hétéro. David réapparut soudain dans la vie d'Álex lorsqu'il cessa de vivre avec Diana, celle de ses petites amies avec qui il était resté le plus longtemps, et avec qui il avait même fait le projet de se marier, pour louer un appartement situé justement à trois rues de celui d'Álex. La dénommée Diana avait fini par se lasser de ses infidélités à répétition, infidélités qu'il ne niait pas, mais dont il disait qu'il ne pouvait s'empêcher, car avec les groupies la tentation était vraiment trop forte, à la sortie de chaque concert elles étaient là, disponibles. Il appela son vieil ami parce qu'il se sentait seul, paumé, déprimé, parce qu'il étouffait dans son nouvel appartement (si tant est qu'on puisse appeler ça un appartement), et que lorsqu'il rentrait le soir chez lui, dans ce trou à rats de trente mètres carrés, il se mettait à pleurer comme un enfant. Comme un enfant, oui, c'est en ces termes qu'il se confia à Álex, et celui-ci trouva si émouvant qu'un homme, un vrai, avec du poil sur le torse, cent pour cent hétéro, avoue pleurer par amour avec une telle franchise et un tel naturel, qu'il ne put faire autrement que de se laisser attendrir et d'aller boire quelques verres avec lui. Il est vrai que lui-même sortait aussi d'une rupture, même si celle-ci avait été bien moins traumatique. Il avait mis fin à une liaison avec un jeune mannequin qui avait plus de pectoraux que de cervelle, une liaison qui laissait peu de traces derrière elle, hormis le souvenir parfois nostalgique de quelques étreintes magnifiques et un sentiment d'ennui écrasant. Et c'est ainsi qu'Álex devint le confident de David, son consolateur, son compagnon de bar, son accompagnateur de tous les instants. C'est ainsi que ressuscita cet amour de jeunesse qui n'osait pas dire son nom, cette vieille et vaine tentative de donner du sens à un sentiment aussi intense que sans issue, mais cette fois avec plus de maturité, de sérénité, de confiance et, fatale erreur, d'espoir.

Car il n'y avait pas d'espoir possible, David était cent pour cent hétéro, du moins le proclamait-il, et n'avait aucune intention de cesser de l'être. Cette affirmation réitérée n'empêchait pas Álex de continuer à se masturber en pensant à lui ; d'une façon quelque peu perverse, il était au contraire plus excité par l'idée de faire l'amour avec un homme très viril, n'ayant jamais connu de mâle. Cette idée fixe devint une obsession de tous les instants : David avait pris pension à demeure dans son cerveau. Il se réveillait avec David, déjeunait avec David, répétait avec David, jouait tous ses rôles pour un public qui n'avait qu'un seul nom : David. Il ne fit part de son obsession à personne, excepté à Jamal, non qu'il considère celui-ci comme son meilleur ami ou qu'il ait particulièrement confiance en lui, mais parce qu'il possédait cette force hypnotique, ce magnétisme de cobra, qui faisait que nul ne lui résistait, que jamais une seule de ses questions, même les plus indiscrètes, ne restait sans réponse. Jamal vit Álex si tourmenté qu'il lui en demanda les raisons, et Álex, d'un trait, lui raconta tout, telle une fontaine obstruée dont on ôte soudain la pierre qui la recouvrait depuis si longtemps.

Jamal l'avertit :

— Prends garde, ne joue pas avec ton destin ; il est des choses qui ne peuvent que mal finir. Et celle-là ne peut pas finir bien, c'est écrit. Dis-toi que certains trouvent le vide insupportable parce qu'ils ont en eux trop de choses et que, pour cette raison, ils ne supportent pas la solitude ni la frustration et s'acharnent à rechercher l'inaccessible. Mais si tu sais faire preuve de patience dans les moments de passion, tu échapperas à cent jours de tristesse.

— On dirait un proverbe arabe.

— C'en est un, répondit Jamal.

Et un jour, ce qui devait arriver arriva. Après une bringue de plusieurs heures, avec force alcools et drogues, ils finirent par s'embrasser et se caresser. Comment oublier la rougeur indiscrète de ces joues, la courbe de ces lèvres, ces lèvres entrouvertes, lentes et brûlantes, cette langue à la blessure sans remède ? Mais rien ne fut consommé. Au moment de vérité, David réussit à balbutier un «je ne peux pas» éthylique et se détourna de lui.

Combien brûlante est la distance entre deux corps qui se séparent quand l'un voudrait encore rester collé à l'autre.

Álex savait que David considérait comme une trahison le fait qu'il ne veuille plus le revoir. À Bruno, David avait expliqué (ainsi qu'il le raconterait plus tard à Álex) qu'il s'était senti un objet, un jouet entre ses mains. Il n'avait pu comprendre qu'Álex pensait que, s'il le revoyait, il mourrait de désir, de frustration, de chagrin.

Amour fatal qu'un amour non partagé, qui hante l'esprit et reconstruit dans le souvenir le parfum d'un corps, même si ce corps aimé n'est pas, ne peut pas être simplement un corps.

David ne sut jamais rien des nuits inavouables qu'Álex passa à pleurer en mordant son oreiller. Il ne sut jamais qu'il ne parvenait pas à s'endormir parce qu'il avait peur, peur que le cœur lui perce la poitrine, peur de ne pouvoir supporter l'absence et de se remettre à lui téléphoner, peur de s'empêtrer de nouveau dans ce désir insensé. Cette peur qui lui fit se promettre à lui-même que jamais, jamais plus il ne tomberait amoureux. Cette peur qui le pousse à draguer des petits jeunes comme Silvio, qui vous font faire tout ce que vous voulez dans les toilettes pour peu qu'ils aient trois verres et deux lignes dans le nez, mais qui se proclament cent pour cent hétéros, ont à la maison une petite amie qui les attend et ne soupçonne même pas comme leur mec suce bien, et qui jamais ne raconteront à personne ce qu'ils ont fait avec vous, des jeunes dont le corps vous procure la jouissance, mais dont on ne sera jamais amoureux.

S'il fallait choisir une seule fête entre toutes, c'était celle-là. Une foule se pressait sur la piste de danse, mais on aurait dit qu'un projecteur ultrapuissant était braqué sur David au milieu de cette marée de corps. Il avait pris de l'âge, ses cheveux grisonnaient, il avait aussi pris du poids et quelques rides, mais Álex le vit aussi parfait qu'il l'avait toujours été, ou qu'il l'avait toujours vu. Il scruta immédiatement les alentours afin de repérer la présence d'une éventuelle accompagnatrice. Mais non, selon toute apparence, David était venu seul.

Álex savait la forte impression que produisait son physique. Au cours de ces cinq années, il avait fréquenté quotidiennement son club de gym avec une application spartiate. Il était bien habillé, impeccablement coiffé, affichait un sourire de circonstance, collé sur son visage comme un masque. Comme pour impressionner David à tout prix.

David finit par remarquer sa présence. Pendant quelques secondes, il le regarda avec une expression tendue, mais peu à peu le rictus s'adoucit et se changea en sourire. Álex lui sourit en retour, gagné par la tendresse qu'appelait son regard. C'était plus fort que lui, il continuait de l'aimer, d'avoir envie de lui, d'être ému par lui. Il sentait qu'il avait conservé la trace de son corps dans le sien.

Une fois passée la gêne des premières minutes, au bout d'une demi-heure tous deux bavardaient avec animation, comme s'ils s'étaient vus la veille. Álex demeura imperturbable lorsqu'il sut que David était venu le voir au théâtre.

— J'avais pris une place dans les derniers rangs, pour que tu ne voies pas que j'étais là. Mais de toute façon, la salle était plus que remplie ; tu n'aurais pas pu me voir.

— C'est sûr que si je t'avais vu, j'aurais eu du mal à me souvenir de mon texte.

David rit. Un rire aux éclats, pur, cristallin, sans rien de forcé.

Comme il est étrange que ce qui est normal paraisse si étrange.

Le passé était là, qui flottait au-dessus du bar, attendant d'être réinterprété. Il suffisait, pour savourer l'histoire ancienne, de regarder différemment derrière soi.

Ils restèrent au bar jusqu'au petit matin. Ils montèrent dans le même taxi, regagnèrent le même hôtel – Bruno, qui avait pris les billets, avait veillé à ce qu'ils ne soient pas sur le même vol, sans toutefois aller jusqu'à les loger à deux endroits différents – mais non la même chambre. Ils se souhaitèrent bonne nuit dans le *lobby* de façon à la fois tendre et réservée.

– On se retrouve demain pour aller à la plage?

Avant de répondre, David hésita quelques secondes, qui parurent à Álex une éternité.

– Bien sûr. Appelle-moi quand tu te réveilles. J'ai la 405.

Et finalement, ce ne fut pas si difficile. Ce ne fut pas si difficile de voir David en maillot de bain, exhibant ce corps qu'il désirait depuis près de vingt-cinq ans, ce corps qui n'était plus celui qui autrefois le troublait dans les vestiaires après les cours d'éducation physique. Il était maintenant plus robuste, plus mûr, différent. Le fait est qu'il avait passablement grossi. Peut-être sous l'effet de l'alcool ; Álex avait entendu dire qu'il buvait beaucoup. Ce ne fut pas si difficile de contenir un désir dont il ne conservait plus qu'un vestige diffus, un désir qui s'était mué avec le temps en simple affection. Le temps guérit tout, et dans l'intervalle, Álex avait embrassé d'autres lèvres au goût différent, avait connu d'autres caresses complices, d'autres mains amies, il s'était dépouillé de l'odeur de David, allégé du poids dont David pesait sur lui. C'étaient toujours des liaisons sans lendemain : ses amis n'étaient pas ses amants et ses amants n'étaient pas ses amis, une règle à laquelle il se tenait. Oui, le temps guérit tout, les corps nouveaux aussi. David parlait à Álex de son travail, de son nouvel appartement, de sa sœur (tu te souviens, au lycée, quand on l'appelait Ficelle? Tu ne la reconnaîtrais pas, on dirait une charcutière, tellement elle est grosse), de ses déboires sentimentaux (tu ne le croiras pas, mais ma dernière petite amie s'est tirée comme ça, subitement, sans prévenir, sans même laisser un message, et en plus elle m'a piqué mon ordinateur et ma montre en or, la salope), et Álex se rendait compte que son histoire à lui ne pouvait s'écrire sans David, que les moments les plus lumineux de son adolescence étaient indéfectiblement liés à cet homme qui, assis à côté de lui, s'enduisait le corps de crème solaire, à cet homme qui commençait à prendre du ventre et à perdre ses cheveux, à cet homme chez qui on pouvait déceler, dans l'intonation humide de la voix, qu'il était encore capable de pleurer par amour comme un enfant.

– Quand nous serons rentrés à Madrid, il faudrait que de temps en temps nous allions prendre un pot ensemble, comme au bon vieux temps.

– Il faudrait.

Cet homme aurait pu être son meilleur ami, s'il n'avait pas recherché *l'inaccessible*.

La relation d'inconvenance

— Dans mon rêve, je me trouvais dans mon ancienne école et je marchais dans le couloir entre les salles de classe. À la hauteur de l'escalier qui conduisait à la cour de récréation, je rencontrais Álex qui portait un kimono blanc à ceinture verte. Tous les deux, nous montions à l'étage au-dessus, celui des grandes, mais au lieu de ça, l'escalier nous conduisait à un hôtel de luxe, ou plutôt à un couloir d'hôtel de luxe. On aurait dit que quelqu'un avait loué un étage entier pour organiser une fête. Les chambres étaient ouvertes et nous pouvions épier ce qui se passait à l'intérieur. Il y avait des groupes de gens qui s'agitaient avec des bouteilles de champagne à la main, et d'autres aussi qui faisaient l'amour... Des cascades de mains partout... Álex m'embrassait, un baiser très long, très fougueux, c'était comme si non seulement nos langues, mais même nos âmes se rejoignaient... — ces âmes qui communient dans *l'union mystérieuse à laquelle préside le destin parmi les ombres,* se dit-elle, et en nous unissant nous nous dispersons comme les débris d'un même naufrage, mais ce n'est pas quelque chose à dire, surtout ici. Pas question d'employer des phrases aussi pompeuses, et qui n'ont pas grand sens. — Ce qui se rejoignait, c'étaient nos identités, nos moi à tous les deux, ou nos centres essentiels, comme tu voudras. Et je me sentais, enfin, accomplie. — Un soupir s'échappe de ses lèvres, qu'adoucissent sa langue de velours et deux rangées triomphales de ce qui, pour elle, sont des dents, et pour beaucoup d'autres, des perles. – Quand je me suis réveillée, j'avais l'impression d'être amoureuse, j'avais l'impression que mon rêve m'avait délivré un message, qu'il avait fait remonter à la surface, depuis le tréfonds de l'inconscient, tout ce qui était en train de m'arriver sans que je veuille me l'avouer.

La lumière qui pénètre par la fenêtre du cabinet, volutes de soleil évoquant des pièces de monnaie corrodées par la rouille des siècles, rebondit sur la chevelure magique, comme ouvragée par les gnomes orfèvres de grottes enchantées, car il est vrai que cette jolie blonde bien nourrie a un certain air de fée, de personnage de conte, de petite fille qui n'a jamais grandi.

Qui n'a jamais grandi.

– Tu n'es pas amoureuse, ou peut-être que si, peut-être l'es-tu… Mais souviens-toi qu'être amoureux n'est pas aimer. Ton esprit confond des concepts apparemment synonymes, qui sont l'attachement, le sentiment amoureux et l'amour. Et chacun de ces concepts donne naissance à des croyances, des préjugés, des attentes, des exigences qui se manifestent sans que tu en sois consciente. En d'autres termes, tu crois avoir une relation fondée sur les liens de l'amour, mais tu lui appliques le lien cognitif de l'attachement, c'est-à-dire un lien infantile, immature. Je me garderai de donner un nom à ce que tu ressens, mais ce que je peux te dire, c'est que tu reproduis un modèle, un modèle que tu as déjà suivi dans le passé.

– Quel modèle?

Un itinéraire déjà tracé qui revient toujours sur les mêmes pas, un amour qui est toujours le même, qui se répète dans des corps différents, qui se nourrit de lui-même et non de l'autre ni des autres.

– N'avons-nous pas déjà souvent parlé de tout cela? Lorsque quelqu'un, pour une raison ou pour une autre, n'a pas obtenu de ses parents l'amour et l'attention qu'il désirait, il recherche un partenaire qui, à l'instar de son géniteur, ne lui offrira pas l'amour qu'il désire et lui fera batailler dur pour l'obtenir.

— Je sais bien, mais je ne vois pas pourquoi Álex ne serait pas en mesure de m'offrir l'amour que je cherche…

— Parce qu'il n'arrête pas de t'envoyer des messages. Des messages qui disent : «Je ne peux pas m'engager.»

— Ce n'est pas du tout mon impression. Il me téléphone toutes les cinq minutes. Et nous sortons tout le temps ensemble. C'est comme si c'était mon amoureux, sauf qu'il ne l'est pas. Il ne m'a même jamais embrassée.

— Et pourquoi n'essaies-tu pas de l'embrasser, toi ?

— Parce que je sens que, si je l'embrasse, je romprai le charme, que le prince se changera en crapaud et qu'il ne me téléphonera plus.

— Tu es en train de m'avouer qu'il ne peut rien se passer de sexuel entre vous.

— Oui… C'est vrai. Mais alors, pourquoi me téléphone-t-il sans arrêt ? Pourquoi me dit-il sans cesse que je suis belle ?

— Parce que c'est un séducteur né, comme tous les acteurs, et qu'il aime se sentir admiré. C'est lié à son métier. Récapitulons. Cela fait des mois que vous vous connaissez, que vous vous téléphonez tous les jours, mais tu n'es jamais allée chez lui, tu ne connais pas sa famille, il ne t'a jamais embrassée ni touchée, ni n'a manifesté pour toi aucune attirance sexuelle. Tu sais aussi qu'il vit seul, qu'il n'a jamais vécu en couple, et qu'aucun producteur, aucun réalisateur, aucun agent, ni personne qui ait travaillé avec lui, ne lui a jamais connu de petite amie… Quels indices te faut-il de plus ?

— Bon, si tu le présentes comme ça… Écoute, qu'il soit homo, moi, je veux bien. Oui, c'est vrai qu'il y a des rumeurs. Mais je sais aussi qu'il est sorti avec Leonor Mayo quand ils étaient tous les deux étudiants en art dramatique, et qu'ils sont restés très bons amis. On les voit poser ensemble aux premières pour le *photocall*…

— Mais toi aussi, tu poses avec lui aux premières pour le *photo-call*, non?

— Oui, bien sûr. Je suppose que ça lui plaît de poser avec une actrice ou un mannequin. Une chose est que la société d'aujourd'hui soit plus tolérante et tout ça, autre chose est qu'un acteur puisse se dire ouvertement homo. Dès qu'il le dit, on ne lui propose plus que des rôles d'homo. Regarde Rupert Everett. Et bien sûr, quelqu'un comme Álex Vega, le grand amour platonique de toutes les adolescentes... Et de toutes les femmes. Si elles apprennent qu'il est homo, il ne jouera plus dans *Hôpital Central*. Ça ne fait pas un pli.

— Et pour en revenir à ton rêve, Lola, ce qu'il représente n'est-il pas évident?

— Non.

— Quelle est la chose que tu associes à l'école? Réponds comme ça, sans réfléchir.

La blonde répond sans hésiter.

— L'enfance.

— C'est-à-dire que c'est un lien que tu établis à partir de l'association avec quelque chose que tu désirais à l'époque où tu allais à l'école, et précisément, comme tu l'as dit toi-même, avant de monter à l'étage des grandes. C'est lui qui t'y conduit; il s'agit évidemment du passage de l'enfance à la puberté...

— Et nous savons ce qui m'est arrivé à ce moment-là...

Long silence. Dans le sens inverse des aiguilles d'une montre, quand Lola revient sur les traces de la mémoire, la roue se désembourbe avant de tourner et, tout près du vertige, la ravissante blonde superpose à l'image d'Álex une autre image, celle qui irrite sa rétine, celle de ce frère auquel il ressemble, mais en mieux, comme si une main bienveillante avait retouché sur Photoshop la photo de son frère, prise alors qu'il n'avait même pas vingt ans, quand elle le désirait encore et qu'il s'est passé ce qui s'est passé, ce qu'elle ne veut ni se rappeler ni s'avouer, quelque chose qui l'a marquée au point qu'elle est restée immobilisée à cet instant, quand il était ce frère beau qu'elle aimait, et non ce frère gros et chauve à qui elle ne parle plus même au téléphone, ce frère qu'elle déteste depuis qu'elle l'a découvert au lit avec son meilleur camarade de classe. Elle refuse de s'avouer que cette scène qui lui a paru répugnante (elle avait treize ans à l'époque) était en réalité d'un érotisme troublant, car elle contenait la synthèse de tout ce qui était inavouable et interdit : le désir de son frère pour un homme, son désir à elle pour son frère. Déconcertante mémoire qui recouvre, sur l'horloge du destin où chaque douleur laisse sa marque, cette chevelure en bataille qui ressemble presque trait pour trait à celle d'Álex : des boucles blondes et troubles comme la bière, dit la chanson. Car Álex, Álex l'intemporel, a gardé, bien qu'ayant plus que dépassé la trentaine, cet air d'adolescent imberbe, cette grâce de fleur fragile et non encore éclose qui rend fous tant d'hommes, et aussi certaines femmes, mais seulement cette certaine catégorie de femmes qui refusent de grandir. Surprise, la blonde Lola, qui jusqu'à cet instant précis n'avait pas remarqué la ressemblance, écarte l'image d'un revers de main, comme elle écarterait une mouche qui se serait posée sur son nez. Parce qu'une boucle de ses cheveux lui était tombée sur le visage, l'autre femme se méprend et croit que sa patiente lisse tout simplement sa chevelure, cette chevelure de princesse qui trahit les longues heures passées à la soigner : coupe des pointes chaque mois, mèches, masques, shampooings réparateurs. Lola a de l'argent à dépenser, que ce soit pour ses cheveux ou pour acheter l'attention de son interlocutrice.

— Et le kimono, que représente-t-il ?

— C'est évident : Aldo, mon ex-mari. Je l'ai connu aux cours de taekwondo, c'est la tenue que nous avions.

Un mariage qui n'a pas duré deux ans, qui avant même d'être consommé portait, inscrit sur l'emballage, sa date de péremption.

Quand elle s'était mariée, si jeune, presque encore une enfant, elle savait que son fiancé n'aimait pas les femmes, mais elle s'était dit, en éternelle conquérante de l'impossible, qu'il pouvait changer. Ce mari dont le regard, à la piscine, s'attardait sur les garçons en maillot de bain. Un regard timide et prévenant, toujours attentif et vague en même temps, un regard content de n'être qu'un regard, et que plus tard elle reconnaîtrait dans celui d'Álex lorsque, aux premières, il saluait d'un sourire éclatant quelque jeune acteur à la mode.

— Exact. Et le fait que tu fasses porter ce peignoir à Álex représente ta volonté de le mettre à la place qu'a occupée ton mari. Et l'hôtel, quelle signification lui donnes-tu ?

— Le sexe, bien sûr.

— Oui, et comme toujours tu sépares le sexe et l'amour. Le sexe se passe au même endroit, mais il est pratiqué par d'autres gens et dans des chambres différentes. Tu places Álex dans un environnement sexuel, mais tu sublimes le problème, le fait qu'il t'effleure mais ne te touche pas. Ce n'est pas un hasard si tu te crois amoureuse de quelqu'un qui, justement, n'a jamais essayé d'établir une relation sexuelle avec toi, car au fond de toi-même tu ne peux pas être amoureuse de quelqu'un qui t'offre le sexe ou, plus concrètement, l'intimité profonde qui est liée au sexe. C'est une chose dont nous avons déjà parlé.

Un baiser dont la belle Lola se souvient éveillée, et qu'elle a vécu en rêve. Des lèvres qui se frôlent comme le battement d'ailes de deux colibris vaporeux, ou une abeille butinant imperceptiblement le calice de la fleur, dressé comme un pénis et luisant comme lui de rosée. Il est facile, c'est vrai, de faire le lien entre les abeilles et les fleurs, entre l'innocence et le sexe. Mais il est difficile de renoncer à Álex, ou au fantasme d'Álex. Lola n'est pas stupide ; elle sait bien qu'Álex se sert d'elle, mais est-ce qu'elle ne se sert pas de lui, elle aussi ? Est-ce qu'elle ne se sent pas plus assurée, plus triomphante, plus à sa place quand elle fait son entrée dans un restaurant, ou à une soirée de gala, au bras d'un homme de belle prestance, au corps modelé jour après jour dans les salles de gym avec une application spartiate? D'un séducteur au brushing impeccable, aux costumes bien coupés, au sourire de circonstance collé sur le visage comme un masque? Lola sait qu'elle évolue dans un monde d'apparences, où chacun joue à être plus qu'il n'est; un monde où un sac Balenciaga, un portefeuille Gucci ou un porte-clés Prada représentent un statut social, un certain goût; un monde où les gens adorent jouer à avoir ce qu'en réalité ils n'ont pas. C'est pourquoi ils portent des *fakes*, des faux Balenciaga, des faux Gucci, des faux Prada, de faux amants et de fausses maîtresses. Elle sait qu'Álex aime être avec elle parce qu'elle est charmante, belle, bien habillée, souriante, et que cela le flatte d'être vu en sa compagnie dans les soirées. Mais elle sait aussi qu'il ne s'est jamais donné le moindre mal pour comprendre qui elle est vraiment. Car Álex est incapable de s'accrocher à un sentiment stable, surtout si cela exige un effort soutenu. Parfois, quand elle brille à ses côtés dans ces galas que le commun des mortels ne fait qu'imaginer par ce qu'il en voit à la télévision, Lola se sent étourdie et confuse, comme si elle avait tiré le gros lot mais que celui-ci était libellé dans une monnaie non convertible, et elle voit toute l'ironie de cet avantage que confèrent la beauté et la position sociale. Elle a honte de se dire qu'avec ce qu'a coûté la robe qu'elle porte ce soir-là, on pourrait faire vivre une famille entière pendant un mois, et plus encore de ne pas savoir profiter du vain privilège de la porter. Si ce qu'elle ressent pour Álex est de l'amour, c'est un amour dans lequel elle ne peut se projeter, car la nostalgie de ce qui pourrait être s'inscrit dans le contexte de ce qui n'est pas. Elle se dit souvent qu'elle ferait mieux de renoncer à ce monde, de se trouver un travail sérieux, voire de reprendre des études, de se donner une routine, des centres d'intérêt, des objectifs. Mais jamais personne n'a valorisé chez elle autre chose que sa beauté, et elle est terrifiée à l'idée de s'aventurer sans carte sur des chemins inconnus d'elle. Quand elle voit à la télévision des reportages sur ces jeunes gens qui risquent leur vie en mer, en tentant de venir en Occident pour gagner leur subsistance et accomplir leur rêve, elle est parcourue d'un frisson de honte en pensant à la vie superficielle qu'elle mène. Mais dans les lieux qu'elle fréquente, dans les restaurants où elle dîne, dans les boutiques où elle s'habille, dans les livres qu'elle lit, dans les magazines qu'elle feuillette, il n'y a pas de place pour ces histoires sordides et contingentes, quand bien même elles se déroulent à quelques mètres, en pleine rue, sur ce trottoir où un Noir mendie un peu de monnaie. Et c'est pourquoi elle préfère continuer à faire la sourde oreille à cette voix intérieure, et à marcher accrochée au bras d'Álex Vega.

Un jour, Lola a osé confesser ses doutes à Jamal Benani. Elle lui a expliqué qu'elle ne pouvait s'empêcher d'avoir mauvaise conscience en voyant au journal télévisé ces enfants qui meurent de faim, ou ces jeunes gens qui bravent la mort sur des *pateras*, alors qu'elle vit une vie si frivole, où on paie un jeans cent fois plus qu'il ne vaut, du seul fait qu'il porte l'étiquette de telle marque plutôt que de telle autre, et le pire, dans cette affaire, c'est que son image à elle, Lola, incite d'autres gens à faire pareil. Chaque photo d'elle qui paraît dans un catalogue, dans un magazine, dit : «Achète-moi.» Et Jamal lui a répondu : «Au Maroc, on te dirait que tels sont les desseins d'Allah. Allah a mis les uns d'un côté du monde et les autres de l'autre. Allah a ses raisons que nous ne connaissons pas, Lola.» Lola en a été surprise : «Je ne savais pas que tu étais si croyant», lui a-t-elle dit. Elle n'a jamais oublié la réponse : «Assez pour savoir que les divinités sont redoutables, comme la vie elle-même.»

Álex, lui, franchit les lignes, il connaît d'autres mondes dans lesquels elle n'ose pas s'aventurer. Il connaît des immigrants, des tapineurs, des dealers, des revendeurs à la sauvette, des membres de gangs sud-américains. Quand il sort sans elle, il hante les bouges les plus sordides de Lavapiés, et en rapporte d'étranges histoires, poisseuses et fragmentaires, dont il dit parfois quelques mots au passage, tel le scaphandrier qui plonge en eaux profondes et remonte avec un poisson exotique accroché à son harpon. Il n'a jamais proposé à Lola de l'accompagner dans ces expéditions, et elle ne le lui a jamais demandé, car elle soupçonne qu'il y trouve certaines sensations dont il a besoin et qu'elle ne peut lui donner.

Quand Lola revient de ses hallucinations, elle rencontre le regard fixe, interrogatif, de sa thérapeute.

— Excuse-moi, je pensais à autre chose.

— À quoi pensais-tu ?

— À Álex, à la vie, à mon rêve, à ce que le rêve signifie… Comment crois-tu que je doive l'interpréter ?

— C'est à toi de l'interpréter.

— Est-ce que je dois arrêter de le voir ?

— Ça aussi, c'est à toi d'en décider.

— Arrêter de le voir, arrêter de poursuivre des chimères, de livrer des combats perdus d'avance, oui, je sais tout ça. La théorie, je la connais par cœur… Mais la mettre en pratique, c'est autre chose. Il est très difficile de renoncer à certaines illusions…

La vie est terrible et les divinités aussi, car ce sont les hommes qui ont créé les dieux, et non l'inverse. Et moi, j'ai inventé ton nom pour m'en donner un à moi-même. Des rideaux de fumée pour ne pas affronter ce que je ne veux pas voir. Et si je te lance un filin pour te sauver du naufrage, il risque d'être la corde qui t'étranglera.

— Je sais, confirme la thérapeute. C'est dur, de grandir.

LE BEAU TERRIBLE [1]

J E POSSÈDE CHEZ MOI deux *Tableaux jumeaux* de Jamal Benani, apparemment identiques bien que distincts. Ce sont deux rectangles que j'ai accrochés côte à côte. Chacun d'eux est composé d'un châssis épais en bois, tendu d'une toile couleur ivoire sur laquelle le peintre a imprimé des taches d'acrylique dans des tons ocres et de grosses gouttes grenat foncé, en tous points comparables au sang coagulé. Cette similitude ne m'avait pas effleurée jusqu'à ce que, récemment, je remarque que le tableau avait changé, les taches ayant foncé avec le temps. Mon ex disait que j'exagérais, et mettait cette impression sur le compte de mon imagination. Il assurait que la couleur n'avait pas viré, même s'il admet aujourd'hui n'avoir jamais prêté grande attention aux toiles avant que je ne me mette à lui parler de ces changements de tons. J'ai parfois la tentation d'offrir les tableaux, mais ma mère m'a appris qu'on ne doit jamais donner les cadeaux qu'on a reçus, et puis, pourquoi le nier, je sais qu'ils valent cher et vaudront de plus en plus cher, la cote de l'artiste étant chaque jour plus élevée. Je mesure la chance que j'ai de posséder deux Benani. Je devrais d'ailleurs les faire assurer. Reste que je ne me lève plus la nuit pour prendre un verre d'eau, car pour aller à la cuisine il faut traverser le salon, et je n'ai aucune envie de m'approcher des *Tableaux*

1. En français dans le texte.

343

jumeaux, surtout depuis ce fameux après-midi où ma fille, qui jouait tranquillement avec ses cubes, s'est mise à fixer longuement les toiles, avec une concentration dont n'est capable aucun enfant de son âge, avant d'éclater soudain en sanglots et de venir se réfugier dans mes bras. Depuis, elle n'est plus retournée jouer dans ce coin du salon et le chien ne s'y allonge plus pour dormir, ce qu'il faisait pourtant avant.

Ce qui est le plus étonnant, c'est que les tableaux sont identiques. Je dis bien identiques. J'ai passé des heures à tenter de déceler ne serait-ce qu'une différence ; en vain. On dirait qu'ils ont été clonés. Et la double tache de sang semble m'appeler en murmurant, tel un fantôme.

La mort d'un directeur de musée, d'un critique d'art, d'un commissaire d'expositions ou autre, ne laisse normalement pas un artiste indifférent. Si le défunt l'a aidé dans sa carrière, sa perte est même pour lui un drame. Mais, si ce n'est pas le cas – et, statistiquement, l'indifférence est bien plus courante que l'enthousiasme –, il réagit avec une sorte de joie rentrée qu'il tente de dissimuler tant bien que mal : « Oui, j'ai appris la triste nouvelle par les journaux… Sa veuve doit être anéantie… » Toujours d'après les statistiques, il est fréquent qu'un commissaire, un critique ou un directeur décède d'un cancer, d'un infarctus, d'un accident de la route, des suites du syndrome d'immunodéficience acquise, ou encore d'une overdose. Mais dans les revues d'art, il est rare de tomber sur l'annonce d'un assassinat, ce qui n'est pas sans me surprendre. Tout artiste ne rêve-t-il pas de tuer un jour l'homme qui a refusé d'exposer son œuvre dans un musée ou une exposition, ou qui l'a éreinté dans le supplément culturel d'un quotidien ?

J'ai rencontré le peintre Jamal Benani l'année où Madrid était Capitale européenne de la Culture. Vous en souvenez-vous ? Barcelone avait obtenu les Jeux olympiques, Séville l'Exposition universelle, et la pauvre Madrid avait reçu, comme lot de consolation, le titre de Capitale européenne de la Culture 1992. À vrai dire, peu fut fait cette année-là en matière culturelle, ce qui n'est guère surprenant quand on sait que le président du consortium Madrid 92 n'était autre que le maire de l'époque, José María Álvarez del Manzano, dont certains médias n'hésitèrent pas à qualifier le mandat de « génocide culturel ».

C'était en janvier, et le peintre Álvarez Plágaro exposait à Madrid pour la première fois ses séries de doubles tableaux. J'avais alors vingt-six ans et je sortais avec un artiste conceptuel, qui aimait aller de vernissage en vernissage et qui me traîna littéralement à celui de l'exposition. Cet artiste en herbe finit alcoolique, comme tant d'autres, et il m'arrive encore de le croiser dans des bars mal famés, mais ce n'est pas lui qui nous intéresse aujourd'hui, pas plus qu'Álvarez del Manzano. Si je parle de lui – sans citer son prénom – c'est parce que c'est lui qui m'a introduite dans les milieux artistiques madrilènes.

Comme il arrive en ce genre d'occasions, la salle était bondée d'invités, verre de vin à la main et potins aux lèvres : « Untel va exposer dans telle galerie, Trucmuche dans telle autre, Machin à l'Arco et Dugenou à la Documenta. » La plupart étaient vêtus de noir de la tête aux pieds, beaucoup portaient des lunettes en écaille, une femme était en tenue de geisha, avec chignon relevé au-dessus de la tête à l'aide de baguettes chinoises, une autre encore avait attaché sa queue de cheval avec un nœud vert si voyant qu'on aurait dit un paquet cadeau.

Au fond de la salle se trouvait l'artiste, visiblement nerveux, qui recevait les congratulations des uns et des autres. Comme l'exigeaient les convenances, nous nous approchâmes à notre tour. Mon ami d'alors fit les présentations :

– Lucía Etxebarria ; Alfredo Álvarez Plágaro.

Plágaro était (et est toujours) bel homme, aussi lui adressai-je le sourire que toute femme un tant soit peu mondaine adresse à un artiste intéressant sous tous rapports. C'est alors que je remarquai le garçon qui se trouvait à ses côtés. Impossible de faire autrement : il était si beau qu'il méritait presque davantage le titre d'œuvre d'art que les tableaux exposés. Il avait les yeux bridés, d'un étrange vert menthe, un nez droit, de longs cheveux noirs, un teint cannelle et une large bouche sensuelle qui s'ouvrait sur une rangée de dents symétriques, d'une extrême blancheur.

– Jamal Benani, un jeune artiste très talentueux qui vient de Paris. Il va s'installer ici.

Le jeune homme séduisant tendit la main, d'une façon polie et hésitante, comme s'il voulait afficher une réserve timide qu'il devait vaincre face à une sympathie spontanée qui finirait par triompher.

À cette époque, Plágaro travaillait sur des séries de doubles tableaux qu'il appelait *Tableaux identiques*. Les tableaux étaient identiques, mais distincts. C'est-à-dire qu'il exposait deux tableaux identiques, qui n'avaient été ni calqués, ni clonés, mais peints parallèlement, dans une sorte de gestation gémellaire. Ainsi, chaque élément était une œuvre originale, aucun ne pouvait être à proprement parler identique à l'autre, si l'on considère que, n'ayant pas été copiés par une machine, la défaillance humaine était inévitable ; par cette démarche, l'artiste remettait en question aussi bien le concept même d'originalité que la différence entre peinture et représentation. Les *Tableaux identiques* bouleversaient le concept d'« œuvre unique », puisque, n'étant pas exécutés selon un procédé mécanique de reproduction en série, ils étaient des œuvres uniques sans l'être. Plágaro ne faisait pas un premier tableau pour le copier ensuite, mais réalisait parallèlement toute la série, dont le nombre d'unités était fixé dès le départ et ne pouvait être accru en cours de route.

Le principe était qu'il fallait regarder de nouveau ce qu'on venait de voir. Chaque tableau, du fait de la présence de son double, devait être observé avec plus de minutie. Le regard appréciait le même tableau plusieurs fois, passant de l'un à l'autre et vice versa. Le spectateur, comme dans un jeu, pouvait traquer l'inexorable différence de l'égalité.

Les *Tableaux identiques* étaient, de toute évidence, d'inspiration dada, car la répétition est l'apanage de l'humour et de l'ironie : il s'agit de transgression. Et pour insister davantage sur cette remise en cause de la représentation, les séries de tableaux pouvaient être divisées à leur tour en groupes d'unités en nombre inférieur ; ainsi, un acheteur pouvait acquérir le groupe entier ou un sous-groupe, et accrocher les œuvres chez lui à sa convenance. (Mais il revenait plus cher d'acheter les tableaux séparément que le *pack* complet.) Le client achevait ainsi l'œuvre de l'artiste, car c'est lui qui décidait de la composition finale. C'est pourquoi l'exposition représentait, pour Plágaro, le geste créatif ultime. Son œuvre offrait un grand nombre de possibilités d'installation, étant donné qu'il n'y avait ni haut ni bas, ni droite ni gauche (chaque tableau pouvant être suspendu par n'importe quel côté) et que les séries pouvaient être combinées de diverses façons (tel ou tel tableau à côté, au-dessus ou au-dessous de tel ou tels autres). Les mêmes séries de *Tableaux identiques* pouvaient ainsi donner lieu à des expositions totalement différentes.

Autrement dit, Plágaro avait bouclé la boucle et créé un art conceptuel à partir de tableaux abstraits. Un génie, il n'y a pas d'autre mot, même si mon ex ne partageait pas cet avis, car il était engagé à fond dans des créations conceptuelles telles que, par exemple, un fauteuil fabriqué avec des annuaires téléphoniques «pour pouvoir s'asseoir sur la masse», et la peinture proprement dite (celle qui exige toile, essence de térébenthine, pinceau et autres objets démodés pour tout artiste conceptuel qui se respecte) ne l'intéressait pas. Inutile de préciser qu'il n'arriva jamais à grand-chose en tant qu'artiste, mais ceci, encore une fois, est une autre histoire qui n'est pas l'objet de ce livre.

Poussant plus loin encore le dadaïsme, Álvarez Plágaro, non seulement répliquait les tableaux, mais répliquait également les expositions. Sa première exposition à Madrid n'était donc pas une exposition, mais deux expositions identiques, aux mêmes dates, dans deux galeries d'art différentes.

J'écoutais, fascinée de bout en bout, l'explication que nous offrait Plágaro de sa poétique, toute mon attention rationnelle était requise par le propos du peintre, mais l'autre – l'instinctive – l'était par son jeune accompagnateur, cet Arabe qui ne prononça pas un mot durant tout son discours, mais qui ne cessa de le fixer, littéralement bouche bée d'émotion, manifestement impressionné par la justification théorique sidérante de l'artiste. Ce garçon paraissait si concentré qu'on aurait dit qu'il buvait les paroles du maître.

Il me fallut attendre l'hiver, le printemps et l'été de cette année si importante – surtout pour Barcelone et Séville – pour croiser à nouveau Jamal Benani dans une autre exposition, officielle celle-là, et dont le thème central était, par un curieux hasard, la répétition. C'était, je me rappelle de la date, le 6 octobre 1992, six jours avant le jour de la fête nationale, le jour de l'Hispanité. Dans le tout nouveau musée Reina Sofía, avait lieu le vernissage d'une exposition intitulée *Répétition/Transformation*, dont le commissaire, un certain Michael Tarantine, était américain. Étrangement, ce nom, qui évoquait pour moi celui de l'auteur du film *Reservoir Dogs*, qui venait de sortir en Espagne, ne représentait pour Benani qu'un nom lié au monde de l'art ; cela illustrait le fossé qui séparait nos deux univers. J'avais quitté entre-temps mon artiste conceptuel et m'étais rendue à l'exposition avec une amie, Leonor, qui faisait alors ses premiers pas dans ce qui devait être une fulgurante carrière d'actrice, et lorsque je rencontrai le beau Marocain, qui avait pour toute compagnie le verre qu'il tenait à la main, je n'hésitai pas une seconde à l'aborder en affichant mon plus beau sourire. Quelques minutes plus tard, nous étions en pleine conversation.

Le père de Benani, ainsi qu'il me l'expliqua lui-même, était marocain et sa mère libanaise, mais lui-même avait fait les Beaux-Arts à Paris. Ce détail, ajouté à l'impeccable prosodie de son français, à ses manières très policées et au costume bien coupé qu'il arborait, me fit penser qu'il s'agissait d'un garçon de bonne famille. Mais qui dit bonne famille marocaine dit en fait excellente famille, étant donné qu'il n'y a pas de classe moyenne au Maroc. L'oligarchie qui entoure le roi est souvent milliardaire. J'ai ainsi lu dans un journal marocain qu'avec tout l'argent que le roi Hassan II et ses proches avaient sorti du pays, on pourrait rembourser l'intégralité de sa dette extérieure, sans que cela empêche la cour et la famille royale de continuer de vivre «pour les siècles des siècles», du moins aux dires de l'auteur de l'article, un homme politique connu, de tendance islamiste fondamentaliste. C'est pourquoi je demandai à Jamal, bien que le nom Benani soit assez courant au Maroc, si son père n'était pas le fameux Gassan Amin Benani, ancien ministre de Hassan II, un personnage sanguinaire, responsable de l'emprisonnement et de la torture de milliers de prisonniers politiques.

– Je suis étonné que tu en saches autant sur la situation politique de mon pays. Oui, c'est bien mon père. Mais, avant que tu ne dises quoi que ce soit, je dois te préciser que nous ne nous voyons pratiquement plus, depuis qu'il a répudié ma mère. Cela fait des années que je n'ai plus de nouvelles de lui. J'ai vécu avec ma mère à Paris à partir de l'âge de quinze ans, et je suis arrivé récemment à Madrid. Tu as peut-être déjà entendu parler de ma mère, ou du moins de sa famille. Elle s'appelle Leila Hariri, son père aussi a été ministre.

Le nom, bien entendu, me disait également quelque chose. Les Hariri sont une des familles les plus fortunées et les plus importantes du Liban. Comme je ne trouvais pas de très bon goût de lui poser davantage de questions sur ses origines, je décidai d'orienter la conversation sur un thème plus anodin : l'exposition que nous étions en train de voir, et qui comprenait notamment des œuvres d'Allan McCollum, Agnes Martin, Gerhard Richter, Robert Rauschenberg, Rémy Zaugg, Robert Mangold, Antoni Tápies, Jasper Johns, Sherrie Levine, Michelangelo Pistoletto, ainsi que du groupe Art & Language. Jamal m'expliqua qu'un seul nom était commun aux deux seules expositions jamais organisées en Espagne sur ce thème, et que c'était celui d'Andy Warhol. Benani ne pouvait dissimuler un certain agacement, non pas pour ne pas avoir été retenu – ce qui n'avait rien de très étonnant, étant donné qu'il était encore ce qu'il est convenu d'appeler un artiste « émergent », euphémisme utilisé pour désigner celui qui n'est connu que de ses seuls parents et amis, et qui ne vend qu'aux premiers –, mais à cause des artistes et œuvres sélectionnés pour l'exposition. Il affirmait que, dans ce type d'expositions thématiques, les commissaires suivaient, selon les cas, deux méthodes : ou bien ils trouvaient d'abord le titre et essayaient ensuite de caser ceux qui avaient leur faveur, en commençant par leurs amis, ou bien ils casaient d'abord ceux qui avaient leur faveur, en commençant par leurs amis, puis trouvaient ensuite un titre englobant l'ensemble. Or, avec un titre pareil on pouvait, disait-il, englober tout le monde, ceux qui faisaient des répliques parce qu'ils faisaient des répliques, et ceux qui faisaient des transformations, parce qu'ils faisaient des transformations. Il s'apprêtait à improviser à mon intention une véritable conférence sur l'art et la représentation, lorsque pénétra soudain dans la salle un personnage qui, à en juger par la quantité de gens qui se pressaient autour de lui, était manifestement le centre de gravité d'une orbite d'adulateurs, quelqu'un d'important dans le monde sans importance des arts plastiques. C'était un homme qui semblait n'avoir traversé que récemment, et tardivement, sa *middle life crisis*. Grand, blond et souriant, il portait un costume gris foncé et une cravate bleue, ainsi que des lunettes sans monture, comme peut aujourd'hui en porter même un ministre de droite, mais qui étaient alors un signe flagrant, car rarissime, de modernité. À vrai dire, c'était même la première fois que je voyais des lunettes de ce genre; à l'époque, quiconque à Madrid voulait faire moderne devait avoir des lunettes en écaille style rétro. Les yeux derrière les verres étaient froids, de ce bleu d'acier trempé si *wasp*. Il s'agissait du commissaire de l'exposition en personne, Michael Tarantine. Jamal Benani s'enquit de mon niveau d'anglais. Excellent, répondis-je, ce qui suffit à faire de moi sa traductrice attitrée, et, dans la foulée, le Marocain aborda l'Américain en arborant un sourire très pro, avec une voix bien placée et savamment modulée.

« Monsieur Tarantine, eus-je à traduire, permettez-moi de vous féliciter pour le goût très sûr que vous avez su montrer dans le choix des œuvres qui composent cette exposition et de me présenter : je m'appelle Jamal Benani et je suis artiste. »

J'ajoutai quant à moi que je m'appelais Lucía Etxebarria et que j'étais modèle pour artistes plasticiens, un mensonge que je venais d'inventer, car je n'avais encore publié aucun livre et mon poste de chargée de la communication dans une multinationale n'était absolument pas en adéquation avec ce milieu. Mais je n'intéressais manifestement pas le commissaire, qui n'avait d'yeux que pour le beau Jamal. Je traduisis séance tenante ce qu'il exposait à Tarantine sur son œuvre.

Il disait en substance qu'il travaillait sur une série qui s'intitulerait *Répétitions*, que la répétition était le leitmotiv de sa volonté créatrice, que le plus important était l'acte de répéter plus que ce que l'acte répétait. Qu'en faisant usage de sa liberté par le recours à la répétition, il avait restreint sa propre liberté, l'avait entamée, mais n'en demeurait paradoxalement pas moins libre. Que malgré les possibilités infinies de création que lui offrait un tableau, il s'astreignait à répéter ce qu'il faisait simultanément sur un autre. Que, dans ses tableaux, il répliquait consciemment l'«erreur» et la «trouvaille», ce qui faisait que l'une comme l'autre changeait de signification, qu'il dépassait ainsi l'anecdote à travers la répétition, et que le concept prenait enfin corps, se dévaluait moins. Qu'il ne cherchait surtout pas à créer de différences, que celles-ci apparaissaient toutes seules inexorablement. Enfin, il demanda à Tarantine s'il croyait que la répétition d'une œuvre donnait plus de valeur à chaque tableau ou si elle lui en ôtait. Deux tableaux identiques des *Ménines*, peints simultanément par Velázquez, auraient-ils davantage ou moins d'intérêt qu'un seul?

Je ne tardai pas à me rendre compte que Benani argumentait, point par point, la poétique qui sous-tendait l'œuvre d'Álvarez Plágaro. J'avais lu en effet des textes de ce dernier et me souvenais parfaitement de cette histoire d'erreur et de trouvaille, de liberté entamée qui s'amplifie paradoxalement, et même de cet exemple des doubles *Ménines*. Je fus donc surprise de constater que Tarantine semblait bluffé par le discours du beau Marocain et par l'approche conceptuelle que l'artiste avait élaborée. N'avait-il donc jamais entendu parler de Plágaro? Quelle sorte d'expert était-il donc?

– Avez-vous lu *Différence et Répétition* de Deleuze? demanda le commissaire. – Dans sa bouche, Deleuze était devenu «Deluxe»...

– Bien entendu, répondit le Marocain. J'ai lu toute l'œuvre de Deleuze – il prononça le nom de Deleuze dans un français impeccable, comme il fallait s'y attendre, mettant en évidence, par comparaison, que, parmi tous les dons qu'elle était susceptible d'apporter, Dame Fortune n'avait pas accordé au commissaire celui des langues – et mon œuvre se propose précisément de traduire le paradoxe deleuzien. La différence devenant objet de représentation, toujours par rapport à une identité conçue, à une analogie jugée, à une opposition imaginée, à une ressemblance perçue...

Je peinai à traduire cette dernière phrase, d'autant plus que je le faisais du français vers l'anglais alors que ma langue maternelle est l'espagnol, et je ne suis pas certaine qu'à travers mon filtre cette profession de foi ait conservé ne serait-ce qu'un minimum de sens, mais le commissaire semblait véritablement enthousiasmé. Il ne put toutefois poursuivre l'entretien, car un jeune homme vêtu de noir de la tête aux pieds lui murmura quelque chose à l'oreille. Il s'excusa en invoquant d'autres engagements à honorer, mais donna sa carte de visite au jeune artiste afin qu'il lui fasse parvenir de plus amples renseignements sur son travail.

À compter de cette année-là, Jamal Benani resta en contact suivi avec Michael Tarantine. Il lui envoya les catalogues de toutes ses expositions, ainsi qu'un dossier de presse complet, dont le commissaire ne pouvait cependant juger, ne connaissant pas un mot d'espagnol ni de français. Je dus l'aider à traduire les lettres qu'il envoyait et recevait, qui devinrent plus tard des fax et, enfin, des mails. Cette correspondance dura, de façon plus ou moins sporadique, une dizaine d'années, jusqu'à ce qu'en 2001 Benani reçoive de Tarantine un mail lui annonçant qu'il projetait d'organiser une exposition sur les systèmes de répétition en série et les déviations de ces mêmes systèmes, dans un espace ou une galerie de New York qui restait à déterminer. L'exposition s'intitulerait *Système/Déviation*.

La nature de ma relation avec Jamal Benani durant ces dix années ou presque fut pour le moins étrange. Jamais nous ne fûmes amants, mais étions-nous seulement amis ? Nous nous voyions régulièrement pour prendre un café et, lors de ces tête-à-tête, il venait toujours avec une lettre de Tarantine qu'il voulait que je lui traduise en espagnol, ou avec un texte de son cru que je devais réécrire en anglais. Cela ne représentait guère de difficulté pour moi et je m'y prêtais donc de bonne grâce, bien que j'aie conscience que le jeune artiste profitait de moi. Mais si je me laissais faire, il devait bien avoir une raison à cela. Sans doute était-ce à cause de sa beauté magnétique, de ses gestes hiératiques, d'une densité mystérieuse. Jamal était là sans être là, c'était une présence toujours absente, nostalgique, imaginaire, qui m'inspirait une sorte de trouble mystérieux, comparable en tout point à celui que peut éveiller la musique ou l'art abstrait. Je n'ai jamais rien espéré de lui, sexuellement parlant, car je savais qu'il avait une amie plus ou moins officielle, une certaine Miriam, et des rumeurs me parvenaient en outre à son sujet, en liaison avec des personnalités plus ou moins importantes du milieu artistique espagnol, comme Víctor del Campo (directeur d'Estampa, salon international de la gravure de Madrid), Rafael Doctor (directeur du musée international d'art contemporain de Castille-Léon) ou Fulvio Trentino (un des plus importants marchands d'art en Espagne, propriétaire de la galerie qui porte son nom). Les mauvaises langues prétendaient que Jamal avait eu une amitié plus qu'intime avec chacun d'eux, mais les rumeurs sont ce qu'elles sont et, dans une ville aussi bruyante et animée que Madrid, elles prolifèrent comme des champignons. On disait de Jamal qu'il couchait avec des hommes, mais que, comme la plupart des Arabes, il ne voulait pas renoncer à se marier et à avoir des enfants. Mon amie Leonor, l'actrice, m'avait rapporté que son ami Álex, un autre acteur, assurait avoir eu une brève aventure avec lui, mais je ne savais pas jusqu'à quel point les ragots de Leonor, qui a une tendance à l'exagération, étaient fiables, et je ne voulais pas non plus en savoir davantage sur ce qui, après tout, ne me regardait pas. De toute façon, j'étais célibataire et pouvais bien me permettre de perdre du temps à prendre des cafés ou des pots avec un homme que je ne pourrais certes jamais appeler mon amant, mais dont la conversation était plaisante et relevée. Et puis, pourquoi le nier, lorsque les gens voient une femme en compagnie d'un bel homme, ils considèrent que la femme est forcément belle aussi. Et si ce n'est pas le cas, ils se disent qu'elle doit bien avoir quelque chose pour susciter ainsi son intérêt. Bref, j'aimais m'afficher en compagnie de Jamal, et c'est pourquoi je le laissais se servir de moi. Nos liens finirent par être si étroits que, dans bon nombre de boucheries arabes du quartier où l'on ne sert pas les non-musulmans (en leur faisant payer la viande à des prix exorbitants pour les dissuader de revenir), j'étais traitée avec une amabilité exquise, en tant qu'amie d'un des hommes les plus en vue de leur communauté.

Mais je n'étais pas dupe, et j'avais bien compris que Jamal était un arriviste, un égocentrique, un enfant gâté. Je l'avais vu se vendre sous mes yeux, j'avais été témoin de son appropriation de l'œuvre d'autrui pour son autopromotion. C'était un artiste dépourvu d'originalité, qui n'avait fait que copier de façon éhontée les idées d'un autre, mais l'appropriation est à ce point monnaie courante dans le monde de l'art – c'est même devenu un concept – que personne ne s'en était offusqué. Pour autant, je ne pouvais me résoudre à cesser de le voir. Sa présence m'emportait comme un tourbillon, pas seulement à cause de sa beauté éclatante, mais aussi de quelque chose de plus obscur et de plus profond que jamais je ne sus identifier. Il suffisait que je ne le voie pas pendant plusieurs jours pour éprouver le besoin soudain et impérieux de le revoir, un besoin aussi physique que celui que je ressens après plusieurs jours sans manger de chocolat, ou quand je suis épuisée ou que je vais avoir mes règles. Mais le désir de chocolat s'explique d'un point de vue physiologique, par un manque de potassium, de phosphore et de magnésium, alors que je ne trouvais aucun motif rationnel à mon désir désespéré de voir Jamal. J'étais comme envoûtée par le chant d'une sirène, auquel je n'avais d'autre choix que de répondre. Je sais que le lecteur aura du mal à me comprendre, mais c'était un appel que je ressentais intensément en moi-même, comme les voix qu'entendaient Jeanne d'Arc ou sainte Thérèse. Je n'osais en parler à personne, de peur de me faire traiter de schizophrène, et j'avais parfois moi-même la sensation que ma tête commençait à me trahir.

Lorsque ce désir m'habitait, lorsque cet étrange chant me martelait les tympans, j'appelais immanquablement Jamal. Et, à chaque fois, il me donnait l'impression d'attendre mon coup de téléphone, de savoir à l'avance que j'allais le contacter, car il montrait toujours une disponibilité enthousiaste, en même temps qu'un calme suspect, comme s'il avait deviné mon désir par télépathie. Nous nous retrouvions pour prendre un café et il me parlait de ses projets, de ses expos, ainsi que des nouvelles qu'il avait reçues de Tarantine, à qui il vouait un véritable culte, même s'il faut bien avouer que, pour un artiste d'une importance somme toute relative, le fait d'entretenir une relation, même épistolaire, avec un des plus éminents *curators* d'outre-Atlantique, était un tremplin pouvant déboucher sur d'infinies perspectives.

Lorsque Benani apprit que Tarantine caressait l'idée d'organiser l'exposition collective *Système/Déviation*, il se mit en tête d'en faire partie et me fit traduire une avalanche de mails, dans lesquels il parlait de son œuvre, de ses projets, et en particulier de la nouvelle série de tableaux à laquelle il travaillait. Au début, Tarantine répondait par des mails aimables de quelques lignes, puis il cessa de répondre. Jamal continuait à lui envoyer d'interminables mails que j'avais traduits pour lui, mais la communication était à sens unique. Je compris alors que l'insistance du jeune artiste, qui n'était à vrai dire plus si jeune, avait dû indisposer le commissaire. Cela devait se passer, si je me souviens bien, à la fin de l'année 2001.

En 2002, on m'offrit un poste d'écrivain résidente à l'université McGill de Montréal, pour le trimestre qui allait du début des cours aux vacances de Noël. La bourse était misérable, mais j'étais logée et disposais d'un bureau agréable pour écrire. Lorsque j'appelai Jamal pour lui dire au revoir, il m'apprit que lui aussi partait en voyage. À New York.

– C'est vrai? Formidable! lui dis-je. Tu vas faire du tourisme?

– Je pars seul... J'ai envie de m'installer là-bas quelques mois. Tu sais, c'est fini avec Miriam. Et puis, j'ai besoin de m'éloigner de Madrid un certain temps... Un oncle de ma mère possède un appartement fabuleux sur la Cinquième Avenue qui est inoccupé, et il me le laisse tant que je veux. Je vais en profiter pour voir des expos, des musées, me faire des relations, enfin, tu sais. Et revoir Michael Tarantine...

Cette dernière remarque me parut étrange, car je savais qu'il y avait longtemps que le commissaire ne répondait plus à ses messages. Avait-il donc reçu par mail une proposition de rencontre, sans me la donner à traduire? C'était plausible, car si, au début, Jamal ne connaissait pas un mot d'anglais, avec le temps il avait fini par faire plus que se défendre dans cette langue.

– Mais... tu as rendez-vous avec lui?

– En fait... pas vraiment. Mais je sais comment le rencontrer. J'ai des amis qui m'ont donné son adresse et le nom des bars qu'il fréquente. Je n'ai plus qu'à faire preuve d'un peu de patience et, tôt ou tard, je ferai semblant de tomber sur lui par hasard.

Je tentai par tous les moyens de dissuader Jamal de mener à bien ce projet absurde. Les chances de tomber sur Tarantine étaient minces, et il ne fallait pas non plus écarter la possibilité qu'il soit absent de New York, car il devait bien prendre des vacances de temps en temps. Surtout, je doutais qu'une rencontre «fortuite» suffise à convaincre Tarantine de l'opportunité d'inclure Jamal Benani dans sa prochaine exposition. Au contraire, il serait sans doute irrité par une telle insistance.

– Si, justement. À ce que j'ai compris, Michael est un homme qui a ses habitudes. J'ai des amis à New York qui le connaissent bien et qui m'ont dit qu'il sort tous les soirs dans un type de bars bien particuliers. Je ne sais pas si tu vois ce que je veux dire… Et comme je ne suis pas trop mal de ma personne…

Je voyais très bien à quoi Jamal faisait allusion, et ne poussai pas plus loin l'échange, préférant ne pas voir mes craintes confirmées et ne pas avoir à mépriser celui que je considérais encore comme un ami. Je n'étais pas sans savoir qu'il était de ces hommes qui rendent fous les autres hommes, car sa beauté solide, éclatante, suggérait une virilité à l'état pur, sans concession. Je changeai donc de sujet, lui donnai mon adresse à McGill, pris aimablement congé de lui jusqu'en septembre et retournai à mes valises.

Ma vie à Montréal fut, je dois le dire, des plus actives. Je me levais à neuf heures, prenais mon petit déjeuner, déambulais dans les jardins du campus, travaillais dans mon bureau jusqu'à l'heure du déjeuner, après lequel je revenais, révisais et corrigeais le travail de la matinée, puis rejoignais mon petit appartement. Il m'arrivait aussi de dîner, certains soirs, avec un prof, ou avec un jeune étudiant avec qui j'avais noué une amitié intéressante. Cette routine fut interrompue un beau jour par un coup de téléphone de Jamal Benani, qui m'informait qu'il se trouvait à Montréal, au *St James*, un hôtel hors de prix situé dans le quartier ancien de la ville. Nous convînmes de nous retrouver dans le hall de l'hôtel pour sortir déjeuner.

Je le trouvai très changé, à mon grand étonnement. Il avait les cheveux complètement ras, style Navy, portait des jeans très moulants et une chemise rouge tout aussi près du corps. Il était de surcroît très bronzé et paraissait radieux.

– Tu sais? me dit-il après m'avoir fait les deux bises de rigueur. Je me suis éclaté à New York, j'ai rencontré plein de gens… Et grâce à ces gens, j'ai été invité à une fête privée dans une maison des environs de Montréal, c'est pour ça que je suis venu.

– Et… tu ne m'emmènes pas?

– Euh, disons que c'est une fête… très spéciale. Où on entre sur invitation, et avec une ambiance… disons, très particulière. Oui, une soirée très privée.

Je me sentis si blessée par ce manque de confiance que je renonçai à lui poser des questions.

Nous déjeunâmes dans un restaurant du Plateau et je pus me rendre compte, lors de ce tête-à-tête, du changement qui s'était opéré en lui. Il ne parlait pratiquement plus que de lui. Il était persuadé que son voyage à New York marquerait une étape importante dans sa carrière. Il avait noué nombre de contacts, m'expliquait-il, et pour un artiste, les contacts étaient, à l'en croire, bien plus importants que le hasard, la chance ou le talent.

– J'ai du talent, disait-il. Et c'est en provoquant la chance que je me suis créé tous ces contacts. Tu verras, avant cinquante ans, je serai exposé au MOMA.

Son narcissisme débordait de tous côtés et il commençait sérieusement à m'inquiéter ; aucun doute n'était plus possible, il était devenu accro à cette foire des vanités. Il ne me laissa même pas l'occasion de lui parler du garçon avec qui je sortais, un Canadien qui préparait son doctorat à McGill.

– Tu ne crois pas, lui demandai-je, que tu prends ta carrière un peu trop à cœur ? Tu parles comme s'il n'y avait que ça d'important.

– Et ça l'est. Je pactiserais avec le diable s'il le fallait ; je ferais tout pour triompher. J'ai passé la moitié de ma vie à me préparer à ce qui est sur le point d'arriver. Que dis-je, la moitié de ma vie… Toute ma vie. Je dessine depuis l'âge de deux ans, ma mère pourrait te le confirmer. Et ce n'est pas pour rien que je dis pactiser avec le diable, parce que je suis, comme Faust, en quête de l'immortalité. Tu sais, Lucía, je ne crois pas en l'au-delà ni en une autre vie, même si je crois en un Tout plus grand que nous et qui nous englobe, et auquel un jour je retournerai, mais pas en tant que Jamal Benani. Je ne crois pas non plus en un paradis où des houris m'attendraient, tu comprends? Je suis croyant au sens où je sais qu'il y a autre chose que le monde visible, je le sais mieux que quiconque, la magie existe, ce Tout dont je te parlais, et comme je respecte la tradition, je ne manquerai pas d'affirmer dans mon pays qu'Allah est grand, mais je ne crois pas à la lettre ce que disent les imams ou les ulémas. Je crois que nous mourons et disparaissons, et que l'art nous offre notre seule chance d'être immortels. Mais l'art n'est rien sans la gloire, car si l'artiste ne connaît pas la gloire, son œuvre se perd, disparaît, nul ne voit l'intérêt de la conserver.

Dès notre première rencontre, j'avais soupçonné le caractère obsessionnel de Benani, mais je n'avais jamais imaginé qu'il soit à ce point pathologique, à ce point attiré par les feux de la rampe, à ce point avide de briller dans ce monde sur lequel il portait un regard ébloui. Il m'apparut soudain comme un animal souterrain qui creuserait des galeries secrètes le conduisant vers le succès; le genre de personne qui sait choisir le mot opportun, le moment approprié, le mouvement et le geste adéquats. J'étais surprise, mais pas outre mesure, car j'avais vite compris quelle sorte d'homme il était. Il s'était laissé entraîner par les promesses vaines qui corrompent les centurions. Je me résolus à le laisser parler sans l'écouter, tandis que mon esprit s'évadait et pensait à des choses plus agréables, telle la torpeur paisible de la soirée de la veille, chez mon nouvel ami, où je m'étais enfilé à moi presque toute seule une bouteille de vin blanc.

Après le déjeuner, je raccompagnai Jamal jusqu'à son hôtel.

– La classe! Je peux monter voir comment est ta chambre?

– Ce serait volontiers dans d'autres circonstances, mais je ne suis pas venu seul…

– Et on peut savoir avec qui tu es venu?

— Je t'ai déjà dit qu'il y a des choses que je préfère que tu ne saches pas...

Il me fit de nouveau les deux bises de rigueur et prit congé en prétextant qu'il avait à se préparer pour la soirée à laquelle il était invité. Depuis la porte à tambour, je me retournai et le vis qui se dirigeait vers les ascenseurs, sans avoir demandé au préalable la clé de sa chambre. Mais bien sûr! Quelqu'un l'attendait là-haut...

Une fois dehors, je demandai aux renseignements, depuis une cabine, le numéro du *St James*. Puis j'appelai l'hôtel et demandai la chambre de monsieur Jamal Benani. On me répondit qu'il n'y avait aucun client sous ce nom. Je le répétai en l'épelant pour en avoir le cœur net. Et, soudain, j'eus un déclic. Je me rappelai que, durant tout le repas, Jamal n'avait pas mentionné une seule fois le nom du commissaire qui était pourtant la justification de son voyage, et cet oubli m'apparut suspect. Je priai alors la réceptionniste de bien vouloir me passer la chambre de monsieur Michael Tarantine.

— *I'll put you through*, me fut-il répondu.

— *Hello*? dit aussitôt après quelqu'un à l'autre bout du fil. Je reconnus immédiatement l'horrible accent de Jamal.

Le corps dépecé de Michael Tarantine, citoyen américain, né en Floride en 1948, fut découvert dans un sac dans un parc industriel du département Ville-Émard de Montréal (Canada) le 5 février 2003. Les circonstances de sa mort restent mystérieuses, la police refusant de fournir plus de détails, et le mystère demeure entier aujourd'hui.

C'est Alfredo Álvarez Plágaro (et non Jamal Benani) qui inaugura l'exposition *Système/Déviation* (en compagnie de Keiko Sadakane et de François Perrodin) à la galerie M. de Bochum (Allemagne), le 18 octobre 2003.

Pour la petite histoire, j'ajouterai qu'il s'agit de la même galerie qui gère en exclusivité pour l'Europe l'œuvre de Richard Serra, et qui vendit en 1987, pour 450 000 marks, soit l'équivalent de 36 millions de pesetas, la fameuse sculpture en acier de 38 tonnes *Equal-Parallel*, qui «disparut» ensuite mystérieusement du musée Reina Sofía, provoquant un grand scandale dans les médias espagnols et la consternation chez les responsables du musée.

La bibliothèque Michael Tarantine, qui compte 1 500 livres d'art contemporain (parmi lesquels plusieurs catalogues d'Alfredo Álvarez Plágaro et de Jamal Benani) fut inaugurée à l'École nationale supérieure des arts visuels de La Cambre (Bruxelles) le vendredi 29 avril 2005.

Voilà les faits.

Et maintenant, l'invisible.

Je me souviens avoir lu qu'aucun peintre n'est capable de reproduire un arbre dans son infinie variété de feuilles et de mouvements. Ce n'est pas un critique d'art qui l'a écrit, mais Nietzsche, me semble-t-il. De même, les silences laissés par ce roman donneront lieu aux interrogations les plus diverses, telles les rainures des feuilles. Nous ne saurons jamais, ni moi ni personne, la vérité sur ce qui advint de Michael Tarantine. Ce que je sais en revanche, c'est que Jamal Benani rentra à Madrid au début du mois de mars 2003, peu après la mort de Michael Tarantine, et que dès lors, sa carrière démarra en trombe. En trois ans, il obtint l'impossible : l'Arco, la Biennale de São Paulo, l'Aperto de la Biennale de Venise, l'Espace Actuel de Paris, des expositions au Reina Sofía de Madrid, à la galerie Leo Castelli de New York et au Whitechapel Centre de Londres. Jamal voyageait entre Madrid, Paris et New York avec la facilité de celui qui emprunte une correspondance dans le métro, et acquit une renommée inhabituelle chez un artiste, car il se mit à s'afficher dans les soirées avec l'élite de l'avant-garde madrilène et devint une sorte de Warhol de la capitale espagnole, mais il continue à habiter le même quartier d'immigrés et à entretenir d'excellentes relations avec les Marocains qui y vivent. Tel le Don Juan de la pièce, il s'élève jusqu'aux palais et descend dans les bas-fonds, mais partout il laisse un souvenir plus ou moins amer. Chaque fois que je lis un article sur lui, je ne peux m'empêcher de me remémorer la phrase où il me disait qu'il pactiserait avec le diable s'il le fallait, et quelque chose me fait penser que l'assassinat du commissaire et la soudaine célébrité de Jamal Benani étaient, d'une manière ou d'une autre, liés, mais jamais je n'ai pu établir la moindre corrélation. Cela restera une des zones d'ombre de ce roman.

Il m'arrive encore de rencontrer Jamal dans le quartier. Il a ouvert un bar qui marche très fort et grâce auquel il a réussi, une fois encore, l'impossible : mélanger le gratin de la société avec la plèbe, les écrivains, les cinéastes et les artistes avec les vendeurs illégaux et les trafiquants de haschisch.

De retour du Maroc, alors que j'étais sur le point de terminer cet ouvrage, je lus la nouvelle suivante, dans *La Gazette du Maroc* que les hôtesses de l'air m'avaient donnée dans l'avion :

La chute d'un réseau mafieux.

À la suite de l'arrestation de Mohammed El Kharrad, alias Cherif Ben Alouidanne, l'un des barons de la drogue dans le pays, la machine judiciaire s'est mise en marche pour organiser le démantèlement de la toile d'araignée administrative que ce «parrain» avait mise en place pour protéger ses intérêts. Parmi les noms impliqués dans cette trame complexe, figureraient des responsables de la sécurité nationale, des policiers, des gendarmes et des fonctionnaires d'État qui aidaient au maintien et à l'occultation d'un réseau international de trafic de drogue. Les noms qui ont filtré dans la presse sont ceux d'Abdelaziz Izzou, préfet de police de Tanger, Youssef Alami Lahlimi, commandant de la région de la gendarmerie royale de Kenitra, Farid Hachimi, commandant du port maritime de Tanger...

L'article livrait encore bien d'autres noms de fonctionnaires mêlés à cette affaire, donnant l'impression qu'il n'y avait, dans tout le Maroc, que des fonctionnaires corrompus, impression que j'avais déjà, soit dit au passage, avant de lire *La Gazette*. Mais juste au moment où j'allais tourner la page, mes yeux s'arrêtèrent sur un nom en particulier : celui de Jamal Mustapha Benani, fils de l'ancien ministre de Hassan II, qui contrôlait, pensait-on, la distribution de la marchandise une fois entrée en Espagne.

À peine arrivée à Madrid, je fis un saut à *La Taverne illuminée* pour avoir des nouvelles de Jamal. Je le trouvai étonnamment calme, charmeur, comme s'il ne risquait en aucun cas d'être arrêté. Après tout, dans le monde, la justice s'applique surtout aux pauvres. Surtout dans des pays comme les États-Unis ou le Maroc, où son cours dépend uniquement des moyens que l'on a pour se payer un avocat. Je commençai alors à comprendre les raisons pour lesquelles Jamal entretenait d'excellentes relations avec les dealers du quartier, et aussi la provenance de son argent, cet argent qui lui avait permis de se construire, marche après marche, l'escalier qui l'avait conduit à la célébrité. Cet argent grâce auquel il avait pu acheter ses propres tableaux lors de ses premières expositions – par le biais d'amis, bien entendu – pour que la nouvelle circule et pouvoir ainsi avoir accès à une galerie plus en vue, comme me l'avait raconté Miriam, son ex-compagne. Cet argent qui avait financé ses voyages à Paris, Londres et New York, les dîners où il invitait marchands, galeristes et critiques d'art, toutes ses relations sociales de premier plan. Cet argent qui était à l'origine de son pacte avec le diable. Et, à l'heure où j'écris ces pages, je ne sais plus très bien si le monde qu'habite Jamal est aussi épouvantable et surnaturel que je me plais à le décrire, ou si c'est le fruit de mon imagination qui, tel un spot mal réglé, projette de grandes ombres fantasmagoriques autour d'un objet. Je crois que Jamal m'a toujours fascinée parce qu'il représente, au fond, l'essence même du quartier, le cœur mystique et latent de tous ces êtres différents, qui coexistent sans se connaître ni se reconnaître, souvent rattachés administrativement à une patrie, mais sentimentalement à une autre. Dans ce point de convergence, dans cet axe cartésien de contraires où se distille la substance de ce qui est voué à devenir, selon toute probabilité, le monde du futur, Jamal est ce Tout auquel il faisait lui-même référence : il est un survivant, un mystère, un abîme, il est le quartier lui-même.

Ma fille vient de fêter ses trois ans et possède la nationalité canadienne. Elle est inscrite à la ludothèque du Centre. Celle-ci n'est en principe destinée qu'aux enfants issus des services sociaux, mais à présent ils admettent tout enfant qui vient y jouer, surtout s'il est accompagné de sa mère et que celle-ci accepte de mettre de l'ordre dans les chamailleries qui ne manquent pas d'éclater entre Nicky et Mohammed. Ma fille aime dessiner, et même si elle est encore trop petite pour faire autre chose que des gribouillages, elle a une façon étonnamment belle de marier les couleurs. Elle m'a montré l'autre jour un de ses dessins : «Regarde, maman, regarde ce que j'ai fait!» insistait-elle de sa toute petite voix. Antón l'avait aidée à tracer traits et cercles avec la même patience franciscaine qu'il témoigne à tous les enfants.

C'est par Antón que je me tiens informée de certaines nouvelles. C'est par lui que j'ai rencontré Ismael, qui vient de temps en temps chercher Mohammed et qui est en train de faire les démarches pour épouser Susana la Noire, démarches compliquées car Ismael n'a pas de passeport. Mais il pourrait en acheter un, ou bien corrompre un fonctionnaire pour obtenir un extrait de naissance. Ils vont se marier parce qu'Ismael a besoin de papiers, Susana n'est pas dupe, mais elle s'en fiche, elle est ravie de pouvoir l'aider. Quant à Sonia la Teigneuse, elle a fait la connaissance, grâce aux relations de Jamal, d'un producteur de télévision et travaille maintenant comme hôtesse dans un jeu télévisé où elle apparaît vêtue (c'est un bien grand mot) d'un minishort qui a le mérite de dévoiler ses jambes impressionnantes. Elle continue à voir de temps en temps Antón. Il doit être amoureux d'elle, mais après la grande déception qu'il a connue avec Claudia, il ne me l'avouera jamais et ne se l'avouera pas à lui-même. Je sais, par les revues people et par la télé, que les fiançailles de Leonor Mayo et Fulvio Trentino ont été rompues à la suite de l'implication de ce dernier dans une affaire de blanchiment de capitaux, liée à l'Opération Malaya. Álex Vega joue toujours dans *Hôpital Central* et s'affiche toujours dans le quartier en compagnie de Silvio, qui a beaucoup minci, et nul ne sait d'ailleurs si ce changement est dû à la douleur de sa rupture avec Susana ou bien à sa vie dissolue et au manque de sommeil. Mónica et Cristina ont annoncé leur mariage, auquel elles n'ont pas l'intention d'inviter la mère de cette dernière. Emma Ponte a donné naissance à une petite fille et a vendu l'exclusivité des photos au magazine *¡ Hola!* La maison de disques du groupe de David Martín a donné carte blanche à ce dernier, et il a annoncé à la revue *Rolling Stone* qu'il projetait de créer son propre label pour distribuer ses propres œuvres. Óscar Rosabert a présenté sa dernière collection à la *Pasarela Cibeles*, avec, au tout premier rang, Leonor Mayo, sa muse, applaudissant à tout rompre, flanquée de Jamal Benani d'un côté et d'Álex Vega de l'autre. Un des mannequins qui ont défilé pour sa collection était justement Lola Díaz, devenue l'image de marque de la maison Rosabert et la vedette du catalogue. Diana va promener de temps en temps son setter dans le parc du Casino, et en profite pour saluer Antón chaleureusement. Elle vient parfois accompagnée d'Héctor qui la regarde avec des yeux de chien battu. Amina travaille maintenant comme serveuse à la cafétéria de la Cinémathèque, je bavarde souvent avec elle et elle m'a raconté que sa relation avec Hicham tient, mais qu'ils n'ont pas fixé de date pour le mariage. Avec l'aide d'Amina, qui lui donne une partie de son salaire, il a rassemblé presque tout l'argent nécessaire pour acheter la camionnette Mercedes tant convoitée. Esther a eu mention très bien grâce à sa dissertation sur *Don Quichotte*; elle est on ne peut plus motivée pour continuer ses études jusqu'au doctorat. J'ai su par Susana la Noire, que Poppy a été promue contrôleur financier de son entreprise, qu'elle gagne désormais plus que son mari, et que Dora a un nouveau petit ami, de dix ans plus jeune qu'elle. Le quartier est grouillant de vie comme une fourmilière, il se contracte et se dilate comme un muscle cardiaque, la vie suit son cours rapide et inexorable, en un combat acharné, et coule comme une source ou un fleuve dont le débit ne cesse de monter. Certains se noient dans ce tourbillon, d'autres apprennent à nager en gardant un œil sur les vêtements.

Les traits rouges que ma fille avait gribouillés sur sa feuille me rappelaient les *Tableaux jumeaux* qui sont accrochés dans mon salon. Cela devient décidément une obsession chez moi. À moins que le rouge me rappelle aussi bien la mort que la vie, que je l'associe en somme à une image que j'ai archivée dans ma mémoire et dont la précision est presque photographique. La première fois que j'ai vu ma fille, le médecin la tenait dans ses bras, et moi, j'apercevais une masse qui gigotait, entièrement recouverte de sang et d'une matière visqueuse qui devait être les restes de placenta collés à la peau du nourrisson : la vie qui, dès le début, suscite une émotion à faire pleurer, un mélange d'amour profond et de dégoût.

Dramatis personae

Voici la liste de tous les personnages imaginaires du roman, ainsi que de la plupart des personnages réels (principalement des peintres), à l'exclusion de ceux qui appartiennent à la culture universelle, comme Velázquez ou Cervantes.

Je tiens à remercier ici Luís de la Peña qui s'est attelé à la tâche, crayon en main, et a passé en revue tous les personnages qui apparaissent dans ce livre afin de les classer par ordre alphabétique.

Personnages du prologue

Abril, Victoria : Actrice.

Alaska/Olvido : Chanteuse et actrice dans le premier film de Pedro Almodóvar, *Pepi, Luci, Bom et autres filles du quartier.*

Almodóvar, Pedro : Cinéaste.

Andersen, Bibi : Actrice.

Aritz : Ami de Mónica. Voir notice plus détaillée dans « Personnages du roman ».

Claudia : Assistante sociale. Responsable de la ludothèque. Voir notice plus détaillée dans « Personnages du roman ».

Enrique : Ami de l'auteure. Assure l'arbitrage des matchs de foot des enfants du square. A une formation d'assistant social et travaille comme fonctionnaire au ministère de l'Intérieur. Aime voir les films en VO.

Grégori, Concha : Actrice.

Maura, Carmen : Actrice.

Mónica : Amie de l'auteure. Voir notice plus détaillée dans « Personnages du roman ».

Naguib : Ami de l'auteure. Voir notice plus détaillée dans « Personnages du roman ».

Paredes, Marisa : Actrice.

Sánchez Pascual, Cristina : Actrice.

Siva, Eva : Actrice.

Tizón : Chien de l'auteure. Excellent footballeur. Ses poils noirs sont doux comme du coton. Dommage qu'il se sente si fort… le chien.

PERSONNAGES DU ROMAN

Abdul : « Cousin » ou ami de Jamal.

Abir : Sénégalais qui tient un salon de thé avec l'aide de Hamid. A la manie d'appeler « chérie » toutes les filles qui lui demandent un verre, ce qui a le don d'agacer sa petite amie, une étrangère très blonde et très blanche.

Ahmed : « Cousin » ou ami de Jamal.

Akram : Un des enfants qui jouent dans le square et fréquentent la ludothèque. Frère d'Amina. Veut, plus tard, être footballeur comme Zidane.

Alba, Albita : Voisine de Sonia la Teigneuse. Vit avec Aziz, qui tient un salon de thé marocain dans le quartier.

Aldo : A été marié à Lola. Fréquentait avec elle le couple Héctor-Leonor, aujourd'hui séparé.

Alegría : Mère d'Isaac.

Álex : Acteur. Voir Vega, Álex.

Almodóvar, Pedro : Cinéaste.

Álvarez, Javier : Chanteur, auteur, compositeur.

Álvarez del Manzano, José María : Maire de Madrid de 1991 à 2003.

Álvarez Plágaro, Alfredo : Peintre. Né à Vitoria en 1960. Diplômé des Beaux-Arts de Bilbao en 1985, année où il a obtenu le troisième prix de peinture «Ville de Bilbao». Boursier de la province d'Álava et de l'Institut de la Jeunesse en 1986, et de la Casa de Velázquez de Madrid l'année suivante. Vit et travaille actuellement à Madrid. Son œuvre, très liée au monde de la bande dessinée, est empreinte de références littéraires et symboliques. Sa palette est dominée par les tons pastel, gris, ocres ou verts, qui se combinent dans des formes symétriques et bien structurées.

Amina : Sœur aînée d'Akram. A été femme de ménage chez Jamal et Miriam. Voisine de Sonia la Teigneuse. Aujourd'hui compagne de Hicham, autrefois fiancée à Karim. Participe, comme Esther et Cristina, au groupe de thérapie *Las Positivas*, dirigé par Isaac, qui n'a pas succombé à l'éclat de ses yeux pétillants.

Ander : Oncle de Claudia, emprisonné sous Franco.

Anita : Créatrice d'accessoires et de bijoux. Amie de Livia, qui l'accompagne à Hong Kong.

Antón : Collaborateur bénévole du Centre. Vendeur au rayon informatique de la FNAC de huit heures à seize heures. A eu une liaison avec Miriam et avec Sonia la Teigneuse. Est plus ou moins amoureux de Claudia. A les cheveux dorés et les yeux turquoise, mesure un mètre quatre-vingts et pèse soixante-dix-huit kilos. N'a pas conscience de sa beauté, ce qui le rend d'autant plus séduisant.

Arbelo, Rosana : Chanteuse, auteure, compositrice.

Aritz : Ami et camarade de classe de Mónica.

Aziz : Marocain qui tient un salon de thé et compagnon d'Alba. «Cousin» ou ami de Jamal. Sa famille, qui vit à Marrakech, lui manque.

Benani, Gassan Amin : Ancien ministre du roi Hassan II du Maroc et père du peintre Jamal Benani.

Benani, Jamal : Propriétaire d'une taverne du quartier, et peintre de renom. De père marocain et de mère libanaise. Ses maîtres sont Rothko, Yves Klein et Matisse. Ses poètes préférés sont Mallarmé, Verlaine et Apollinaire. N'aime pas Picasso. Se parfume avec un encens spécial qu'on ne trouve qu'au Liban.

Bruno : Ami d'Álex, avec qui il se rend à Barcelone.

Camino, Mabel : Camarade de classe de Claudia et de Dorita.

Carla : Cousine de Selene, fillette qui fréquente la ludothèque.

Carmen : Vrai prénom de Livia.

Cherifa : Tante d'Amina.

Claudia : Assistante sociale et responsable de la ludothèque. Amour platonique d'Antón. Vit avec Isaac depuis tant d'années qu'elle ne les compte plus. A été la camarade de classe de Dora. Antón l'a surnommée en secret la Fée. Aime s'habiller de blanc, mais ne peut le faire que le dimanche car elle se salit beaucoup à son travail. Végétarienne, mais mange des œufs et boit du lait. A la larme facile au cinéma, et sa chanteuse préférée reste María Dolores Pradera.

Coyote, Víctor : Ami de David. Son vrai nom est Víctor Abundancia. Ex-chanteur de Los Coyotes, groupe mythique de la movida madrilène. Est toujours musicien, et connu également pour son activité d'artiste graphique et de peintre. A par ailleurs publié récemment un recueil de nouvelles intitulé *Croisement de chiennes*. On lui doit aussi la très belle couverture de l'édition espagnole de ce roman.

Cristina (Cris) : Anorexique. Petite amie de Mónica. Patiente d'Isaac dans le groupe de thérapie *Las Positivas*. Ne se nourrit pratiquement que de pommes et de yaourts. Récemment, à l'occasion d'un vernissage, le directeur de la revue *Vanidad* lui a offert de poser pour son magazine. «Avec la cicatrice que j'ai sur le visage?»

s'est-elle étonnée. «Justement, lui a répondu sans détour le très gay directeur, c'est ce qui te rend intéressante.» Réfléchit à la proposition.

Daniel : Mari de Miriam, dont elle s'est séparée.

David Martín : Musicien. Voir Martín, David.

Diana : Amie de Miriam, la Maman, et connaissance d'Antón. Ex de David. Ses groupes préférés sont Dépêche Mode et Dover. Ne se maquille quasiment jamais et porte rarement des jupes. A un visage quelconque mais un corps svelte et souple, ainsi qu'une superbe chevelure longue, de style oriental, digne d'une pub pour shampooing, et qui ne passe pas inaperçue.

Díaz, Lola : Voir Lola.

Dora, Dorita : Gérante du magasin de vêtements où travaille Susana. A travaillé comme mannequin et actrice. A été la camarade de classe de Claudia et l'amante de Leonor. Se teint les cheveux en noir pour faire ressortir ses yeux bleus, qu'elle sait être son meilleur atout. Met du khôl pour les valoriser.

El Hadj Oumar Tall : Fondateur de l'ancien Empire Toucouleur né au Fouta-Toro (actuel Sénégal) en 1797 et mort à Deguembere (près de Bandiagara) en 1864. A gouverné des états théocratiques, assisté d'un conseil de marabouts (guérisseurs) et avec la loi coranique pour principe de gouvernement. Au Sénégal, à l'heure actuelle, porter le nom de Tall fait la fierté de ceux, et ils sont nombreux, qui se disent, à tort ou à raison, ses descendants.

Elena : Vrai prénom de Poppy.

Emma : Voir Ponte, Emma.

Esther : Sœur de Silvio, le compagnon de Susana. Participe au groupe de thérapie *Las Positivas*, que dirige Isaac. Travaille sur *Don Quichotte*, mais son écrivain préféré est Lucía Etxebarria, et elle est folle de joie à l'idée d'apparaître dans ce livre.

Eusebio : Père d'Isaac.

Everett, Rupert : Acteur.

Fagueye : Femme de Ferba.

Fátima : Fillette qui joue au square et fréquente la ludothèque.

Fée (la) : Surnom que donne en secret Antón à Claudia.

Félix : Premier amant de Poppy. C'était un homme marié et plus âgé qu'elle.

Ferba : Sénégalais, tenancier du magasin où travaille Ismael. Cousin au second degré de Youssou. Possède également un taxiphone dans le quartier. Marié à Fagueye et père de Mohammed. Aimerait beaucoup avoir un autre enfant, une fille cette fois-ci.

Fiancée (la) : Irene, ancienne fiancée d'Antón. Celle qui est partie acheter des cigarettes. Ne fume plus.

Guerra, Pedro : Chanteur, auteur, compositeur.

Hamid : Sénégalais qui tient le salon de thé d'Abir.

Hariri, Leila : Mère de Jamal et épouse répudiée de Gassan Amin Benani. Vit à Paris dans un grand appartement donnant sur le jardin du Luxembourg, s'habille presque exclusivement chez Yves Saint Laurent. Son parfum est *Rive Gauche*, son poète favori Ounsi El Hage.

Hassan II : Roi du Maroc.

Héctor : Réalisateur de cinéma au prestige reconnu, mais au faible succès public. Marié à Laura, puis, en secondes noces, à Leonor. Amoureux de Diana. Son film préféré est *Stalker* de Tarkovski. Dans chacune des interviews qu'il donne, il affirme relire *Don Quichotte* chaque été, mais il ment.

Hicham : Marocain qui travaille dans le bâtiment et fait partie du cercle des amis d'Aziz. Fiancé d'Amina. A eu une liaison fugace avec Leonor Mayo. Aime beaucoup la musique, ses chanteuses préférées sont Amina Alaoi, Natacha Atlas et Najwua Karam. N'est pas illettré mais, en pratique, ne lit presque jamais.

Irene : Fiancée d'Antón. Sortie pour acheter des cigarettes, elle n'est jamais revenue. Ne fume plus.

Isaac : Compagnon de Claudia, la Fée, depuis la faculté. Son compositeur favori est Bach, ses livres de chevet *C'est pour ton bien* d'Alice Miller et *Les Liaisons dangereuses* de Choderlos de Laclos, son film préféré *L'Important c'est d'aimer* d'Andrzej Zulawski.

Ismael : Immigrant noir très beau, employé dans une petite boutique du quartier appartenant à Ferba, et dont s'amourache Susana. Son musicien préféré est Youssou N'Dour. N'a pas de livre de chevet car il est quasiment illettré.

Jamal : Voir Benani.

Jennifer : Fiancée d'un ami d'Antón avec qui elle va à Majorque.

Johns, Jasper : Peintre.

Jon : Manager du groupe de David. A milité étant jeune dans un mouvement trotskiste, et a été pourchassé à ce titre par la police. Aujourd'hui c'est un vieux rocker, qui possède un pavillon dans une banlieue résidentielle et deux voitures.

Karim : Ancien fiancé d'Amina, d'une aussi bonne famille que son caractère est mauvais.

Kerli : Femme de ménage chez Miriam et Jamal, puis chez Diana et David, à qui elle a été recommandée par Miriam. Mère de Selene.

Keti : Employée de la ludothèque, où elle s'occupe de distribuer lait et biscuits aux enfants.

Ladoire, Raúl : Acteur.

Lambert, Yvonne : Galeriste, expose l'œuvre de Jamal. A lancé la carrière internationale de Miquel Barceló.

Laura : Première femme d'Héctor.

Leonor, Mayo : Voir Mayo.

Levine, Sherrie : Peintre.

Livia : Bel animal social au passé douteux, qui fut la petite amie de David et l'amie intime d'Óscar Rosabert. Censée avoir travaillé comme mannequin, même si nul ne l'a jamais vue à un casting. A dans le dos un tatouage en forme de serpent, symbole de sa nature énigmatique.

Lola : Mariée très jeune à Aldo. Meilleure amie d'Álex Vega, qu'elle accompagne à toutes les soirées. Sa designer préférée est Sybilla, sa couleur de prédilection le bleu. Met l'eau de toilette *Verveine* de L'Occitane le jour, et *Eau de Cartier* la nuit. A été en couverture de *Telva* et de *Vogue*. Sur son book, on peut lire : « 1 m 79/88-60-90 cm/pointure 40 ».

Malika : Prénom fictif sous lequel Isaac décrit le cas d'Amina.

Maman (la) : Amie d'Antón. Voir Miriam.

Mangold, Robert : Peintre.

Martin, Agnes : Peintre.

Martín, David : David le chanteur. A vécu d'abord avec Diana, puis avec Livia. Entretenait en même temps une liaison intermittente avec Emma Ponte, son amante sporadique pendant plus de vingt ans, qui a fait partie du même groupe que lui. Objet de l'amour platonique d'Álex. Son premier groupe s'appelait El Capitán Marrano y las Guitarras Grasientas, mais c'est comme chanteur de Sex and Love Addicts, dont nul n'a oublié le single *Somos chusma*, qu'il est devenu célèbre par la suite. Son album favori, toutes catégories confondues, est *A Love Supreme* de John Coltrane, son film préféré *Blade Runner*.

Mayo, Leonor : Actrice d'un certain renom, plus connue pour ses apparitions constantes à la télé et dans la presse people que pour son travail. Deuxième épouse d'Héctor. Amie intime de Jamal Benani et d'Óscar Rosabert, avec qui elle s'affiche lors de soirées mondaines très médiatisées. Fiancée à Fulvio Trentino. A été en classe avec Poppy et a croisé régulièrement Mónica et Emma dans les bars de Madrid au cours des années quatre-vingt. Se distinguait déjà par sa beauté et par son port altier. Fait deux heures quotidiennes de gym avec un professeur particulier, boit trois litres d'eau par jour (toujours de l'Évian) et fait très attention à ce qu'elle mange. A toujours dans son sac le mascara noir *Fatale* de Lancôme. N'est vraiment fidèle qu'à son parfum, *Cabochard.*

McCollum, Allan : Peintre.

Mercedes : Chanteuse avec qui Emma Ponte a eu une liaison.

Miriam : Voir Maman (la). Maîtresse d'Antón. A vécu avec Jamal Benani, puis a épousé un ancien voisin, Daniel, avec qui elle a eu un fils, Teo. Connaît par cœur des poèmes entiers de Khalil Gibran. Son chanteur préféré est Jacques Brel, son parfum *Anaïs Anaïs.*

Mohammed : Un des enfants qui jouent au parc et fréquentent la ludothèque. Fils de Ferba. Son film préféré est *Le Monde de Nemo.* A des problèmes de coordination motrice. Ne voit presque pas ses parents : Fagueye travaille au taxiphone près de douze heures par jour, et Ferba voyage beaucoup.

Mónica : Petite amie de Cristina. A été autrefois celle d'Emma Ponte. Almodóvar lui a offert un rôle, qu'elle a refusé, dans son premier film. Son groupe préféré est Le Tigre, son écrivain préféré Jeanette Winterson. Ne met jamais de parfum.

Naguib : «Cousin» ou ami de Jamal. Ami de Lucía. Ils se rencontrent au parc où les enfants jouent au football. A fait une école d'art dramatique, mais ne trouve pas de travail comme acteur. Est donc vendeur dans un grand magasin. Sait tirer les cartes.

Nicky : Enfant à problèmes (pour ne pas dire plus) qui joue au parc et fréquente la ludothèque. Habite le même immeuble que Sonia la Teigneuse (et ses parents), Amina (et son frère Akram) et Albita (et son fiancé Aziz). Veut être policier quand il sera grand, pour avoir un pistolet.

Noire (la) : Voir Susana. Amie de Sonia la Teigneuse et fiancée de Silvio.

Pistoletto, Michelangelo : Peintre.

Ponte, Emma : Chanteuse, auteure, compositrice. En tête des ventes de disques pendant quinze ans. A longtemps entretenu en même temps une relation intermittente avec David, dont elle va avoir une fille, et d'autres avec des femmes. A été la petite amie de Mónica, compagne actuelle de Cristina. Sa chanteuse préférée est Peaches, et ce depuis toujours. Son livre de chevet est *Backlash* de Susan Faludi.

Poppy : De son vrai nom Elena. Cliente de la boutique où travaillent Susana et Dora. A été l'amie intime de Leonor Mayo à l'époque où toutes les deux préparaient l'examen d'entrée à l'université. Son écrivain préféré est Pérez Galdós, mais elle n'a presque plus le temps de lire. A deux enfants, Álvaro et Candela, qui n'apparaissent pas dans ce roman.

Rachid : Un des enfants qui fréquentent la ludothèque.

Rauschenberg Robert : Peintre.

Richter, Gerhard : Peintre.

Roberto : Frère de Claudia.

Rosa (Mademoiselle) : Prof de gym de Claudia et Dorita.

Rosabert, Óscar : Créateur de mode, ami intime de Leonor, qui porte généralement ses modèles dans toutes les mondanités où elle suppose qu'elle aura à poser pour le *photocall*. Son film favori est *Mort à Venise*, son musicien préféré Prince. Comme il l'a déclaré dans une interview, ses vêtements s'adressent à «des filles résolument rebelles, qui savent perdre la tête sans perdre contenance, qui se plaisent à être ironiques, à ne rien prendre trop au sérieux, à commencer par elles-mêmes. Des femmes qui sont l'étendard du luxe quotidien et de sa nature forcément contradictoire.»

Samira : Tante d'Amina.

Sebti, Rachid : Peintre. Maître de Jamal.

Seco, María Luisa : Animatrice d'émission pour enfants à la télévision espagnole des années 70.

Selene : Fillette à qui un ivrogne du parc tire les tresses. Fille de Kerli, qui a été femme de ménage chez Miriam et Jamal, puis chez Diana et David. Comme bien d'autres femmes de ce roman, se sent attirée par Antón.

Serrano, Ismael : Chanteur, auteur, compositeur.

Silvio : Ami d'Antón, fiancé de Susana et frère d'Esther. Fait souvent la bringue avec Álex. Son groupe préféré est Metallica, son plat favori les œufs frits au chorizo que lui prépare sa mère. Supporter du Real Madrid.

Simón : Nouvel amant de Diana. Extrêmement doux et paisible, presque introverti. Sans doute Diana l'a-t-elle choisi parce qu'il est l'exact contraire de David. Son groupe préféré est Portishead, son écrivain favori Thomas Bernhard.

Sofía : Dessinatrice pour Fun & Basics. Vague connaissance d'Álex, a partagé un appartement avec Livia.

Sonia López : La Teigneuse. Téléopératrice à moins de mille euros par mois, et maîtresse d'Antón. Travaille comme serveuse, certains week-ends, à *La Taverne illuminée*. Consciente d'avoir des jambes superbes, elle porte généralement une minijupe. Ne lit presque pas, mais a beaucoup aimé *Nada* de Carmen Laforet. Change souvent de parfum, selon son budget.

Susana : La Noire. Ex de Silvio. A été amoureuse d'Antón, puis d'Ismael. Accro au chocolat, celui qui se mange, pas celui qui se fume. N'aime pas beaucoup lire, mais connaît par cœur des passages entiers du *Petit Prince* et de *Jonathan Livingstone le Goéland*. Ses chanteuses préférées sont Concha Buika et Dnoe Zion.

Tall, Ferba : Voir Ferba.

Tápies, Antoni : Peintre.

Tarantine, Michael : Commissaire d'expositions.

Tarik : « Cousin » ou ami de Jamal.

Teigneuse (la) : Voir Sonia. Surnom que lui donne Antón et qu'elle finit par assumer avec fierté.

Teo : Fils de Miriam, la Maman. Son film préféré est *Madagascar*. Aime par-dessus tout sa maman, suivie de Tito, son ours en peluche rouge.

Tom : Premier fiancé de Claudia.

Toni : Ami d'Álex et de Bruno. Habite Barcelone.

Trentino, Fulvio : Personnage du monde artistique, à l'orientation sexuelle ambiguë, et qui se consacre à la gestion et à la conduite de projets artistiques. A une prédilection pour la cuisine vietnamienne. Aime s'habiller en Armani de la tête aux pieds.

Trini (tante) : Tante de Claudia.

Vanessa : Fiancée imaginaire que s'est un jour inventée Isaac pour rendre Claudia jalouse.

Vega, Álex : Acteur. Fait parfois aussi le *celebrity DJ*. Son groupe préféré est Lindstrom, son DJ favori Tiga. Irait jusqu'à tuer pour tourner avec Almodóvar. Met toujours *Fahrenheit* de Dior, parfum que Susana identifie sur la chemise de Silvio. Objet de l'amour platonique d'Óscar Rosabert, a été lui-même platoniquement amoureux, toute sa vie durant, de David Martín. N'applique évidemment pas le sage précepte de Crosby, Stills, Nash and Young : *If you can't be with the one you love, love the one you're with*. Si c'était le cas, il aimerait un peu plus Silvio.

Visi : Femme de Félix, le premier amant de Poppy.

Warhol, Andy : Peintre.

Yeni : Petite fille qui fréquente la ludothèque.

Youssou : Ami d'Ismael, dont il a fait la connaissance au centre de rétention, à son arrivée en Espagne.

Zaugg, Rémy : Peintre.

Notes et remerciements

Les femmes et les enfants d'abord

La ludothèque existe bien, mais ni Claudia ni Antón n'y travaillent, car ce sont des personnages de fiction, de même que Mohammed, Nicky, Selene, Fátima ou Akram. Les personnages des enfants s'inspirent cependant d'histoires réelles qui m'ont été rapportées par des travailleurs sociaux.

La Teigneuse

Merci à Mariola, à Grace Morales et au site web Teleoperando pour leurs précieuses informations sur les conditions de vie de la téléopératrice moderne.

La Noire

Merci à Silvia Sobé/Dnoe Zion pour m'avoir raconté tant de choses sur la Guinée. Et pour m'avoir fait tant rire. Et pour m'avoir montré ce qu'est une femme qui en a. Vivent les tiens : tu es la plus, tu es la miss !

LA RÉALITÉ ET LE DÉSIR

Merci à Antumi Toasijé qui m'a conseillée pour l'histoire d'Ismael. Ainsi qu'à Hicham (je ne connais pas son nom de famille) et à Mohamed Lahchiri, qui m'ont aidée pour l'histoire d'Amina et Hicham.

Les paroles de la chanson que reconnaît David sont adaptées de deux poèmes qui me trottent dans la tête depuis l'adolescence : *Este miedo de ti, de mí... de todo* de Julia Prilutzky, et *Décima muerte* de Xavier Villaurrutia.

LES MOULINS À VENT

Il existe bien un groupe de parole appelé *Las Positivas*, qui se réunit au Centre social du parc du Casino, mais aucun Isaac n'y travaille, et les cas que j'ai racontés, tout en étant basés sur des faits réels, ne correspondent à ceux d'aucune des femmes du groupe.

Pour l'histoire de Cristina, j'ai consulté de nombreuses pages de sites *Pro-ana*. Si vous vous reconnaissez, c'est peut-être parce que j'ai lu la vôtre. Merci une nouvelle fois à Mohamed Lahchiri ainsi qu'à Mina Marovany et à Jamal Zaphly, qui m'ont aidée pour l'histoire d'Amina.

Les propos d'Amina elle-même reflètent en partie des opinions exprimées par Malika Abdehaziz, coordinatrice de l'Association des Travailleurs et Immigrants Marocains en Espagne (ATIME), dans une interview à la revue *Maneras de Vivir*.

LA SIHR

Le cas d'Amina m'a été inspiré par l'article « Santé mentale et immigration maghrébine » d'Eduardo Balbo (médecin psychiatre du centre de santé mentale de Fuenlabrada), paru dans la revue *Salud*

Global, IVe année, numéro 4 de 2004, ainsi que par l'histoire de Jane Bowles, qu'envoûta censément son amante Cherifa, et par un cas réel qu'a bien voulu me raconter Mohamed Lahchiri.

Le passage sur la magie de l'encens se fonde sur un article de Fatima Mernissi paru dans la revue *Mundo Árabe*.

Merci à Isabel Jiménez Burgos pour m'avoir accompagnée au Maroc dans ma recherche de preuves supplémentaires de l'existence de la *sihr*.

L'ACTRICE

Certaines des opinions de Leonor s'inspirent de celles exprimées par des actrices de plus de quarante ans interviewées dans le supplément dominical du quotidien *El País* en 2006.

LA PEAU DU SERPENT

Merci à Jota Rocabert et à Anita Rodríguez pour m'avoir expliqué tout ce qu'il faut savoir sur les arcanes du milieu de la mode en Espagne, et que, compte tenu de mon légendaire débraillé vestimentaire, j'ignorais.

LE BEAU TERRIBLE

Une partie de ce chapitre s'inspire d'un récit original du peintre Alfredo Álvarez Plágaro, intitulé *L'Assassinat d'un commissaire*, et qu'il n'est jamais parvenu à publier. Je remercie Alfredo de m'avoir permis de partir de son récit pour développer l'idée de l'assassinat de Michael Tarantine. Il a bien existé un commissaire d'expositions du nom de Michael Tarantino, aujourd'hui disparu. Mais, hormis le nom, toute ressemblance entre les deux commissaires serait pure coïncidence.

Je dois également remercier Alfredo d'être, non seulement l'un des meilleurs peintres espagnols actuels, mais aussi un ami merveilleux, toujours de bonne humeur. Et, si sa femme me le permet, très beau.

Et merci, comme toujours, à Mercedes Castro pour son soutien inconditionnel et ses précieuses suggestions.

*Achevé d'imprimer
sur Roto-Page
par l'Imprimerie Floch
à Mayenne, en avril 2007.
Dépôt légal : avril 2007.
Numéro d'imprimeur : 67937.*

Imprimé en France